UNE SAISON POUR LES OMBRES

R. J. Ellory est né en 1965 en Angleterre. Après l'orphelinat et la prison, il devient guitariste dans un groupe de rhythm & blues, puis se tourne vers la photographie et l'écriture. En France, le succès est immédiat avec son roman *Seul le silence*, prix Nouvel Obs/BibliObs du roman noir 2009, qui conquiert plus de 500 000 lecteurs. Auteur plébiscité dans le monde, R.J. Ellory a écrit de nombreux romans dont *Une saison pour les ombres*, son quinzième livre à paraître en France. Tous ses titres sont publiés aux éditions Sonatine.

Paru au Livre de Poche :

LES ANGES DE NEW YORK
LES ANONYMES
LES ASSASSINS
LE CARNAVAL DES OMBRES
LE CHANT DE L'ASSASSIN
LES FANTÔMES DE MANHATTAN
LE JOUR OÙ KENNEDY N'EST PAS MORT
MAUVAISE ÉTOILE
LES NEUF CERCLES
OMERTA
PAPILLON DE NUIT
SEUL LE SILENCE
UN CŒUR SOMBRE
VENDETTA

R. J. ELLORY

Une saison pour les ombres

TRADUIT DE L'ANGLAIS PAR ÉTIENNE GOMEZ

SONATINE ÉDITIONS

Titre original :
THE DARKEST SEASON
Publié par Orion Books, Londres.

ISBN : 978-2-253-24569-8 – 1re publication LGF

1

On est tous brisés, quoique chacun à un endroit différent. Telle fut la pensée de Jack Devereaux dans la ruine noire et inondée d'un énième bâtiment brûlé. Depuis près d'une vingtaine d'années, voilà ce qu'il faisait – fouiller les débris fumants de vies éteintes, essayer de répondre à des questions rarement posées, de voir clair dans des histoires qui ne seraient jamais comprises.

Cette fois, il y avait un petit garçon aussi. Le père étendu sur Dieu seul sait quoi, et lui – pas plus de quatre ou cinq ans – avait hurlé de tout le souffle de ses poumons enfumés avant de s'avouer vaincu. Il s'était allongé à côté de son père évanoui et ils étaient morts dans les bras l'un de l'autre. Leurs corps avaient été évacués moins d'une heure plus tôt.

Jack fit signe à son collaborateur, Ludovick Caron.

« Ludo, dit-il. Je l'ai trouvé. »

Ludo se fraya un chemin à travers ce qui restait de meubles calcinés, en prenant soin de passer sous le squelette continuellement dégoulinant des poutres au-dessus de leurs têtes. Il s'accroupit pour regarder ce que lui montrait Jack. Le point de départ de feu apparent, le modèle de propagation, les légers tourbillons colorés qu'avaient laissés au sol les câbles fondus. Autant d'échos d'une histoire déjà bien connue.

« Chauffage d'appoint », dit Jack.

Ludo hocha la tête.

« On dirait bien… Tu notes ça ? Je vais chercher l'appareil photo.

— Bien sûr », répondit Ludo.

Le portable de Jack sonna. Il s'éloigna, le sortit de sa poche.

« Oui ? »

Quelques minutes plus tard, Jack se tenait en silence sur le peu qui restait de la galerie à l'avant de la maison. Il respirait lentement, résolument, comme pour étouffer un trouble intérieur. Dans le froid cinglant, la vapeur de son haleine voilait les particularités de son visage. C'était le crépuscule. Les rues étaient désertes. Quelque part au loin, une sirène hurla. Peut-être un autre incendie. Une autre vie étouffée.

Sur le trottoir, les équipes de pompiers enroulaient les tuyaux. Des hommes aux mains noires et aux visages noirs, les yeux alourdis par une foule de choses que jamais personne ne devrait voir. Ils parlaient peu, ils répétaient les gestes habituels, ils se préparaient au départ.

Jack Devereaux se demanda si certains êtres sont voués à se retrouver éternellement aux prises avec les ténèbres.

À l'autre bout de la ligne, une voix lui avait demandé s'il était bien Jacques Devereaux.

C'était le nom indiqué sur son acte de naissance, mais ses origines françaises remontaient à une histoire qu'il aurait préférée différente de la sienne. Un autre nom, venu d'une autre vie.

« Oui, c'est bien moi, dit Jack. Qui est-ce ?

— Bastien Nadeau. Je vous appelle au sujet de votre frère, Calvis.

— Mon frère ?

— Je suis de la police de Jasperville. »

À ces mots, tout lui était revenu. Les monts Torngat, les forêts éloignées. L'odeur des feux de bois, du métal brûlant, des cirés mouillés dans l'entrée. Les vêtements humides, gelés, cassants comme l'ardoise le matin. Des formations de glace insensées – couche sur couche – aux fenêtres et aux murs. La triste vacuité horizontale du passé ; rien à voir que la distance.

« Monsieur Devereaux, vous êtes là ?

— Oui. Oui, je suis là. Qu'est-ce qui s'est passé avec mon frère ?

— On l'a placé en détention au commissariat, monsieur Devereaux.

— En détention ? Pourquoi ?

— Je ne sais pas comment vous dire. Il a l'air possédé. Comme un animal sauvage. Il a attaqué un homme. Essayé de le tuer. On ne sait pas s'il survivra. »

Jack Devereaux ferma les yeux et respira profondément.

Les précisions échangées au téléphone avaient été peu nombreuses. Nadeau, sergent de la Sûreté du Québec, n'avait pas voulu révéler le nom de la victime.

Jack avait écouté, et quand le sergent s'était arrêté, il y avait eu un silence.

« Vous n'avez pas de questions, monsieur Devereaux ? avait fini par demander Nadeau. Ou bien peut-être pouvez-vous au moins nous expliquer ce qui a pris à votre frère ? »

Jack n'avait pas répondu.

« Vous allez venir l'aider ?

— Il a besoin de mon aide ?

— D'après mes informations, votre père…

— Il y a longtemps que je ne l'ai pas vu.

— Alors vous savez que votre frère n'a personne.

— Oui. »

Là encore, un silence tendu avait relié les mille cent kilomètres qui les séparaient.

Jack n'avait pas prononcé les mots qui lui traversaient l'esprit.

« Et… il raconte ces choses terribles, monsieur. Des choses abominables sur…

— Oui, avait répondu Jack, interrompant son interlocuteur avant que celui-ci ne puisse continuer.

— Alors, vous allez venir aider votre frère ?

— Oui », avait brusquement acquiescé Jack, se sachant obligé de faire cette concession. La question n'avait jamais été de savoir *si* Jack rentrerait, mais quand. Peut-être était-ce aussi la raison dont il avait besoin pour rentrer.

« J'arrive dès que possible », avait-il ajouté avant de raccrocher.

Les souvenirs que Jack avait gardés de son enfance étaient des souvenirs de faim et de souffrance. Tantôt la souffrance était venue de la faim, tantôt elle avait eu une existence à part.

Pour lui, même après tant d'années, ces deux mots étaient forts. Évocateurs. Ils pouvaient être pliés et tordus, manipulés de mille façons.

Au-delà de la dimension purement physique, la souffrance était tristesse, mélancolie, profond sentiment de solitude. Quant à la faim, elle n'était qu'un désir de liberté.

Enfant, Jack avait connu les deux – aussi intimement que les contours de son visage – mais, malgré leur apparence de constance et de fatalité, il avait aussi su qu'un jour il s'évaderait. Et il l'avait fait.

Calvis, pourtant, était resté. Ou, pour être plus précis, Jack l'avait abandonné.

Calvo. Cal. Minus, Nabot, le Petit, Junior, Petit Gars, Cacahuète, Pois-Chiche.

Et il y avait eu Juliette. Grande Sœur, Jul, Julep, Juju, Etta, Ettie. Morte depuis tant d'années.

La vérité, c'est que le pire arrive aux gens bien. Et le passé est un pays qui a sa langue à lui, une langue que la plupart apprennent à oublier. Les mots de cette langue sont comme des chansons apprises par cœur. Au moindre rappel, elles reviennent et la mélodie est aussi familière, aussi obsédante que jamais.

Jasperville. Un million de kilomètres de nulle part. Un million de kilomètres trop près de Montréal.

Jack se retourna vers Ludo qui sondait les entrailles de la maison. Ludo qui avait à présent l'appareil photo en main. De brusques flashs éclairaient la scène pendant une fraction de seconde. Jack sentit le froid sur son visage, sur ses mains, si fort qu'il lui crispait la peau. Il devait faire moins huit, moins dix peut-être. Autant dire l'été en comparaison de Jasperville. Il voulait une cigarette, mais il avait arrêté de fumer depuis trois ans. Il avait envie de cette brûlure dans le fond de sa gorge, de ce goût dans sa bouche. Les quarante premières années sont les pires, lui avait-on dit un jour.

Plongeant les mains dans ses poches, il se dirigea vers son ami.

Quel que soit le chemin qu'il avait parcouru, il finirait toujours par rentrer chez lui. Jack le savait, mais il n'avait pas voulu le croire.

Maintenant, pourtant, le moment était enfin arrivé. Tout le trajet jusqu'à Sept-Îles, dix heures sur des routes gelées dans un froid à engourdir le cœur, puis douze heures de train sans un seul arrêt. Ou bien Montréal-Wabush en avion, puis les deux cent cinquante kilomètres qui restaient en autobus. Ça ferait quatre fois moins de temps de trajet. Mais aussi quatre fois moins de temps de réflexion sur des événements qui n'étaient toujours pas clairs pour lui.

Non, il ne prendrait pas l'avion. Il prendrait son pick-up, puis le train. Il en aurait pour deux jours, peut-être trois.

Enfin, il comprendrait pourquoi Calvis n'avait perdu la tête qu'après toutes ces années.

2

Les Devereaux avaient jadis constitué une famille. Un père, une mère, trois enfants, et un grand-père à charge parce qu'il n'y avait nulle part où l'envoyer. L'histoire de cette famille était faite de destruction, de ruine, elle avait volé en éclats aux quatre coins de nulle part. Le plus épargné, Jacques – celui qu'on avait jadis appelé Jacky, Jacquot ou Coco –, était maintenant un homme d'âge mûr ayant fui cette histoire.

Trop souvent le sang lie des gens qui n'auraient jamais dû être associés. Le sang est un sillon, un fil d'expérience partagée, et – comme la laine se bobine à l'écheveau – il vous lie à jamais au lieu d'où vous venez.

Et ce lieu était Jasperville.

Ce nom était en soi une ironie. *J'espère-ville.* Altéré petit à petit par des travailleurs immigrants non francophones. Désormais Jasperville, de mémoire d'homme. Ville d'espoir, alors qu'il eût été difficile de trouver un lieu plus désespérant.

Le Québec. Trois fois la superficie de la France. Des peuples indigènes – Innus, Inuits et Métis – réunis en hameaux et en villages, chassant, piégeant, et tirant leur survie d'une terre qui n'aurait jamais dû être colonisée. Les immigrants, attirés par le minerai de fer, étaient venus pour violer la terre, sans tenir aucun compte de l'avis des autochtones.

Au milieu des années 1960, Jasperville avait une population de près de cinq mille habitants. Il y avait une rue principale bordée de saloons et de magasins généraux, avec aussi un lieu pour les attelages, les selles et les harnais. Derrière se trouvait un petit atelier de maréchal-ferrant. Le maréchal-ferrant, de la deuxième génération, était aussi doué que son père, mais il avait une réputation d'ivrogne et de menteur. Il y avait un vétérinaire, une école, des logements à destination des arpenteurs temporaires et des autres itinérants, un centre médical pour traiter les fractures, les doigts perdus, les brûlures et les points de suture. En cas de problème plus grave, il fallait s'en remettre à Dieu, son seul représentant étant le ministre d'un culte indéterminé à qui trois doigts manquaient à la main droite. L'église penchait bizarrement vers la gauche, mais elle restait debout un hiver après l'autre. Il y avait un boulanger, un boucher, un prêteur sur gages, une boutique de réparation de matériel électrique et hydraulique, un bureau de poste qui acheminait le courrier jusqu'au train à peu près tous les dix jours. Si le climat le permettait, le même train transportait les veuves, les inaptes au travail ou bien les lâches jusqu'à Sept-Îles et, au-delà, vers le sort qui les attendait. Enfin, il y avait le commissariat. Un tas de briques de plain-pied avec des cellules en sous-sol pour héberger les buveurs agités ou endormis, les bagarreurs, les voleurs, et les femmes adultères qui avaient besoin de trouver refuge le temps que le cocu se calme et y réfléchisse à deux fois avant de vouloir les tuer. La Sûreté du Québec jugeait bon de remplacer tous les deux ans le seul et unique officier en poste.

Ceux qui mouraient à Jasperville mouraient de causes naturelles, voire à cause de la nature même. Il y avait l'hypothermie, la pneumonie, les gelures qui viraient à la gangrène ; il y avait les crises cardiaques, les insuffisances hépatiques, le tétanos, la septicémie, les membres perdus et les artères qui se vidaient avant qu'on puisse faire quoi que ce soit. Certains étaient enterrés vivants sous des tonnes de terre et, en compensation, le puissant mastodonte qu'était Canada Iron daignait gratifier la veuve et les orphelins d'une somme leur permettant de quitter Jasperville pour ne plus jamais revenir.

Jasperville avait été fondée sur une roche éruptive. L'hiver, d'une froideur à pénétrer jusqu'aux os, durait huit mois. Des semaines pouvaient s'écouler sans que le soleil se montre. L'été, des nuées de mouches et de moustiques s'abattaient sur la ville tel un fléau, puis le soleil ne se couchait jamais. Située à dix kilomètres à tout casser du Labrador, la ville n'était pas accessible par la route principale. Ni d'ailleurs par aucune route. À un kilomètre se trouvait une petite piste d'atterrissage, désormais fatiguée et fissurée. Au début, Canada Iron avait fait venir des géologues, des métallurgistes et des ingénieurs ferroviaires de Montréal, mais dès lors que les mines, les unités de production et les moyens de transport avaient été installés, les raisons d'entretenir la piste s'étaient raréfiées.

À l'est, les monts Torngat formaient une péninsule qui séparait la baie d'Ungava de l'océan Atlantique. Torngat était un mot inuktitut qui signifiait « lieu des esprits mauvais ». Un enfant – comme jadis Jacques Devereaux –, en regardant d'une fenêtre assaillie par la glace ces vastes masses d'ombres où des veines de charbon vieilles de plusieurs milliards d'années avaient transité au milieu des roches les plus anciennes de la planète, pouvait très facilement croire qu'un tel lieu était le repaire idéal de créatures obscures et vicieuses.

La famille Devereaux était d'installation récente à Jasperville. Le père de Jacques, Henri, était natif de Montréal où il avait grandi, et ses grands-parents paternels – Cédric et Clodine – étaient des Français de la première génération qui avaient rêvé d'un avenir meilleur de l'autre côté de l'océan. La désillusion avait eu raison de Clodine avant le déclenchement de la Seconde Guerre mondiale. Cédric, quant à lui, avait tellement pris la paternité en horreur que, pour la fuir, il s'était tué par la boisson. Il lui avait fallu plus de dix ans de tord-boyaux. Henri, déjà enfant unique, s'était trouvé orphelin à quinze ans.

Pendant les six années suivantes, Henri Devereaux avait occupé le genre d'emplois réservés à ceux qui ne savent ni lire ni écrire. Il avait juré de ne jamais boire, quand bien même un petit coup de temps à autre aurait peut-être arrondi ce que sa personnalité bizarre avait d'anguleux. Il entrait dans des colères de toutes les couleurs pour les raisons les plus futiles, et ne semblait avoir peur de personne. Sans égard pour la taille ni pour la corpulence, s'il trouvait qu'un homme l'avait regardé d'une manière déplaisante, il sortait les poings et se lâchait. À dix-neuf ans, Henri s'était fracturé le nez deux fois, abîmé une demi-douzaine de côtes, fêlé une clavicule, brisé des articulations, et avait même eu un traumatisme crânien.

Pour Henri, si la violence ne mettait pas fin à un problème, c'était simplement qu'on n'y avait pas suffisamment eu recours. Un tel tourbillon ne pouvait être apprivoisé et canalisé que par une femme. Heureusement pour Henri, cette femme existait bel et bien et s'appelait Elizabeth Swann. Fille d'un banquier qui avait dû fuir Londres au beau milieu d'un scandale de détournement de fonds, Elizabeth enseignait l'anglais dans une école de Montréal, s'efforçant de ne pas penser au lendemain.

L'hiver 1956, quand les températures avaient chuté, les canalisations éclatèrent dans les sous-sols de l'école. Un homme fut envoyé, et le hasard fit que cet homme était Henri Devereaux. Elizabeth s'offrit à jouer les assistantes. En l'absence de réparations, l'école devrait rester fermée le lendemain.

La première impression qu'Elizabeth eut de lui fut atténuée par le fait que, malgré sa nature agressive, Henri était timide devant les femmes. Plus elles étaient jolies, plus il était intimidé, et Elizabeth – qui n'était sans doute pas belle au sens classique du terme – était douée d'une élégance aux antipodes de toutes celles qu'il avait connues.

« Les tuyaux », dit Henri.

Son accent était lourd, sa voix rude, et – à cet instant précis – elle n'avait pas compris. C'était comme s'il avait dit *L'écuyer*.

« Je vous demande pardon, dit-elle. Vous vous appelez L'Écuyer ? »

Henri la regarda, il fronça les sourcils un court instant, puis il éclata de rire.

Elizabeth ne comprit pas, mais rit aussi.

« Je suis venu pour les tuyaux », répondit Henri.

Elizabeth, réalisant son erreur, rit encore plus fort.

Au sous-sol, Henri s'arma de ses clés anglaises et de ses pinces, sorties d'un fourre-tout de toile. Elizabeth le regarda travailler, puis déclara au bout de quelques minutes :

« Je vais vous laisser, monsieur L'Écuyer. »

Henri riait encore aux éclats lorsqu'elle arriva au rez-de-chaussée.

Une heure plus tard, Henri entra dans la salle de classe d'Elizabeth.

« C'est bon, dit-il.

— C'est vraiment merveilleux, répondit-elle. Monsieur…

— Devereaux.

— Je suis vraiment contente que vous ayez pu faire ces réparations, monsieur Devereaux.

— Ce n'était pas très compliqué.

— Si vous me donnez votre nom et votre adresse, je demanderai à l'intendant de vous envoyer le règlement. »

Elizabeth sortit de quoi noter et posa le tout sur le bureau.

« Tenez », dit-elle.

Henri parut un moment perturbé.

« Je vais vous dicter, proposa-t-il.

— Je préférerais que vous me l'écriviez, répondit-elle. Comme ça, vous serez sûr qu'il n'y a pas d'erreur. »

Henri ne bougea pas. Son expression ne varia pas.

« OK, dit-il. Laissez tomber le règlement. »

Elizabeth resta d'abord silencieuse, puis comprit.

« Vous ne savez pas écrire, c'est ça ? » demanda-t-elle.

Henri regarda Elizabeth comme si elle venait de percer le cœur délicat de son âme.

« Vous savez lire, monsieur Devereaux ? »

Henri ne répondit rien.

« Peut-être lisez-vous le français ?

— J'ai décroché, dit-il. Mon père est décédé et j'ai dû travailler.

— Et votre mère ?

— Morte depuis longtemps.

— Ma mère aussi est morte, dit Elizabeth. En Angleterre. Mais je suis venue ici, au Canada, avec mon père. »

Si l'institutrice avait l'air d'une femme sympathique, Henri n'en avait pas moins envie de partir.

« Mais vous parlez anglais », reprit Elizabeth.

Elle voyait qu'elle le mettait mal à l'aise, mais elle était de nature curieuse et avait décidé de creuser la question.

« Pour trouver du travail il faut parler anglais », répondit Henri. Il sourit, puis haussa les épaules. « Assez pour dire *tuyaux*, en tout cas.

— Mais vous ne pouvez pas lire un journal, ou un livre. Et vous ne savez pas écrire une lettre.

— Un peu, si, en français, mais c'est inutile dans le genre de travail que je fais.

— Voudriez-vous apprendre, monsieur Devereaux ? Je pourrais vous apprendre à lire et à écrire.

— Je n'ai pas les moyens. Je ne peux pas vous payer.

— J'ai une idée, répondit Elizabeth. Pourriez-vous revenir à 17 heures demain ? »

Henri ne dit d'abord rien, se demandant peut-être à quelle sorte de ruse féminine il avait affaire.

« Oui.

— Alors venez, monsieur Devereaux, et j'aurai peut-être une solution à vous proposer, qui nous conviendrait à tous les deux. »

Henri tâta la pointe de sa casquette. Puis sourit.

« *Au revoir, madame*, dit-il.

— *Au revoir, monsieur*[1] », répondit Elizabeth.

Henri revint le lendemain. La solution était toute simple. L'école paierait pour qu'Elizabeth puisse donner des cours particuliers à M. Devereaux sur son temps libre. M. Devereaux n'aurait rien à régler, mais il assurerait l'entretien de la chaudière, des canalisations et plus généralement du bâtiment. Cela ne leur demanderait pas trop de temps, ni à elle ni à lui. Tout le monde y gagnerait.

Les leçons eurent lieu deux fois par semaine. Elizabeth trouva Henri à la fois ardu et charmant. Quant

1. Cet échange est en français dans le texte original. (*Toutes les notes sont du traducteur.*)

à Henri, il trouva au fond de lui des bonnes manières et des aptitudes qu'il ne se connaissait pas. La relation déborda bientôt du cadre des cours particuliers.

Elizabeth Swann – une femme simple, confiante, douée d'une intelligence féroce et pourtant naïve dans ses émotions – épousa Henri Devereaux – un homme rude, fiable, viril, fruste et maladroit dans bien des aspects de la vie sociale – en septembre 1957. Ce fut William Swann qui paya la facture en puisant dans les fonds détournés. Il n'aimait guère Henri Devereaux. Comme il n'avait qu'une fille, seule une version de lui-même en plus jeune aurait pu le satisfaire. Le fait qu'il était veuf, qu'il avait dû fuir son pays à cause de problèmes avec la justice, qu'il n'était que de faible volonté et un brin rachitique, était sans importance. Comme beaucoup d'autres, il se voyait dans une lumière qui n'apparaissait qu'à lui seul.

Elizabeth tomba enceinte après trois semaines de mariage, et Juliette naquit prématurément en mai 1958. Frêle au-delà de l'imaginable, elle avait peu de chances de survie. Mais tout ce qui lui manquait en force physique était favorablement compensé par son esprit. Ce fut cette détermination, évidente dès le premier souffle, qui la maintint en vie bien plus longtemps qu'il n'eût paru possible. Si Juliette Devereaux avait su le genre d'avenir qui l'attendait, elle aurait peut-être préféré rendre l'âme dès le berceau.

En octobre 1964, Elizabeth – qui percevait déjà chez son mari un revirement d'humeur et d'attitude – tomba une deuxième fois enceinte.

Elle avait l'expérience de ce genre de pression. Elle soupçonnait le tempérament de Juliette – frileuse et toujours en retrait – de ne pas être uniquement dû à sa nature, mais au ton menaçant sur lequel son père lui parlait. La petite avait peur de lui. Il n'y avait pas d'autre mot. Peur de parler, de se tromper, d'être punie, peur du bruit, des animaux, des autres enfants. Peur de la vie. Amener Juliette Devereaux à discuter avec les autres, à s'engager dans des conversations, dans des activités, c'était un peu comme faire sortir de sa carapace une tortue endormie.

Il y avait aussi William, le père d'Elizabeth, désormais seul dans la maison qu'il louait depuis leur arrivée à Montréal. Son état psychologique s'était détérioré avec autant d'ampleur que de rapidité. C'était comme si des parties de son cerveau s'étaient affaissées avant d'être totalement abandonnées. Les inquiétudes d'Elizabeth à son égard ne firent qu'augmenter et, finalement – juste un mois avant son second terme –, elle convainquit Henri qu'il vaudrait mieux pour tout le monde que William vienne vivre sous leur toit. Henri ne le voulait pas, mais il s'y résolut lorsque Elizabeth suggéra de lui confier les finances de William. Le vieil homme était peut-être le seul à connaître le montant de la somme qu'il avait volée à ses anciens employeurs. Même lorsqu'il s'installa sous les combles, sa fortune était toujours considérable, et Henri ne se fit pas prier pour prendre en main ses nombreux comptes bancaires.

Jacques, le deuxième enfant d'Henri et Elizabeth Devereaux, naquit en juin 1965, ni prématuré ni fragile. Les manières et l'attitude d'Henri changèrent radicalement. Il avait le fils qu'il avait toujours voulu. Même William parut sortir des ténèbres. Il joua les grands-pères gagas et, quand Jacques eut atteint l'âge de six mois, Henri et Elizabeth furent tout aussi contents l'un que l'autre de le lui confier, avec Juliette. Henri, puisant dans les réserves financières considérables de William, passait de plus en plus de temps en famille et de moins en moins au travail. La vie – au moins au début – prit une tournure qui les satisfaisait tous.

Lorsque Jacques eut trois ans – il était déjà habitué depuis longtemps aux sobriquets de Jacky, Jacquot et Coco –, le vent tourna une nouvelle fois et porta la famille Devereaux dans une direction très différente.

L'argent vint à manquer, presque à disparaître, et lorsque Henri hypothéqua pour pouvoir payer le loyer, Elizabeth sentit que c'était le début d'une longue série de difficultés.

Elle aimait son mari. Aucun doute là-dessus. Mais, au-delà du véritable Henri, elle était tombée amoureuse de l'homme qu'elle espérait le voir devenir. Les problèmes commencèrent quand il devint clair que cet espoir ne se concrétiserait jamais.

Elizabeth fut assaillie par l'anxiété et l'appréhension. Elle pensait au passé, à l'avenir possible, mais la plupart du temps elle pensait au présent.

« Ce n'est pas comme ça que j'avais imaginé notre vie de couple, dit-elle.

— Et que veux-tu que j'y fasse ? répondit-il.

— Il faudrait que tu te trouves du travail.

— C'est la crise. Les temps sont durs pour tout le monde.

— Mais on ne peut pas continuer longtemps comme ça. Je peux me remettre à donner des cours, mais je dois m'occuper de Jul et Jacky et de mon père. »

Un autre homme aurait pu se noyer dans l'alcool. Pas Henri. Il était déterminé à ne pas mettre ses pas dans ceux de son père. Il y avait aussi une pointe d'orgueil, quelque chose comme un sens du devoir quand il s'agissait de subvenir aux besoins de sa famille.

L'opportunité se présenta au début de l'année 1969.

« Canada Iron, dit Henri. Ils creusent des mines dans un endroit qui s'appelle Jasperville. Ils nous donneront une maison et un bon salaire. Il y a une école, un hôpital, tout ce qu'il faut. Ça nous changera d'ici.

— Où est-ce ? demanda Elizabeth.

— Dans le Nord-Est. C'est assez loin, mais peut-être que c'est justement ce qu'il nous faut. »

Henri sortit une carte. Elizabeth la regarda avec attention, en se demandant quelle vie elle pourrait donner à ses enfants dans un désert aussi lointain. Elle regarda son mari, puis son père, et enfin les placards, vides depuis trop longtemps.

« Très bien, dit-elle. J'ai déjà quitté l'Angleterre. Peut-être que la nouvelle vie que j'étais venue chercher m'attend un peu plus loin. »

3

Ludo Caron regarda Jack Devereaux et fronça les sourcils.

« Je ne savais pas que tu avais un frère.

— Maintenant, tu le sais, répondit Jack d'un air détaché.

— Ça fait combien de temps qu'on se connaît ?

— Je ne t'avais pas dit que j'avais un frère, c'est tout. Pas de quoi remettre en question notre amitié.

— Tout dépend comment on définit l'amitié. »

Jack posa les bouteilles de gaz et s'appuya contre l'arrière de son pick-up.

« Sans doute.

— En fait, on peut dire que je ne sais presque rien de toi avant l'époque où on a commencé à travailler ensemble.

— Et tu veux savoir quoi, Ludo ?

— Tu as d'autres frères ?

— Non.

— Des sœurs ?

— Une.

— Plus vieille ? Plus jeune ? Son nom ? Et elle habite où ?

— Plus vieille. Elle s'appelait Juliette. Elle est morte il y a trente ans. Et ma mère il y a plus de vingt-cinq ans. Quant à mon père… »

Jack s'arrêta. Il avait mal aux épaules. Mal aux yeux. Il avait envie de boire, de fumer, il voulait avoir une raison de rester.

Ludo ne dit rien.

« Tu as d'autres questions ? » demanda Jack.

Ludo secoua la tête.

« Certains ne veulent pas parler de leur passé parce qu'ils ont honte, poursuivit Jack, d'autres parce qu'ils ont souffert d'un traumatisme… Putain, j'en sais rien… Chacun ses raisons, non ?

— C'est quoi, les tiennes ? demanda Ludo.

— Pas sûr de le savoir », répondit Jack.

Il reprit les bouteilles de gaz et les posa sur le plateau de son pick-up.

« Et Caroline, qu'est-ce qu'elle en pense ?

— Je ne lui en ai pas parlé. C'est elle qui vient chez moi, ce soir.

— C'est drôle, non ?

— Quoi donc ?

— Toute cette histoire. Je t'aide à charger ton pick-up avant un affreux voyage dans le Nord au bout du monde parce que tu as un frère dont je n'ai jamais entendu parler, en détention dans un endroit dont je n'ai jamais entendu parler. En plus de ça, ta mère est morte…

— La tienne aussi.

— C'est vrai, mais tu l'as rencontrée, quand même. Tu as dîné chez nous un paquet de fois. Nom de Dieu, tu étais même à son enterrement ! Le plus bizarre, je crois, c'est que je m'aperçois seulement maintenant que je ne sais presque rien de toi.

— Tout ça n'a pas tant d'importance, dit Jack.

— Je sais bien, mais un peu quand même.

— Qu'est-ce que je peux dire ? Toutes les questions n'ont pas de bonne réponse. De même que toutes les histoires ne se terminent pas bien.

— Oh, et puis merde ! dit Ludo en souriant. On ne va pas en faire un plat. Chacun est comme il est, c'est tout.

— Aide-moi à finir de charger. Après, on ira picoler. »

Installé à une table au fond d'un bar du centre, Jack avait déjà un coup dans le nez lorsque Ludo s'était remis à lui poser des questions.

Ils s'étaient simplement fréquentés avant de devenir collaborateurs, puis de développer des liens d'amitié. Tout ça sur près de vingt ans. Ils s'étaient rencontrés dans des enquêtes sur incendie pour les assurances alors que, nouveaux dans ce secteur, ils croyaient que ce serait plus facile que leur métier d'avant. Mais non. C'était beaucoup de travail, pour un statut qui finalement ne correspondait à rien. Ni flic, ni médecin légiste, ni agent d'assurances proprement dit, mais un lointain cousin des trois. Les cas d'étude allaient de l'entrepreneur en faillite incendiant sa propriété jusqu'à la tentative de meurtre. Une fois, c'était une femme qui avait aspergé son mari adultère avec un litre de whisky Small Batch vingt ans d'âge avant de mettre le feu ; une autre fois, c'étaient un frère et une sœur qui avaient cherché à tuer leurs parents ainsi qu'une tante pour récupérer une assurance-vie. Pour ce genre de travail, il fallait de bonnes chaussures, une solide digestion et un œil impartial sur les gens, quelles que soient les premières impressions qu'on en avait. Jack Devereaux n'avait pas tardé à s'y distinguer, tout comme Ludo Caron. Ils avaient été missionnés ensemble, et c'est ainsi qu'était née ce genre d'amitié qui se crée par la force de circonstances imprévues ou de la nécessité. Jack était le plus laconique des deux, réticence que beaucoup interprétaient comme un manque d'amabilité. Mais non. Simplement, il était du genre à ne dire que le nécessaire. Ludo était marié et, père de deux filles, il était pris dans un tourbillon d'allers-retours à l'école, au supermarché, aux leçons de danse pour l'une et de piano pour l'autre. Le genre de vie qui oriente la conversation autour de questions de routine et de responsabilité. Jack écoutait plus attentivement qu'aucun autre. Sans doute était-ce une vie proche de celle que ses parents auraient eue s'ils n'étaient pas partis en vrille.

« Donc, commença Ludo. Ce petit frère. Tu dis qu'il s'appelle Calvis ?

— C'est ça.

— Quel écart entre vous ?

— Sept ans.

— Et donc tu es parti de… C'était où ?

— Le fin fond du Nord-Est. Août 1984. Calvis venait d'avoir douze ans.

— Et tu ne l'as jamais revu depuis.

— Non.

— Est-ce qu'il y a eu…

— J'ai fui, Ludo. Je suis resté là-bas tant que j'ai pu tenir, et puis je suis parti.

— Tu as fui quoi ? »

Jack sourit, mais ses traits ne marquaient aucun amusement.

« Tout, répondit-il.

— Et selon ce policier, ton frère a cassé la gueule à quelqu'un, c'est ça ?

— Assez de questions. Donne-moi une cigarette.

— Non. Tu as arrêté.

— Alors va me chercher un autre verre. »

Ludo s'élança vers le bar.

Jack se laissa aller contre sa banquette et ferma les paupières. Rien que de penser à Jasperville lui nouait l'estomac. Pour quelqu'un qui ne connaît pas, il est difficile de comprendre comment un horizon aussi vaste peut devenir une telle prison.

Ludo revint, portant sans élégance sur un petit plateau deux verres de bière et quatre de whisky.

« Et comment va Florence ? demanda Jack.

— Comme toujours, marmonna Ludo. Ma ruine et mon salut. » Il leva son verre. « À Florence.

— À Florence, fit Jack en écho.

— Dis, tu vas l'épouser, Caroline ?

— L'épouser ? Non, je ne me marierai jamais. Je te l'ai déjà dit.

— Le mariage est une bonne chose. Si tu ne veux pas de Caroline, tu devrais en épouser une autre.

— Tu as trop bu pour donner des conseils. »

Ludo tourna la tête vers Jack comme si le moindre mouvement lui coûtait.

« Ça va aller ?

— J'en sais rien. J'ai toujours su que je devrais y retourner. À la mort de mon père, par exemple, tu vois ? Mais maintenant qu'il s'est passé quelque chose, mon impression, c'est que c'était inévitable.

— Que ton frère fasse ce qu'il a fait ?

— Oui. Ce qui me surprend, c'est qu'il ait attendu aussi longtemps.

— Merde, avec tout ce que tu dis, j'ai l'impression que… Je sais pas, c'est comme un passé de cauchemar que personne ne te connaissait. Tu aurais pu m'en parler.

— Dans quel but, Ludo ? C'est le passé. Le retourner dans tous les sens, en parler à tout le monde, ça ne sert à rien.

— OK. J'ai dit ce que j'avais à dire, tu en fais ce que tu veux. »

Ludo voulut prendre son verre mais le renversa, faisant couler de la bière sur sa main.

« Allez, dit Jack. Assez bu. Je vais te raccompagner.

— Je ne vais pas laisser des consos que j'ai payées, lui répondit Ludo.

— Alors renverses-en encore un peu pour ne pas finir dans le coma. »

Une demi-heure plus tard, ils ressortaient du bar en dérapant comme des patineurs débutants sur le trottoir givré. Une rue plus loin, Ludo se prit les pieds dans une poubelle. Jack l'aida à se relever, et ils remontèrent lentement la colline jusqu'à la maison de Ludo.

Rien que le tapage qu'ils firent en traversant la galerie suffit à faire sortir Florence.

Elle toisa Jack.

« *Tu es une mauvaise influence*[1], dit-elle.

— Moi ? dit-il, sur la défensive. La mauvaise influence, c'est plutôt ton mari.

— Va-t'en. Pars avant de réveiller les filles.

— *Je suis vraiment désolé*, Florence.

— Ne parle pas français, dit-elle. Surtout quand tu as autant bu.

— *Au revoir, Ludo*, fit Jack en lui tapant sur l'épaule.

— Rentre bien, mon ami, lui répondit Ludo. Je ne sais pas qui ton frère a démonté, mais j'espère qu'il l'avait bien mérité. »

Au bout de la rue, Jack se retourna vers la maison de Ludo. Les lumières étaient allumées. Les enfants dormaient. Ludo était sans doute en train d'expliquer la situation à Florence. Une vraie vie. De vraies gens.

Jack pensa à Caroline. Elle le détesterait quand il lui annoncerait son départ. Il entendait déjà les mots qu'elle prononcerait, comme autant de clous martelés sur une surface dure, implacable.

1. Dans cet échange, les répliques en italique sont en français dans le texte original.

4

Les Devereaux arrivèrent à Jasperville en avril 1969. Eisenhower était mort, l'assassin de Bobby Kennedy était voué à la chambre à gaz, et les pertes au Vietnam excédaient celles de la Corée. Mais, pour les Devereaux, le reste du monde n'aurait pas pu être plus lointain et inconnu.

En descendant du train après douze heures d'un pénible voyage sur la ligne Quebec North Shore & Labrador, Henri, sa femme, Elizabeth, leurs deux enfants, Juliette et Jacques, et enfin William, alors âgé de soixante-deux ans, s'attardèrent sur le quai en prenant toute la mesure de leur décision.

Jasperville était certes une ville, mais la seule et unique raison de son existence était le minerai de fer. Après sa fondation en 1954, il avait fallu attendre trois ans pour que sept mille ouvriers aient fini de poser la voie de chemin de fer depuis Sept-Îles. L'ouverture des mines avait attiré les travailleurs, et la ville n'avait cessé de grandir dans les quinze années qui avaient suivi. Maintenant que la population dépassait les cinq mille habitants, les maisons faisaient autant de points dispersés entre les forêts boréales et les toundras du bouclier canadien plus au nord. Il y avait des crêtes nues, des vallées boisées, de nombreux lacs, et dans les trois ou quatre mois d'été le sol était tapi d'une mer de mousse et de lichen.

À la gare, les Devereaux étaient attendus par un représentant de la compagnie.

« Wilson Gaines, dit-il. Responsable logement de Canada Iron. »

Avec sa forte carrure, ses bajoues de bouledogue, son corps massif enveloppé dans un épais manteau de fourrure, il leur sourit comme s'ils étaient des parents disparus depuis longtemps. Gaines désigna un jeune homme qui se tenait à côté d'une voiture devant la gare.

« Et voilà mon garçon, Robert. Il va vous aider à tout transporter jusque chez vous. »

Mince comme un manche à balai, Robert avait des cheveux fins, couleur sable. Il ne dit pas un mot, se contentant de hocher la tête pour accuser réception des paroles de son père.

La maison avait été conçue comme une pièce unique, à laquelle d'autres étaient venues s'ajouter au hasard et sans planification. Elle donnait l'impression d'un labyrinthe aux angles étranges et aux murs irréguliers. Entre le palier et la chambre, le sol descendait d'une quinzaine de centimètres, les chambres elles-mêmes faisant figure de caisses dépareillées, comme si une boîte à chaussures et peut-être un étui de saxophone s'étaient perdus au milieu de cagettes d'oranges, le tout tenant davantage par l'action de la gravité et de la tension que par celle de vis et de boulons.

L'intérieur – qui défiait la logique dimensionnelle – semblait plus grand que l'extérieur. La cuisine était gigantesque. Au centre se trouvait une longue et large table en bois avec des bancs de chaque côté, à gauche un poêle équipé de plaques chauffantes, un évier relié à l'eau courante, des placards à droite, un buffet, et un renfoncement dans le mur pour les chapeaux, les manteaux et les chaussures. Le sol était de pierre, et des murs lambrissés suintait une résine qui, au fil des ans, avait donné un certain lustre au grain du bois. Solidifiée, elle parait tout l'intérieur d'une lueur ambrée. Plus loin se trouvait un salon avec une cheminée flanquée à sa gauche d'une bibliothèque allant jusqu'au plafond, aux étagères pleines, incurvées. De nombreux volumes étaient en français, mais il y en avait d'autres en portugais, en espagnol, et beaucoup en anglais aussi. Des atlas, des livres de photographies d'endroits lointains, des encyclopédies amputées de la moitié de leur alphabet, des almanachs, des livres de recettes, ou encore une biographie du capitaine Cook avec des gravures artisanales représentant des voiliers, des rivages lointains, des peuples inconnus. Une Juliette de dix ans promena le doigt le long des dos de couverture usés, avec Jacques, âgé de trois ans, en appui sur sa hanche. C'était une merveille que tant de livres puissent exister.

« Juliette, ne touche pas, s'il te plaît, lui demanda sa mère.

— Ah, ils se sont accumulés, dit Wilson Gaines. Disons que vous en héritez avec la maison. Si vous n'en voyez pas l'utilité, je peux m'arranger pour vous en débarrasser.

— Non, répondirent à l'unisson Juliette et sa mère.

— Nous serions ravies d'en prendre soin, ajouta Elizabeth. Merci infiniment, monsieur Gaines. »

Le haut de l'escalier donnait sur un large palier avec quatre portes. Il y avait trois chambres de belle taille, ainsi qu'une quatrième pièce, trop étroite pour contenir un lit mais assez grande par exemple pour du rangement.

Cette étrange maison paraissait précaire, mais ensuite, quand l'hiver abolit toute barrière entre intérieur et extérieur, quand le vent se mit à mugir et hurler, quand les blizzards furent assez vifs pour mettre les bardeaux à nu et faire vaciller les Devereaux les uns après les autres sous le ciel hurlant, elle résista, et fermement. Même après l'orage le plus déchaîné, personne ne manquait à l'appel le matin venu.

« On a fait le tour, dit Gaines. Une maison simple mais robuste. Aménagez-la à votre convenance, et n'hésitez pas à me signaler le moindre problème avec l'eau ou l'électricité. Robert est très doué de ses mains. Il peut tout faire et tout réparer s'il le veut. »

Robert parut un instant mal à l'aise, comme gêné par le compliment de son père.

« Et la chaudière ? demanda Henri.

— Là, derrière la cuisine, répondit Gaines. Elle a l'air de remonter au déluge, mais elle est tout ce qu'il y a de plus fiable. Mettez-la en route, la maison sera largement assez chaude. Le fuel vous est fourni par Canada Iron. Jamais de rupture, donc ne vous inquiétez pas pour ça.

— Parfait, dit Henri.

— Bon. Demain matin, vous vous présentez au bureau de l'administration. 9 heures dernier carat. Vos documents seront prêts, votre fiche de poste, votre programme de formation et tout le reste. »

Gaines serra la main d'Henri.

« Bienvenue à Jasperville. Bienvenue dans la grande famille de Canada Iron. Nous sommes ravis que vous soyez là, et nous espérons que vous vous plairez ici. »

William voulut serrer la main de Gaines, qui eut un moment d'incertitude.

« Et bienvenue à vous aussi, monsieur », dit-il.

Là-dessus, Wilson Gaines se recoiffa, poussa son fils devant lui et laissa les Devereaux déballer leurs affaires.

« Qu'en penses-tu ? » demanda Henri.

Elizabeth sourit et prit la main de son mari.

« Ce sont les murs qui font le logement, mais une maison, ce sont d'abord les gens qui y habitent. »

Comme presque tout était encore dans des valises et dans des sacs de toile, Henri emprunta la rue principale en direction du magasin général. Il acheta de quoi manger pour deux ou trois jours. À son retour, Elizabeth alluma le poêle et se mit à préparer le dîner.

« Alors ? demanda-t-elle.

— Il y avait du monde, répondit Henri. Beaucoup de monde. Des francophones surtout, mais aussi des autochtones. Pas compris un mot de ce qu'ils disaient.

— Les Innus, dit Elizabeth. Je me suis renseignée. Ils ont leur radio, et même une chaîne de télévision. Vu l'isolement, ça paraît très civilisé.

— Tu crois qu'on a fait une erreur ? »

Elizabeth se retourna pour regarder Henri. Elle était à la fois posée et déterminée. Le passé devait rester le passé. Les regrets ont aussi peu de valeur qu'une montre cassée. Voire moins. Une montre cassée a le mérite de donner l'heure deux fois par jour.

« Les gens passent leur vie à se demander s'ils auraient pu faire autrement, Henri. Nous avons fait un choix. Maintenant, quoi qu'il arrive, il faut en tirer le meilleur parti possible. »

Henri lui prit la main et l'embrassa.

« Tu es comme une ancre pour moi, dit-il.

— Tu es donc mon navire. Et nous avons trouvé ce port tranquille. »

Plus tard, quand la nuit fut tombée et que Jacques fut remis dans son berceau, Juliette ne put pas fermer l'œil. Elle était perturbée par l'étrangeté de cette nouvelle maison. Par la fenêtre étroite au-dessus de son lit, elle voyait quelques rares lumières, douées du même chatoiement, du même scintillement que des semblants de pépites dans le lit d'une rivière. Au contraire de la ville où elle était née et où elle avait passé les dix premières années de sa vie, c'était là un pays sauvage, un désert pour les pionniers et les hors-la-loi. Qui veut vivre dans un endroit pareil, si loin du monde et de l'humanité ? Ceux qui souhaitent changer de vie, peut-être. Ou du moins qui souhaitent fuir leur ancienne vie.

Elle se demanda dans laquelle de ces catégories entrait son père. Elle l'aimait, lui faisait confiance, mais pas de la même façon que sa mère. Il était difficile de voir clair dans ce qu'il était, comme si deux hommes habitaient le même corps. Elle ne voyait pas d'autre façon de dire les choses. Son père et l'ombre de son père, non plus séparés mais réunis dans une enveloppe commune. Peut-être même se livraient-ils bataille, songea-t-elle avant de tourner ses pensées vers d'autres sujets.

Elizabeth ne dormait pas non plus. Elle écoutait la respiration de son mari. Derrière, il n'y avait que les frissons et les grognements des tuyaux de chauffage, les poussées et les craquements du bois, les fantômes du vent, les battements d'ailes et les cris perçants d'oiseaux inconnus. Ces bruits lointains ne lui étaient pas familiers, et ils étaient somme toute peu accueillants. Elle était arrivée à Jasperville à cause de son mari, et au Canada à cause de son père. Elle n'était pas une ancre, quoi qu'en dise Henri. Elle était le navire – dérivant sans voiles ni boussole. Elle ne savait pas comment les courants la porteraient, ni vers quel horizon. Quoique peu encline à tomber dans la superstition, elle se laissait envahir par une étrange sensation d'inquiétude en envisageant l'avenir.

Elizabeth se faisait peu de souci pour son père, encore moins pour elle-même. Elle s'inquiétait pour ses enfants, se demandant ce que leur réserverait cet étrange présent nouveau pour eux. Et, plus que tout, elle s'inquiétait pour son mari, pour l'homme qu'il risquait de devenir.

5

Jack était rentré depuis moins d'une demi-heure lorsque Caroline arriva.

« Tu étais au bar avec qui ? demanda-t-elle.

— Avec Ludo.

— Tu fêtais quelque chose sans moi ?

— Non, Caroline. Je ne fêtais rien. »

Jack s'installa à la table de la cuisine.

« Je dois partir, dit-il.

— Partir ? Où ça ?

— Dans le Nord. Un problème avec mon frère. »

Caroline afficha un air inquiet.

« Celui dont tu ne parles jamais ?

— Le seul que j'ai.

— Mais encore ?

— Un policier m'a appelé. Il est en détention. Il semblerait qu'il ait battu quelqu'un à mort, ou presque.

— Et tu vas le voir comme ça, après toutes ces années ?

— Oui.

— Alors emmène-moi. »

Jack Devereaux regarda celle avec laquelle il maintenait un semblant de relation depuis deux ans et demi. Caroline Vallat avait trente-huit ans, le même âge que Calvis, sept ans de moins que Jack. Jack avait cru pouvoir l'aimer, mais dans le fond il ne croyait pas à l'amour. Caroline était une femme forte, une battante. Elle avait eu un passé difficile et avait réussi à s'en sortir. Elle méritait mieux que Jack, mais ne le savait pas.

« Cette histoire ne te concerne pas », déclara Jack.

Caroline remua la tête en fronçant les sourcils.

« Il n'y a que toi pour sortir des choses pareilles. Qu'est-ce que tu peux bien vouloir dire par là ?

— Que ça ne te regarde pas. Et surtout, qu'il vaut mieux pour toi que tu ne te mêles pas de ça.

— Autant me demander de ne pas me mêler de ta vie.

— L'histoire qui m'arrive avec mon frère ne te concerne pas.

— Combien de temps vas-tu rester là-bas ?

— Aucune idée.

— Tu en as parlé à ton chef ? demanda-t-elle.

— Il n'y aura pas de problème. Je poserai une semaine de congé pour convenance personnelle. Si nécessaire, je prendrai sur mon temps de vacances. Ludo peut s'occuper de mes enquêtes en cours. »

Caroline croisa les bras. Elle prit un air défiant. Ce n'était pas la première fois.

« Ce n'est pas juste. Une relation, ce n'est pas censé fonctionner comme ça.

— OK.

— Comment ça, "OK" ? Je suis censée comprendre quoi ?

— Rien, Caroline.

— N'importe quoi. Tu devrais avoir envie que je t'accompagne.

— Pourquoi ?

— Parce que.

— Ce n'est pas une raison, dit Jack. Et il y a plein de raisons pour que tu ne viennes pas.

— Tu m'avais promis un voyage. Si tu prends sur ton temps de vacances, alors il faut absolument que je t'accompagne.

— Personne ne part en vacances à Jasperville. Tu trouves qu'il fait froid, ici ? Là-bas, c'est le bout du monde. L'hiver dure huit mois. Parfois le soleil ne se lève pas pendant plusieurs jours, voire plusieurs semaines. Moins vingt, moins trente. C'est un enfer de glace loin de tout, Caroline, et au bout d'une journée, au bout de quelques heures, tu me supplieras de te ramener à Montréal.

— Je n'ai pas voulu ça.

— Et moi, tu crois que c'est le cas ? Mon frère est derrière les barreaux.

— Je parlais de nous. »

Jack sentit ses pensées ralentir au point mort.

« Je ne sais pas ce que tu as derrière la tête, mais ça ne me concerne pas, dit-il.

— Parfois tu es insupportable, tu sais. Vraiment insupportable. Enfin, merde, même quand je suis là, tu passes le plus clair de ton temps le nez dans un putain de bouquin. »

Jack ne mordit pas à l'hameçon.

« Alors il faut qu'il se passe quoi pour changer ça ? demanda Caroline.

— Ça dépend de tes attentes.

— De la constance, de la fiabilité… La vérité, peut-être ?

— La vérité sur quoi ?

— Sur nous. Sur ce qu'on fait. Sur où on va.

— Je vais à Jasperville, Caroline. Et je dois me lever très tôt, donc il est sans doute temps que tu rentres. »

Caroline suintait l'exaspération par tous les pores. Jack sentait l'air autour d'eux s'épaissir.

« Il a fallu que je tombe sur l'homme le plus têtu de la terre », soupira-t-elle.

Jack en doutait, mais préféra ne rien dire.

« Tu m'appelleras, bien sûr ?

— Si les lignes sont coupées, ça ne…

— Tu as un portable, Jack. Tu pourras me joindre avec.

— Là-bas, un portable est aussi utile qu'une roue carrée. La plupart des habitants n'en ont d'ailleurs jamais vu.

— Alors, arrête-moi si je dis n'importe quoi : tu pars sans moi, tu ne sais pas pour combien de temps, je serai sans nouvelles de toi et je ne sais pas quand tu reviens. »

Jack haussa les épaules. Il songeait à Calvis. La dernière fois qu'ils s'étaient vus, son frère avait douze ans. Rien que de penser aux années qui s'étaient écoulées, à la situation qu'il avait laissée derrière lui et à tout ce qu'il avait fui, il fut pris d'un profond malaise. Toutes ses peurs convergeaient vers Jasperville.

« Je dois dormir un peu », dit Jack.

Il fit un pas vers Caroline. Il voulait la serrer contre lui, ne serait-ce que pour lui rappeler son existence.

Ils avaient une histoire commune, même s'ils se la racontaient de manière très différente.

Sur le visage de Caroline se lisait un espoir, bien vite trahi.

Juste un peu de patience, eut envie de dire Jack. *Il suffit d'un peu de temps et tout ce qui est bon finit par devenir mauvais.*

« Va te faire foutre, lâcha Caroline. C'est fini entre nous. » Là-dessus, elle tourna les talons. Elle attrapa son manteau dans l'entrée. Le fit tomber. « Merde », dit-elle en le ramassant.

La porte s'ouvrit. L'air du dehors s'engouffra dans une rafale glacée. Puis elle claqua la porte derrière elle.

Jack resta seul. Il ne pratiquait pas les jeux d'argent, mais il avait de l'expérience. Ce n'était pas sur un gain qu'ils avaient misé, mais sur une perte. Et ils ne s'arrêteraient que lorsqu'ils auraient tout perdu. Ensuite, ils iraient emprunter pour tout perdre à nouveau. Après tout, il était peut-être un joueur, mais d'un genre différent.

6

Le froid arriva. Et puis le froid s'installa à jamais.

Le premier hiver fut plus rude que tous ceux qu'avaient connus les Devereaux. Le matin, la plupart du temps, avec la glace entassée contre les cadres des portes et des fenêtres, il semblait y avoir peu de chances qu'ils puissent quitter la maison. Après Noël, le temps s'était tellement gâté que l'école était restée fermée deux jours par semaine, voire plus. Même avec la chaudière à plein régime, il était nécessaire de maintenir le feu tant dans la cheminée que dans le poêle de la cuisine.

Institutrice un jour, institutrice toujours, Elizabeth servait de tutrice à Juliette : tables de multiplication, divisions euclidiennes, trigonométrie, algèbre. Juliette, qui avait un don pour les langues, apprit l'anglais comme si elle était née sur la petite île dont venait sa mère et à propos de laquelle elle aimait tenir de longues conversations avec son grand-père.

Du haut de ses onze ans, avec son esprit vif, elle le mitraillait de questions.

Et où elle vit, la reine? Tu l'as déjà vue? Et les Anglais, pourquoi est-ce qu'ils mangent autant au petit déjeuner ? Et comment cette toute petite île a-t-elle pu devenir un aussi vaste empire ?

Ensemble, ils faisaient des lectures sur le capitaine Cook, et ils retraçaient grâce au grand atlas les routes qu'il avait empruntées, localisaient les îles qu'il avait découvertes. Ils prenaient les volumes des encyclopédies et se penchaient sur l'histoire de l'Abyssinie, la formation des Alpes, ou encore l'histoire des Amériques dans toute leur violence et leur beauté. Puis c'était Babylone, la tapisserie de Bayeux, la Bible.

Jacques, âgé de quatre ans, était un enfant sans histoires, qui semblait se satisfaire de sa propre compagnie. Il babillait, se parlant souvent à lui-même, et, en les observant de la cuisine, Elizabeth se disait que ses enfants avaient toujours été une bénédiction.

Oui, le climat était impitoyable, le paysage était morne et menaçant, mais ils formaient une famille, une famille unie. Avec le printemps arriveraient des jours plus longs, des ciels plus clairs, et une amélioration à tous points de vue. De cela elle était certaine.

Comme si le destin avait voulu réagir, elle commença à détecter les signes d'un déclin mental plus avancé et plus significatif chez son père avec le changement de saison, à l'approche du douzième anniversaire de Juliette.

L'âpreté du climat avait beau diminuer, William avait pris l'habitude de s'emmitoufler dans deux ou trois couvertures avant de s'installer sur la galerie. Pendant des heures, il semblait immobile, ou ne remuait que pour boire une nouvelle lampée à sa flasque, mais soudain, sans prévenir, il se lançait dans un monologue à voix basse. C'était comme si son esprit était habité par une dizaine d'autres personnes, chacune revendiquant le premier rôle.

« On n'a pas le temps pour ça… laisse-moi entrer et je te raconterai tout… mais il était ébouillanté et sa peau s'est mise à s'écailler… puis la pluie ne s'est jamais arrêtée, il a plu pendant un mois entier et les arbres ont été noyés… mais le jour où l'enfant a menti à son père, ils ont tous compris qu'il n'y avait pas moyen de réparer les dégâts…

— Il parle à qui, papi ? demanda Juliette.

— À des gens qui sont dans son imagination, ma chérie, répondit Elizabeth. Tiens, viens t'asseoir à côté de moi. »

Juliette prit place à la table de la cuisine.

« Il y a des maladies qui ne se voient pas, expliqua Elizabeth. Les gens vieillissent, oublient des choses, imaginent que ce qui est arrivé à d'autres leur est arrivé à eux.

— Il est fou ?

— Oui, un peu. Mais ce n'est pas le mot qu'on utilise. On parle de démence. C'est juste un trouble nerveux, pas de quoi avoir peur. »

Elizabeth détourna les yeux un instant. Il y avait autour d'elle une tristesse palpable.

« Ça va s'aggraver ?

— Sans doute, en tout cas il y a peu de chances que ça s'améliore.

— Je l'aime, maman. Je n'ai pas envie de le perdre.

— On ne va pas le perdre, ma chérie.

— Mais parfois, ce qu'il dit, ça me fait peur ! »

Elizabeth passa le bras autour des épaules de sa fille. Elle se demanda à quel point la démence de son père découlait d'un sentiment de culpabilité. Si la raison de leur fuite au Canada pesait comme un fardeau sur sa propre conscience, celui-ci devait être plus lourd encore pour William. Quand on ne voit plus d'autre moyen de s'évader de la réalité, peut-être qu'on se met à perdre la tête et ses souvenirs.

« Papi est toujours là, il faut que tu le comprennes, Juliette. Il a beau faire peur avec ce qu'il dit, il est toujours là. Quand ça lui arrive, dis-toi juste que ce n'est pas lui qui parle.

— Comme si c'était quelqu'un d'autre qui contrôlait sa tête et son corps ? demanda Juliette.

— Peut-être, oui », répondit Elizabeth.

Cette idée la glaça jusqu'à la moelle, car la chose semblait tout à fait possible. Juliette la regarda un petit moment, attendant une explication supplémentaire, un mot de réconfort. Il y eut un silence gêné entre mère et fille.

« Peut-être que ce n'est pas une bonne personne qui le contrôle, dit Juliette.

— Ah, ma chérie, non… Tu ne dois pas penser des choses pareilles. Il ne viendrait pas plus à l'esprit de papi de toucher un seul de tes cheveux que de prendre une fusée pour le soleil. »

Juliette se tourna vers la forme emmitouflée dans ses couvertures, dans le fauteuil à bascule sur la galerie.

« Ce n'est pas papi qui me fait peur, mais la personne qui le contrôle », dit-elle si bas qu'Elizabeth se demanda si elle l'avait bien entendue.

Son attention fut soudain attirée de l'autre côté de la pièce. Jacques, assis par terre raide comme un piquet, venait de prendre une expression stupéfaite, comme s'il se passait quelque chose qu'il ne s'expliquait pas.

« Jacques ? dit-elle, mais il n'eut pas même un battement de cils. Jacques ! » répéta-t-elle un peu plus fort.

Jacques parut un instant surpris. Sa lèvre inférieure trembla, son front se plissa, puis les larmes jaillirent.

Elizabeth alla le rejoindre, le prit dans ses bras et le réconforta. Il se calma vite, bientôt distrait par un jouet. Pendant tout ce temps, Juliette garda un visage étrangement distant, comme si elle comprenait ce qui se passait plus clairement que ceux qui l'entouraient.

« Peut-être qu'il l'a vue ? dit-elle.

— Quoi donc, chérie ?

— La chose dans le corps de papi. »

Plus tard, Elizabeth raconta à Henri ce qui s'était passé.

« Je ne suis pas surpris qu'il perde la tête, dit-il. On a beau essayer, on ne peut pas se fuir soi-même.

— Tu préférerais qu'il meure pour ne plus avoir à t'occuper de lui, c'est ça ? »

Henri regarda Elizabeth comme s'il s'agissait d'une étrangère.

« Je ne sais pas si toutes les femmes confondent ce qu'elles entendent et ce qu'elles croient entendre… En tout cas, ce que je veux dire, c'est qu'il se punit lui-même à cause de ce qu'il a fait. Il a ruiné des vies. Il a laissé des gens sans rien.

— Tu penses que Dieu nous punit tous ?

— Non, répondit Henri. Les hommes se punissent tout seuls. Dieu n'est là que pour porter le chapeau. »

Elizabeth fut perturbée. Les enfants sont sensibles et vulnérables. Leurs perceptions ne sont pas teintées de cynisme. Les choses qu'ils voient ne doivent peut-être rien à l'imagination, quoiqu'elles lui soient attribuées.

Elle se demanda alors si elle n'était pas elle-même la cause de leurs angoisses. À moins que ce ne fût autre chose, un être réel, doué d'une existence tangible. Un être qui les aurait attendus dans ce lieu sinistre et terrible.

7

Dans la froide obscurité des premières heures matinales, Jack Devereaux se rendit jusqu'à la maison de Caroline. Il se gara, descendit et déposa un bouquet de fleurs devant sa porte. Elle saurait de qui elles venaient. Et elle saurait pourquoi elles étaient là.

En regagnant son pick-up, Jack ne put s'empêcher de trouver son geste symbolique, comme s'il venait de déposer des fleurs sur une tombe.

Des années avant Caroline, il y en avait eu une autre. Elle aussi, elle l'avait quitté. Une parole qu'elle lui avait dite un jour avait fait mouche.

Ton cœur est comme un bâtiment désert. S'y installer, c'est se condamner à une vie de solitude.

Sur le coup, ces mots n'avaient guère eu de sens. Maintenant, rien ne semblait jamais en avoir eu autant.

Une relation solide repose sur des fondations solides – communication, ouverture, honnêteté –, mais quand on manque soi-même de fondations, comment peut-on y arriver ?

Il se savait en tort. Avoir gardé une telle distance, un tel silence vis-à-vis de Caroline, était à la fois cruel et injuste. Un semblant de quelque chose eût sans doute mieux valu pour eux deux qu'une réalité de rien. Il y avait eu des moments de proximité, mais rares. Un homme qui n'est pas conscient de ses sentiments devra se faire violence s'il veut les partager. Un homme qui a peur de lui-même aura peur du mal qu'il peut faire à d'autres. Il y avait bien des choses qu'il aurait pu tenter d'expliquer à Caroline, mais il ne les comprenait pas lui-même.

Que Caroline veuille l'écouter à son retour – si un jour il rentrait – était une chose. Qu'il veuille qu'elle l'écoute en était une autre. Dans leur intérêt commun, le mieux était peut-être de laisser leur relation s'éteindre.

Jack quitta Montréal. Il avait des sandwichs, une Thermos de café. Aucune raison de s'arrêter. Les jerricans à l'arrière du pickup étaient destinés au dernier tronçon de route, aux dernières centaines de kilomètres dans une forêt interminable, sans station-service, sans vie humaine. Il arriverait à Sept-Îles à la nuit tombée, il dormirait dans un motel, et de là il prendrait le train pour Jasperville le dimanche soir. En été, il aurait peut-être roulé de nuit, mais avec des températures qui descendaient jusqu'à moins quinze, autant se condamner à mort. Même dans l'habitacle, les radiateurs n'auraient pas suffi à arrêter le froid. L'hypothermie se serait installée et le cœur, le cerveau, les membres auraient été insuffisamment irrigués. Il n'aurait tenu que deux heures, au mieux trois. Il avait entendu parler de la confusion qui s'installe, de la désorientation totale, de ces gens aux joues et aux mains bleues qui croient qu'ils ont pris feu et qui ôtent leurs vêtements en courant à corps perdu dans la nuit glaciale. Il ne savait pas comment il mourrait, mais ce ne serait pas comme ça.

Sur la route, la pensée de Calvis déboucha naturellement sur des souvenirs de son grand-père, de sa mère, et de la fin brutale et affreuse qu'avait connue Juliette.

Jasperville représentait leur histoire, une histoire qu'il avait tout fait pour oublier. Partout se glissaient de petits rappels – un bruit, une odeur, quelques bribes d'un morceau qu'il n'avait pas entendu à la radio depuis des années. Il était parti trois mois à peine après la découverte du corps d'Elizabeth. Ça remontait à vingt-six ans. Ce lieu, il l'avait quitté depuis plus de la moitié de son existence, et pourtant il était là, à portée de main, et il était encore doué de tout son pouvoir.

Il repensa à la maladie de papi William, à la façon dont elle avait paru envahir non seulement son esprit à lui, mais aussi celui de tous les autres. Juliette avait fait tout ce qu'elle avait pu pour les persuader, Calvis et lui, que leur grand-père n'était pas un monstre. Pour eux, il en avait tout l'air. Il était aussi vieux que l'océan. Ou les cauchemars. Des yeux noirs ; pas plus de vie en eux que dans une eau morte. Des poings comme des bouts d'os tordus, agrippés aux bras de son fauteuil. Pendant ses monologues apparemment incohérents, il parlait de ténèbres et de choses perturbantes, de choses qui paraissaient à la fois terrifiantes et, somme toute, trop réelles. Après quoi il changeait soudain, et ce qui s'était emparé de son esprit le libérait. Il était à nouveau papi. Ni plus, ni moins.

Jack concentra son attention sur le présent. La route était déserte à l'exception de camions de transport de bois, de semi-remorques et de gros pick-up capables de tenir la route dans le blizzard. Dans leur majorité, ils retournaient vers Montréal. L'air était d'un épais gris sombre où le soleil luisait comme un hématome jaunâtre.

Il n'avait pas faim, mais il mangea un sandwich. Il posa sa tasse de Thermos en équilibre sur le siège passager et en but la majeure partie avant de s'impatienter. Il avait envie de fumer comme jamais auparavant.

Jack repensa à son père, à la violence qui s'était introduite si lentement, si insidieusement dans leur vie. Au bout d'un certain temps, c'était comme si rien n'avait jamais été différent. Tout en y repensant, il regardait le paysage évoluer. Des changements légers, mais tout de même perceptibles. Bientôt la nature basculerait hors de portée de l'homme. Trop dure, trop froide, trop désolée pour être apprivoisée. Si une ville était désertée, le monde sauvage ne tarderait pas à reprendre ses droits, sans laisser aucune trace de ceux qui l'avaient habitée.

Ils n'auraient jamais dû partir. C'était la vérité. Son père n'aurait jamais dû accepter de travailler pour Canada Iron. Ils n'auraient jamais dû emmener William. Qu'avaient-ils pu attendre de lui, à part cette lente descente dans une folie solitaire ? Quant à Juliette, Calvis et lui, le lieu était en soi une invitation à la peur – ténébreux, solitaire, rien que des bruits étranges dans la nuit noire et la sensation permanente qu'un être affreux était tapi hors de leur champ de vision.

Jack repensa à ces nuits sans sommeil où il se mettait debout au bord de son lit, devant la fenêtre assaillie par la glace. Il y avait des êtres, dehors dans l'obscurité, qui retenaient leur souffle, qui attendaient leur heure. Leurs yeux étaient d'une lumière noire, aussi terne qu'éclatante, qui ne les trahissait pas. Ils pouvaient rester tapis toute la nuit, sur leur séant, les narines tressaillant au même rythme que des cœurs d'enfants. Lorsqu'ils sentaient que l'aube pointait sous l'horizon, ils s'éclipsaient, brouillant leurs pistes au fur et à mesure, assez patients pour préférer revenir prendre les plus jeunes au moment propice. Inévitablement, ils finiraient par réunir assez de courage pour entrer dans la maison et les emmener – l'un après l'autre – avant de les dévorer.

Puis il y avait eu les jeunes filles de Jasperville. Celles qu'ils avaient perdues. Celles qui avaient été enlevées. Et les histoires que papi leur avait racontées sur ce qui les avait emportées.

Enfant, il avait cru à ces histoires avec une conviction qui les avait parées de réalité. Peut-être y croyait-il encore. Peut-être le souvenir même d'avoir eu aussi peur comptait-il parmi les raisons qui l'avaient empêché de revenir.

Il commençait à comprendre que les fantômes étaient en lui et que, même s'il partait au bout du monde, ils l'attendraient encore.

La nuit ne tarda pas à tomber, et il faisait noir lorsque Jack passa Port-Cartier. Il était fatigué.

Physiquement engourdi par ce trajet interminable. Il s'était arrêté deux fois pour faire le plein. Le froid avait été si âpre qu'il avait à peine pu respirer. Il avait même eu l'impression de sentir se figer les larmes dans ses yeux. Son manteau contenait du duvet ; en dessous, il portait un épais pull de laine, une chemise et un maillot de corps, mais de la tête aux pieds il avait malgré tout la sensation d'être mordu par un million d'aiguilles. Certains disent qu'on peut s'acclimater, que ça prend plusieurs années, mais qu'on peut y arriver. Jack n'y croyait pas, et il n'avait pas l'intention de rester assez longtemps pour le savoir.

Lorsque Sept-Îles ne fut plus qu'à une cinquantaine de kilomètres, Jack se gara sur le bas-côté. Techniquement, il avait encore une chance de revenir en arrière. Bien sûr, c'était absurde. Il pourrait aussi bien rentrer à Montréal le lendemain matin. En théorie, rien de plus facile. En y réfléchissant, il aurait répondu que la seule perspective de voir Calvis jugé, condamné et envoyé au pénitencier de Donnacona, ou mis à l'isolement à Port-Cartier, aurait suffi à le faire retourner à Jasperville. Mais de telles considérations n'avaient aucun rapport avec les émotions qu'il éprouvait. Il y avait un réservoir. Un barrage. Ce barrage se fissurait, et il avait peur.

La dernière fois qu'il était passé par Sept-Îles, c'était dans l'autre sens, et il s'était convaincu tout le long de la route que c'était la seule solution. Calvis avait douze ans. Pour un Canadien, presque un homme. Il était parfaitement capable de se débrouiller. Oui, leur père était fou, mais pas vraiment dangereux. Calvis devait terminer sa scolarité et, quand il aurait l'âge, il volerait de ses propres ailes.

Il avait beau savoir qu'entretenir ce mensonge requérait bien plus d'efforts que d'affronter la vérité, il s'y enfermait malgré tout. La perversion même de la chose s'imposait à lui et le maintenait captif, bien plus que ne le faisaient le sens moral et la culpabilité. Il n'en était plus là. Il était à jamais conscient de ce fardeau, devenu aussi immuable que la gravité.

Jack retrouva les sensations au bout de ses doigts, les radiateurs tournant à plein régime. Il aurait préféré ne pas avoir à retourner dans un endroit où il faut porter une demi-douzaine de couches vestimentaires.

À chaque kilomètre qu'il parcourait, il se convainquait davantage que l'incident survenu à Jasperville – quel qu'il soit dans les faits – avait été à la fois inévitable et inéluctable. Pourquoi n'avait-il pas provoqué Nadeau au téléphone, insisté pour qu'il lui explique ce qui s'était passé ?

À qui s'en est pris Calvis ? Et pour quelle raison ?

S'il n'avait pas insisté, c'était qu'il n'avait pas eu envie de savoir, mais aussi – et même plus – qu'une crainte l'avait retenu. Celle que Calvis, comme son père et son grand-père avant lui, ait basculé dans un monde d'illusion perverse. Celle qu'il ait attaqué un homme qu'il avait pris pour ce dont leur avait parlé papi William. L'être même qui avait emporté ces jeunes filles.

William avait-il eu raison de leur répéter sans cesse que ce n'était pas seulement Jasperville qui était maudite, mais aussi la famille Devereaux ?

Jack s'obligea à réfléchir. Ces histoires n'étaient pas vraies à l'époque et elles ne l'étaient pas devenues. Oui, il avait laissé Calvis à Jasperville avec son père, mais quelle part de cette décision était due à cet endroit affreux et désespéré ?

Jack repensa au jour où la première jeune fille avait été retrouvée. Lisette Roy. Dix-sept ans à peine. Juliette la connaissait. Tout le monde la connaissait. Ses parents, Baptiste et Violetta, tenaient la pension. Le sergent de l'époque, Gustave Levesque, était venu voir les Devereaux dès l'aube. Henri et lui avaient échangé des mots étouffés. Henri avait un visage grave, des yeux sombres. Il était parti avec Levesque, et il n'était pas revenu avant plusieurs heures.

Le souvenir de ce jour plus frais que jamais, Jack démarra le pick-up et reprit la route.

8

À l'hiver 1971, il ne fit plus aucun doute que William avait basculé dans le lieu dont il ne sortirait plus. La plupart du temps, il ne disait rien. Quand il parlait, c'était avant tout aux enfants. Il racontait qu'il avait été capitaine, explorateur dans la jungle, cracheur de feu dans un cirque ambulant, ou bandit très redouté dans une ville pionnière de l'Ouest. Autant de vues de l'esprit, mais inventives et stimulantes, et Elizabeth avait beau savoir qu'il délirait, il paraissait somme toute inoffensif. Il amusait Juliette et Jacques, les régalait de ses récits de bravoure héroïque, et parfois, quand elle l'écoutait de la cuisine, elle les entendait rire sans fin.

Henri avait de longues journées de travail. Il était dans les mines depuis plus de deux ans et demi, se taillant une réputation de constance, de fiabilité et d'éthique professionnelle irréprochable. Contrairement à la plupart des hommes, il ne buvait pas. Le whisky bon marché qui coulait à flots se présentait généralement comme le seul répit contre le froid, la monotonie, l'absence de tout pittoresque à part le paysage immuable. Peu avaient une famille, et c'est pourquoi Henri – avec sa jolie femme, sa fille adolescente et son garçon de six ans – présentait le profil parfait pour le poste de directeur de la fonderie. Le salaire serait sensiblement meilleur, comme les horaires de travail, et ce fut lorsque Henri eut donné son accord de principe que les discussions sur un nouvel enfant commencèrent.

« S'il faut qu'on en ait un troisième, je ne veux pas attendre trop longtemps, dit Elizabeth. J'ai trente-quatre ans, et une femme… Mais je n'ai pas besoin de t'expliquer ça, n'est-ce pas ?

— Tu es sûre ?

— Oui, si c'est clair pour toi. Il faut qu'on soit sûrs tous les deux.

— Juliette et Jacques sont heureux. Mais ton père…, dit Henri en secouant la tête, avant de serrer les lèvres en signe d'incertitude.

— Dans sa tête, mon père a vingt ans de plus qu'il ne le devrait, répondit Elizabeth. Je ne sais pas où il est parti, mais il ne reviendra pas. Maintenant, Juliette a l'âge de m'aider avec un bébé. Nous ne sommes plus la même famille que le jour de notre arrivée ici, Henri.

— En effet, mais on peut voir les choses autrement.

— Autrement ?

— Comme le capitaine Cook quand le courant est favorable : *Avirons, au repos !* »

Elizabeth rit.

« Je vois que tu as fait des lectures avec les enfants.

— On est dans le même bateau. Tous les quatre. Si tu en as vraiment envie, on va le faire.

— Et toi ? Il faut que tu le veuilles, aussi.

— Oui, je veux un autre enfant», assura-t-il à sa femme.

À Noël, elle était déjà enceinte d'un mois. Quand elle le sut aussi sûrement qu'elle s'appelait Elizabeth, elle le dit à son père.

« Mais des enfants, il y en a déjà, ici, répondit-il. Ils vont partir ? »

Quand elle avait annoncé la nouvelle, Juliette et Jacques avaient réagi par un enthousiasme débordant. Juliette voulait une petite sœur, Jacques un petit frère. Elizabeth leur expliqua qu'on ne pouvait pas choisir et qu'ils devraient se contenter de ce qui se présenterait.

Quoique sans tapage, le Nouvel An augura d'une nouvelle vie. Henri parlait de pièces supplémentaires à construire à l'arrière de la maison, et à l'approche du printemps s'installa une sensation de paix et de bien-être. Ils semblaient finalement avoir fait le bon choix en quittant Montréal, et n'avoir rien à craindre de l'avenir.

Ce bref état de contentement fut interrompu de manière brutale, violente, non seulement pour les Devereaux, mais pour tout Jasperville.

Le lundi 7 février 1972, on découvrit le corps de Lisette Roy. Cette jeune fille de dix-sept ans était menue, brune, douce et un peu timide. À la pension de ses parents, elle notait les noms et adresses des arrivants sur les fiches d'enregistrement et aidait à préparer les repas pour les résidents. En outre, elle ne ratait jamais une messe et n'avait jamais embrassé un seul garçon.

La veille, le dimanche, elle était allée à l'église. Il y avait des témoignages. Le prêtre avait même parlé avec elle, et au fil de l'enquête menée par le sergent Levesque de la Sûreté du Québec, il apparut bientôt qu'elle avait également été vue par une bonne partie de l'assemblée.

Après la messe, Lisette était retournée à la pension pour aider ses parents à préparer le repas. Il y avait en tout sept résidents, trois qui étaient là de longue date, connus et en qui l'on pouvait avoir confiance, un médecin polonais d'âge moyen qui descendait vers Labrador City, au sud, et trois qui venaient d'arriver, tout comme Henri Devereaux en son temps, mais jeunes, célibataires et en quête de travail.

Une fois le repas servi, Lisette avait dit à sa mère qu'elle voulait rendre un livre à une amie et qu'elle n'en avait pas pour plus d'une heure. Elle était partie un peu après 15 heures. Son père l'avait vue d'une fenêtre à l'étage de la maison, avançant prudemment dans la rue principale en évitant du mieux possible les profondes ornières de boue gelée qui la bordaient des deux côtés.

La nuit était tombée dès 17 heures. Baptiste avait demandé à sa femme ce qu'était partie faire Lisette. Quelle amie? Quel livre? Violetta l'ignorait, elle n'avait pas pensé à lui demander. Les trois jeunes résidents s'étaient spontanément portés volontaires pour accompagner Baptiste Roy à la recherche de sa fille.

À 20 heures le même soir, l'affaire avait été portée à l'attention de Levesque. Celui-ci, qui était à

Jasperville depuis treize mois, en avait encore onze à tirer, à la suite de quoi on le renverrait à Québec. Il était méthodique et consciencieux, mais dépité par cette affectation. Encore célibataire à quarante et un ans, il savait qu'il fallait faire vite s'il devait fonder une famille. Il comptait les jours jusqu'à son départ.

Levesque fut perturbé par la possible disparition de Lisette Roy dès l'instant où la nouvelle lui fut parvenue. La jeune fille connaissait les lieux, le climat. Tout le monde la trouvait intelligente, et faute de bien la connaître elle-même, il connaissait ses parents. C'étaient des gens corrects, consciencieux et bienveillants, et Lisette ne pouvait que l'être aussi. En échangeant avec Violetta, il fut convaincu que Lisette ne serait pas restée chez son amie sans en avoir parlé avant.

« Elle n'a jamais découché, lui dit Violetta.

— Mais cette amie, vous voyez qui ça peut être ?

— Elle n'a que trois amies proches. Francine, Isabelle et Leonore.

— D'autres éléments ? Vous connaissez les familles ? »

Violetta était nerveuse, bouleversée.

« Je n'arrive pas à réfléchir.

— Je comprends, madame Roy, mais il faut essayer. Quel est leur nom de famille ? Il me le faut.

— Je n'ai pas demandé. Peut-être qu'elles me l'ont dit, mais je ne m'en souviens plus. »

Levesque avait attendu avec Violetta le retour de Baptiste. Puis il s'était rendu dans un bar de la ville pour s'entretenir avec son ami, Juvence Morin. Arrivé à Jasperville quinze ans auparavant, Morin y tenait le bar depuis douze ans. Il n'y avait pas grand monde qu'il ne connaissait pas.

Derrière le bar se trouvait une sonnette de restaurant en forme de triangle. Quelques secondes suffirent à réduire au silence la tapageuse meute de buveurs.

« On est à la recherche de jeunes filles qui s'appellent Francine, Isabelle et Leonore, cria Morin. Est-ce que ça dit quelque chose à quelqu'un ? »

Un homme s'avança.

« Ma fille s'appelle Isabelle.

— Quel est votre nom ?

— Gagnon, répondit-il. Philias Gagnon.

— Votre fille est l'amie de Lisette, de la pension ? lui demanda Levesque.

— Oui. La fille de Baptiste et Violetta. Je la connais. Elle est venue chez moi cet après-midi.

— À quelle heure ?

— Vers 16 heures, je crois.

— Elle était toujours chez vous quand vous êtes parti ?

— Je ne sais plus, répondit Gagnon.

— On y va, dit Levesque. Chez vous. Il faut que je parle à votre fille.

— Qu'est-ce qui se passe ? demanda Gagnon, qui ne semblait pas avoir très envie de laisser ses amis et son whisky.

— La gamine a disparu. »

Le visage de Gagnon changea instantanément. Il ferma brièvement les yeux, marmonna quelques mots, puis se signa. Dans la nuit et le froid, disparaître, c'était mourir.

Isabelle avait vu Lisette. Oui, Lisette lui avait rendu un livre. Elle était arrivée vers 15 h 30, repartie à 16 h 15. Il faisait alors presque nuit, mais ce n'était pas un très long trajet.

Isabelle, quinze ans à peine, était manifestement perturbée. Avant même que l'entretien ne se termine, elle était déjà en larmes.

« Tu l'as vue partir ? demanda Levesque.

— Oui. Oui, bien sûr.

— Directement vers la route principale ?

— Oui.

— Jusqu'à quand l'as-tu vue ? »

Isabelle écarquilla les yeux.

« Je ne l'ai pas regardée s'éloigner, répondit-elle.

— Tu n'as rien fait de mal », dit Levesque.

Il était clair, à voir son expression, qu'elle porterait comme un fardeau la culpabilité de ne pas avoir mieux surveillé son amie.

« Tu n'as rien à te reprocher. »

Isabelle éclata en sanglots hystériques. Les dégâts étaient déjà là.

Levesque retourna au bar où il rassembla plus d'une douzaine d'hommes. Wilson Gaines et son fils, Robert, faisaient partie du groupe. Entre eux ils réunirent assez de torches. Avant même de partir, ils savaient que ça ne mènerait à rien. Derrière les maisons, il n'y avait qu'un désert noir, traître et hostile. Pour empêcher l'un d'entre eux de chuter dans un ravin, il faudrait qu'ils s'attachent les uns aux autres. Si cet homme tombait malgré tout, il en emporterait trois ou quatre avec lui. Il y avait des loups aussi. En cas d'attaque, la moitié d'entre eux mourraient ou seraient blessés en venant en aide à la victime. Ainsi durent-ils limiter leur recherche au trajet même de Lisette Roy, sachant qu'à tout instant elle aurait pu appeler à l'aide des passants non loin de là. Ils traversèrent quand même la rue principale en file indienne, avant de la parcourir de long en large en appelant la jeune fille de temps en temps, au point que son nom ne fut plus qu'un son dépourvu de sens qui résonnait dans un silence noir et gelé. *Lisette! Lisette! Lisette!* C'était par devoir, par désespoir qu'ils le faisaient. Parce qu'ils ne pouvaient rien faire d'autre. Ils fouillèrent les abris, les étables, les dépendances, regardèrent sous les galeries, sous les vérandas. Ils ratissèrent chaque centimètre de la route qu'elle avait dû prendre pour aller de chez les Gagnon jusque chez elle.

Il était près de minuit quand ils finirent par renoncer.

Levesque se rendit à la pension, où il annonça la nouvelle.

« Rien. Je suis désolé. Peut-être qu'elle est en sécurité quand même. Peut-être qu'elle est tombée, qu'elle s'est tordu la cheville, qu'elle a trouvé un endroit où passer la nuit au chaud. »

Son discours ne rimait à rien, et même à moins que rien. Tout le monde savait qu'elle était morte. Il ne restait plus qu'à retrouver le corps avant qu'un prédateur ne s'en charge.

Le corps de Lisette fut découvert à moins de cent mètres des limites de Jasperville. Une bête l'avait transportée jusque-là, dévorant tout ce qu'elle avait pu avant de la laisser geler irrémédiablement. Ses doigts n'étaient plus là, ses oreilles et son nez non plus, et de profondes entailles striaient son ventre à nu, ainsi que ses cuisses, son cou et ses épaules. Un de ses yeux manquait. Levesque soupçonna un oiseau, mais il n'y avait pas moyen de vérifier avant dégel du corps et autopsie complète. Cette procédure ne pourrait se dérouler qu'à Sept-Îles, avec le consentement des parents de la jeune fille. Rien ne montrait clairement qu'il s'agissait d'un crime. L'idée qu'un homme ait pu traîner un corps sur une telle distance paraissait somme toute irréaliste. Un animal, peut-être ? Un ours, un loup de l'Est ? Oui, une telle chose était possible. Une déclaration de mort accidentelle était la seule obligation légale.

Quand le corps eut dégelé, Levesque vit clairement le bleu et le gonflement à la cheville gauche. Même si la tête et le visage étaient trop abîmés pour étayer son hypothèse, il supposa que Lisette s'était tordu la cheville. En tombant, elle s'était cogné la tête au point de s'évanouir et, restée par terre, elle était morte d'hypothermie. Les passants étant rares, il n'était pas difficile de croire que personne ne l'avait vue. Dans le froid, dans la nuit, les gens foncent tête baissée en regardant droit devant eux, concentrés uniquement sur leur destination.

Peut-être un ours noir, ou plus probablement un loup, l'avait-il flairée avant le début des recherches. Les loups de l'Est sont partout, et il y en a jusqu'à dix ou douze par meute. Certains pèsent soixante-dix kilos, mesurent plus d'un mètre quatre-vingts de long et sont capables d'attaquer le bœuf musqué, le cerf ou le caribou. Une jeune fille aussi menue que Lisette ne leur aurait posé aucun problème. Levesque soupçonna un couple de loups qui auraient chassé ensemble, traîné le corps de la jeune fille et dévoré tout ce qu'ils pouvaient avant d'être interrompus. Les cris du groupe d'hommes dans la rue, le mouvement de leurs torches pendant les recherches, avaient dû les effrayer, et ils avaient détalé. Une meute n'aurait pas fui. Une meute n'aurait laissé de Lisette que des os et des traces dans la neige tachée de sang.

Il n'y eut pas d'autopsie. La dépouille de Lisette Roy ne fut pas transportée à Sept-Îles pour faire l'objet d'une dissection, de prélèvements et d'analyses. Tout se passa comme si ses parents craignaient de la perdre une seconde fois. Ils refusèrent d'accorder à Levesque l'autorisation qu'il leur demandait. C'était un accident. Un accident terrible, bouleversant. Au fond d'eux-mêmes, Baptiste et Violetta Roy savaient que les années qu'il leur restait à vivre ne leur suffiraient pas pour accepter ce qui s'était passé, mais que tout ce qui pourrait prolonger leur calvaire ne ferait qu'aggraver les choses.

Les funérailles secouèrent toute la ville. Juliette y assista, mais Jacques n'en eut pas l'autorisation. Il dut rester avec papi. Il ne savait pas pourquoi cela l'avait marqué à ce point. Il avait six ans, et Juliette avait pu y aller alors qu'elle en avait à peine le double. Il eut le sentiment d'un refus brutal de le reconnaître comme un membre de la famille à part entière.

« Non, dit sa mère.

— Mais…

— Il n'y a pas de mais, Jacques. C'est mon dernier mot, et je ne changerai pas d'avis. »

Papi avait essayé de lui expliquer.

« Ses parents souffriront terriblement, dit-il. C'était un affreux accident, et ils n'avaient pas d'autre enfant. » Il posa Jacques sur son genou et le regarda dans les yeux. « Tu imagines si ça arrivait à Juliette ? Ce que ta mère et ton père éprouveraient ? Ce ne serait pas affreux ? »

Jacques n'y parvint pas, et n'essaya pas. Rétrospectivement, ces paroles lui parurent prophétiques.

À leur retour de l'église, Juliette, Henri et Elizabeth étaient lointains, muets. Juliette n'avait pas envie de jouer. Elle voulait rester seule. Elizabeth, arguant qu'elle avait mal au crâne, monta dans sa chambre et ferma la porte. Henri, malgré le froid et l'obscurité grandissante, sortit couper du bois dehors pendant près de deux heures.

Jacques se revit assis dans la cuisine à attendre un dîner qui n'était jamais venu. Finalement, papi lui avait préparé un sandwich et, après un verre de lait et deux biscuits, il l'avait mis au lit.

Dans son dernier souvenir, Jacques voyait son grand-père penché au-dessus de lui et souriant, avec son relent familier de whisky, en train de lui parler alors que ses paupières commençaient à se refermer et sa respiration à ralentir.

« Je ne sais pas par quoi elle a été emportée, mais toi, tu ne disparaîtras pas. Ni ta sœur. Ni personne de cette maison. N'aie pas peur, Coco. N'aie pas peur. »

Fin mars 1972, Baptiste et Violetta Roy fermèrent la pension et partirent s'installer à Trois-Rivières. La maison ne resta vide que pendant quelques semaines. Elle fut rachetée par un homme du nom de Philippe Bergeron, qui arriva avec sa femme, Marguerite, et deux filles, Thérèse et Carine. Comme sous l'effet d'une force magnétique, les Devereaux et les Bergeron s'attirèrent mutuellement. Henri, tout juste nommé directeur de la fonderie, était responsable de l'hébergement temporaire des nouveaux arrivants. Du temps des Roy, Canada Iron avait loué des chambres au mois, et Henri ne voyait pas pourquoi ne pas continuer avec les nouveaux propriétaires. La pension accueillait autant d'hommes qu'on en pouvait loger et nourrir, et Canada Iron payait toujours rubis sur l'ongle. Sans ce flux permanent de travailleurs, une pension ne pouvait pas tenir dans un endroit comme Jasperville.

Philippe avait le même esprit qu'Henri. Marguerite, tout en étant une femme aussi pragmatique que possible, avait une bonne écoute. Au bout d'à peine quelques minutes, tout le monde semblait la considérer comme une amie de longue date et comme une confidente. Thérèse, qui avait quatorze ans, fut inscrite dans la même classe que Juliette. Carine avait cinq ans et ne disposait que d'une demi-douzaine de mots pour pouvoir parler avec Jacques, mais tous les quatre rentraient parfois de l'école ensemble. Régulièrement, ils s'attardaient à la pension, Thérèse et Juliette faisant leurs devoirs ensemble pendant que Jacques et Carine étaient contents de rester assis dans la cuisine à regarder Marguerite préparer le dîner pour les pensionnaires.

Bientôt, les Devereaux invitèrent à dîner les Bergeron, qui acceptèrent à condition de retourner bientôt la politesse. Elizabeth était entrée dans son troisième trimestre de grossesse. Tout se passait bien, aucune complication ne s'était présentée. Marguerite arriva tôt néanmoins pour l'aider avec les derniers préparatifs. Les Devereaux étant cinq et les Bergeron quatre, la quantité de travail était considérable et Elizabeth avait opté pour un *roast beef* à l'anglaise avec un accompagnement appelé *Yorkshire pudding*.

Il y avait une table pour les adultes et une autre pour les plus jeunes membres des deux familles respectives. Philippe Bergeron avait apporté du vin, une très bonne bouteille, et, s'il ne buvait pas, Henri en prit un verre par courtoisie.

Les jeunes filles Bergeron étaient des modèles de politesse et de bonne conduite, et Juliette et Jacques – assez enclins d'habitude aux petites disputes et aux provocations – se montrèrent aussi sages qu'Elizabeth aurait pu le souhaiter.

La soirée fut un franc succès, en dépit d'une blague un peu crue de William – qui, en attendant l'ouverture de la bouteille de vin, avait trompé sa soif avec trois ou quatre verres de whisky pur – sur un marin portugais et une certaine Foufoune.

Plus tard, quand les Bergeron furent partis et que William, Juliette et Jacques furent couchés, Henri parut lointain.

« Que t'arrive-t-il, mon chéri ? » demanda Elizabeth.

Henri hésita avant de parler, puis répondit.

« Je suis toujours troublé par la mort de cette fille.

— Lisette ?

— Oui.

— Pourquoi ?

— C'était un dimanche soir. Les bars sont pleins, il y a partout des passants, des lumières et du bruit. » Henri la regarda. « Tu ne le sais peut-être pas, mais il y a beaucoup de monde… »

Ses dernières paroles traînèrent. Le silence était palpable.

« Que veux-tu dire ? lui demanda Elizabeth, sentant déjà une anxiété croissante.

— Les loups…, considéra Henri avant de faire non de la tête. D'accord, ce sont des animaux féroces, mais instinctivement ils se méfient des hommes.

— Tu ne penses pas qu'elle est tombée ? Qu'elle est morte de froid ?

— Je ne sais pas ce qui lui est arrivé, répondit Henri. On ne peut pas exclure que ce soient des loups. Mais s'ils avaient eu peur du groupe de recherche, ils seraient revenus plus tard et n'auraient rien laissé le lendemain matin.

— L'idée est vraiment trop affreuse », dit Elizabeth.

Henri avait une expression intense.

« Je peux me tromper. Je ne suis pas un trappeur. Parfois ils viennent. Pas plus de deux ou trois. Ils avancent jusqu'aux clôtures tout autour de la fonderie. Il suffit de brailler et ils s'enfuient. Si on fait un mouvement dans leur direction, ils détalent encore plus vite.

— Mais si ce n'était pas un loup, alors c'était…

— Un homme.

— Non, dit Elizabeth. C'est tellement terrifiant. Qu'un être humain puisse faire une chose de ce genre à une jeune fille ! »

Henri leva les sourcils et la regarda d'un air perplexe.

« Les êtres humains sont capables de bien pire que ça.

— Nous avons passé une si bonne soirée, Henri. Je t'en prie, ça suffit. Pourquoi diable aborder un tel sujet ?

— Les Bergeron sont sympathiques. Ils ont deux filles, Baptiste et Violetta en avaient une. J'ai observé l'aînée. Comment s'appelle-t-elle, déjà ?

— Thérèse.

— Thérèse, oui. Je l'ai observée. Elle n'est pas très différente de Juliette. Ni de Lisette.

— Henri…

— Tout ce que je veux dire, Elizabeth, c'est que nous sommes en devoir de les protéger, de faire en sorte qu'il ne leur arrive pas de mal. Si c'était un loup, alors soit. Sinon…

— Sinon c'est l'affaire du sergent Levesque. »

Henri remua la tête.

« Gustave Levesque n'est pas le père de Juliette. »

Elizabeth soupira profondément.

« Henri, je vais me coucher.

— Désolé si je t'ai perturbée », répondit-il.

Henri la regarda et lui tendit la main, qu'Elizabeth prit dans la sienne avant de déposer un baiser sur son front.

« Viens, dit-elle.

— J'arrive, répondit Henri. Je te rejoins bientôt. »

Elizabeth monta. Elle s'arrêta sur le palier et attendit dans l'obscurité pour voir ce qu'il allait faire.

Henri se leva et alla se poster à la fenêtre à l'autre bout de la pièce. Il resta là, à regarder la nuit glacée, puis il se pencha en avant, le nez quasiment collé au carreau, comme convaincu qu'il y avait quelque chose à voir.

Alors, il parla. Elizabeth en eut la certitude. À peine deux ou trois mots dans un murmure, mais elle était sûre qu'il avait dit quelque chose. Pas en anglais, pas en français non plus. Plutôt comme une prière. Une malédiction. Un serment. Elle ignorait pourquoi, mais elle sentait que c'était important. L'esprit d'Henri était habité par quelque chose de sombre, qui le perturbait – et qui maintenant la perturbait aussi.

Elizabeth ferma les yeux. Elle improvisa une prière – une naissance sans complications, une famille en sécurité et un retour à la normale pour Jasperville. Plus que tout, elle pria pour que Lisette Roy, cette douce et charmante jeune fille, ait été emportée par un loup.

Les semaines qui suivirent se déroulèrent sans incident. Thérèse et Juliette devinrent inséparables, et Jacques se mit à passer bien plus de temps à la pension. Il se faisait prier – mais jamais très longtemps. Carine, une fois surmontée sa réticence initiale, se montra ouverte et confiante, toujours prête à entraîner Jacques dans des aventures et des mauvais coups. S'ils ne se cachaient pas dans de vieux tonneaux à la cave, ils se glissaient entre les jambes des résidents sous les tables du restaurant. Un jour en fin d'après-midi, ils se convainquirent que construire un château fort avec de grands morceaux de charbon était une idée tout à fait géniale, et ils rentrèrent à l'heure du dîner entièrement barbouillés de noir, avec des vêtements irrécupérables. Jacques avait eu le nez gris une semaine entière, et Elizabeth était sûre que Carine aussi.

Alors que l'été n'était déjà plus qu'un souvenir et que l'automne annonçait déjà le froid hivernal, Elizabeth fut de moins en moins capable de cuisiner et de s'occuper du linge. William l'aida de son mieux, mais Marguerite Bergeron devint comme une marraine pour les petits Devereaux. Pour Elizabeth, cette femme était une bénédiction au-delà de toute mesure et, un jour, elle lui dit qu'elle ne pourrait lui revaloir sa générosité si c'était elle qui décidait d'avoir un autre enfant.

« Ça n'arrivera jamais, répondit Marguerite. La naissance de Carine a été difficile. Les Bergeron n'auront pas d'autre enfant.

— Je suis navrée, dit Elizabeth. Je ne savais pas…

— Évidemment. Ne vous excusez pas. J'ai la chance d'avoir deux belles filles, deux remarquables filles. »

Marguerite marqua une hésitation, comme si elle avait songé à dire quelque chose qu'il valait mieux taire. Une ombre – comme celle d'un nuage – passa sur son visage.

« Qu'y a-t-il ? demanda Elizabeth.

— Ce n'est rien.

— Dites-le-moi, Marguerite. »

L'éclat et l'insouciance, d'habitude si présents sur le visage de Marguerite, n'étaient plus là.

« La fille, dit-elle. La fille des anciens propriétaires de la pension, avant nous.

— Oui ? »

Marguerite esquissa un demi-sourire, comme si elle doutait d'elle-même.

« C'est une pensée absurde… »

Elizabeth devina ce qui allait suivre, et elle n'avait guère envie de l'entendre. Pourtant, maintenant que la porte avait été ouverte, il n'était plus possible de la refermer.

« Parfois… parfois j'ai l'impression qu'elle est toujours là. J'entends des choses…

— Vous entendez des choses ?

— Des pleurs. J'ai cru que c'était Carine, mais elle dormait à poings fermés. Et le bruit ne venait pas de la chambre des filles. » Marguerite rit avec l'air de ne pas s'y arrêter. « C'était le vent, je suis certaine. Une bourrasque, rien de plus.

— Oui, bien sûr, répondit Elizabeth. J'ai entendu de sacrées histoires, aussi. Et l'imagination peut jouer des tours. » Elle regarda par la fenêtre. « Dans un endroit pareil.

— C'est isolé, ici, dit Marguerite, mais Philippe était déterminé à venir.

— Tiens, justement : pourquoi êtes-vous venus ? demanda Elizabeth.

— Parfois, il faut repartir de zéro, n'est-ce pas ? Parfois, le seul moyen de se libérer du passé est de tourner la page une fois pour toutes. » Marguerite eut un moment d'absence, puis se retourna, souriante, vive et animée. « Écoutez-moi, dit-elle, en train de radoter comme une vieille fille. »

Elizabeth posa la main sur l'épaule de Marguerite.

« Je suis contente que vous soyez là. Vous êtes un cadeau du ciel pour moi et pour ma famille. Je ne sais pas comment je pourrai vous revaloir toute l'aide que vous nous avez apportée.

— Oh, ce n'est rien du tout. Sans vous et vos merveilleux enfants, je crois que j'aurais perdu la tête dans ce lieu sans âme. »

Seul un mot peut décrire ce qu'Elizabeth ressentit à ce moment-là, et ce mot est *contrainte*. Elle se sentit *contrainte* de parler, de poser une question. Elle ne put s'en empêcher.

« Vous pensez que ce lieu est mauvais, Marguerite ?

— Un lieu mauvais ? Cela existe-t-il ? Des gens mauvais, oui, mais un lieu ?

— Vous savez de quelle chaîne de montagnes il s'agit, là-bas ?

— Bien sûr.

— Les monts Torngat. C'est comme ça qu'ils s'appellent. Et ça veut dire *lieu des esprits mauvais*.

— Je ne crois pas en ce genre de choses, affirma Marguerite avec un empressement presque excessif. Bon, je sais ce que je viens de dire sur cette jeune fille, mais je sais aussi que c'était mon imagination qui me jouait des tours. Thérèse et Carine ont peur du noir, bien entendu. On a tous peur du noir dans notre enfance, mais on comprend en grandissant qu'il n'y a vraiment pas de quoi être effrayé, n'est-ce pas ?

— Oui, sans doute, dit Elizabeth. Il n'y a pas de quoi être effrayé.

— Tout va bien se passer. Vous aurez bientôt un nouveau bébé dont il faudra que vous vous occupiez et, d'après Philippe, l'hiver sera plus chargé à la pension qu'aucune autre saison. »

Elizabeth hésita un moment.

« Puis-je vous demander quelque chose ? se décida-t-elle enfin.

— Bien sûr, Elizabeth.

— Est-ce qu'il s'est passé quelque chose ? où vous étiez avant ? quelque chose qui vous a obligés à partir ?

— Qu'est-ce qui a pu vous mettre une idée pareille dans la tête, Elizabeth ?

— Je ne veux pas forcément parler d'ennuis…

— Parfois un événement survient pour en amener un autre », dit Marguerite d'un air détaché.

Elizabeth eut l'impression d'une réponse étudiée, d'un subterfuge pour éviter de donner davantage d'explications.

« Mon père s'est mal conduit, avoua Elizabeth. Et c'est à cause de ça qu'on a dû quitter l'Angleterre.

— Ça peut arriver à n'importe qui, dit Marguerite. Mais l'important, ce n'est pas la chute. C'est la manière de se relever.

— En effet », reconnut Elizabeth.

Elle aurait voulu que Marguerite se confie, lui explique ce qu'elle avait voulu dire, mais elle savait que ce n'était pas le bon moment. Elle savait aussi que le bon moment ne viendrait peut-être jamais.

« On fait ce qu'on peut, estima Marguerite. Rien n'est aussi futile que d'essayer de changer ce sur quoi nous n'avons pas prise.

— Alors laissons ce sujet, dit Elizabeth.

— Oui, répondit Marguerite, incapable de la regarder dans les yeux. C'est mieux ainsi. Laissons le passé où il est. »

9

Sept-Îles n'était qu'une énième ville fondée par Canada Iron, sur la rive nord du Saint-Laurent, entre les rivières Moisie et Sainte-Marguerite. Dans la baie, Jack trouva un motel. Bon marché, fonctionnel. La chambre était chauffée, comme la douche, où il s'attarda un bon moment.

Il se sécha les cheveux puis s'habilla. Par la fenêtre, il voyait les sept îles auxquelles la ville devait son nom : les deux Boules, les deux Basques, Corossol, Manowin, et les îlets de Quen. À proximité se trouvaient les réserves indiennes de Uashat et de Maliotenam, et, dans cette région, les Premières Nations étaient encore un peuple de trappeurs et de chasseurs. L'histoire remontait loin, avant la création du Commonwealth et du Parlement canadien. Des Basques étaient venus au XVIe siècle pêcher la baleine et la morue, mais ils n'avaient pas été les premiers. À l'échelle de l'Histoire, Sept-Îles était aussi insignifiante que Jasperville. Si le minerai de fer venait à s'épuiser, tout le monde devrait repartir.

Une fois sorti, Jack n'eut pas à aller bien loin. À quelques carrefours du motel, il trouva un bar-grill. Il but une bière, en commanda une autre avec un steak, puis s'installa au fond sur une banquette. Il sentait l'épuisement du voyage jusque dans ses os, dans ses muscles, dans ses nerfs.

On est soi-même, mais on porte en soi les fantômes de tous ceux qu'on aurait pu devenir.

Ces idées ne donnaient pas l'impression de venir de lui. Déjà son esprit lui jouait des tours.

Que se serait-il passé s'il était resté ?

Mais il était parti. Calvis et lui avaient été inséparables. Sept ans d'écart, mais pendant plus de dix ans ils avaient été comme cul et chemise. Lorsque Calvis l'avait supplié de l'emmener, Jack n'avait pas fléchi. Il revoyait encore la scène, son refus répété.

« Votre steak. »

Jack leva les yeux. L'épuisement, l'alcool. La salle bougeait. L'espace d'un moment, il était parti très loin.

La serveuse posa l'assiette devant lui en souriant.

« Encore un verre ? demanda-t-elle.

— Sans hésitation, répondit-il.

— Tout va bien ? »

Jack fronça les sourcils.

« Désolée, ajouta-t-elle. Ça ne me regarde pas…

— Une histoire de famille, dit Jack. Rien de plus.

— Je vois, répondit la jeune femme, comme si elle savait exactement ce qu'il voulait dire. J'ai un frère. Dieu sait où il est, mais ce qui est sûr, c'est qu'il vaut mieux ne pas savoir ce qu'il fait. »

Par exemple, attaquer quelqu'un et le laisser entre la vie et la mort ? songea Jack, mais cette pensée resta dans sa tête.

« Je vais vous chercher votre verre. Molson, c'est ça ?

— Oui. Et un Crown Royal. Double, sans glace.

— Vous avez bien raison ! » répondit la jeune femme en souriant, avant de s'éloigner.

Instinctivement, Jack eut envie de la rappeler.

Il n'avait rien à dire, rien d'intéressant pour elle de près ni de loin, mais la seule présence d'un autre être humain, le son d'une voix, le réconfort d'une discussion sans importance sur la musique, les livres – n'importe quoi –, lui était nécessaire. Il était perdu. Ça, il le savait. Caroline n'avait pas été la première à le voir. Un homme construit un château pour se protéger, puis se retrouve piégé à l'intérieur. Où qu'il aille, tous les couloirs le ramènent au même endroit. L'esprit de l'homme n'a pas de carte ; les raisonnements sont si confus qu'on ne sait plus d'où ils viennent. Tout avait commencé à Jasperville. Peut-être que tout se terminerait là-bas également.

La serveuse revint avec ses consommations.

« Merci, dit-il, avant d'ajouter au moment où elle se retournait : Comment vous appelez-vous ?

— Juliette », entendit-il.

La réaction de Jack, instantanée, fut saisissante.

« Juliette ?

— Non, Violette.

— Désolé. Je pensais avoir entendu Juliette. »

Violette sourit et le laissa terminer son dîner.

Violette, pas Juliette. Voilà qu'il entendait des choses. Mais Violette lui rappela Violetta, la mère de Lisette Roy.

Puis ses pensées le conduisirent vers la deuxième jeune fille qui avait disparu. Qui était morte.

Ce ne fut que rétrospectivement, comme souvent, qu'il s'aperçut que c'était à la mort d'Anne-Louise Fournier que tout avait commencé à basculer.

10

C'était un samedi, le 12 août 1972. Juliette et Jacques n'avaient pas cours. Une sage-femme et un médecin étaient arrivés du centre médical, et Elizabeth avait tenu à ce que Marguerite soit à ses côtés. Henri était à la maison, mais ne voulait pas assister à la naissance. Il préférait rester en bas, avec William et les enfants. Philippe arriverait avec Thérèse et Carine plus tard dans la journée.

Les contractions commencèrent peu après 10 heures. Les enfants crurent que leur mère se faisait torturer à l'étage. William s'efforça de leur expliquer ce qui se passait, mais les râles et les gémissements semblaient contredire l'essence même de l'événement. Un nouveau-né devait apporter de la joie et de l'allégresse, alors pourquoi tant de cris de souffrance ?

À 14 heures, il apparut que l'enfant se présentait par le siège. Le médecin garda son sang-froid. Marguerite appela Henri, qui monta à l'étage.

Lorsqu'il redescendit, il était pâle et agité. Un mois plus tôt, avec Elizabeth, il avait étudié la possibilité de partir en train à Sept-Îles. Là-bas, l'hôpital aurait tout le personnel nécessaire et pourrait mieux faire face en cas de problème. Elizabeth n'avait pas voulu quitter Jasperville. Elle avait voulu accoucher entourée de sa famille. Elle était tellement confiante qu'Henri n'avait pas insisté. Il le regrettait, mais il connaissait sa femme mieux que personne. Elle n'était pas du genre à changer d'opinion comme ça.

Sentant de l'anxiété dans l'air, Juliette avait demandé à son père si tout allait bien se passer.

« Mais oui, bien sûr que oui », répondit-il en lui ouvrant les bras.

Elle alla s'y fourrer, et Jacques aussi, chacun s'accrochant à lui comme à une bouée de sauvetage.

À 17 heures, Marguerite annonça que l'enfant ne se présentait plus par le siège. Tout allait bien. Les derniers moments approchaient. Lorsque la petite horloge au-dessus de la cheminée indiqua 18 heures, ils entendirent les premiers cris. Henri partit en flèche, monta l'escalier quatre à quatre, et faillit glisser sur le palier. Il resta dans la pièce deux ou trois minutes avant de redescendre :

« Un garçon ! C'est un garçon ! Vous avez un petit frère ! »

S'il y eut de la déception chez Juliette, elle se dissipa dès qu'elle vit l'enfant. Il était robuste, en parfaite santé, tonitruant. Jacques s'émerveilla devant la petitesse de ses doigts et de ses orteils. Tous les détails y étaient, mais dans des proportions minuscules.

« Calvis, annonça Henri une fois que toute la famille fut réunie. Il s'appellera Calvis. Ça veut dire "foi".

— Calvis, répéta Juliette. C'est un joli nom. »

Jacques s'approcha de sa mère. Elizabeth se dressa sur son lit, les cheveux en longues mèches trempées de sueur, les joues rougies. Elle était épuisée mais enchantée. Elle serra étroitement Calvis, ne laissant voir que son visage et une minuscule main agrippeuse.

Jacques fit un geste hésitant dans sa direction. Il avait envie de lui caresser les doigts.

« Tu peux, mon chéri », dit Elizabeth.

Jacques s'approcha encore et, sans même ouvrir les yeux, Calvis lui serra le doigt. Jacques eut d'abord le souffle coupé, puis lui vint un grand sourire. La larme à l'œil, il se retourna vers sa sœur pour qu'elle voie ce qui arrivait.

Toute la famille avait été témoin. Un silence se fit dans la pièce. Ce fut un moment remarquable, car c'était comme si toute l'histoire qui avait conduit les Devereaux à Jasperville n'était qu'un fantôme du passé, sans emprise ni pouvoir, qui n'aurait pas plus d'influence sur eux qu'un changement de saison ou une chute de neige.

Calvis était né, et dorénavant tout irait bien.

Le sergent Gustave Levesque partit à Québec en mars 1973.

Les États-Unis et le Vietnam négociaient des échanges de prisonniers. Un Nixon toujours plus paranoïaque défendait son poste de président contre le tourbillon du Watergate.

Le remplaçant de Levesque, Maurice Thibault, avait à peine plus de trente ans, et il s'était convaincu que deux années dans ce désert sauvage et sans relief feraient avancer sa carrière.

Il ne fallut que quelques jours pour que des plaisanteries se mettent à fuser dans les bars sur le *Petit Maurice*[1], sur sa capacité à courir vite et loin en cas de bagarre, et sur la question de savoir s'il avait dû faire de l'haltérophilie avant de pouvoir soulever son revolver. Mais ces boutades et moqueries étaient sans fondement. Le sergent Thibault avait grandi à Girardville, au nord-ouest du lac Saint-Jean. Les vents âpres, les tempêtes de verglas, les pluies si froides et torrentielles qu'elles donnaient l'impression d'une invasion d'aiguilles, il connaissait. Son père, un rustre imbibé d'alcool bon marché, lui avait appris à chasser, à tuer, à pêcher, à bivouaquer, et lui avait même enseigné une forme bâtarde de combat à mi-chemin entre les règles du marquis de Queensberry et la barbarie échevelée. Sa mère, de son côté, lui avait inculqué les manières, la courtoisie, le respect des aînés, et une foi infinie dans les desseins de Dieu au regard de l'humanité.

Si Maurice Thibault avait dû séparer des buveurs trop échauffés, il aurait fait, de loin, meilleure figure que ses détracteurs n'étaient prêts à le croire. Il savait ce que l'excès d'alcool et l'isolement peuvent produire chez un homme. L'esprit oisif est pour le diable un terrain de jeu.

En un mois, le nouveau sergent était allé se présenter à quasiment toutes les familles de Jasperville. Si beaucoup le trouvaient trop jeune pour ses fonctions, son professionnalisme et son sens du détail étaient impressionnants. Elizabeth le trouvait exalté,

1. En français dans le texte original.

un peu trop sérieux pour un homme aussi jeune, mais elle comprenait qu'il lui fallait en passer par là pour gagner la reconnaissance des habitants. Ces deux années à Jasperville seraient pour lui soit un tremplin, soit le casse-pipe. Elizabeth penchait plutôt pour la première hypothèse.

Les dix-huit mois qui suivirent furent d'un calme rassurant. À l'automne 1974, les Devereaux étaient aussi installés à Jasperville qu'ils le seraient jamais. Calvis avait deux ans. Juliette, très mûre pour ses seize ans, faisait pour lui fonction de seconde mère. Jacques, qui venait d'avoir neuf ans, avait perpétuellement le nez dans un livre. Quant à William – sujet aux monologues, aux accès de rêverie et aux longues périodes de silence –, il évoluait dans un monde de son invention. Il donnait l'impression de s'y plaire, et il avait beau être proche de ses trois petits-enfants, il faisait souvent des erreurs sur les prénoms. Calvis ne fut jamais appelé que *bébé*. Juliette et Jacques étaient alternativement Edith et Edward, Katherine et Leonard, Arthur et Guinevere. Peu importait. Les enfants donnaient le change – avec patience et amour.

Les filles Bergeron avaient également mûri. Thérèse, à peine six mois de plus que Juliette, la dépassait d'une demi-tête. Elle était mince et élégante. Carine, à sept ans, était tout le contraire. Garçonne dans sa salopette tachée de boue et ses godillots éraflés, elle était toujours fourrée avec Jacques, à plonger dans des ruisseaux, dans des mares, pour aller y pêcher des ombres communs, ou des ombles, chevaliers ou à tête plate. Le fait qu'ils ne ramenaient jamais rien de plus gros que des fouille-roches et des chabots n'enlevait apparemment rien à leur enthousiasme ni à leur confiance en soi. Ils partaient, armés de leurs tiges de bambou et de leurs seaux de fer-blanc, et revenaient avant le crépuscule, toujours sales, toujours affamés.

Henri était un père de famille responsable et fiable. Il fréquentait les bars, mais il ne buvait pas. Il se mit à fumer une pipe à l'odeur dégoûtante, plus proche du caoutchouc brûlé que du tabac. Il avait trouvé une place dans le monde et il comptait bien la garder. Il avait plus de cinq cents hommes sous sa direction. Ils l'appelaient « chef », et, dans les rues de Jasperville lorsqu'il sortait avec Elizabeth, ils lui faisaient un signe de tête ou portaient une main à leur casquette.

Elizabeth ne pensait ni aux années à venir, ni à ce qui se serait passé si elle était restée institutrice à Montréal. Ses souvenirs de l'Angleterre et de ses vingt premières années venaient littéralement d'une autre vie. Ils remontaient trop loin, et la nostalgie n'eût servi à rien. Si elle avait appris une chose à Jasperville, c'était le pragmatisme. Et la futilité des jérémiades.

La chute des températures au début du mois de novembre fut sans précédent. La terre devint granite. Les pelleteuses se cassaient les dents, les marteaux-piqueurs se brisaient, et des hommes musclés armés de pelles ne pouvaient pas même faire une éraflure au sol. Les mineurs furent renvoyés chez eux, la fonderie continua de tourner jusqu'à épuisement du stock de minerai, puis les fondeurs furent eux aussi libérés. Le dernier train à quitter Jasperville arriva à Emeril Junction, où la voie traversait la route Trans-Québec-Labrador. Il n'alla pas plus loin, les roues sortant des rails en raison d'un écart dû à leur contraction. Les routes furent fermées, les sentiers devinrent infranchissables, et Jasperville fut tout à coup aussi inaccessible que la face cachée de la lune.

Dès la deuxième semaine du mois, il faisait moins trente à midi.

La nuit tombait tôt, brutalement, entraînant avec elle une chute de quinze degrés supplémentaires. Les gens ne sortaient de chez eux que pour aller chercher du bois et de la nourriture. Thibault réunit une demi-douzaine de bénévoles téméraires pour patrouiller dans toute la ville une fois par jour. Emmitouflés comme Amundsen et Scott, ils sonnaient à la porte des personnes âgées, des familles avec enfants en bas âge, et de tous ceux qui se plaignaient d'avoir une pneumonie ou des gelures. Ce fut à l'occasion de l'une de ces patrouilles – le mardi 19 en fin de matinée – que la disparition d'Anne-Louise Fournier fut signalée. Elle était fille unique. Elle avait fêté ses quinze ans quatre mois plus tôt. Brune, d'une beauté frappante, elle était bien partie pour briser le cœur de parfaits inconnus jusqu'à la fin de sa vie. Ses parents – Étienne et Odile – vivaient à Jasperville depuis 1956. Comme Lisette Roy, Anne-Louise connaissait donc très bien le climat. Elle était née à Jasperville, elle avait grandi là, et, du reste du monde, elle ne savait à peu près que ce qu'elle avait lu dans des livres et vu en photo. L'hypothèse qu'elle soit partie marcher seule était inconcevable. Elle était sortie pour couper du bois, comme elle le faisait tous les matins après le petit déjeuner. D'une fenêtre à l'étage, Odile avait aperçu un homme à l'arrière de la maison. Elle avait cru que c'était Lucien Dube, le fils de leurs voisins, âgé de seize ans. Lucien et Anne-Louise étaient proches depuis l'enfance ; il y avait toutes les chances qu'ils deviennent mari et femme. Deux catégories d'enfants s'opposaient à Jasperville : ceux qui crevaient d'envie de partir et ceux qui, comme Lucien, n'y pensaient pas une seule seconde.

Si le sergent Thibault n'était pas passé, la disparition d'Anne-Louise serait peut-être restée inaperçue pendant une demi-heure de plus. Mais, méthodique comme il était, soucieux de n'oublier personne, ne serait-ce que par acquit de conscience, il était venu.

« Regardez au moins par la fenêtre, demanda-t-il à son père.

— Elle est dehors. Elle coupe du bois.

— Étienne, s'il vous plaît, insista Thibault. Sortez et allez voir. »

Étienne revint moins d'une minute plus tard.

« Elle n'est pas là », dit-il.

Thibault le contourna et traversa la partie inférieure de la maison jusqu'à la porte arrière, qui était coincée. Lorsqu'il la poussa pour l'ouvrir, un tourbillon de neige entra dans une rafale glaciale.

Étienne enfila un ciré et ses grosses bottes. Il sortit de la maison, traversa le terrain dans les pas du sergent.

Le tas de bois était en désordre. Des bûches étaient éparpillées ici et là. La hache gisait sur le côté, à demi ensevelie dans la neige. S'il y avait eu des empreintes de pas, elles avaient disparu depuis longtemps.

« À quelle heure est-elle sortie ? » demanda Thibault.

Odile Fournier apparut à la porte de derrière.

« Qu'est-ce qui se passe ? demanda-t-elle.

— Anne-Louise n'est pas là, répondit Étienne.

— Elle doit être à côté, dit Odile d'un air détaché. Avec Lucien. »

Thibault traversa toute la cour jusqu'à la porte arrière de la maison des Dube, qu'il martela de la tranche de son poing.

Quelques secondes plus tard, la mère de Lucien, Josephine, ouvrit pour voir ce qui justifiait une telle insistance.

« Madame Dube, dit Thibault. On cherche Anne-Louise. Elle est ici, avec Lucien ?

— Avec Lucien ? Non. Elle n'est pas ici. Je ne l'ai pas vue de la matinée. »

Odile Fournier s'empara de son épais chapeau de laine et de fourrure et rejoignit Étienne.

« Il est sorti, dit-elle. Je l'ai vu de ma fenêtre. »

Josephine se retourna pour appeler son fils.

« Lucien ! Lucien, viens par ici ! »

Ce ne fut qu'au bout d'une bonne trentaine de secondes que le garçon apparut, et – rien qu'à voir ses cheveux ébouriffés et son air endormi – il était clair qu'il tombait du lit.

« Tu es sorti, lui dit Odile. Tu es allé parler avec Anne-Louise, là-dehors.

— Non, madame Fournier. Je dormais.

— Tu as vu Anne-Louise ? lui demanda Thibault.

— Non, monsieur. »

Thibault se tourna vers la pente nue, vierge, au-delà de la cour. Il plissa les paupières dans les rafales de neige poudreuse, guettant un mouvement, un creux ou une bosse dans ce manteau blanc ininterrompu.

« Où est-elle ? demanda Odile avec une pointe de panique dans la voix.

— Elle ne doit pas être bien loin, répondit Étienne sur le ton d'un homme qui cherche à se convaincre alors qu'il a lui-même un doute.

— Où est votre mari, madame Dube ? demanda Thibault.

— En haut, répondit-elle.

— Allez le chercher tout de suite, exigea Thibault, puis il dit à Lucien : Et toi, va t'habiller. Il faut que tu viennes nous aider. »

Thibault ressortit dans la rue et rameuta ses bénévoles. Quelques minutes plus tard, ils étaient neuf sous les fenêtres des Fournier.

Avant leur départ vers les monts Torngat, Thibault demanda à Odile ce qu'elle avait vu précisément de l'étage. Comme elle l'avait déjà dit, elle n'avait aperçu qu'une silhouette – sans doute Lucien – en train de se diriger vers Anne-Louise.

Le groupe partit un peu avant 11 heures. Les congères étaient trop superficielles pour les raquettes, mais les hommes, équipés de bâtons de marche ou de ski, sondaient timidement le terrain à droite et à gauche, guettant la moindre empreinte, une piste d'animal, tout ce qui pourrait contribuer à établir la direction prise par Anne-Louise. Au début ils avaient gardé un écart de trois ou quatre mètres les uns par rapport aux autres, mais Thibault leur avait vite demandé de se resserrer. Il tenait à ne rien laisser de côté, et par-dessus tout à trouver la petite Fournier. Il connaissait l'histoire de Lisette Roy, dont lui avaient parlé tant son prédécesseur que Philippe Bergeron à la pension. L'hypothèse qu'elle ait été victime des loups paraissait improbable. Il n'y avait pas eu d'autopsie. Lui-même n'avait pas vu le corps, mais il connaissait la puissance et le comportement des loups de l'Est pour en avoir observé autour du lac Saint-Jean. Affamés, ils sont prêts à tout. Quelques hommes équipés de torches ne suffisent pas à les détourner d'une promesse de nourriture, surtout s'il y a des louveteaux. S'il se pouvait que la petite Roy soit tombée puis ait succombé au froid avant d'être emportée, le simple fait que son corps ait été abandonné après avoir été déchiqueté jetait le doute.

Chassant ces noires pensées de son esprit, Thibault encouragea les bénévoles. Il devait faire moins vingt-cinq, et le soleil, bas à l'horizon, avait déjà entamé sa trajectoire descendante. Il leur restait une heure, peut-être deux, après quoi il ferait trop sombre et trop froid pour qu'ils puissent continuer.

Çà et là, ils repérèrent des empreintes de loups, et même les traces d'un ours. La charogne d'une macreuse brune, l'aile raide comme un éventail japonais, gisait sur une butte rocheuse à nu.

Ce fut le père d'Anne-Louise Fournier, au bord du désespoir, épuisé et gelé au-delà du tolérable, qui découvrit le corps.

Peut-être n'avait-il même plus la force de pleurer, car il tomba purement et simplement à genoux, le visage rongé de douleur, les bras tendus comme pour supplier un être inconnu de remonter le temps pour effacer cette horreur.

Les yeux d'émeraude d'Anne-Louise étaient ouverts, pâles comme des billes de marbre. Sa bouche formait un « O », comme un moment de surprise figé. Elle gisait sur le dos, la tête inclinée légèrement à droite. Son regard était dirigé vers la maison. Ses cheveux s'étalaient sur le sol enneigé, ses bras étaient ouverts et, à ne voir que cela, on aurait pu croire à un ange dans la neige. Plus bas, tout basculait dans le cauchemar. La chair de son abdomen avait été déchirée à partir de la base de la cage thoracique. Les organes aussi étaient déchiquetés, les uns éparpillés, les autres simplement exposés au jour. Elle avait été ouverte. Il n'y avait pas d'autre mot. Ouverte et vidée.

Lucien Dube pleurait, secoué de haut-le-cœur. Son père l'exhorta à rentrer. Deux hommes aidèrent Étienne Fournier à se relever et l'invitèrent à s'éloigner de la scène. Mais il refusa, et il tint à accompagner la dépouille de sa fille au centre médical. Thibault ne voyait pas d'autre endroit où l'emmener. Qu'un pareil acte de violence sur une personne puisse avoir été perpétré par autre chose qu'un animal sauvage était inconcevable. Mais, à l'exception des profondes entailles aux seins et aux cuisses, rien ne suggérait non plus l'action d'un prédateur. Les animaux ne tuent que pour se nourrir ou pour se défendre. Et dans le premier cas, l'animal n'aurait rien laissé. Cela n'avait pas de sens.

Thibault avait été accablé par un sentiment d'horreur dès le moment où il avait vu dans la neige le corps dénudé de l'adolescente. C'était un homme à l'esprit réaliste, résolument pragmatique, mais il ne pouvait nier que ses pensées avaient soudain été voilées par une sensation intuitive de peur absolue.

Ce n'était ni un loup ni un ours qui avait déchiqueté Anne-Louise Fournier. Ni un animal à quatre pattes. C'était un être humain, peut-être celui-là même qui avait tué Lisette Roy moins de trois ans plus tôt.

Thibault improvisa une civière avec son ciré. La dépouille fut transportée jusqu'à Jasperville. Le sang en elle s'était figé, et elle était raide comme une planche. Pendant le trajet, Thibault eut les yeux régulièrement attirés par ceux de la jeune fille. Par leur air pâle, fantomatique, et par l'impression qu'ils donnaient que la force ou l'énergie qui l'avait animée était partie depuis longtemps. Il ne restait plus qu'une coquille friable, un corps dont la vie avait été arrachée, qui avait été rejeté comme une enveloppe vide.

Au centre médical, Thibault ordonna au médecin responsable de conserver le corps sans autoriser personne à le voir ni à l'examiner. Il dit qu'il reviendrait, et qu'une fois son rapport préliminaire rédigé et des photos prises, il ferait le nécessaire pour que la dépouille soit transmise aux pompes funèbres en attendant l'intervention d'une aide extérieure. Si Thibault connaissait sa valeur dans bien des domaines, l'affaire dépassait ses compétences d'enquêteur. Il n'était ni détective ni médecin légiste, or, selon lui, les deux étaient nécessaires pour comprendre ce qui s'était passé.

Pour l'heure, il avait des problèmes plus pressants à régler. Il irait voir les Fournier, puis les Dube. Il tenterait de glaner des compléments d'information sur les circonstances qui avaient poussé Anne-Louise à sortir de chez elle et des limites de Jasperville. Il présenterait le problème dans ces termes, même s'il ne croyait pas une seule seconde en un tel scénario.

Anne-Louise Fournier ne s'était pas plus aventurée seule dans ce lointain désert qu'elle ne s'était allongée dans la neige et éventrée elle-même.

Quelqu'un l'avait enlevée et tuée, et le sergent Thibault était convaincu que cette pauvre jeune fille n'était pas sa première victime.

11

Jack n'était pas un buveur régulier. Le retour au motel lui parut deux fois plus long que l'aller. Il marchait d'un pas titubant, mais au moins il était trop ivre pour sentir le froid.

Une fois rentré, il ôta ses chaussures et tomba sur le lit. Il ne pouvait chasser de son esprit l'image d'Anne-Louise Fournier. Il n'avait que neuf ans à cette époque, mais il se souvenait de tout avec une grande exactitude ; chaque fois qu'il fermait les yeux, son visage était là. Cette tignasse brune, ces saisissants yeux verts. Il revoyait Maurice Thibault – si sérieux, exalté, presque effrayant. Des années plus tard, alors que le policer avait déjà eu plusieurs successeurs, la rumeur dit que cette jeune fille l'avait rendu à moitié fou. Personne ne lui était venu en aide. Ni de Sept-Îles, ni de Montréal, ni de Trois-Rivières, ni de Québec. *Petit Maurice*[1] avait envoyé des rapports, toute une série de rapports, et il semblait même être retourné à Montréal pour demander l'intervention d'une équipe d'enquêteurs et d'un criminaliste. Toutes ses demandes avaient été rejetées.

1. En français dans le texte original.

Pas assez de personnel. Pas assez de sous. C'étaient des loups. Des ours. Ce genre de choses arrive. Et les Fournier eux-mêmes, apparemment résignés à l'idée que la vérité serait enfouie à jamais, n'avaient pas soutenu sa cause. Une fois encore, une acceptation fataliste eut raison de tous les efforts. Lisette était morte. Anne-Louise était morte. On pouvait analyser la situation comme on voulait, on ne changerait rien à la réalité. Les deux jeunes filles n'étaient plus là et rien ne les ferait revenir. Enterrons nos enfants. Et pleurons-les. Que ceux qui ne peuvent pas se joindre à notre peine nous laissent au moins tranquilles.

Thibault fut remplacé en juin 1975, à peu près une semaine avant le dixième anniversaire de Jack. Jack revoyait la fête à la pension. Sous l'œil attentif de Marguerite Bergeron, Juliette et Thérèse avaient fait des *pets-de-sœurs*[1] et des tartes au beurre. Il y avait eu de la limonade sucrée, les Bergeron lui avaient offert une petite voiture à remontoir, et Henri, un couteau dans un étui de cuir estampé.

« Pour couper de la ficelle, tailler, ce genre de choses, précisa-t-il. Si tu es un garçon responsable, comme tu me sembles l'être, tu l'aiguiseras, tu le nettoieras et tu en prendras soin. Tu vois ce que je veux dire ?

— Oui », répondit Jack, presque incapable de contrôler son excitation.

Chaque fois qu'il n'était pas à l'école, il portait ce couteau à sa ceinture. Il ignorait ce qu'il était devenu. Égaré dans le tourbillon du temps. Peut-être était-il encore quelque part dans cette folle maison

1. En français dans le texte original.

de son enfance. Celle qu'il avait été trop heureux de quitter.

Jack se leva pour se rendre à la salle de bains. Il regarda dans la glace le visage qu'il avait mérité.

Il portait le reniement dans son sang, dans sa moelle, et jusqu'au plus profond de son être. Il avait renié son passé, sa responsabilité vis-à-vis de son père et de Calvis, de la lente détérioration de son propre esprit. Plus que tout, peut-être, il avait renié – puis rompu – sa promesse de prendre soin de Carine Bergeron.

Le barrage craquait.

Comment fait-on quand tout ce qui fonctionnait jusque-là est soudain sans effet ? Quand les expédients et les habitudes ne valent plus rien ? Comment continuer ?

Caroline l'avait vu. Ludo, aussi. Même Florence, la femme de Ludo.

Devant son reflet, Jack se rappela un autre anniversaire – celui de ses quarante ans. Ils l'avaient fêté dans un restaurant à Montréal – Ludo, Florence, et lui, avec une fille. Il avait beau essayer de retrouver son nom, il ne lui revenait pas. Ce qui lui revenait, en revanche, c'était une parole de Florence. Une parole qui était sortie comme ça, de but en blanc. C'est alors qu'il avait compris que les gens le voyaient très différemment de la façon dont il se voyait lui-même.

En sortant des toilettes, il avait trouvé Florence dans le couloir.

« Tu veux que je te dise ?

— Quoi, Florence ?

— Quand on veut être en paix avec les autres, il faut déjà l'être avec soi-même. »

Il avait froncé les sourcils.

« Je suis censé comprendre quoi ?

— Tu le sais très bien, Jack.

— Explique-moi quand même, au cas où je me tromperais.

— Tu crois que tu es le seul à porter le poids du monde sur tes épaules. Mais non. Tout le monde en fait autant. Chacun a ses problèmes, ses raisons, son fardeau, mais le poids est le même pour tous.

— Tu as un coup dans le nez, Florence.

— Et toi aussi. D'ailleurs, c'est seulement quand tu as trois ou quatre bourbons dans le ventre que j'ai l'impression de traverser cette façade de granite. »

Il rit, mais d'une manière qui parut défensive.

« Une façade ? Moi ? Je n'en ai pas.

— OK », répondit-elle.

C'était un mensonge, et ils le savaient autant l'un que l'autre.

« Tu ne me connais pas, dit-il.

— Très juste. Mais c'est seulement parce que tu ne veux pas que les gens te connaissent. »

Ces mots avaient fait mouche. Il cachait tout et ça crevait les yeux.

Florence leva la main vers lui.

« Je ne sais pas d'où ça te vient, dit-elle, mais c'est vraiment n'importe quoi. »

Là-dessus, elle retourna à table.

Jack resta d'abord immobile, puis s'appuya contre le mur. Il regarda Florence. Elle avait regagné sa place et, souriante, elle plaisantait avec Ludo ainsi qu'avec l'amie de Jack. La scène lui avait donné l'impression de regarder un film. Son moment approchait. Il allait devoir entrer sur le plateau pour prononcer ses répliques dans le scénario. Sauf qu'il n'avait rien à dire.

Jack se pencha en avant, les mains au bord du lavabo.

« Bordel, mais qu'est-ce que tu fais ? » demanda-t-il à voix haute.

À travers son reflet, il vit l'enfant qu'il avait été autrefois, l'adolescent, et même l'homme qu'il avait espéré devenir.

Il y a des endroits où très peu de gens se sont aventurés. En s'en éloignant, ils ignorent ce qu'ils ont laissé dans le passé. Et, en y revenant, ils ignorent ce qu'ils en ont gardé.

Le passé avait tout englouti et tout effacé dans sa vie, mais voilà en plus qu'il était devenu l'homme qu'il avait cherché à tout prix à ne pas devenir.

Ce n'était pas seulement pour Calvis qu'il revenait, mais aussi pour Juliette, Lisette, Anne-Louise et toutes les autres.

Les disparues n'avaient pas disparu. Elles étaient toujours là, guettant le moment où il rentrerait.

12

Tôt le matin du vendredi 11 mars 1977, Odile Fournier sortit de chez elle par la porte de derrière pour aller chercher un peu de bois sous l'appentis comme elle l'avait fait des centaines de fois. Étienne était à quatre pattes devant le poêle de la cuisine, à nettoyer les cendres et les fragments de bûches qui restaient de la veille. Au-dessus, sur la plaque chauffante, se trouvait une casserole de lait. Quand le feu serait allumé, ils prépareraient leur porridge, comme ils le faisaient chaque matin depuis toujours.

Anne-Louise était morte depuis deux ans. Elle avait été enterrée sur une parcelle derrière l'église. Toutes les semaines après la messe, Étienne et Odile allaient se recueillir sur sa tombe. Ils ne parlaient pas, car leurs émotions étaient au-delà des mots. Au début ils étaient restés une heure, voire plus, le froid mordant les prenant jusqu'aux os. Au bout de plusieurs mois, le besoin de rester se fit moins tenace. Ils tenaient juste à ce qu'elle sache qu'ils ne l'oublieraient pas, qu'ils ne l'oublieraient *jamais*.

Étienne se releva. À tout moment, insidieusement, ses articulations le tourmentaient. Il partit vers la porte de derrière et jeta un œil par le carreau couvert de glace. Il ne sut pas tout de suite où regarder. Odile n'était pas là. Le tas de bois se trouvait tout au plus à quatre ou cinq mètres de la maison et, à moins qu'elle ne soit allée dans l'abri ou dans la remise, elle aurait déjà dû revenir.

Étienne enfila ses chaussures et une veste doublée de fourrure. Il prit son bonnet et ses gants, hésita une petite dizaine de secondes, puis sortit. Dans ce bref intervalle, il avait eu l'impression que sa pensée s'était purement et simplement absentée. Il ne savait pas comment on pouvait ne songer à rien, comment c'était *faisable*, mais c'était pourtant ce qui venait de lui arriver. Quand il reprit ses esprits, ce fut pour se dire : *C'est donc ce qu'on éprouve quand on est mort.*

Il était déjà troublé avant d'appeler Odile. Son malaise et son inquiétude augmentèrent avec le deuxième appel.

« *Odile ! Odile ! Où es-tu*[1] *?* »

De la porte de derrière jusqu'à la clôture au bout de la cour et, au-delà, jusqu'au bas tapis de mousse et de lichen, voire jusqu'à l'horizon, il n'y avait rien qu'un silence sauvage, étouffé.

Une nouvelle fois : « Odile ! » L'empressement dans sa voix trahissait son anxiété.

Étienne sentit son cœur serré par une main froide. Son estomac se retourna. Ses genoux douloureux paraissaient trop fragiles pour porter tout son poids. Odile n'était pas là.

Enfin il se mit lentement en mouvement, comme s'il voulait que tout se meuve avec lui pour retour-

---

1. En français dans le texte original.

ner à une ancienne époque, à un endroit lointain où Anne-Louise était encore une enfant et où il n'y avait pas d'histoires de créatures obscures aux intentions mauvaises qui venaient voler les jeunes filles. Beaucoup de choses lui échappaient, et il ne comprenait pas comment une petite aussi douce et innocente avait pu partir seule pour se faire déchiqueter dans un désert glacé.

Odile était étendue sur le dos entre l'abri et la remise. Son bras gauche, tordu, était coincé sous son torse. Ses yeux étaient ouverts, ses râles étouffés si ténus qu'on les entendait à peine.

Étienne se mit à genoux et passa les mains sous ses épaules pour libérer son bras piégé et essayer de l'aider.

« Anne-Louise », murmura-t-elle.

Ce ne fut qu'un souffle, mais les mots étaient reconnaissables.

Odile essaya de bouger la tête. Ses yeux s'élargirent. Il y avait en elle une douleur profonde et déchirante qui lui donnait une expression torturée.

« Là-bas », dit-elle dans un hoquet, ses yeux roulant en direction de la clôture, des bas arbustes et du paysage sans relief.

Instinctivement, Étienne se retourna pour regarder de ce côté-là. Il savait que son esprit pouvait lui jouer des tours. Que son imagination le tourmentait et qu'il avait *envie* de voir quelque chose. Mais, l'espace d'un instant, n'avait-il pas aperçu un mouvement furtif dans la lointaine ombre portée des arbres bas et rabougris ?

Anne-Louise? hasarda-t-il, mais ce ne fut qu'une pensée.

Puis il revint à Odile, qui bougeait. Elle le regarda d'un œil doux et larmoyant, avec un léger sourire aux lèvres, comme si, quelque part, elle lâchait prise.

« Non, dit Étienne, la voix réduite à un souffle. Non, Odile… Non… »

Mais il savait qu'il ne pouvait rien faire. Elle partit sous ses yeux. Le peu de vie qu'il lui restait s'échappa sous la pression de ses mains alors qu'il lui agrippait les épaules pour tenter de la redresser.

Étienne Fournier regarda le ciel morne et vide. Les plis, les rides de son visage reflétaient la réalité d'une existence impitoyable. Il comprenait soudain qu'il était totalement, désespérément seul.

Il resta à genoux près d'une heure, au point que ses jambes se mirent à lui faire mal, tout comme ses bras. Il resta à genoux et pleura dans de violents soubresauts, dans le froid âpre et le désert éternellement hostile. Le peu de joie qui avait pu lui rester après la mort de sa fille venait d'être anéanti d'un seul coup sous l'action d'une main brutale et sans pitié. Anne-Louise était partie. Odile était partie. Il ne restait plus rien.

Étienne rentra chercher une couverture. Avec délicatesse, avec amour, il l'étendit sur sa femme et la replia sous elle.

Une fois qu'elle en fut recouverte, seul son visage était encore visible. Elle avait l'air d'avoir trouvé la paix. Telle fut sa seule pensée. La peur, la douleur, la nostalgie qui l'avaient envahie à chaque regard paraissaient avoir reculé. Peut-être, après tout, avait-elle réellement vu Anne-Louise. Peut-être était-ce cela qu'elle avait essayé de lui dire dans son dernier souffle. Anne-Louise est là, dehors. Elle nous attend.

Pendant un certain temps, Étienne s'allongea à côté d'Odile.

Puis il comprit que s'il restait là trop longtemps, il subirait une hypothermie dont il mourrait. Sauf que ce serait long. Trop long. Il ne voulait pas être laissé sur le bord du chemin.

Il se tourna lentement. Il lui caressa le visage, puis se pencha pour lui déposer un baiser sur le sourcil.

Quand il se releva, ce ne fut pas sans peine. Tous ses muscles semblaient tendus, noués. La douleur s'était introduite dans chaque centimètre de son corps.

Il prit un rouleau de bonne corde à un crochet sur la paroi de l'abri, puis repartit vers la maison.

Une fois rentré, il ôta son manteau, ses gants, son chapeau et ses bottes. Il balaya les dernières cendres sur la grille. Il vida le lait dans l'évier, puis lava et rangea la casserole. Il prit une chaise à la table de la cuisine et la transporta à l'étage jusqu'à leur chambre. Il la plaça au centre de la pièce.

En veillant à ne pas glisser dans ses bas sur l'assise vernie, Étienne fixa la corde à la poutre par un nœud de cabestan. À l'autre bout, il improvisa une sorte de nœud coulant. Il ne savait pas bien ce qu'il faisait, mais il faudrait que ce soit suffisant.

Formant la boucle au-dessus de sa tête, Étienne serra le nœud. Puis il regarda ses orteils sur le bord de la chaise.

Soudain, il s'arrêta. Dans un moment pareil, une prière semblait s'imposer. Pendant la majeure partie de son existence, il avait vécu dans la crainte de Dieu et il était allé à l'église, mais la mort d'Anne-Louise avait tout changé. Maintenant que sa femme était morte – elle qui était restée avec lui pendant trente-sept ans –, il n'avait plus de doute : Dieu n'existait pas, ou du moins, Dieu n'avait pas d'amour pour lui, ne se souciait pas de lui et n'écoutait pas ses prières. Il y avait bien une puissance là-haut, mais elle n'était ni bienveillante ni charitable. Elle ne faisait que hanter les replis obscurs, le désert blanc, le rien gelé qui s'étirait jusqu'à l'infini au-delà de Jasperville.

Des vagues de douleur assaillaient l'esprit d'Étienne telle une marée inexorable.

Tout avait disparu, il n'y avait plus aucune raison de rester.

« Cette vie n'est rien », murmura-t-il avant de faire un pas, un pas décisif, en avant.

La chaise tomba à la renverse. Le nœud se serra d'un seul coup. Étienne se mit à étouffer. Il resta suspendu, hoquetant pendant près d'une minute et demie, après quoi il perdit conscience. À part un bref battement de ses pieds dans leurs bas, il n'y eut plus de mouvement du tout, et après cinq ou six minutes, il était mort.

Le successeur de Maurice Thibault, le sergent Antoine Tremblay, fut appelé sur les lieux par les voisins des Fournier. Lorsqu'il arriva, il appela le Dr Bayard Pelletier au centre médical. Tous les deux, ils examinèrent les corps. Tous les indices suggéraient qu'Odile avait succombé à une crise cardiaque foudroyante. Dans la neige, il n'y avait pas de traces à part les siennes et celles de son mari, et sa position allongée les deux mains agrippées à sa poitrine était un signe clair entre tous. Quant à la mort d'Étienne, il ne fallait pas en chercher la cause bien loin. Tremblay et Pelletier le détachèrent avec précaution avant de l'allonger sur le lit. Ils transportèrent ensuite Odile dans la maison, où ils l'étendirent sur le sol de la cuisine. Ils déployèrent la couverture sur tout son corps, puis envoyèrent chercher le prêtre.

Le samedi 19 mars se déroulèrent les doubles funérailles d'Étienne et Odile Fournier. Les cercueils avaient été payés par Canada Iron. Une gerbe avait été envoyée de Sept-Îles par un employé bienveillant, mais les fleurs étaient arrivées fanées au-delà de toute mesure.

L'église était bondée. Tous les membres de la famille Devereaux étaient là, de même que les Bergeron, le sergent Tremblay, le Dr Pelletier, et presque tous ceux qui avaient connu Étienne ou travaillé avec lui. C'était une sombre histoire et, quand le prêtre entonna une version enjouée de « En avant, soldats chrétiens », le résultat fut terne et démoralisant. Le seul à chanter avec conviction fut William Swann, qui se tenait à côté de sa fille, de son gendre et de leurs deux aînés tristes et effacés, Juliette calmant tant bien que mal un fougueux Calvis de quatre ans. Les Devereaux et les Bergeron, dix personnes en tout, rentrèrent ensemble à la pension où furent servis du *creton*[1], une *tourtière*[2], des boulettes de viande en ragoût et des pieds de cochon, ainsi qu'une tarte au sucre. Là encore, Canada Iron avait daigné financer le buffet. Après vingt ans de bons et loyaux services, un geste significatif envers Étienne Fournier était de mise.

Jacques et Carine s'éclipsèrent à la première opportunité. Ils allèrent s'installer côte à côte au détour de l'escalier, une assiette composée entre eux. Carine ouvrait des yeux de biche en écoutant Jacques, son futur prince, lui raconter une histoire terrifiante qu'il tenait de son grand-père, et elle était persuadée que, quand il serait grand, il lui construirait une maison de conte de fées avec une clôture, un chien et un chat. Lorsqu'il utilisa un mot qu'elle ne connaissait pas, elle eut trop peur pour lui demander de le répéter. C'était la première fois qu'elle allait à un enterrement. Tout ce qu'elle savait, c'était qu'une chose terrible était arrivée à une fille et à sa mère – de si terrible, même, que le père s'était tué pour ne pas avoir à y faire face.

C'était de cette chose – terrifiante – que parlait Jacques, et le plus effrayant, c'était qu'elle se trouvait sous la terre et dans l'air qui les entourait, et qu'on avait beau essayer, on ne pouvait rien faire pour lui échapper. C'était du moins ce que Jacques avait entendu de papi William, qui était vieux comme le monde et qui savait tout mieux que n'importe qui.

---

1. En français dans le texte original.
2. En français dans le texte original.

Puis la veillée funèbre fut finie et les Devereaux comme les autres rentrèrent chez eux. Une lente procession de mines désolées descendit la rue principale, où parut se nouer un accord tacite selon lequel le sort de Lisette Roy et des Fournier excédait de beaucoup l'entendement de simples mortels.

Jasperville n'avait rien à se reprocher, c'était une ville ouvrière, chaleureuse, où tout le monde se serrait les coudes pour subsister en creusant la terre. Il fallait appartenir à une catégorie de personnes particulière pour y survivre, et les seuls vrais défis étaient l'isolement et le climat.

Pourtant, ils avaient beau travailler dur pour s'en convaincre eux-mêmes, ils étaient pétris de doute. Une menace planait sur Jasperville, et William Swann n'était pas le seul à le penser.

13

Jack n'avait pratiquement pas fermé l'œil dans la nuit de samedi. Il avait ruminé des événements à demi oubliés. Il s'était assoupi, avait rêvé, s'était réveillé en sursaut, puis assoupi encore. Des images de l'église, de la pension, des rues qui se vidaient dès les premières chutes de température. Même la lumière paraissait différente de celle de tous les autres lieux de sa connaissance. Les ombres étaient rares, mais toutes persistaient jusqu'au moment où l'air lui-même se remplissait du souvenir de la nuit. Ainsi les habitants perdaient-ils de leurs forces – celles de l'esprit comme celles du corps – et, plus longtemps ils restaient, plus ils repartaient diminués.

Le dimanche matin, Jack prit son petit déjeuner puis regarda la télévision au motel. Il avait prévu d'aller marcher dans Sept-Îles pour voir s'il s'en souvenait bien, pour voir ce qui avait changé, mais finalement ce projet lui parut futile.

Le train ne partait que le soir. Jack arriverait à Emeril Junction vers 4 heures le lendemain matin. Après une brève correspondance, il atteindrait Jasperville vers 9 heures. Il rendrait visite au sergent Bastien Nadeau, verrait son frère pour la première fois depuis vingt-six ans, et trouverait des réponses aux questions qu'il n'avait pas envie de poser.

Un peu avant 19 heures, Jack sortit de sa chambre et prit un taxi pour le terminal. Le chauffeur avait envie de bavarder. Les réponses évasives et monosyllabiques de Jack ne tardèrent pas à l'en dissuader.

Le taxi s'arrêta. Jack sortit, paya la course, puis le regarda repartir par où il était arrivé. Il posa son sac et, plongeant les mains dans les poches de son manteau, respira profondément. Il avait exactement la même sensation qu'après l'appel de Nadeau alors qu'il était sur la galerie.

Et… il raconte ces choses terribles, monsieur. Des choses abominables sur…

Jack ne songeait même plus à faire machine arrière. En termes de distance, il avait parcouru les deux tiers du chemin. Il sentait l'attraction – celle de cette sombre force magnétique douée du pouvoir d'arracher à quelque chose mais aussi d'y ramener. En allait-il de même de tous ceux qui partaient ? Et de tous ceux qui ne pouvaient jamais partir ?

Jack prit son sac et se dirigea vers la gare. Il entendit le train, ce grondement bas et guttural, cette sorte de résonance sous ses pieds. Comme quelque chose de tapi dans les profondeurs de la terre. Quelque chose qui riait de sa faiblesse.

Jack tendit son billet au contrôleur. C'était un Inuit d'environ soixante-cinq, soixante-dix ans. En poinçonnant le billet, il lui indiqua le quai d'un mouvement de tête.

La locomotive était suivie d'un vieux wagon-restaurant Amtrak ; parmi les wagons passagers, les deux de tête étaient réservés aux Premières Nations tandis que celui de queue – dans lequel monta Jack – était un Southern Railway réaménagé qui pouvait s'enorgueillir de ses nouveaux fauteuils, de ses cartes éclairées indiquant les arrêts – Sept-Îles, Emeril Junction, Jasperville – et de ses radiateurs dans les carrés de fauteuils. Derrière se trouvait une série de huit wagons couverts, chacun rempli d'une cargaison pour Emeril ou Jasperville – sans doute des provisions en conserve ou séchées, des chaussures, des vêtements, des appareils électriques ou électroménagers, des produits de quincaillerie, des outils, des sacs postaux, des livres, des magazines, des articles de papeterie, et toutes sortes d'objets qui ne pouvaient pas être fournis d'une autre manière. Une partie de la cargaison serait envoyée par la route vers Labrador City et vers Wabush, deux villes jumelles à l'ouest, fondées par Canada Iron dans les années 1960.

Quand le train démarra, commençant son lent et tortueux voyage de huit heures, il faisait nuit noire. Il monterait jusqu'à quatre-vingts kilomètres à l'heure et n'irait pas au-delà. La contraction des rails, les coins de glace, la neige accumulée contre les traverses, qui en augmentait la taille à des endroits étranges, représentaient autant de dangers. À cent dix ou cent trente kilomètres à l'heure, de telles anomalies pouvaient causer un déraillement. À quatre-vingts kilomètres à l'heure, le danger était nul. C'était la conclusion de plusieurs dizaines d'années d'expérience.

Il y avait cinq autres passagers dans le wagon : un vieil homme habillé d'un lourd manteau de fourrure qui descendait jusqu'aux chevilles, un jeune couple, et une femme d'âge moyen avec un garçon de douze ou treize ans qui portait comme un masque d'indifférence maussade. Les deux seuls à parler étaient le couple, mais ils se chuchotaient à l'oreille, riant à tour de rôle et se versant dans deux tasses en plastique exactement identiques du café contenu dans une Thermos. Jack se dit que c'étaient de jeunes mariés. Lui avait peut-être obtenu un poste à Canada Iron et elle l'accompagnait maintenant vers ce meilleur des mondes. Ils n'avaient aucune idée de ce qui les attendait, et il ne revenait pas à Jack de les prévenir. S'il l'avait fait, ils l'auraient même pris pour un fou. À un moment, le jeune homme regarda de son côté. Jack lui fit un demi-sourire, avec un hochement de tête qui lui fut renvoyé.

« Jasperville ?

— Oui, répondit Jack. Et vous ?

— Pareil.

— Vous avez trouvé du travail là-bas ?

— C'est ça.

— Dans les mines ? demanda Jack.

— Pas tout à fait les mines, mais pour Canada Iron. Un travail administratif. Budget, salaires. Ce genre de choses.

— Première fois que vous y allez ?

— Oui. Enfin, je sais bien que c'est le bout du monde, mais c'est une aventure, n'est-ce pas ?

— C'est le moins qu'on puisse dire, répondit Jack, sachant qu'il aurait dû se taire.

— Vous êtes de là-bas ? » demanda la femme.

Elle se pencha en avant, ôtant la capuche bordée de fourrure de son manteau. Elle était brune, elle avait les yeux verts, et quelque chose en elle lui rappela Anne-Louise Fournier.

« À l'origine, oui. Je suis né à Montréal, mais mes parents sont partis à Jasperville quand j'avais trois ans. Ça fait un peu plus de vingt-cinq ans que j'en suis reparti.

— Et vous n'y êtes jamais retourné ?

— Non.

— Je m'appelle Vivienne Girard, dit la femme. Vivi. Mon mari s'appelle Paul.

— Jack Devereaux. Enchanté. »

Vivi parut soudain prise d'une hésitation. Jack devina ce qui allait suivre. Il aurait voulu qu'elle ne dise rien, mais il vit l'étincelle de curiosité dans ses yeux.

« Je peux vous poser une question ? demanda-t-elle. Bon, je sais que c'est une question un peu idiote, mais il faut que je vous la pose.

— Bien sûr, répondit Jack d'un ton où il put lui-même déceler de la réticence.

— Il semblerait qu'il y ait... disons, des rumeurs, des contes de bonnes femmes, sans doute, mais...

— Vivi, enfin, intervint son mari.

— Paul, ça ne coûte pas grand-chose.

— Des rumeurs sur quoi ? demanda Jack.

— Sur notre destination. Jasperville. À ce que j'ai entendu dire, le nom vient de *J'espère*, mais aujourd'hui tout le monde dit *Despairville*.

— Je ne savais pas, répondit Jack.

— Mais alors, ces histoires de gens qui deviennent fous ou qui se font trucider…

— Vivi, ça suffit, l'interrompit Paul. Jack, je suis vraiment désolé. Ma femme s'emballe dès qu'il est question de ce genre de choses.

— Rien de mal, dit Jack. C'est une ville éloignée, c'est sûr. Il n'y a guère que ce train pour y aller. Il y a une piste, mais la plupart du temps il fait trop froid, il y a trop de verglas, trop de vent pour qu'un avion puisse atterrir. Elle n'est pas assez grande pour des avions de ligne, seulement pour les petits, des bimoteurs, dix passagers, car vu les tempêtes qu'il y a là-bas, les gros finiraient écrasés au sol. Donc, oui, il y a des difficultés, mais les mêmes que partout dans cette région. Un tel environnement rapproche les gens. C'est un village. Les gens s'entraident. » Jack afficha un sourire rassurant. « Je suis sûr que tout se passera bien.

— Mais ces histoires. Cette histoire de jeunes filles qui ont été tuées, et cette légende algonquine sur une créature qui…

— Non », coupa Jack. Il n'avait pas envie d'entendre ça. Il savait bien qu'il le faudrait, mais pas maintenant, non. Pas encore. « Croyez-moi, ce qui tue les gens là-bas, c'est le climat et la vieillesse, rien de plus.

— Tu vois ? fit Paul. Je te l'avais bien dit. Tout ça, ce ne sont que des histoires. Pas de malédiction, pas de tueur en série, et certainement pas de cannibales algonquins. Tu te laisses trop emporter par ton imagination. »

Vivi n'était pas convaincue. Elle adressa à Jack un regard juste un peu trop appuyé. Il détourna les yeux, mais il savait qu'elle l'observait. Ses yeux brûlaient d'un feu qui le transperçait jusqu'au plus profond de lui. *Vous le savez, n'est-ce pas?* lui disaient-ils. *Vous savez qu'il y a quelque chose là-bas, et vous avez peur.*

Jack regrettait d'avoir engagé la conversation. Peut-être était-ce son subconscient qui l'y avait poussé. Peut-être avait-il désiré que cette question lui soit posée. Lui qui avait tout bonnement évité le sujet pendant plus d'un quart de siècle, il sentait la présence en lui de tout un réservoir de mots et de sentiments, de pensées et d'angoisses qu'il lui fallait exorciser maintenant qu'il devait arriver avec le jour.

Oui, aurait-il dû répondre à cette femme. *Toutes les histoires que vous avez entendues sont vraies, mais elles ne représentent qu'une infime partie de la vérité. Dans un mois, vous ne saurez plus où vous êtes. Vous aurez perdu tout sens de l'orientation. Partout, l'obscurité vous attendra, mais vous ne saurez même pas dans quelle direction vous regardez. Le temps s'efface. Même le soleil se cache. Au bout d'un an vous aurez l'impression d'avoir perdu tout lien avec le monde extérieur. Vous ne pourrez plus entrer en contact avec lui, ni lui avec vous. Même si vous trouvez un moyen de vous en échapper, vous garderez en vous des pans entiers du passé, que vous ne distinguerez plus du présent. La ligne de partage aura disparu. Donc, oui, Vivienne, vous pouvez croire que ces histoires ne sont que des rumeurs et des contes de bonnes femmes, mais la réalité est encore pire. Et je suis bien placé pour le savoir, car j'ai été témoin de la majeure partie de ces événements et je les porterai en moi jusqu'à la fin de mes jours.*

Vivi avait rabattu sa capuche et son visage était entouré d'ombre. Elle était appuyée contre l'épaule de son mari et, par la fenêtre, elle regardait le paysage sombre et silencieux qui défilait derrière le train.

Jack avait envie de dormir, mais n'osait pas. Il ne pensait qu'à Thérèse Bergeron, et à la dernière fois qu'il l'avait vue vivante.

14

Jacques, en haut de l'escalier, était furieux. C'était son anniversaire, le jour de son entrée dans l'adolescence, et cette date – le 20 juin 1978 – aurait dû être mémorable, mais Calvis avait de la fièvre et la fête venait d'être reportée.

« On arrangera ça, dit Elizabeth. Dès que Calvis sera remis, on célébrera ton anniversaire, je te le promets. »

La voix de son père monta de la cuisine.

« Jacques, descends tout de suite prendre ton petit déjeuner. Maintenant, tu es un jeune homme, alors veille à te comporter comme tel. »

Jacques descendit l'escalier d'un pas lourd. Il ferait comme on lui disait, mais chaque seconde était pesante.

Papi, installé à la table de la cuisine, leva les yeux et sourit.

« Eh bien, mais qui voilà ? Corrige-moi si je me trompe, mais je crois bien que c'est le garçon le plus malpoli du monde. »

Jacques le toisa.

« Ah, merveilleux ! Mesdames et messieurs, nous tenons notre vainqueur ! Voyez ces sourcils froncés, ce visage fermé ! Voyez la méchanceté, la malveillance contenues dans ces petits yeux perçants…

— Oh, ça va, papi ! dit Jacques, qui riait déjà.

— Viens, assieds-toi près de moi. Prends ton petit déjeuner. Ensuite, je t'accompagnerai à l'école et je te raconterai une histoire. »

Jacques dévora son petit déjeuner et papi fit tout ce qu'il avait promis, sauf qu'il ne lui raconta pas la fin de l'histoire.

« Je terminerai plus tard », dit-il.

Après l'école, Jacques et Carine rentraient ordinairement à la pension, puis Jacques et Juliette continuaient jusqu'à la maison. Mais, depuis janvier, Juliette restait jusqu'en début de soirée pour donner un coup de main. Toutes les chambres étaient occupées. Il y avait des lits à faire, des draps à nettoyer, et un défilé sans fin d'assiettes et de couverts à laver. Le plus souvent, Jacques rentrait seul. Il avait reçu pour consigne de rester sur le chemin et de ne jamais s'en éloigner. Juliette était comme la sœur siamoise de Thérèse, elles étaient toujours fourrées ensemble. À vingt ans – il n'y avait que trois mois d'écart entre elles –, elles faisaient fantasmer tous les jeunes hommes célibataires de Jasperville. Chez les hommes mariés, plus âgés, le mal était bien pire. Quant à Carine, qui n'était qu'à un mois de son onzième anniversaire, elle avait remplacé son attachement presque obsessionnel à Jacques par une sorte de nonchalance méfiante. Elle semblait vouloir sa présence, elle se donnait un mal de chien pour l'obtenir, mais une fois qu'il était à ses côtés, elle ne lui adressait presque pas la parole. Jacques n'y comprenait rien. Les filles, apparemment, ce n'était pas comme les garçons. Mais rien ne l'obligeait à les comprendre, et il n'essayait pas.

Jacques avait une passion pour la lecture qui dépassait les exigences scolaires et qui surprenait même Elizabeth.

Il dévorait les livres les uns après les autres. Il avait englouti comme un raz-de-marée tous ceux de la maison – de *Moby Dick* à *Sherlock Holmes*, de Jack London à Ernest Hemingway. Elizabeth feuilletait parfois les romans qu'il lisait, et elle trouvait çà et là des morceaux de papier coincés entre les pages. Dessus, Jacques avait soigneusement recopié des mots isolés.

« Qu'est-ce que c'est ? lui demanda-t-elle un jour.

— Des mots que je ne connaissais pas, répondit-il. Je regarde la définition dans le dictionnaire de l'école. »

En tant qu'ancienne institutrice, Elizabeth n'aurait pu se réjouir davantage. Jacques avait peut-être du mal à se faire des amis, mais il était très proche de ceux qu'il avait malgré tout. C'était un garçon réfléchi et, même les jours où Carine l'embêtait – Elizabeth avait parfois envie de la gifler tant elle lui tapait sur les nerfs –, il ne mordait pas à l'hameçon. Il était évident que Carine était amoureuse de Jacques. Ses brimades et ses taquineries n'étaient que des façons de retenir son attention. L'idée que Jacques et Carine puissent faire leur vie ensemble, que ce soit à Jasperville ou dans un autre coin de la planète, inspirait à Elizabeth un sentiment d'accomplissement. Après tout, qu'est-ce qu'être mère, sinon préparer son enfant à une vie qu'il sera heureux de vivre en votre absence ?

Elizabeth n'en parla pas, mais elle était troublée à l'idée que l'anniversaire de Jacques ne soit pas fêté. L'entrée d'un garçon dans l'adolescence est une étape significative. Dans bien des religions et des cultures, c'est une transition entre enfance et âge adulte. Dans certaines tribus, un garçon de treize ans doit partir chasser avec ses aînés et rapporter assez à manger pour ses frères et sœurs. Dans la religion juive, on fête la *bar-mitzvah*, qui est l'entrée dans l'âge adulte mais aussi le moment à partir duquel le père cesse d'être redevable des péchés de son enfant.

Sauf que Calvis avait de la fièvre. Une fièvre ni grave ni réellement inquiétante, mais il aurait été irresponsable de réunir la famille avec un enfant malade. Calvis serait contagieux tant qu'elle n'aurait pas baissé. La fête serait donc remise au samedi suivant ; d'ici là, Calvis serait parfaitement rétabli, Elizabeth en était sûre.

Ce matin-là – c'était après le petit déjeuner, Calvis était encore au lit dans sa chambre à l'étage, Henri et Juliette étaient partis au travail, William avait accompagné Jacques à l'école –, la maison connut un très bref moment de tranquillité. Elizabeth ne voyait plus quand un tel silence avait régné dans la maison des Devereaux pour la dernière fois. Après avoir débarrassé la table, lavé la vaisselle, elle resta devant la fenêtre à regarder les monts Torngat. Déjà neuf ans à Jasperville. Elle repensa au premier jour, à Wilson Gaines, l'administrateur du logement, qui était venu les rencontrer à la gare. Et à son fils.

Comment s'appelait-il, déjà ? Robert. Voilà, c'est ça. Un garçon si pâle, et tellement tranquille. Elle eut beau chercher dans ses souvenirs, elle ne pensait pas les avoir revus depuis ce premier jour.

Le retour de William l'interrompit dans sa rêverie. Elizabeth lui fit un peu de café, qu'il but à la table de la cuisine.

« Assieds-toi un moment, dit-il.

— Il faut que j'aille voir comment va Calvis…

— Rien qu'une minute. »

Elizabeth s'assit après s'être essuyé les mains.

William eut un moment d'hésitation.

« Est-ce qu'il t'arrive de regretter d'être venue ici ? demanda-t-il enfin.

— Pourquoi une telle question ? répondit-elle.

— À cause de cet air que tu as parfois, ma chérie.

— Les gens passent leur temps à rêver d'une autre vie que la leur. Certains arrivent à changer, mais le plus souvent ils s'aperçoivent que leur nouvelle vie ne vaut pas mieux que l'ancienne. Et il est trop tard pour revenir en arrière.

— Très juste », dit William avant de diriger vers Elizabeth ses yeux chassieux, son visage marqué par chacune de ses soixante et onze années.

Il avait quelque chose à lui dire, Elizabeth le savait.

« Je sais ce que j'ai fait.

— Papa… »

William leva la main.

« Je n'en reparlerai sans doute jamais, alors laisse-moi dire ce que j'ai à dire. » Il détourna les yeux un bref instant. « Je perds la tête. Je le sais. Parfois je vois des gens que je connais depuis qu'on est à

Jasperville, et j'ai beau chercher, je ne retrouve plus leurs noms.

— Je sais, papa, mais tu t'en sors bien mieux que moi.

— Justement, tu vois? Tu t'en sors. L'ironie, c'est que, les choses que je regrette, je m'en souviens aussi bien que le jour où je les ai faites.

— Ce n'est pas la peine d'y revenir.

— Mais il y a quelque chose que je *dois* te dire. Et que je dois te dire maintenant, de peur de l'avoir oublié la prochaine fois que je prendrai mon courage à deux mains.

— Ton courage à deux mains? De quoi veux-tu parler?»

Il y eut alors dans l'expression de William quelque chose qu'Elizabeth n'avait jamais vu avant – même lorsqu'il avait bu et que son esprit basculait dans une réalité accessible à nul autre que lui. C'était une expression différente, qui lui faisait peur.

«J'ai quelques craintes pour toi, dit William d'une voix étouffée, comme s'il redoutait d'être entendu par quelqu'un d'autre.

— À quel sujet, papa?»

Il se pencha plus près, prenant tout à coup des airs de conspirateur. Les murs ont parfois des oreilles.

«Ce lieu. Désolé, désertique. Ce que j'entends. Ce que je vois.

— Quoi? fit Elizabeth. Et qu'est-ce que tu entends? Qu'est-ce que tu vois?»

Il y avait une pointe d'anxiété dans sa voix. Elle cherchait à savoir s'il ne faisait que se laisser emporter par sa folle imagination.

« Henri », dit William.

Elizabeth sentit le sang de ses joues refluer.

« Je crains qu'il ne finisse possédé par ce lieu et qu'il ne commette quelque chose de véritablement affreux...

— Mais qu'est-ce que tu dis là ? balbutia Elizabeth. Henri est...

— Je vole, coupa William, la voix réduite à un murmure. Et *là-haut*, je vois tout, je vois ce qui est arrivé à ces jeunes filles. Je les entends dans les ténèbres, Elizabeth, et ce qu'elles me disent, c'est que...

— Non, cria Elizabeth. Non ! Je n'ai pas envie d'entendre ça !

— Il le faut ! » insista William. Il se pencha, lui saisit la main, la tira avec une certaine force. Elle eut soudain les côtes plaquées contre le bord de la table. Le regard de son père était perçant, et sa manière de la toiser avait quelque chose de très perturbant. « Il faut que tu m'écoutes ! Je dois te parler d'Henri.

— Non ! » répéta Elizabeth en dégageant sa main. Elle se leva de sa chaise. « Je ne sais pas ce qui te prend, papa. Je ne sais pas si tu t'es remis à boire ou si c'est un de tes délires, mais je ne t'écouterai pas dire un mot de plus contre Henri. Je sais que tu ne l'as jamais aimé et que tu lui en veux de nous avoir emmenés ici, à un million de kilomètres du reste du monde. Dois-je te rappeler que si je suis dans ce pays, c'est à cause de ce que tu as fait en Angleterre ?

— Je pense à toi et aux enfants, c'est tout...

— Je suis leur mère, Henri est leur père et il a toujours subvenu aux besoins de cette famille depuis qu'on est ici.

— Mais il y a des choses, ici, Elizabeth… Des choses qui sont là depuis bien plus longtemps que nous.

— Maintenant, ça suffit. C'est le genre d'inepties que tu racontes à Jacques. Tu lui farcis la tête avec des histoires de fantômes et je ne sais quoi encore. Ensuite, il va les raconter à Carine et il fiche la trouille à cette pauvre petite. Marguerite m'a dit qu'elle allait dormir dans le lit de sa sœur. Je sais qu'avec les garçons, ce n'est pas pareil, peut-être qu'il est plus difficile de les effrayer, mais…

— Jacques comprend », déclara William.

Ces deux mots furent prononcés avec une telle spontanéité qu'Elizabeth ne sut d'abord pas comment réagir. Puis elle se ressaisit. Elle resta sur sa position. Certes, William était son père, mais cela ne lui donnait pas le droit de perturber les enfants ni d'insinuer qu'il y avait un problème avec Henri.

« Jacques est un garçon à l'esprit particulier, dit-elle, et j'aimerais que tu cesses de l'abreuver de spectres et de goules et de tout le reste. Quant à mon mari, eh bien… c'est mon mari, et il veille sur le bonheur et la santé des enfants de même que sur le toit que tu as au-dessus de la tête…

— Et sur mes comptes en banque…

— Où tu as mis de l'argent qui n'a jamais été à toi ! » Elizabeth sentait la colère monter dans sa poitrine. Elle ne rentrerait pas dans le jeu de son père. « Maintenant, William Swann, c'est toi qui vas écouter ce que j'ai à te dire. Plus d'histoires de fantômes. Surveille tes manières, tes discours, sinon je te jette dehors, dans le froid, et… et… tu mourras congelé comme ces pauvres jeunes filles dont tu as tellement envie de parler ! »

Là-dessus, Elizabeth tourna les talons et se dirigea vers l'escalier. Elle monta voir Calvis et, lorsqu'elle jeta un coup d'œil par-dessus son épaule, l'air de désespoir qu'elle vit dans les yeux de son père lui fit immédiatement regretter ce qu'elle venait de dire. C'était un vieil homme, d'esprit et de corps fragiles, et elle l'avait renversé avec la délicatesse d'un éléphant.

« Papa… »

William leva la main.

« Je t'ai parfaitement entendue, Elizabeth. Monte voir Calvis. »

Elizabeth comprit qu'il était sur la défensive. Elle s'excuserait, mais pas maintenant. Elle attendrait qu'il se soit apaisé, et ce serait sans doute lui qui présenterait le rameau d'olivier. Ils se disputaient rarement, et ils s'étaient toujours raccommodés. Elle se dit que cette fois il n'en irait pas autrement mais, lorsqu'elle entra silencieusement dans la chambre et regarda Calvis, ses paupières battantes, son front emperlé de sueur, elle se sentit entourée par une atmosphère palpable d'anxiété et de tension. Elle commença à réfléchir à ce que William avait voulu lui dire sur Henri. Elle ne pouvait pas redescendre lui poser des questions. Pas tout de suite. Mais avait-elle vraiment envie de savoir ? Pourquoi son père avait-il parlé dans un même élan d'Henri et des jeunes filles mortes ? Question sombre et terrible, qu'elle chassa aussitôt de son esprit. Elle tira une chaise à côté du lit de Calvis. Rien ne venait ponctuer le silence que le bruit de sa respiration et, à l'arrière-plan, les rapides battements de son cœur. Elle était perturbée. Inutile de le nier. Quelque chose dans la certitude avec laquelle il s'était exprimé, l'éclair de frayeur dans ses yeux quand elle avait refusé de l'écouter… Elle regarda son enfant endormi en priant pour que sa respiration ne s'arrête pas.

Elizabeth se ressaisit soudain. Elle était en train de dérailler. Elle entendit la porte de derrière s'ouvrir puis se refermer. William devait être sur la galerie en train de ruminer et de marmonner avec sa pipe et son châle. Elle le laisserait tranquille. Pendant que Calvis dormirait, elle préparerait la fête, ou, puisqu'il n'y en avait pas, le gâteau et les bougies pour que Jacques puisse au moins faire un vœu.

Quand les Bergeron arrivèrent, il était un peu plus de 19 heures. C'était Juliette qui les avait invités, et ce fut une surprise pour tout le monde. Oui, on ferait une fête dès que Calvis serait remis, mais on ne pouvait pas finir une telle journée sans un rituel digne de ce nom.

Le dîner venait de se terminer et Jacques, debout devant l'évier, était en train de faire la vaisselle quand la cuisine s'était soudain remplie de bruit et de bonne humeur.

Non sans effet, Philippe et Marguerite remirent à Jacques un gros paquet enveloppé dans du papier de boucher, le tout ficelé avec une corde synthétique. Thérèse et Carine brûlaient de le voir découvrir ce qu'il contenait. Jacques posa le paquet sur la table, puis sortit son couteau de son fourreau pour trancher la corde. Il déplia le papier. L'impatience dans la pièce était palpable.

Elle était arrivée de Montréal, et selon l'étiquette elle était cousue à la main en fine peau de cerf et doublée de peau de mouton, rien que ça : c'était une vraie veste de trappeur, avec des boucles de serrage à hauteur de la taille, des poches pour se chauffer les mains, et des œillets de ventilation à l'arrière pour les sorties du jeune homme à cheval.

La surprise d'Henri et Elizabeth fut totale. Un tel cadeau devait avoir coûté une fortune.

Jacques, sans voix, réussit quand même à marmonner une dizaine de *Merci*, si ce n'est plus, en serrant dans ses bras Philippe et Marguerite tous les deux en même temps.

« Ce n'est pas n'importe quel anniversaire, dit Philippe. Maintenant, tu es un jeune homme, Jacques. » Là-dessus, il se retourna vers sa cadette. « Et notre Carine a quelque chose à te dire. »

Carine avait l'air mal à l'aise, un peu gênée, mais elle s'avança face à Jacques.

« On voulait que tu aies quelque chose de vraiment spécial, Coco, dit-elle. On a tous économisé, j'ai mis mon argent de poche et une partie de celui que j'avais gagné à la pension, et on espère vraiment, vraiment que ça te plaît ! »

Elle s'avança pour l'embrasser. Jack devint rouge pivoine, tout le monde rit de bonne humeur, et la maison des Devereaux parut contenir assez d'amour pour éloigner tous les malheurs qui se seraient mis en tête de les déranger.

William, qui se tenait juste derrière Elizabeth, posa les mains sur les épaules de sa fille et se pencha pour lui murmurer quelque chose.

« Je suis désolé. J'ai parlé de ce qui ne me regardait pas. »

Sans se retourner, elle serra sa main dans la sienne d'une manière rassurante. Il avait présenté le rameau d'olivier, comme elle l'avait prévu, et il ne lui restait plus qu'à l'accepter de bon cœur.

Elizabeth apporta le gâteau et les bougies furent allumées. Les grands burent du vin, les enfants du punch aux fruits, et Jacques enfila sa veste de trappeur du même geste que Daniel Boone avant de s'élancer sur sa *Wilderness Road*.

Lorsque les Bergeron se préparèrent finalement à partir, Thérèse attira Jacques à part. Elle avait les joues rougies par le vin et la chaleur du poêle, et les yeux plus clairs que jamais.

« J'aimerais que tu me fasses une promesse, dit-elle.

— Une promesse ? De quoi parles-tu ? »

Thérèse jeta un regard du côté de sa sœur, qui mettait ses chaussures près de la porte d'entrée alors que leurs parents étaient encore en train de bavarder avec Henri et Elizabeth.

« De Carine. Promets-moi que tu prendras soin d'elle. » Elle s'arrêta et, un très bref instant, elle ferma les paupières. « S'il se passe quelque chose.

— S'il se passe quelque chose ? Comment ça ? »

Cette fois, les deux yeux clairs le transpercèrent jusqu'au tréfonds de son être. Il ne put regarder ailleurs.

« Promets-le-moi, dit-elle. Quoi qu'il arrive, tu prendras toujours soin de Carine.

— Ou-oui, bredouilla Jacques, surpris par l'intensité de la voix de Thérèse. Oui, je te le promets.

— Bien. » Là-dessus, son visage se détendit et elle sourit avec une immense tendresse. « Joyeux anniversaire, Coco », dit-elle en l'attirant vers elle et en l'embrassant comme si leur vie en dépendait.

15

Jack se réveilla en sursaut, le train s'était mis à trembler. Le bruit des roues patinant sur les rails glacés était strident, impitoyable. Il se pencha sur le côté et jeta un coup d'œil par la fenêtre. Il aperçut à travers des rafales de neige les quais de la gare d'Emeril Junction. Il regarda sa montre – 4 h 40. Le train avait pris du retard. Les premières lueurs du jour traversaient un horizon froid et gris, comme contusionné. Il ne se rappelait pas s'être endormi, mais il savait qu'il avait fait des rêves. Son esprit sortait du chaos et son corps le faisait souffrir comme après un combat contre un ennemi invisible.

Au wagon-restaurant, Jack prit du café et quelques *pets-de-sœurs*[1]. Leur goût de cannelle lui rappela comme si c'était la veille le temps où ils étaient voisins des Bergeron. Plus la distance s'était creusée avec son père et sa mère, plus il avait eu le sentiment d'appartenir à sa deuxième famille. Sauf que, quand les circonstances avaient exigé qu'il prenne en main le sort non seulement de Calvis, mais également de Carine, il avait choisi le chemin de la facilité. Il avait fui.

1. En français dans le texte original.

Il n'était pas revenu le jour où Henri avait été interné à Saguenay à l'été 1995. Il s'était convaincu que c'était par choix. Après tout, Calvis avait près de vingt-trois ans et il pouvait affronter seul cette situation. Jack avait eu les responsables de l'institution au téléphone. Ils lui avaient dit que Calvis s'était occupé des papiers, des entretiens, et qu'il s'était présenté aux consultations. Jack avait vu là une confirmation que Calvis s'en sortait. Henri avait été diagnostiqué schizophrène et Jack n'en savait pas plus. Déjà avant son départ de Jasperville en 1984, Henri se parlait à lui-même ou parlait à des êtres qui n'étaient pas là, répétant les histoires que Jack racontait aussi à Carine.

Tout lui semblait aussi réel que si les événements dataient de la veille. Le passé ne change pas, quel que soit le présent.

Le train étant à quai, Jack attendit patiemment que la porte s'ouvre. Il veillait à ne croiser le regard de personne. Il voulait passer un peu de temps seul dehors, le visage battu par l'air froid, sans avoir à faire la conversation ni à poser de questions à qui que ce soit, simplement rester plongé dans ses pensées.

La porte s'ouvrit à grand bruit, tournant tant bien que mal sur ses immenses gonds métalliques. Soudain, l'hiver remplit le wagon. Jack s'emmitoufla dans son manteau avant de descendre sur le quai. Il marcha à grands pas – loin du train, loin des gens, des voix, de tout – jusqu'au bout de l'allée d'arbres parallèle à la voie. Il observa les passagers pendant qu'ils fumaient et bavardaient. Il était étranger. Il s'était convaincu que c'était lui qui le voulait depuis toujours. Mais c'était un mensonge. Il avait changé de ville, de province, de pays, il s'était réfugié dans le travail, dans des lectures sans fin, mais cela ne comptait pour rien. La conscience est un pays intérieur. On a beau changer de décor, il y a toujours quelque chose qui vient vous rappeler ce que vous avez fait de pire dans votre vie.

Despairville. La ville du désespoir. Rien de plus vrai, rien de plus pertinent que ce surnom.

Une fois que le train serait reparti, il y en aurait encore pour quatre heures. Jack ne dormirait pas, du moins pas intentionnellement. Il se sentait nerveux, comme si de l'amphétamine coulait dans ses veines. Il savait qu'il devrait élaborer un plan d'action, mais il n'était pas en mesure de le faire avant d'arriver. Ce n'était pas faute de s'en soucier, c'était un manque de lucidité pur et simple. Quel genre d'homme faut-il être pour parcourir près de deux mille cinq cents kilomètres sans poser de questions précises sur ce qui s'est passé et sur ce qu'il faudra faire une fois arrivé ?

Le train gronda. Les passagers semblaient retourner sur le quai. À contrecœur, Jack redescendit l'allée d'arbres jusqu'à son wagon. Ce fut seulement une fois tout près qu'il s'aperçut que le groupe avait l'air d'attendre quelque chose. Un conducteur se dirigea vers eux.

Jack resta là où il était. Paul Girard marchait d'un pas nonchalant.

« Un problème électrique ? demanda Jack.

— Ce ne sera pas long, répondit le conducteur. Peut-être une demi-heure. Un des radiateurs du wagon a une batterie à plat. C'est le froid. Ça arrive souvent. »

Il y eut un murmure de frustration. La plupart des passagers remontèrent dans les wagons. Il faisait trop froid pour rester dehors.

« Vous ne venez pas ? demanda Paul.

— J'arrive, répondit Jack.

— Dites, je suis désolé pour les questions de ma femme. Elle est comme ça.

— Ne vous inquiétez pas.

— Je peux vous demander pourquoi vous retournez à Jasperville ? Vous avez dit que vous étiez parti depuis – combien de temps, déjà – un peu plus de vingt-cinq ans ? »

Jack respira profondément. Il savait qu'il devrait tôt ou tard apporter un élément de réponse à cette question, alors pourquoi pas à un inconnu ?

« J'ai un frère, là-bas. Il a besoin d'aide.

— Ah, répondit Paul, comme si la conversation ne prenait pas le tour qu'il avait désiré. Rien de grave, j'espère.

— Assez pour que j'y aille. »

Ils furent rejoints par Vivi.

« Jack rentre pour aider son frère, dit Paul.

— Ça fait vingt-cinq ans que vous n'êtes pas rentré ? demanda-t-elle.

— Oui.

— Vous n'avez plus que lui, là-bas ?

— Vivi, ça ne te regarde pas. »

Paul regarda Jack d'un air contrit.

« Ne vous inquiétez pas, dit Jack. Je n'ai personne d'autre là-bas. Quand je suis parti, j'avais dix-neuf ans. Il en avait douze. Ma mère venait de mourir, à peu près deux mois plus tôt, et il fallait que je m'en aille.

— Il est donc resté avec votre père ?

— Vivi, enfin…

— Vous êtes détective, c'est ça ? » demanda Jack en riant.

Vivi eut un air gêné.

« Toutes mes excuses, dit-elle. Je suis romancière. Toujours à fourrer mon nez partout. J'ai envie de tout savoir.

— C'est vrai, confirma Paul. Elle n'est pas comme ça qu'avec vous, et elle en fait autant avec les chauffeurs de taxi, les gens du voisinage, les clients des cafés…

— Il me trouve embarrassante.

— Mais non, chérie. C'est juste que certaines personnes sont réservées, tu vois ? Tout le monde n'a pas toujours envie de raconter sa vie.

— Toutes mes excuses si je vous ai gêné, Jack.

— Mais pas du tout. » Jack plongea les mains dans ses poches, les yeux sur ses chaussures. « Si je dois être honnête, le fait que je parle peu explique sans doute la moitié de mes problèmes.

— Je crois qu'on peut en dire autant de tout le monde, ou presque, répondit Vivi. Il y a le masque qu'on porte en public, et il y a le vrai visage. »

Jack la regarda, et ne détourna les yeux qu'au moment où il sentit qu'il la mettait mal à l'aise. En réalité, ce n'était pas tout à fait elle qu'il regardait. Elle était dans sa ligne de visée, mais il pensait à une tout autre femme. Une jeune fille sans visage. Avec du sang autour d'elle dessinant des motifs dans la neige. L'image avait beau appartenir au passé, il savait qu'il l'aurait toujours sous les paupières.

Treize ans, le cœur battant à en jaillir de la poitrine, et les yeux si remplis de larmes que le monde entier parut sombrer autour de lui.

16

C'était le mois de juillet. La neige avait fondu presque partout. Le soleil ne descendait jamais au-dessous de l'horizon, et seules les plus profondes crevasses et dépressions suggéraient le prochain retour de l'hiver. Les températures pouvaient monter jusqu'à onze ou douze degrés, et une fine pellicule de lichen vert recouvrait les affleurements de roche. Il y avait des pluies, aussi – soudaines, brèves, torrentielles. Les allées entre les maisons se transformaient en canaux remplis d'une boue profonde. Des efforts étaient déployés pour les maintenir planes ; à la prochaine chute des températures, elles feraient, gelées, des saillies infranchissables, que ce soit à pied ou au volant. Autour de Jasperville s'élevait un brouillard impénétrable. Il traînait jusqu'au sol et flottait comme un nuage de fumée. On voyait à trente, trente-cinq mètres au mieux, et encore seulement quand le soleil était au zénith. Les monts Torngat étaient entièrement voilés la plupart du temps et, quand ils surgissaient, ils ressemblaient à une lointaine bête endormie. Le peu de chaleur supplémentaire avait un effet surréel. L'air était lourd et moite. Le son ne portait pas. Tout ce qui était vu ou entendu était étouffé, ambigu.

Plus qu'un mois à attendre avant le sixième anniversaire de Calvis. Depuis un an, il allait à l'école. Jacques et lui étaient aussi inséparables que Juliette et Thérèse. Juliette avait beau être âgée de vingt ans, elle ne parlait jamais de quitter Jasperville. Tout aussi intriguée que rassurée, Elizabeth n'en avait pas encore tiré de conclusion. Juliette aidait William ; elle faisait la cuisine, le ménage, lavait le linge des garçons. Dévouée, attentionnée, d'une patience infinie, elle semblait ne rien désirer.

Un jour, environ une semaine après le treizième anniversaire de Jacques, Juliette se préparait à repartir à la pension.

« Assieds-toi, dit Elizabeth.

— Je dois y aller. Je vais être en retard.

— Cinq minutes, ma chérie. Pas plus. »

Juliette s'installa à la table de la cuisine.

« Je voulais juste te parler.

— De quoi ?

— De ton avenir. Tu t'occupes de tout le monde, et il est temps que quelqu'un s'occupe un peu de toi.

— Ça va, maman.

— Je sais bien que ça va, Juliette, mais maintenant tu as vingt ans. Tu es adulte. Tu as sans doute envie de voler de tes propres ailes et de partir d'ici, de retourner peut-être à Montréal et de te trouver un mari…

— Mon Dieu, dit Juliette. Un mari ?

— Tu n'as pas envie de te marier ? Mais peut-être y a-t-il ici un jeune homme qui te plaît déjà ?

— Ma vie me satisfait telle qu'elle est, répondit Juliette. J'ai un métier, j'ai des amis et une famille. Et, de toute façon, comment feriez-vous sans moi ? »

Elizabeth sourit.

« C'est vrai. Parfois, je me le demande. »

Juliette se leva.

« Ne t'inquiète pas pour moi, dit-elle. Tout va très bien. Et si j'ai une envie de changement, tu seras la première à le savoir.

— Tu es sûre ?

— Maman… Oui, sûre. »

Sur ces mots, Juliette enfila son pardessus et sortit.

Elizabeth n'avait aucun problème avec le fait que Juliette ait son caractère et qu'elle ne veuille pas se laisser influencer. Elle oublia cette histoire quelques jours. Jusqu'au 4 juillet. Les employés américains de Canada Iron organisaient une grande fête dans la soirée. C'était un mardi, et Henri ne voulait surtout pas avoir affaire à trente ou quarante mineurs ivres le lendemain. Il eut beau essayer, il ne put cependant pas les convaincre de remettre la fête au week-end.

Au début de l'après-midi, Marguerite Bergeron vint frapper à la porte. Avant même qu'elle ait dit un mot, Elizabeth sentit quelque chose de troublant dans son comportement. Elle semblait mal à l'aise, toujours aussi polie, mais sans cette familiarité qu'elle lui témoignait d'habitude. Elle demanda même où était William.

« Il est dehors, lui répondit Elizabeth. De toute façon, tu sais, il n'entend plus grand-chose. »

Marguerite prit une chaise à la table de la cuisine. L'expression dans ses yeux annonçait un problème.

« Qu'est-ce qu'il y a, Marguerite ?

— Assieds-toi, Elizabeth. J'ai une chose à te dire, et je ne sais vraiment pas comment m'y prendre à part te le dire de but en blanc. »

Elizabeth se sécha les mains dans le torchon, puis s'assit. Elles se regardèrent en silence.

« Parle », dit Elizabeth.

Marguerite inspira profondément.

« J'ai vu quelque chose. »

Elizabeth ne répondit rien. Elle essaya de se détendre.

« J'ai vu quelque chose que je n'étais pas censée voir et ça me dérange beaucoup. »

Marguerite ferma les paupières. Les images étaient là, juste en dessous.

« Bien sûr, j'aurais préféré ne rien voir, mais le fait est que j'ai vu. Et maintenant que j'ai vu, je ne peux l'oublier ni l'ignorer. C'est une affaire qui nous concerne toutes les deux, et nous sommes les seules à pouvoir prendre une décision.

— De quoi parles-tu, Marguerite ? demanda Elizabeth. Qu'as-tu donc vu ?

— Nos filles, dit Marguerite. Je parle de nos filles. »

Elizabeth comprit soudain, mais n'osa pas se laisser aller à y croire.

« Ce que j'ai vu, Elizabeth… Non, je n'ai pas envie de le dire… »

Elizabeth fut secouée par une vague d'émotions. Sa poitrine se serra, comme si l'air même était plus dur à respirer.

« Marguerite, je t'en prie.

— Elles… étaient toutes les deux, dit Marguerite d'une voix à peine plus perceptible qu'un murmure.

— Toutes les deux ? » répéta Elizabeth.

Elle essayait de se forcer à revenir dans le temps, à remonter d'une heure, d'un jour, d'une semaine.

« Elles avaient des rapports intimes, Elizabeth. Je les ai vues. Ensemble. Comme un homme et une femme peuvent avoir des rapports intimes… »

Elizabeth sentit tout le sang refluer sur son visage.

« Je comprends le sens de cette expression, Marguerite. »

Puis, voyant sa visiteuse fondre en larmes, Elizabeth sut qu'elle devrait prendre la situation en main. Marguerite n'était pas en état de réfléchir.

« Ça arrive, dit Elizabeth. Ce n'est pas la première fois et je suis sûre que ce ne sera pas la dernière. Les jeunes filles, et les jeunes garçons aussi… eh bien, ils commencent à s'apercevoir que… »

Mais elle s'arrêta. Elle n'avait aucune idée de ce qu'elle pensait, encore moins de ce qu'elle disait.

« Elles se caressaient, continua Marguerite. Elles s'embrassaient et elles se caressaient. »

Elizabeth sentit frémir, puis crouler les remparts de son monde intérieur. Elle n'en éprouva ni dégoût ni choc. Seulement du désarroi. Le problème n'était pas ce qu'elle venait d'entendre, mais comment elle allait réagir. Elle aimait sa fille au-delà de toute mesure et, quoi que Juliette fasse ou dise, rien n'y changerait. Elle pensait à Henri, à Jacques, aux gens qu'ils connaissaient et qu'ils devraient continuer de fréquenter chaque jour qui passe. Elle savait que certains n'hésiteraient pas à les juger indignes.

« Que va-t-on faire ? » demanda Marguerite.

Elizabeth respira lentement et profondément.

Marguerite ouvrit les lèvres pour prendre la parole.

« Un moment, s'il te plaît, coupa Elizabeth en se levant pour se diriger vers la fenêtre. Pendant un certain temps, elles devront rester séparées. Je vais en parler à Juliette. Je vais t'accompagner à la pension, la ramener ici et lui parler de tout ça. Voilà ce que je vais faire.

— Non, reste ici, proposa Marguerite. Laisse-moi y aller toute seule. Je vais lui dire que je reviens de chez vous et que tu veux qu'elle vienne t'aider avec… avec William.

— D'accord.

— Oui, c'est mieux.

— Dis-moi que tout va bien se passer, Elizabeth. »

Elizabeth prit la main de son amie.

« Tout va bien se passer, Marguerite », répondit-elle.

Et, au moment même où ces mots franchirent ses lèvres, ils lui parurent tout aussi creux que vides.

Juliette rentra une demi-heure plus tard. Elizabeth la vit échanger quelques mots avec William sur la galerie. Elle cogna à la fenêtre et lui fit signe d'entrer.

« Qu'est-ce qu'il y a ? demanda Juliette. Marguerite m'a dit que tu avais besoin d'aide avec papi. Il a l'air d'aller bien, pourtant.

— Je t'ai fait venir parce que je voulais te parler.

— Encore ?

— Assieds-toi, Juliette.

— Mais qu'est-ce qu'il y a, maman ?

— Juliette, je veux que tu t'assoies. S'il te plaît, fais ce que te demande ta mère. »

Juliette hésita, puis s'installa à la table de la cuisine.

« J'ai une chose à te demander, Juliette. Mais, avant, je veux que tu saches que, quoi que tu dises, je suis ta mère. Pour rien au monde je ne t'aimerai moins. »

Juliette changea aussitôt d'expression. Elle pâlit de manière visible et, quand elle voulut recoiffer une mèche qui venait de s'égarer, il devint évident que sa main tremblait.

« Je veux que tu me dises la vérité sur tes rapports avec Thérèse. »

Ce fut comme si Juliette avait reçu une gifle en plein visage. Ses yeux s'écarquillèrent, des larmes grossirent au bord de ses paupières. Ses joues rougirent, et elle se mit à respirer de manière haletante, comme si elle cherchait désespérément à éviter la crise de nerfs.

« Thérèse… Thérèse est ma meilleure amie, répondit-elle d'une voix défaillante.

— Ça, je le sais déjà, ma chérie. Vous êtes inséparables depuis le premier jour. Ce que je te demande, c'est quelle est la *nature* de vos rapports. »

Une larme, une seule, roula sur la joue de Juliette.

« Qu-qu'est-ce que t-tu veux dire ? »

Elizabeth s'assit et saisit la main de sa fille.

« Le fait que tu sois troublée pour si peu me montre assez qu'il y a beaucoup à dire.

— Non, il n'y a rien.

— Juliette, s'il te plaît. Il faut que tu me répondes. Que tu m'expliques la nature de tes rapports avec Thérèse.

— Je l'aime, répondit Juliette. Et elle m'aime. On s'aime.

— Mais plus que deux amies. Tu l'aimes comme une femme aime un homme… »

Juliette fronça les sourcils.

« Non, dit-elle. Je l'aime comme une femme aime une femme.

— D'accord, dit Elizabeth d'une voix clairement résignée. Je comprends.

— Non. Tu ne comprends pas. Ce n'est pas quelque chose qu'on peut comprendre à moins de le vivre.

— Ce n'est pas ça que j'ai voulu dire. Ce que j'ai voulu dire, c'est que je comprends le problème.

— Ce n'est pas un problème, répondit Juliette. C'est un fait. On est amoureuses, Thérèse et moi.

— Et vous avez eu des rapports intimes, compléta Elizabeth.

— Mais, qu'est-ce que… ?

— Marguerite vous a vues, Juliette. Elle vous a vues et elle est venue me voir.

— Mon Dieu.

— C'est ça, le problème, ma chérie. Ce que tu éprouves, ou crois éprouver, la façon dont tu imagines ou vois les choses, tout cela est secondaire dans la réalité où nous sommes. Jasperville est une petite ville, et il y a des gens ici qui ne sont ni libéraux ni imaginatifs. Une révélation de cette nature vous stigmatiserait, peut-être même risqueriez-vous d'être harcelées…

— Dans ce cas, nous partirons.

— Non, Juliette.

— Et pourquoi pas ? On a un peu d'argent. On n'est pas seules. Pourquoi ne pas retourner à Montréal et voir comment on peut se débrouiller sans avoir à s'inquiéter de ce que pensent les autres ? »

Elizabeth soupira en s'adossant contre sa chaise.

« N'allons pas prendre une décision hâtive. Pour le moment, pendant un certain temps, je crois qu'il vaudrait mieux que vous ne vous voyiez plus.

— Non », dit Juliette.

Son caractère obstiné prenait le dessus.

« Juliette…

— Non, maman. Tu ne peux pas m'empêcher de la voir. J'ai vingt ans.

— Mon but n'est pas d'empêcher qui que ce soit de faire quoi que ce soit, Juliette. C'est de te faire réfléchir à ce à quoi tu t'exposes avant d'aller te jeter dans le vide.

— Quoi ? Parce que tu crois que ça va me passer ? Que ce n'est qu'une phase ? C'est ça que tu penses ? Que ce n'est qu'un flirt de jeune fille ? Eh bien, non. Ça fait deux ans que ça dure. On a des *rapports intimes*, comme tu dis, depuis plus longtemps que ça. Je l'aime. Elle est tout pour moi. Toute ma vie. Si Thérèse disparaît, autant disparaître moi-même.

— Ne dis pas des choses pareilles, ma chérie.

— Et pourquoi pas ? Tu m'as demandé la vérité. Eh bien, la voilà, la vérité. On couche ensemble. Nues. Je sais tout d'elle, chaque centimètre de son corps. On s'aime dans tous les sens du terme, maman, et tu ne peux rien y faire.

— D'accord, d'accord, répondit Elizabeth, prise d'une impression que tout allait trop vite. Il faut que j'en parle à ton père. Et à Marguerite et Philippe. Il faut qu'on mette tout ça sur la table et que je trouve comment on va pouvoir t'aider au mieux à être heureuse. Ce n'est pas un problème facile, Juliette, et je veux que tu me fasses confiance. Que tu fasses ce que je te demande, d'accord ?

— Tu veux que j'arrête de la voir.

— Oui, c'est bien ça. Pendant un certain temps. Un mois, deux semaines peut-être… »

Juliette secoua la tête avant même qu'Elizabeth ait fini sa phrase.

« Laisse-moi au moins le temps de parler à ton père. S'il te plaît, laisse-moi au moins ça. »

Juliette se pencha. Le sang était revenu à ses joues. Elle avait des yeux farouches et brillants. Elizabeth sentit toute sa passion, et comprit qu'elle n'y pouvait rien changer.

« Vas-y, lança Juliette. Dis-lui tout ce que tu as envie de lui dire. Mais sache une chose… Sache que je resterai avec Thérèse, que vous soyez d'accord ou non. C'est ma vie. C'est à moi de choisir qui j'aime, et j'ai choisi Thérèse. » Juliette se leva. « Toi aussi, je t'aime, maman. Tu le sais. Je ne veux surtout pas te rendre malheureuse, mais je sais que tu ne veux pas non plus que je le sois. »

Il n'y avait que de la défiance dans ses yeux.

Juliette s'élança vers l'escalier. Elle ne se retourna pas.

Elizabeth resta assise en silence pendant ce qui lui parut une éternité. Henri était plus buté que jamais. Elle ne pourrait pas lui parler. Ces choses dépassaient à tel point son entendement qu'il couperait court à toute conversation. De quoi était-il capable ? De la faire interner dans un asile ? Ou de l'envoyer au couvent ? Elizabeth ne voulait même pas y penser.

Tout ça, c'était à cause de Jasperville. De ce désert morne, isolé, où ils avaient emmené leurs enfants. Ils auraient mieux fait de rester en ville. Leur existence, leur avenir, leur destin même était désormais dicté par le froid, la neige, la pluie, la boue. Elle en voulait à son père d'avoir volé de l'argent. Elle en voulait à Henri d'être obstiné et insensible. Et elle s'en voulait d'avoir accepté de venir.

Debout à la fenêtre, Elizabeth suivait la grosse nappe de brouillard qui lui cachait la vue. Elle fut prise d'une envie de s'y engloutir. De partir dans une direction et de continuer jusqu'au moment où l'épuisement la ferait tomber. Le reste, elle s'en lavait les mains.

Elle se ressaisit. Elle était plus forte que ça. L'auto-apitoiement ne pourrait conduire qu'à de plus grandes difficultés encore. Il *fallait* qu'elle prenne la situation en main. C'était sa fille, son sang, sa vie, et si elle devait choisir entre son bonheur et celui de Juliette, elle savait quelle serait sa décision. Elle était mère, après tout, et une mère ne peut faire autrement.

Le plus déroutant dans l'histoire, ce fut le calme affiché par Juliette. La question ne fut jamais abordée, même quand elle se retrouvait seule à la maison avec Elizabeth. Juliette s'en tint mot pour mot à ce qu'elles avaient dit. Elle ne se rendit plus à la pension. Thérèse disparut tout à fait. Marguerite cessa ses visites, et si Elizabeth envisagea d'aller la voir, elle n'en fit rien. Dans les trois ou quatre jours qui suivirent cette discussion, tout fut tranquille.

Après coup, les événements s'éclaircirent. Pendant que les familles dormaient, Juliette et Thérèse s'étaient retrouvées tard dans la nuit. Tout le monde était si habitué au bruit du vent et de la pluie, aux grincements et aux craquements de la maison, que personne n'avait été réveillé par leur départ. Elles avaient emporté des vêtements, et même rassemblé de la nourriture en secret. Elles devaient prendre le train au départ de Jasperville le lundi 10, jour du onzième anniversaire de Carine, tôt le matin. La question de savoir si elles comptaient rester à Sept-Îles une fois arrivées là-bas, ou repartir à Montréal, parut *a posteriori* tout à fait secondaire.

Ce fut Philippe qui cogna à la porte d'entrée des Devereaux. Henri était déjà parti à la fonderie, et Jacques le reçut. En entendant que Thérèse n'était pas chez elle, Elizabeth comprit enfin ce qui se passait. Le lit de Juliette était vide aussi. Des vêtements, des chaussures manquaient. Elles avaient fui, la chose fut tout à la fois évidente et alarmante.

Elizabeth demanda à Jacques de s'habiller et à William de s'occuper de Calvis. Elle ne prit pas le temps de leur expliquer pourquoi Juliette et Thérèse avaient fui, seulement qu'elles l'avaient fait et qu'il fallait les retrouver. Philippe reviendrait avec Marguerite. Carine, quant à elle, resterait à la pension, au cas où les filles rentreraient.

Le train ne devait quitter Jasperville qu'une heure plus tard, ce qui laissait des chances de les retrouver.

Pour ce qui était d'expliquer la situation à Henri, c'était une autre histoire, elle n'aurait pas su par où commencer. Mais chaque chose en son temps.

Elles n'étaient nulle part au terminal ferroviaire. Pour le moment, aucun billet n'avait été acheté. Quand on lui posa la question, le responsable de la ligne North Shore & Labrador dit que deux ou trois jours plus tôt, il avait reçu l'appel d'une jeune femme qui lui avait demandé combien coûtaient deux allers simples pour Sept-Îles. L'avait-il vue dans la matinée ? Non.

Philippe demanda alors au groupe de se répartir.

« Nous sommes quatre, dit-il. Nous devrions prendre chacun une direction différente. Elles ne peuvent pas être bien loin, c'est sûr. Le train part dans une heure.

— Il faut quand même que quelqu'un reste ici, intervint Jacques, qui avait encore du mal à comprendre la situation.

— Ce sera moi », dit Marguerite, sachant que Jacques ne serait pas de taille à faire renoncer une grande sœur déterminée.

Ce train était le seul moyen de quitter Jasperville, et s'ils étaient restés tous exactement là où ils étaient, ils auraient vu les deux jeunes filles, inévitablement. Mais agir leur parut une bien meilleure idée qu'attendre. Instinctivement. Leur seul but était de les retrouver, de les savoir hors de danger.

Dans cette perspective-là, bien sûr, leur choix avait du sens, mais c'est ainsi qu'un garçon de treize ans se retrouva tout seul en ville en train de chercher sa grande sœur. Bien sûr, personne n'aurait pu prédire quel genre de découverte il ferait. Même dans leurs pires cauchemars, ils n'auraient jamais imaginé la vision qui attendait le garçon lorsqu'il contourna le hangar ferroviaire par l'arrière.

Juliette était là. À genoux. Les mains couvertes de sang, la jupe tachée de sang, et encore du sang, semblait-il, tout autour d'elle.

Jacques se débattit contre cette image dans son esprit. Incrédulité instinctive, rejet, sensation d'être en proie à une hallucination. Mais lorsque Juliette rejeta la tête en arrière et se mit tout simplement à hurler, la vérité le frappa avec la brutalité d'un train de marchandises de la North Shore.

Thérèse était là aussi, juste à côté de Juliette. Étendue sur le flanc, la tête tournée à un angle impossible, les bras écartés. Jacques ne la reconnut qu'à ses vêtements.

Le visage de Thérèse – du moins le peu qu'il en restait – n'était que l'ombre ensanglantée, déchiquetée, de celui qu'elle avait eu.

Mais l'image qui reviendrait hanter Jacques de cauchemar brutal en cauchemar brutal, ce fut Juliette. Ses yeux écarquillés, son corps frappé d'horreur, et sa frêle silhouette qui frémissait alors qu'elle s'agrippait au corps sans vie de son amie.

Pendant des années, Jacques se souviendrait du bruit qui lui sortait de la gorge – comme si son cœur lui avait été arraché avant d'être jeté au vent hurlant.

17

De quel livre ils venaient, Jack l'avait oublié, mais les mots lui étaient restés : *Ensemble on va plus loin, tout seul on va plus vite.* Il en avait fait sa devise, une devise à laquelle il s'était conformé tous les jours depuis son départ de Jasperville.

Pas de femme, pas d'enfants, un métier qui ne sollicitait qu'une partie de son cerveau. Il ne fréquentait que Ludo. Sa relation avec Caroline n'était qu'une redite de toutes les précédentes. Il l'avait poursuivie, mais n'y avait pas mis son cœur, son esprit, sa passion.

La seule personne avec qui il aurait pu dire qu'il avait partagé quelque chose de réel était Carine, et il l'avait abandonnée aussi. Il ne pouvait pas réécrire le passé. Mais cela ne l'empêchait pas de se punir pour son comportement.

Une fois qu'ils furent remontés dans le wagon, Vivi le questionna comme elle avait l'art de le faire.

« J'ai fait toutes les recherches que j'ai pu, dit-elle, mais les informations disponibles n'ont pas l'air très nombreuses. Je ne sais vraiment pas à quoi ça ressemble, là-bas.

— Que voulez-vous savoir ? demanda Jack.

— Eh bien… Déjà, les températures sont si basses que ça ?

— En hiver, elles peuvent descendre jusqu'à moins trente. Le pire jamais atteint, c'était à Noël juste après mon départ. Moins quarante. Ça remonte au-dessus de zéro au printemps et les mois d'été, mais le problème, c'est que pendant cette période le soleil ne se couche jamais.

— Le soleil ne se couche jamais ?

— Bon, disons qu'il frôle l'horizon, mais il ne descend pas plus bas.

— Il fait donc jour vingt-quatre heures sur vingt-quatre ?

— Pas tout à fait. C'est plutôt comme un crépuscule. Et l'hiver, il arrive que le soleil ne se lève pas pendant des semaines entières. »

Vivi se retourna vers son mari.

« Tu entends ça ?

— Oui, chérie, oui.

— Je suppose donc qu'il n'y a pas beaucoup d'arbres, de fleurs, tout ça ? dit-elle.

— De la mousse, du lichen, des petits arbustes. Juste en dessous, il y a le permafrost. Dur comme de la pierre. Rien ne pousse, vous voyez. Il y a des arbres, mais ils sont loin, plutôt du côté des monts Torngat.

— Je me suis renseignée là-dessus. Le nom veut dire quelque chose, n'est-ce pas ?

— Si vous accordez foi à la légende, c'est un mot inuktitut qui signifie "lieu des esprits mauvais".

— Voilà, c'est ça, dit-elle en faisant mine de frissonner. Rien de très rassurant !

— Les monts Torngat sont assez loin de Jasperville. Je crois qu'on peut dire que les esprits mauvais ne viennent pas rôder jusque-là.

— Dites-moi, qu'est-ce qu'il y a à savoir ? On peut toujours aller regarder ça sur Internet, mais rien ne vaut les questions aux habitants.

— Je ne suis plus un habitant.

— Mais vous avez vécu là-bas pendant longtemps.

— En été, la neige fond et ça devient un marais, expliqua Jack. Il y a des mouches et des moustiques partout. Une fois qu'on est là-bas, il n'y a guère qu'un seul moyen de repartir, c'est cette ligne, vers Sept-Îles. Avant, tout le monde parlait français, mais ça a changé avec l'arrivée des ouvriers de Canada Iron. Et je suppose que c'est encore pareil aujourd'hui. » Jack se pencha en avant. « Une ville comme celle-là est suspendue dans le temps, si vous voyez ce que je veux dire. Il y a des traditions, et ces traditions sont établies parce qu'elles fonctionnent. Les gens ont un mode de vie inspiré par le climat, et comme le climat ne change pas, les habitudes non plus. Tout ce que Canada Iron a construit là-bas est encore opérationnel. Cette industrie a connu un déclin pendant plusieurs années, mais elle redémarre depuis peu.

— Et c'est comme ça que Paul a eu son poste, dit Vivi.

— Est-ce votre seule raison d'y aller ?

— Pas tout à fait. Mais disons que si Paul n'avait pas eu ce poste, nous ne serions certainement pas partis vivre là-bas. Nous serions venus visiter, c'est sûr. C'est un endroit que je veux voir depuis longtemps. »

Jack ne put cacher sa surprise.

« Mais que diable aller faire là-bas à moins d'y être obligé ?

— Eh bien, croyez-moi si vous le voulez, mais j'ai quelqu'un dans ma famille qui y a habité. Ça remonte loin, c'était dans les années 1950 et 1960, mais je crois que leur fille est morte. Si je ne dis pas de bêtises, elle est tombée malade et elle est morte. Je ne sais pas grand-chose là-dessus. C'est le genre de sujet où soit les gens ne sont pas au courant, soit ils n'ont pas envie d'en parler.

— Et de qui s'agit-il ?

— De la sœur de ma grand-mère paternelle. Je suppose qu'on appelle ça une grand-tante.

— Quel était son nom ?

— Le nom de famille, c'était Roy. Et ma tante s'appelait Violetta.

— Lisette, dit Jack d'un air détaché. Sa fille s'appelait Lisette, n'est-ce pas ? »

Paul leva les yeux de son journal.

« Vous les avez connues ? demanda Vivi.

— Pas vraiment, non. C'était au début des années 1970. J'étais tout petit. Mais je me souviens qu'ils tenaient la pension.

— Voilà, confirma Vivi. C'est ce qu'on m'a raconté. Et quand leur fille est morte, ils sont partis. À Trois-Rivières, si je ne dis pas de bêtises.

— J'ai très peu de souvenirs d'eux. Mais je revois vaguement Lisette. Elle avait peut-être trois ou quatre ans de plus que ma sœur.

— Et vous savez ce qui lui est arrivé ? demanda Vivi.

— Aucune idée, mentit Jack.

— Et votre sœur, elle a des souvenirs d'elle ? J'aimerais vraiment en savoir plus sur cette partie de ma famille. Je ne sais pas pourquoi, mais je trouve toute cette histoire intrigante.

— Je suis désolé, mais ma sœur ne peut plus vous aider. Elle est morte il y a plus de trente ans.

— Mon Dieu ! Toutes mes excuses, dit Vivi.

— Ne vous inquiétez pas, répondit-il, avant de mentir à nouveau. J'ai eu trente ans pour m'en remettre. »

Vivi se tut et s'empara de la main de son mari.

Tous ceux dont ils venaient de parler étaient morts : Baptiste, Violetta, Lisette, Juliette. Et voilà qu'il se retrouvait assis en face de cette parente de Lisette Roy. Pas la même génération, pas le même monde, mais les liens survivaient au passage du temps et l'atteignaient malgré tout.

Une heure plus tôt, la discussion lui avait rappelé Thérèse, et le souvenir de cette matinée lui était revenu avec la même émotion que le jour de l'événement. Puis il y avait eu les histoires de William, cette vieille légende indienne à laquelle il avait fini par croire, et le lien que tout le monde avait semblé faire après ce funeste lundi de juillet 1978.

C'était Landry qui était sergent à cette époque-là. Arrivé au mois d'octobre précédent, il devait rester jusqu'à Noël l'année suivante. S'il y a jamais eu un homme possédé par la soif de vérité, cet homme était le sergent Émile Landry.

18

Après la mort de Thérèse Bergeron, plus rien n'avait été pareil. Juliette était brisée en deux. Jacques n'avait compris la nature de ses rapports avec Thérèse que des années plus tard. À l'époque, tout ce qu'il savait, c'était que Juliette avait perdu sa plus proche amie. Quant à Carine, elle était complètement anéantie. Personne ne put lui apporter le moindre réconfort. Il n'y avait aucune raison, aucune explication à ce qui était arrivé, aucun contexte auquel rapporter la mort de Thérèse.

Chez les Devereaux, on parla du départ prochain des Bergeron. Philippe et Marguerite venaient jour après jour, comme s'ils ne pouvaient plus supporter d'être à un endroit qui leur rappelait leur fille. Carine les accompagnait, et ce fut au cours des semaines qui suivirent qu'elle et Jacques se rapprochèrent comme jamais.

Le nouveau sergent, Émile Landry, engagea très vite une enquête aussi sérieuse que possible. La dépouille de Thérèse fut transférée au centre médical, et Landry eut beau être présent lors des premières analyses effectuées par Bayard Pelletier, prendre de nombreuses notes et toute une série de photographies, et enfin bombarder Sept-Îles puis Montréal de télégrammes, tout se passa comme si personne ne voulait rien savoir en dehors des limites de Jasperville.

Juliette fut mise sous sédatif léger par Pelletier pendant trois ou quatre jours. Quand elle se réveillait, ce qui lui arrivait souvent, elle pleurait et hurlait sans cesse. Elizabeth eut beau tout essayer, ses crises ne faiblissaient pas. Henri prit ses distances, comme s'il ne supportait pas de voir ce que devenait sa fille. Il s'inquiéta que les dégâts sur son cerveau puissent être irréparables.

« C'est la douleur, Henri, lui répondit Elizabeth. La douleur peut tout consumer. »

Henri posa aussi sur Juliette des questions auxquelles Elizabeth eut du mal à répondre. Où allait-elle, comme ça ? Comment croyait-elle pouvoir survivre ? Que fuyait-elle ? Pourquoi n'était-elle pas allée travailler à la pension les jours précédents ? Après quoi il revint à l'hystérie de Juliette, à sa profondeur, à sa gravité. Certes, elle était proche de Thérèse, mais pourquoi semblait-elle plus inconsolable encore que les Bergeron ? Pour lui, cette histoire n'avait aucun sens, Elizabeth le voyait bien mais ne pouvait rien dire pour l'éclairer. Ce qu'il constatait, c'était qu'une jeune fille était morte sans explication, et que sa fille semblait partie pour ne jamais retrouver sa santé mentale.

Ce ne fut que le vendredi que le sergent Landry put venir au chevet de Juliette et parler avec elle. Elizabeth lui avait révélé la nature des rapports que sa fille avait entretenus avec Thérèse, non sans lui faire comprendre qu'il devait rester discret. Landry eut une réaction qui trahit son âge. Tout comme Maurice Thibault, il paraissait plus vieux qu'il ne l'était. Il comprit qu'Henri ne savait pas tout et, s'il ne garantit pas que l'information resterait confidentielle, il promit au moins de la traiter avec autant de délicatesse que possible.

Juliette n'avait pas quitté le lit depuis lundi, et tant de sommeil lui avait à demi fermé les yeux.

« Vous vous étiez bien donné rendez-vous, n'est-ce pas ? lui demanda Landry.

— Oui.

— Et vous comptiez partir en train ?

— Oui. Pour Sept-Îles. »

Landry prit quelques notes dans son calepin.

« Et une fois à Sept-Îles ? »

Juliette regarda Landry, puis se tourna vers sa mère.

« Rien n'était décidé. On voulait juste partir le plus vite possible. »

Landry prit encore quelques notes.

« Vous étiez donc ensemble, mais vous vous êtes séparées.

— Je suis partie acheter les billets, répondit Juliette. Vingt, trente minutes, peut-être. Le guichet n'était pas encore ouvert. Je suis revenue l'annoncer… l'annoncer à Thérèse, et c'est là que… »

Là-dessus, sa voix se brisa. Ses yeux se remplirent de larmes.

« Tu es revenue l'annoncer à Thérèse, et quand tu l'as retrouvée, cet affreux événement était déjà arrivé. »

Juliette hocha la tête.

« Est-ce que tu as vu quelque chose ? Un animal ? Un loup, un ours ? Quelque chose qui aurait pu faire de telles… »

Déjà Juliette avait levé la tête.

« Je n'ai rien vu. Elle était là, c'est tout… Je l'ai vue, et… »

Elle se remit à sangloter. Elizabeth la serra contre elle.

Landry resta un moment sans rien dire. Il fallait faire transporter la dépouille à Montréal. Il fallait exiger un examen médico-légal à la fois complet et rigoureux. Il avait consulté les rapports sur les filles Roy et Fournier, et un certain nombre de questions lui semblaient non résolues. Les blessures infligées étaient certes mortelles, mais elles ne correspondaient pas à des attaques d'ours. Les ours noirs pèsent en moyenne quatre-vingt-dix kilos, parfois jusqu'au double. Un seul coup de griffes peut suffire à tuer instantanément un homme adulte. Or les ours ont tendance à éviter les contacts humains. Il leur arrive de protéger agressivement leurs petits, mais la période d'accouplement est en juin et les naissances n'ont pas lieu avant janvier. Pour les loups de l'Est, c'est la même chose. Certes, ils peuvent attaquer afin de protéger leurs petits, mais, plus souvent, c'est la faim qui les pousse. Or les loups vont en meutes et, si l'attaque était venue d'une meute de loups, elle n'aurait rien laissé de Thérèse Bergeron.

Les blessures qu'elle présentait ne correspondaient pas à l'attaque d'un prédateur. Pelletier avait dit qu'elle semblait avoir été frappée avec un objet contondant. Il avait ajouté qu'il n'était cependant pas assez qualifié en pathologie judiciaire pour formuler une conclusion définitive. L'hypothèse de l'agression animale ne pouvait pas être écartée mais, dans ce cas, pourquoi Thérèse Bergeron avait-elle ensuite été abandonnée ?

Landry ne voyait pas une seule victime, mais trois. Trois jeunes filles en six ans, toutes d'un âge similaire, toutes déchiquetées à mort et toutes abandonnées aux abords immédiats de Jasperville.

Personne n'avait entendu de cris. Personne n'avait vu d'animal. Dans le cas de Thérèse Bergeron, aucune blessure de défense n'avait été constatée et aucun indice ne suggérait qu'elle ait tenté de fuir. Landry ne pouvait pas se prononcer pour Lisette Roy ni pour Anne-Louise Fournier ; les notes étaient peu nombreuses et aucun examen rigoureux n'avait été effectué. Pelletier admettait volontiers qu'il n'était qu'un médecin généraliste, et il n'avait fait que suivre les instructions respectives des sergents Levesque et Thibault. Landry entendait bien les contacter pour voir s'ils pouvaient encore se rappeler quelques éléments significatifs, mais il n'avait pas grand espoir. Les années passent, les souvenirs s'effacent, et le fait est qu'ils ne semblaient avoir considéré les morts de Lisette Roy et d'Anne-Louise Fournier que comme de terribles accidents.

L'hypothèse de Landry – qu'aucun élément probant ne venait soutenir mais qu'il espérait bien voir confirmer par autopsie –, c'était que Thérèse avait été attaquée et tuée par un être humain. La Sûreté du Québec avait largement les ressources nécessaires pour pratiquer cette autopsie, mais Landry savait qu'il allait se heurter à des obstacles administratifs. Au cours des années précédentes, des employés de Canada Iron s'étaient fait attaquer par des cougars, et trois adolescents partis pêcher sur glace s'étaient fait violemment agresser par une meute de loups. Un seul d'entre eux avait souffert de blessures graves, mais l'incident avait été signalé jusqu'à Montréal.

Si Thérèse Bergeron avait été victime d'un animal, aucune autopsie ne serait autorisée. Pelletier était en droit de signer le certificat de décès, après quoi le dossier serait clos. La jeune fille serait enterrée à Jasperville, ou ailleurs si ses parents prenaient des dispositions dans ce sens. C'était en eux que Landry plaçait tous ses espoirs. Les Bergeron avaient parfaitement le droit d'exiger une autopsie, mais rien n'avait encore laissé suggérer qu'ils veuillent suivre ce chemin. Ils étaient accablés de chagrin. Ils devaient s'occuper de leur cadette, de leur pension, et de l'enterrement. Il y avait déjà assez de chaos dans leur vie, et quand Landry avait parlé d'ouvrir une grande enquête pour homicide, ils avaient fait la sourde oreille.

La dernière difficulté concernait le corps lui-même. Landry ne pouvait pas quitter son poste à Jasperville. Le corps ne pouvait pas être transféré à Sept-Îles puis à Montréal dans un train de la North Shore sans escorte officielle. Landry était le seul habilité à assumer ce rôle.

Tel était le casse-tête que le sergent se préparait à affronter lorsqu'il remercia Elizabeth Devereaux pour sa coopération, lorsqu'il dit à Juliette qu'il espérait qu'elle se remettrait vite du profond traumatisme qu'elle avait subi et lorsqu'il rentra au commissariat de police.

Sur son bureau l'attendaient les dossiers concernant les affaires Roy et Fournier. Les photographies ne lui furent pas d'un grand secours. Monochromes, granuleuses, mal exposées et prises bien trop loin des blessures pour permettre une comparaison précise avec celles de Thérèse, elles n'étaient à peu près d'aucune utilité. Si elles avaient pu être faites par un photographe professionnel ayant l'expérience des scènes de crime, la moindre similitude observable aurait donné plus de poids à sa demande d'assistance.

Landry se savait seul dans son ambition de requalifier l'enquête. Personne – que ce soit à Jasperville ou à Montréal – ne voulait entendre parler de meurtre. Jasperville était la station la plus isolée du Québec, et la mort de Thérèse Bergeron ne ferait jamais la une à Montréal.

Mais il se trouve que Landry n'était pas du genre à renoncer. En cas de nécessité, il était prêt à contourner son capitaine pour s'adresser directement à l'inspecteur en chef. Si cela ne menait à rien, il en aviserait le directeur général.

Il savait que le temps et l'éloignement jouaient contre lui. Sans le soutien des Bergeron, autant dire qu'il était perdu. Il avait besoin d'eux pour appuyer sa demande d'enquête approfondie et pour continuer à réclamer des explications jusqu'au jour où la négligence deviendrait sujet d'embarras pour la province.

Le soir même, Landry se rendit à la pension. Philippe parut d'abord ne pas vouloir continuer les discussions sur le sujet, mais il céda finalement après un peu d'insistance. Marguerite les rejoignit bientôt dans le salon et, quasi plongée dans l'ombre en bout de table, elle écouta au début leur discussion sans rien dire.

« J'aborde le sujet franchement, commença Landry, car je ne crois pas qu'on puisse faire autrement. S'il faut agir, on n'a pas de temps à perdre.

— On en a discuté, répondit Philippe, et on n'arrive pas à croire qu'un être humain ait pu faire une chose pareille. On a perdu notre magnifique fille. Rien ne nous la rendra, sergent Landry, et je ne vois pas comment l'autop…

— J'aimerais que vous gardiez en tête que ce n'est peut-être pas la première fois…

— Vous suggérez qu'il y a un meurtrier à Jasperville, dit Marguerite. Je ne crois pas une seule seconde qu'on puisse être assez cruel pour tuer une jeune fille comme Thérèse.

— Marguerite, objecta Landry, vous essayez de trouver une raison à des agissements qui sont au-delà de la raison.

— Non, sergent. J'essaie de me faire à l'idée que j'avais deux filles il y a moins d'une semaine et que je n'en ai plus qu'une.

— Je comprends bien…

— Non, sergent Landry, dit Philippe. Nous vous remercions de tous vos efforts, mais vous ne pouvez rien comprendre à ce que nous vivons. Carine est encore une enfant. Sa sœur adorée a été retrouvée morte le matin de son onzième anniversaire. Cette affection, cet attachement, allait dans les deux sens. Jamais deux sœurs n'ont été aussi proches. Par où commencer pour expliquer ça à une fille de cet âge ?»

Ce fut à ce moment que Landry fit un faux pas désastreux. Après coup, en repensant à ce qu'il avait dit, à la nature impulsive de sa réaction, il comprendrait qu'il avait laissé son ego éclipser son intelligence.

« Alors, permettez-moi de vous poser une question, déclara-t-il. Si Thérèse aimait Carine autant que vous le dites, pourquoi était-elle prête à partir sans même laisser de note pour s'expliquer...

— Ça suffit, coupa Marguerite en se levant de sa chaise pour regarder Landry d'un air accusateur. Je ne peux pas vous empêcher de poursuivre votre enquête dans la direction officielle qui s'imposera, mais vous ne recevrez pas le moindre soutien de ma part.» Elle ne s'arrêta que pour le toiser d'un œil froid. « Ni de mon mari.

— Marguerite, je suis désolé.»

Landry cherchait déjà rageusement le moyen de sortir du trou qu'il venait de creuser. Il sentait que la terre croulait partout autour de lui et qu'il n'y avait pas d'issue.

« Maintenant, sergent Landry, j'aimerais que vous nous laissiez, dit Philippe.

— Philippe, Marguerite, je vous en supplie...

— Sergent Landry. On a besoin de temps pour faire le deuil de notre fille, et ça veut dire qu'on n'en a plus pour vous.»

Landry se leva. Il aurait voulu oublier son indélicatesse. Les Bergeron ne s'associeraient pas à sa croisade. Il ne lui restait plus qu'à porter l'affaire jusqu'à Montréal. À cette seule pensée, son cœur se serra.

Fidèle à la promesse qu'il s'était faite, Landry se mit en quatre pour surmonter les obstacles en travers de son chemin. Néanmoins, il échoua. Coupes budgétaires, manque de moyens, empêchements administratifs, absence de preuve de meurtre, etc. Il fut dépassé par le temps. Les Bergeron exigèrent que le corps de leur fille leur soit restitué pour l'enterrement. Pelletier signa le certificat de décès. Une messe fut prononcée. Thérèse fut inhumée derrière l'église, et tout Jasperville semblait s'être réuni pour lui rendre un dernier hommage. Le sergent Émile Landry, qui persévérait dans ses efforts pour solliciter des agences extérieures, ne fut pas invité.

Il partit au mois de décembre suivant. Une rumeur jamais confirmée dit qu'il avait démissionné moins d'un an après son entrée en fonction dans la Sûreté du Québec. Les photographies des blessures barbares de Thérèse Bergeron furent archivées, et personne ne les reverrait avant des années. Le jour où cela arriverait enfin, les Bergeron feraient partie du lointain passé de Jasperville, au même titre que William Swann, Elizabeth Devereaux et l'amie de Thérèse, Juliette.

Le dernier mot semblait devoir revenir à l'Histoire, mais comment aurait-il pu en aller autrement ?

19

Ce fut pendant la dernière partie du trajet que Jack sentit ses pensées et ses émotions noyées par une réelle appréhension. Il faisait jour et, par les fenêtres embuées du train, le paysage se révélait. S'il était perturbé depuis qu'il avait quitté Montréal, à chaque étape significative de son voyage, la sensation d'un danger imminent n'avait fait qu'augmenter. Il aurait aimé la combattre, mais cela n'aurait servi à rien. L'acceptation était la seule option.

Les années séparant la mort de Thérèse Bergeron de son propre départ de Jasperville avaient paru filer en un rien de temps, mais c'était à ce moment-là que Jack avait vécu ses plus intenses bouleversements. Peut-être était-ce en partie exagéré par les changements intellectuels et émotionnels qu'il avait connus lui-même. Entre treize et dix-neuf ans, il avait découvert la profondeur de ses sentiments pour Carine. Après la mort de Thérèse, celle-ci s'était vraiment retrouvée toute seule, et elle avait longtemps paru inatteignable. Jack se souvenait que sa propre mère s'était efforcée de lui faire comprendre qu'il devait l'aider. Il lui avait obéi par obligation, mais très vite cette obligation s'était transformée en réel sentiment de responsabilité. Il s'était aperçu que leur terrain d'entente, c'étaient les livres. Carine lisait avec autant d'avidité que lui, et ensemble ils avaient été transportés loin de Jasperville grâce à Jules Verne, Conan Doyle, Tolkien et Du Maurier. Carine avait appris que, tous les trois mois, le centre médical recevait de la bibliothèque provinciale de Sept-Îles un carton de livres retirés de son catalogue. C'était en quelque sorte d'autant plus excitant de ne pas savoir d'avance le contenu des livraisons. Avec l'accord du Dr Pelletier, ils empruntaient chaque fois une demi-douzaine de livres et se les échangeaient jusqu'à ce qu'ils aient tout lu. Ils discutaient, exprimaient des points de vue divergents, consignaient même tous les titres qu'ils lisaient dans un journal, et ils trouvèrent bientôt d'autres raisons que la lecture de désirer se retrouver.

Pour Jack, Carine faisait figure de codétenue. Ils avaient tissé un lien dans une prison dont les murs étaient le froid et l'isolement. Ce fut au cours de cette période que Carine découvrit en elle la femme qu'elle allait devenir. Jack fut à sa manière, par son oreille compréhensive et son empathie amicale, un catalyseur dans ce processus.

Revenir sur le passé ne lui était en l'occurrence d'aucune utilité. Malgré le recul, Jack ne voyait pas ce qu'il aurait pu faire pour éviter ce qui se passa après. Peut-être la mort de Thérèse n'avait-elle fait que l'annoncer. Par la suite, les événements importants avaient eu beau survenir à plusieurs années d'écart, tout le monde semblait s'y être résigné comme à une fatalité, tout aussi impossible à contenir que la marée. Ça n'avait rien à voir avec cette idée creuse et insignifiante qu'est la poisse. La chance n'est qu'un mythe. Rien de plus qu'une foi spontanée dans des facteurs incontrôlables.

Le bruit du train consumait les pensées de Jack sous ses pieds et autour de lui. Il ferma les yeux, il aurait voulu dormir mais le sommeil ne venait pas. Il savait que tout le ramènerait éternellement à Jasperville. La souffrance et la faim l'y attendaient, guettant le jour de son retour avec une patience infinie.

20

L'hiver 1979 resterait dans les mémoires pour bien des raisons, au premier rang desquelles le froid paralysant, mais aussi un événement qui fut appelé « Second Effondrement ».

Au début des années 1960, Canada Iron, commençant à deviner l'ampleur des richesses qui gisaient sous les terres du nord-est du Québec, n'épargna pas ses efforts pour inciter des ingénieurs et des techniciens à trouver des moyens plus rapides et moins coûteux de remplir les wagons-trémies du train de Sept-Îles. L'enthousiasme de la compagnie ne fut pas sans conséquence – surcharge de travail, épuisement des équipes, profondeurs dangereuses dans les excavations et étaiements insuffisants – et un funeste vendredi après-midi, une digue de terre et de roche haute d'une bonne dizaine de mètres succomba à la gravité. Jasperville venait d'essuyer une grosse tempête, et la digue était si saturée d'eau qu'elle n'était plus qu'un océan remuant de boue et d'éboulis. La vitesse à laquelle plusieurs centaines de tonnes s'effondrèrent sur les équipes de travail fut trop grande pour qu'ils aient le temps de fuir. Ceux qui en réchappèrent furent tout simplement ceux qui occupaient une position trop haute pour que la boue puisse arriver à leur niveau. Les ouvriers en train de travailler dans la vallée métallifère n'eurent aucune chance. En tout, neuf vies furent perdues et plusieurs journées de travail furent nécessaires pour remonter tous les corps un par un. Le dernier, un Gallois de vingt-six ans du nom d'Osian Parry, se trouvait à trois mètres et demi de profondeur.

À la suite à cet événement, Canada Iron mit en place une série de mesures pour empêcher qu'une telle catastrophe ne se reproduise. Limites de creusement, hauteurs de digues, doubles rangs d'étaiements au-delà de quatre mètres et demi pour une excavation à son endroit le plus profond, et ainsi de suite. Comme avec toutes les mesures de ce genre, la production fut ralentie et réduite, alors que les bonus des travailleurs dépendaient entièrement du respect de quotas. Au fil du temps, ces mesures de sécurité se relâchèrent, et au bout de dix ans, ce fut comme si aucune d'elles n'avait jamais existé.

Henri Devereaux, qui avait alors dix ans d'expérience des mines, était considéré comme un homme juste. Mais quand ces mêmes équipes ralentissaient la production, forcément, il était impitoyable. Un haut-fourneau qui tourne avec un chargement insuffisant consomme trop et gaspille. Il était cependant hors de question de tout éteindre ; remettre en route les hauts-fourneaux revenait deux fois plus cher que d'en continuer l'activité. Ils rugissaient furieusement jour et nuit et les mineurs devaient être mis à contribution pour les maintenir alimentés.

La question de savoir qui avait pris la décision d'envoyer deux fois plus de monde le soir du jeudi 15 novembre ne fut jamais entièrement élucidée. Chaque fois qu'une équipe commençait ou terminait son créneau, le surveillant de quart était censé enregistrer le nom des ouvriers, l'heure de la fin de leur dernier créneau, et le nombre de créneaux assurés par eux dans les sept derniers jours. Ces fiches étaient rarement remplies, ce qui passait inaperçu jusqu'à ce qu'un incident amène à les consulter. Ce fut le cas ce jeudi-là.

Une équipe de douze ouvriers avait accepté un double créneau – huit heures, une heure de pause, puis de nouveau huit heures. Un double créneau au sens strict obligeait à quatre heures de pause, mais le surveillant de quart pouvait y déroger. Un formulaire devait être rempli, indiquant les raisons précises de ce changement, et tous les membres de l'équipe devaient le parapher. Devereaux avait été surveillant de quart pendant le premier créneau. S'il avait conservé son poste, c'était uniquement parce qu'il avait confié la responsabilité du second à un autre surveillant de quart. Il n'en ressentit pas moins une culpabilité colossale quant à l'événement. Son sentiment de responsabilité indirecte dans la mort de neuf personnes accéléra son propre effondrement.

L'enquête révéla que l'excavation avait été sensiblement plus rude que d'ordinaire. Des strates de roche volcanique ayant ralenti la progression, il avait fallu multiplier les percements, les poses de dynamite et les wagons-trémies de déchets. Parmi ces déchets, il y avait principalement de la roche, et le poids des digues était ainsi bien plus important que d'ordinaire. Trop de détonations ayant été provoquées simultanément, le sol trembla et, ce tremblement se prolongeant, les ouvriers qui se trouvaient dans le puits comprirent que quelque chose clochait. Selon les estimations, plus d'une centaine de tonnes de débris soufflés et éclatés leur étaient tombées dessus, et, dans l'obscurité, ils n'avaient pas pu déterminer d'où venait le glissement. Les projecteurs éclairaient les tranchées, non le paysage alentour. Sachant qu'un événement terriblement destructeur était en train de se produire, quelques hommes s'étaient ni plus ni moins jetés dans la gueule du loup. Les trois qui s'en étaient sortis – deux frères polonais et un ancien foreur pétrolier d'Austin – avaient eu les faveurs d'un ange gardien. Comment dire les choses autrement ? La seule explication crédible, c'était que le flot d'éboulis, au lieu de les engloutir d'un seul bloc, les avait fait remonter pour les porter vers l'extérieur.

Le Texan repartit au Texas. Les frères polonais restèrent à Jasperville mais, quand on les interrogeait, ils ne reparlaient jamais de cette soirée.

Le remplaçant de Devereaux sur le deuxième créneau – dix-huit années de service pour Canada Iron – partit à Sept-Îles, et personne ne sut ce qu'il était devenu. Les neuf veuves – averties qu'elles ne devaient jamais parler de l'événement à des agences extérieures – touchèrent des indemnités et disparurent en l'espace de quelques semaines, avec leurs orphelins. Canada Iron réussit ainsi à enterrer l'affaire aussi proprement que les ouvriers. Les corps avaient enfin été retrouvés. Des cercueils de pin brut les attendaient, et il y eut une inhumation rapide, sans cérémonie. Deux mois plus tard, du moins pour la majeure partie de la population de Jasperville, c'était comme si rien ne s'était jamais produit. Henri Devereaux resta pourtant hanté par cette épreuve, et le temps d'arriver à février, il était devenu un buveur régulier.

Elizabeth vit ce qui arrivait, mais elle ne savait pas quelle forme allait prendre la catastrophe – seulement qu'un événement tout aussi inéluctable qu'irréparable se préparait et se dirigeait droit vers eux.

Les premiers signes avant-coureurs arrivèrent au printemps 1980. Après un hiver à glacer les os, le printemps annonçait un été suffocant et moite, rempli de nuées de mouches et de moustiques. Cette succession de mois eut quelque chose de véritablement angoissant. Le soleil rasait l'horizon, ne se levait jamais, ne se couchait jamais non plus, et l'air lourd et jaune était presque irrespirable.

Depuis Noël, Jacques passait toujours plus de temps avec Carine. Au contraire de Baptiste et Violetta Roy, les Bergeron restèrent à Jasperville après la mort de leur fille. Certains dirent qu'ils étaient déterminés à ne pas se laisser terrasser par le deuil, d'autres, qu'ils n'avaient nulle part où aller.

Philippe Bergeron considéra Jacques comme un jeune homme doué d'une forte éthique professionnelle, mais aussi d'une soif d'acquérir des compétences utiles. La gestion de la pension passait par des tâches ordinaires comme les réparations d'électricité et de plomberie de base, l'entretien de la chaudière et des tuyaux de chauffage, le réhoussage du mobilier, et occasionnellement des travaux de menuiserie ou de vitrerie. Le fils de Wilson Gaines, Robert, qui avait désormais une bonne vingtaine d'années, était parfois sollicité pour les opérations de plus grande envergure et, s'il fallait encore de la main-d'œuvre, un autre jeune homme, Jean-Paul Lefebvre, venait mettre la main à la pâte. Il était globalement plus extraverti et plus confiant que Robert, mais sans le sérieux nécessaire. Philippe, n'ayant pas de fils, ne demandait qu'à encadrer Jacques dans ces travaux d'entretien, et comme Jacques souhaitait voir Carine le plus souvent possible, il ne demandait qu'à apprendre.

Son absence au foyer pesait lourdement sur Elizabeth. Depuis la mort de Thérèse, rien ne semblait devoir sortir Juliette du puits de souffrance où elle était tombée. Elle aurait vingt-deux ans au mois de mai, et il était clair qu'elle ne se voyait pas se marier et fonder une famille. Calvis avait sept ans, et son travail scolaire et ses amis comptaient tellement pour lui qu'il semblait toujours dans son propre monde. Henri allait aux mines, Henri buvait. Ni dur ni agressif, il était cependant déconnecté. S'il buvait trop, il devenait belliqueux et querelleur, mais pas une seule fois Elizabeth ne se sentit en danger. Quant à William, il avait sombré dans une sorte de sénilité marmonnante que les excès d'alcool transformaient en inquiétants monologues sur des goules et des spectres en train de rôder dans l'ombre au pied des monts Torngat.

Elizabeth trouvait de moins en moins de réconfort et de sympathie dans les gens qui l'entouraient. Marguerite était devenue si distante qu'elle ne pensait plus la voir revenir. Elle avait dû affronter coup sur coup les rapports intimes de sa fille avec Juliette puis son décès, dont la nature demeurait un mystère pour tous. Les questions restées sans réponse creusaient un vide où se portait toute l'attention. Impossible de faire son deuil. Malgré tous leurs efforts pour accueillir le moment présent, le passé les aspirait tel un tourbillon, sans jamais desserrer son étreinte.

La maison des Devereaux, naguère remplie de voix et de rires, semblait désormais ensevelie sous une irréductible chape de désespoir. Juliette, jusque-là secouée par des accès de douleur, voire de rage, n'éprouvait plus désormais qu'une profonde fatigue émotionnelle, comme si elle avait vécu tout ce qu'il était possible de vivre et y avait laissé toute sa personne.

En juin, Jacques eut quinze ans. Elizabeth voulut fêter son anniversaire, mais personne ne marqua le moindre intérêt pour l'événement à part Carine. En juillet, Carine elle-même eut treize ans, et là encore l'idée de fête parut à peu près aussi bienvenue que la grippe. Toute la joie qui avait pu exister était envolée. Le lien entre les Devereaux et les Bergeron n'était maintenu que par les deux cadets, qui semblaient chacun se satisfaire de la compagnie de l'autre.

Ce fut au cours de ce même mois – en juillet 1980 – que Juliette marqua un certain changement. Elle se remit à fréquenter l'église, et elle commença même à étudier sa Bible. Elle eut un certain nombre d'entretiens avec le prêtre, et sembla redevenir la jeune femme qu'elle avait été avant la mort de Thérèse. Elizabeth ne se méfia pas. Elle fut au contraire rassurée de voir Juliette renouer avec les membres de la famille, porter assistance à Calvis et à William, et même parler des mines avec son père. Le mot qui venait à l'esprit d'Elizabeth quand elle pensait à ce changement d'humeur et de tempérament était celui de réconciliation. Deux ans s'étaient écoulés depuis la mort de Thérèse et, si personne n'en savait davantage sur les événements de ce matin-là, ils avaient été absorbés dans l'histoire collective de Jasperville. Personne n'en parlait, personne n'en avait envie.

Le matin du samedi 2 août, Juliette parut moins agitée et plus volubile que dans tous les souvenirs d'Elizabeth. Après le petit déjeuner, Jacques prit le chemin de la pension. Calvis alla se poster devant la télévision pour regarder des dessins animés. William s'installa dans son fauteuil à bascule sur la galerie, la pipe allumée et une flasque de whisky à portée de main pour agrémenter son café. Henri lisait un journal vieux de trois jours dans le canapé.

« Je vais à l'église, annonça Juliette. Les missels ne sont plus en bon état, et j'ai promis de donner un coup de main.

— Mais bien sûr, répondit Elizabeth. Tu reviens déjeuner ?

— Oui », dit Juliette.

Elle enfila son manteau et ses chaussures, puis hésita sur le seuil.

« Ferme la porte, ma chérie, lança Henri. On essaie de ne pas mourir de froid, ici.

— Je vous aime tous très fort», dit Juliette avant de faire ce que son père lui avait demandé.

Ce ne fut que plus tard, après la découverte du corps de Juliette, qu'Elizabeth comprit ces mots d'adieu. Ce que Juliette leur avait dit, c'était qu'elle ne leur en voulait pas après ce qui s'était passé. La vie ne s'était pas montrée tendre avec elle, et au bout de deux ans elle avait décidé que le seul moyen d'échapper aux conséquences de ce coup du sort était d'échapper à la vie même. Peut-être y avait-il une autre vie, qu'elle pourrait vivre avec Thérèse. Elle ne voulait rien d'autre, et elle n'avait jamais rien voulu d'autre. Si c'était le moyen d'y arriver, alors ainsi soit-il.

Lorsqu'elle eut dit à ses parents qu'elle les aimait, Juliette Devereaux prit la route des marais sur près d'un kilomètre.

Les pentes glacées descendaient à de grandes profondeurs avant la longue ascension jusqu'au pied des monts Torngat.

En hiver, Juliette y aurait gelé.

Mais c'était l'été, et elle se noya.

21

Jack descendit à Jasperville et attendit que tous les passagers soient sur le quai avant de se diriger vers la sortie. Même Paul et Vivienne Girard, toujours prompts à engager la conversation avec lui et sans doute en quête d'un peu d'aide pour s'orienter dans leur nouvel environnement, sentirent qu'il voulait qu'on le laisse tranquille. Ils firent un commentaire sur la température, demandèrent le chemin du siège de Canada Iron, et ce fut à ce moment-là que, comme à l'arrivée des Devereaux, un représentant de la compagnie se présenta pour les saluer avec enthousiasme. En écoutant son discours de bienvenue, Jack songea à ses parents et à l'impression qu'ils avaient dû avoir. Ce jour-là, il avait à peine trois ans, et Juliette à peine dix. Quelle expérience, quelle aventure cela avait dû leur sembler !

« J'espère que tout ira bien avec votre frère », lui dit Vivi tout en se dirigeant avec Paul vers l'autre bout du quai.

Jack ferma les yeux et prit une grande inspiration. Il lui fallait trouver une chambre et, sauf si la ville avait complètement changé, il se dit qu'il irait à la pension. Il connaissait le chemin. Il aurait pu le faire en somnambule. Il s'élança à contrecœur, sachant bien que le seul moyen de voir jamais le bout de cette histoire était de s'y jeter à corps perdu. On ne peut pas contourner le réel.

Les saloons, le magasin général, la sellerie, la forge, et derrière lui l'église, qui penchait toujours sur la gauche. La clinique vétérinaire, l'école, et le centre médical où il était souvent allé avec Carine pour emprunter des livres. La boulangerie, la boucherie, le prêteur sur gages et le bureau de poste. Juste au milieu se dressait la pension. Les portes, les fenêtres et les pancartes avaient beau avoir changé, tout semblait s'être figé depuis un quart de siècle.

De là où il était, Jack aperçut le commissariat de police au bout de la rue principale. Il avait l'intention de trouver une chambre, de prendre un petit déjeuner et de réunir ses pensées avant de parler à Nadeau, avant de savoir ce que Calvis avait bien pu faire pour en arriver là.

Lorsqu'il passa la porte et se présenta à la réception, il trouva la pension bien plus petite que dans ses souvenirs. C'était le même bois sombre, les mêmes lambris et le même escalier qui montait jusqu'à la balustrade du premier étage, avec deux couloirs qui partaient chacun vers quatre chambres, puis au deuxième avec six autres chambres.

Derrière la réception se trouvait un adolescent qui n'avait pas plus de quinze ou seize ans. Levant les yeux, il remarqua le sac, ainsi que l'épuisement caractéristique de tous ceux qui venaient jusqu'à Jasperville.

« Vous voulez une chambre ?

— J'aimerais vous demander si c'est la seule pension », répondit Jack.

L'adolescent fronça les sourcils.

« Quoi ? Vous venez de débarquer et déjà ça ne vous plaît pas ? » Il n'attendit pas de réponse. « Je n'en connais pas d'autre, et on n'a plus qu'une chambre de libre. Si vous la voulez, vous avez intérêt à la prendre tout de suite.

— D'accord, dit Jack. Marché conclu.

— Vous restez combien de temps ?

— Ça dépendra.

— Vous voulez payer à la semaine ?

— Très bien, dit Jack.

— En demi-pension ?

— Oui. »

L'adolescent sortit un registre de sous le bureau.

« Nom ?

— Devereaux. Jack Devereaux. Et vous ?

— Martin.

— Ah. Qui tient cette pension, maintenant ?

— Ma mère. Vous avez une adresse ?

— Oui, à Montréal, dit Jack avant de la lui dicter.

— Vous devez régler une semaine d'avance, précisa Martin.

Dernier étage, troisième chambre à droite.

— Je la connais. »

Martin lui lança un regard inquisiteur.

« Vous êtes d'ici ?

— Ça date.

— Alors vous devez savoir que ça craint aussi, n'est-ce pas ? Le trou du cul du monde, mais gelé jusqu'à l'os.

— Bon résumé », dit Jack avant de régler et de récupérer la clé.

En s'élançant dans l'escalier, il se fit la réflexion que, comme tant d'autres, ce vieux bâtiment de bois ne pourrait jamais obtenir de certification anti-incendie.

« Eh, monsieur Devereaux ? »

Jack se retourna.

« Un message de ma mère à tous les résidents : une chambre, c'est pour une personne. C'est ça, le deal. Si vous cherchez de la compagnie, faites ça ailleurs.

— Je ne cherche pas de compagnie, Martin. »

De la fenêtre de sa chambre – une chambre où il avait souvent fait le ménage et qu'il avait repeinte –, Jack regarda la rue jusqu'au-delà des limites de la ville, vers les monts Torngat. *Lieu des esprits mauvais.* Telle fut sa première pensée, suivie de près par le souvenir de l'enterrement de Juliette, de cette période où il s'était mis à éviter ses parents pour passer toujours plus de temps avec Carine, Philippe et Marguerite, comme s'il avait trouvé en eux une famille alternative, indépendante de la sienne. Calvis était toujours sur ses talons. Jack s'était senti si responsable de lui ! Ironie du sort, il avait fini par l'abandonner.

Calvis était sans doute au sous-sol du commissariat de police. Jack ne pouvait guère remettre à plus tard son rendez-vous avec Bastien Nadeau. Il devait aller voir son petit frère, savoir quelles choses terribles il racontait, découvrir les raisons qui l'avaient poussé à commettre une agression aussi brutale.

Au fond de son cœur, Jack avait déjà la réponse à cette question. Il l'avait depuis que Nadeau l'avait appelé. Il savait que William avait tenu les mêmes propos de plus en plus souvent au cours des derniers mois de sa vie. Après la mort de Juliette, tout était très vite parti en vrille. Il avait assisté aux événements, non seulement incapable de faire quoi que ce soit pour les retarder ou les empêcher, mais convaincu que s'il ne partait pas tout de suite, il serait lui-même emporté et englouti par le même sort. Il n'avait pensé qu'à lui-même, car Carine avait aussi fait les frais de cet abandon. Où était-elle, qu'était-elle devenue ? Il ne le saurait peut-être jamais. Oui, il avait essayé plusieurs fois de la retrouver, mais sans conviction. Puis une lettre était arrivée à Montréal, qui avait achevé de le refroidir.

Dans la petite salle de bains au bout du couloir, Jack actionna le robinet de la douche. Il se déshabilla et s'avança sous le jet. Chaque centimètre de son corps accueillit la chaleur. Au moins, il était arrivé. Et, désormais, instant après instant, souvenir après souvenir, il lui faudrait affronter les raisons qu'il avait eues de fuir. Il était rentré chez lui, qu'il le veuille ou non.

22

Ce ne fut pas l'alcool qui tua William Swann, mais le cœur. Avant le dixième anniversaire de Calvis en août 1982, il devint clair que papi ne vivrait pas jusqu'à Noël.

Jacques et Calvis passèrent le plus de temps possible auprès de leur grand-père. Comme Carine était tout le temps avec Jacques, ils étaient trois à aller le chercher pour le transporter dans sa chambre, pour l'aider à se mettre au lit, pour lui apporter ses repas, une couverture supplémentaire, tout ce qui pouvait contribuer à son confort.

La fatigue et les étourdissements dont souffrait William n'étaient que la conséquence d'un manque d'irrigation du cerveau et des organes. Il avait beau prendre des antalgiques pour atténuer son inconfort, de l'aspirine pour liquéfier son sang, il allait mourir et ne pouvait rien y changer.

Malgré sa sénilité, William était conscient de la situation. Il avait des moments de lucidité aigus, déconcertants, où il savait précisément qui il était, d'où il venait et, de manière plus révélatrice, qu'il allait bientôt mourir.

Jacques l'écoutait et suivait son regard qui, passant de lui à Calvis puis à Carine, glissait dans le lointain comme s'il voyait des choses qui n'étaient pas. Peut-être guettait-il quelque chose qui lui semblait imminent.

Jacques songea à la mort, au fait de savoir que sa vie touche à sa fin. Il pensa à Lisette, à Anne-Louise, à Thérèse et à Juliette. Où étaient-elles ? Qu'étaient-elles devenues ? N'étaient-elles rien de plus que du sang et des os, des dents et des cheveux, enfouis sous terre, sans aucune existence sinon sur des photographies et dans des souvenirs qui s'estompaient ? Il refusait de croire une chose pareille, de penser à sa sœur comme à un rien, un espace creux, un vide. Il avait envie de croire que le corps était mort mais qu'il y avait autre chose, au-delà du visible, de l'audible, du tangible. L'esprit. L'âme. Des fantômes, des spectres, des ombres, des identités réincarnées investissant de nouveaux corps. Il avait lu ce genre de choses. Les Égyptiens, les bouddhistes, même les chrétiens parlent du paradis et de l'enfer comme si ces lieux existaient réellement. Jacques ne savait que croire, mais il avait envie de croire en quelque chose. Pour Juliette, bien sûr, mais désormais aussi pour papi.

« Qu'est-ce qui se passe quand on meurt ? » lui demanda Calvis.

C'était un soir d'octobre, et ils ne le savaient pas encore, mais papi partirait exactement six semaines plus tard.

« Comment ça, qu'est-ce qui se passe ?

— Eh bien, on monte au ciel, on flotte dans l'espace, on disparaît, ou on va au paradis comme ils disent à l'église ? »

Difficile de répondre à une question dont il n'avait pas lui-même la réponse.

« Je crois que personne ne le sait vraiment, Calvis. Tout le monde n'a pas la même idée. Aucun mort n'est jamais revenu pour nous le dire. »

Calvis resta pensif pendant quelques instants, puis ce qu'il dit étonna Jacques.

« Peut-être que les gens n'ont pas la même idée parce qu'ils ne vont pas au même endroit.

— Pas au même endroit ? C'est-à-dire ? demanda Jacques.

— Ils vont à l'endroit qu'ils méritent. »

Dès les premières heures du 19 novembre, Elizabeth comprit. Elle réveilla Henri, qui réveilla lui-même Jacques et Calvis. Ils allèrent s'installer autour de papi dans sa chambre, guettant sa respiration, de plus en plus lente et chancelante.

William essaya de parler, mais il n'avait plus ni la force ni la concentration pour se faire comprendre.

Elizabeth priait. Calvis pleurait doucement tout en s'agrippant à la main de Jacques comme à une bouée de sauvetage. Henri gardait une apparence stoïque, mais il était peut-être rattrapé par sa conscience. Voilà qu'il se retrouvait face à son beau-père, un homme dont il avait pris jusqu'au dernier sou et qu'il avait quand même traité comme une personne à charge.

Juste après midi, papi expira. Le silence dans la pièce devint palpable. Calvis cessa de pleurer. Henri se leva, marmonna quelques mots dans sa barbe, puis contourna le bord du lit et remonta la couverture sur le visage de William.

Ils restèrent tous un petit moment dans la chambre. Personne ne voulait être le premier à la quitter. Henri congédia finalement Jacques et Calvis. Il voulait passer un peu de temps avec Elizabeth.

Jacques était en haut de l'escalier. Dès que la porte se fut refermée, il entendit sa mère se mettre à sangloter. Il ignorait pourquoi elle ne l'avait pas fait tant qu'ils étaient là tous les quatre. Peut-être éprouvait-elle une douleur qu'elle n'avait pas envie de partager.

À peu près une heure plus tard, Henri descendit avec Elizabeth, prit son manteau et son chapeau et dit à Calvis de s'habiller. Ils partaient pour le centre médical, puis iraient voir le prêtre. Jacques demanda pourquoi il ne les accompagnait pas.

« Il faut que tu restes avec moi », répondit sa mère, et à son expression, Jacques comprit qu'il y avait quelque chose.

Une fois que Henri fut parti avec Calvis, Elizabeth invita Jacques à venir s'installer avec elle à la table de la cuisine.

« Tu es triste ? lui demanda-t-elle.

— Bien sûr. Très triste.

— Et Calvis ?

— Il a dix ans. Il me pose des questions et j'essaie de lui répondre de manière compréhensible.

— Et sur Juliette, qu'est-ce que tu lui as dit ? »

Jacques regarda sa mère. Il se demanda si c'était une question piège.

« Tu lui as dit qu'elle s'était suicidée ?

— Non, maman. Je ne lui ai pas dit ça.

— Bien. » Elizabeth regarda vers la fenêtre. Dehors, la neige tombait déjà. On disait qu'il fallait s'attendre à un hiver plus rude. « Tu as peur ? demanda-t-elle.

— De quoi ?

— Des histoires de papi. De tout ce qu'il vous racontait.

— C'étaient des histoires, rien de plus.

— Et Juliette, elle en a parlé ?

— Comment ça ?

— Après ce qui est arrivé à Thérèse, elle a parlé de ces histoires ?

— Pas à moi, répondit Jacques. C'est de la superstition. Des histoires pour effrayer les enfants. » Il fit une pause, puis demanda : « Non ? »

Elizabeth détourna les yeux un instant, et ils furent soudain traversés par quelque chose que Jacques ne leur avait jamais vu jusque-là.

« Maman ? »

Elle le regarda de nouveau.

« Oui, dit-elle en souriant. Bien sûr. Des histoires pour effrayer les enfants.

— Tu y crois ? »

Elizabeth poussa un profond soupir. Quand elle leva les yeux, ils étaient remplis de larmes.

« J'ai perdu ma fille, et maintenant mon père. Il y a eu Thérèse. Il y a eu Lisette et puis Anne-Louise. Je ne peux plus dire trois mots à Marguerite sans qu'elle me regarde comme si j'étais coupable de tout... »

Jacques lui prit la main.

« Bien sûr que tu n'es pas coupable, dit-il. Personne n'est coupable. » Elizabeth dégagea sa main.

« Bien sûr que quelqu'un est coupable. Il n'y a pas eu d'accident.

— Tu sais ce que je veux dire, répondit Jacques. Ce n'est pas quelqu'un de notre famille, ni quelqu'un qu'on connaît.

— Comment peux-tu dire ça alors que tu ne sais pas qui c'est ? Bien sûr que ça peut être quelqu'un qu'on connaît. » Ses yeux devinrent lumineux de frayeur. « Ça peut être quelqu'un qu'on connaît très bien, qu'on voit tous les jours. Tu n'y as jamais pensé ?

— Non, répondit Jacques. Jamais, et je n'ai pas envie de m'y mettre.

— Et pourtant, il le faut, dit Elizabeth. Il faut y penser. Observer les gens. Soupçonner tout le monde.

— Non, je ne veux pas de ça. Et tu ne dois pas croire ça non plus. Ou tu vas devenir folle.

— Je sais, admit Elizabeth. Je sais que je ne devrais pas, mais je le crois. Je me demande même… si… »

Sa voix s'étira.

« Quoi ? Tu te demandes quoi ?

— Si ce n'est pas papi. Peut-être qu'il avait compris pour Juliette, qu'il a eu envie de lui faire peur par rapport à Thérèse, qu'il s'est mis en colère, qu'elle l'a provoqué et qu'il a perdu patience…

— Maman ! Arrête ! »

Elizabeth regarda son fils. Il lui paraissait si fort, si confiant.

« Arrête, répéta Jacques. Ce n'est pas papi qui a fait tout ça, et je ne vois pas comment ça pourrait être quelqu'un qu'on connaît. Tu ne dois plus penser comme ça. Tu dois penser à l'avenir, à l'intérêt de Calvis. Il a besoin de toi.

— Pas toi ? »

Jacques rit, mais d'un rire qui parut nerveux.

« Bien sûr que si, maman. On a tous besoin de toi.

— Maintenant, tu es un jeune homme, dit-elle en lui prenant la main. Mon Coco. Dix-sept ans. Si grand, si beau, et si intelligent. Je ne te vois jamais sans un livre. Et jamais sans Carine. »

Jacques sentit le sang lui monter aux joues.

« Toute jeune encore, quinze ans…

— Je sais quel âge elle a.

— C'est une très jolie fille.

— Maman…

— Et elle ne pense que du bien de toi. Je ne t'apprends rien, n'est-ce pas ?

— On est bons amis, c'est tout.

— Tu dois prendre soin d'elle. Promets-moi, Jacques, que quoi qu'il arrive tu prendras soin d'elle. »

Jacques sentit son cœur envahi par l'émotion. Il vit le visage de Thérèse, l'intensité de son regard. Il repensa à la promesse qu'il avait faite et, plus que tout, à l'amour et à la chaleur qui les avaient enveloppés ce soir-là. Maintenant, tout était rompu. Maintenant, tout n'était que souvenirs pénibles et chagrin d'une profondeur insondable.

« Pourquoi me dire ça ? » Jacques entendait ses mots qui se suivaient les uns les autres, et sentait la peine qu'il avait à affronter ce moment. « Pourquoi me demander de m'occuper d'elle quoi qu'il arrive? Tu sais qu'il va arriver quelque chose? Que va-t-il arriver?

— Que te faut-il de plus? lui demanda Elizabeth. Tu ne vois donc pas? Tu ne sens pas qu'il y a une présence mauvaise dans cette maison, partout autour de nous?

— Arrête. Tu dis n'importe quoi. Comme papi, mais en pire. Papi était vieux, il perdait la tête.

— Peut-être qu'on en arrivera tous là», répondit Elizabeth. Là-dessus, elle hésita, et l'espace d'un instant son esprit sembla se perdre bien loin de la cuisine, comme si son corps y était toujours mais elle non. Puis elle secoua la tête. «Tu as raison, dit-elle en souriant. Absolument raison. Ce ne sont que des salades. Des histoires d'enfant. Je suis juste éprouvée. Je savais que papi allait mourir, mais ça ne rend pas le deuil plus facile.

— Ça ira. On est là. On prendra soin de toi, Calvis et moi, et je te promets que je prendrai soin de Carine.

— Vous feriez mieux de partir.

— Pardon?

— Vous feriez mieux de quitter cette ville. Quand elle aura l'âge, emmène-la à Montréal. Quelque part. N'importe où.

— Impossible, répondit Jacques. Et Calvis? Et toi? Pas question que je vous abandonne.

— J'ai ma vie, dit Elizabeth. J'ai fait mes choix. C'est à moi de les assumer, ce n'est pas à toi.

— Je ne partirai pas. Pas avant un bout de temps. C'est ma maison au moins autant que la tienne.

— Tu changeras d'avis tôt ou tard. Ce n'est pas un lieu pour un jeune marié.

— Qu'est-ce que tu t'es mis dans la tête ? Maman, on ne va pas se marier, Carine et moi. Elle est folle, elle aussi, tu sais ? Elle me rend dingue, avec toutes ses questions…

— Jacques, je sais bien que tu l'aimes. Et qu'elle aussi. Vous ne le montrez pas de la même manière, et peut-être ne le comprends-tu pas, mais vous êtes faits l'un pour l'autre. »

Jacques ne répondit pas. Sa mère avait cette habitude d'exprimer ses opinions comme s'il s'agissait de faits, mais elle parlait de Carine et de leur relation avec une certitude qui faisait mouche. À quinze ans tout juste, Carine manifestait déjà une grande sagesse, une grande maturité. Il n'y avait pas d'autre mot : l'amour qu'il éprouvait, fraternel au début, avait évolué vers autre chose, et il n'osait pas vraiment y songer parce qu'elle n'avait que quinze ans. Ils n'avaient que deux ans d'écart, mais ces deux ans étaient un gouffre que seuls le temps et la patience étaient susceptibles de combler. Il l'attendrait, bien sûr. Il l'attendrait cinq ans, dix ans, voire toute sa vie. Jamais il n'avait aimé personne autant que Carine, et il savait que jamais plus cela ne lui arriverait.

23

Jack quitta la pension un peu avant midi pour prendre la direction du commissariat. Il neigeait, et au sol des arêtes et des rigoles avaient déjà durci. Le manteau que Jack avait emporté était insuffisant. Les températures étaient bien au-dessous de ce à quoi il s'était habitué à Montréal.

À chaque pas, des souvenirs lui revenaient. Le néant lugubre et sans relief de l'hiver. Le soleil qui ne se levait pas, l'obscurité qui n'en finissait pas, et la sensation que le froid venait de l'intérieur du corps et ne partirait jamais. Ensuite l'été humide, les marais, les nuées de mouches et de moustiques. L'odeur du tabac de papi quand il s'installait dans son fauteuil à bascule sur la galerie ; le bruit de la porte d'entrée quand son père arrivait, le claquement des chaussures, les relents de ciré mouillé ; la voix de sa mère quand elle l'appelait du rez-de-chaussée pour le dîner. Tout était là, chaque seconde et chaque battement de cœur, mais il avait réussi à maintenir le tout enfermé dans des petites boîtes au fond de son esprit, disposées de telle manière qu'il n'ait à en ouvrir qu'une à la fois.

Parvenu sur la dernière marche avant d'entrer dans le magasin général, il s'arrêta pour regarder le chemin qu'il venait de parcourir. La maison était là-bas. Son enfance, son adolescence, tout ce qui était arrivé à Jasperville. Il savait précisément combien de temps il lui fallait pour y aller, mais il n'était pas prêt. Pas encore.

À l'intérieur, il faisait chaud. Il enleva ses gants, avança jusqu'au centre de la salle et regarda autour de lui. Les quatre murs étaient couverts d'étagères qui montaient jusqu'au plafond. Conserves, farine, sucre, thé, café, légumes en saumure, viande fumée, viande séchée, céréales, œufs en poudre, lait en poudre, huile, bière, vin, whisky, cigarettes, cigares et tabac. Puis venaient des vêtements de travail, des bottes, des chaussettes, des couvertures, du linge de lit, des gants, des chapeaux, des produits pharmaceutiques de base comme des pansements, des bandages, des pommades, des antiseptiques, des médicaments contre la toux et contre le rhume, et des antimoustiques. Tout au fond se trouvaient les livres, les magazines, les journaux, la papeterie, la confiserie, un distributeur de soda, un grand réfrigérateur et une petite zone avec une machine à fraiser des clés et à réparer des chaussures.

Vingt-six années s'étaient écoulées depuis la dernière visite de Jack. Il avait alors dix-neuf ans. Il se rappelait exactement la raison de son passage – il était venu acheter un fourre-tout où glisser ce qu'il voulait emporter. Un seul sac de voyage. Ni plus, ni moins.

Quelle folie, quelle naïveté, quel aveuglement avaient été les siens. Tout ce qu'il avait voulu laisser derrière lui n'avait fait que le suivre à son départ de Jasperville.

« Puis-je vous aider ? »

Jack se retourna.

Un jeune homme se tenait derrière le comptoir à sa droite.

« Oui, dit Jack. Je veux des cigarettes. N'importe quelle marque. Et des allumettes. »

Quand il fut à nouveau dehors, il alluma sa première cigarette depuis trois ans. Au bas des marches, il inhala. Il sentit la morsure au fond de sa gorge, la sensation dans ses poumons. Immédiatement, il eut une sensation de nausée, un léger vertige, qui se calma après une autre bouffée. Il ignorait pourquoi il avait besoin de fumer et comment cela pourrait l'aider. Il fallait seulement qu'il le fasse.

Les gens passaient, le visage couvert par une capuche, une écharpe. Il n'était qu'un fantôme. Personne ne le voyait. Il s'en arrangeait très bien.

Jack se demanda si quelqu'un se souviendrait de lui. Pas sûr. Pas après vingt-six ans. Le monde avait changé mais Jasperville était figée dans le temps. Même atmosphère, et même sensation d'isolement.

Jack tourna à droite et continua jusqu'au commissariat de police. Il resta de l'autre côté de la rue pendant cinq bonnes minutes. Il voyait une silhouette assise à un bureau au fond du rez-de-chaussée. Était-ce Nadeau, ou la Sûreté du Québec avait-elle enfin jugé bon de nommer plusieurs agents ? Il se demanda ce qu'étaient devenus les prédécesseurs de Nadeau – Levesque, Thibault, Tremblay, Landry, et même Arnaud Colin, le sergent en fonction quand Jack était parti en 1984. Étaient-ils encore hantés par les morts inexplicables et non résolues qui étaient survenues ? Et ces drames avaient-ils cessé ? Il voulait une réponse à cette question. Ces drames avaient-ils cessé après son départ, ou s'étaient-ils multipliés ?

Il n'était plus possible de tergiverser. Jack avait fait tout ce trajet pour son frère, et l'heure de vérité avait sonné.

À la porte du commissariat, il prit une profonde inspiration. Croyant, peut-être aurait-il fait une prière, mais il avait perdu la foi depuis de nombreuses années.

La chaleur l'entoura dès le sas entre les deux portes extérieure et intérieure. Il chassa la neige sous ses semelles et ouvrit la seconde porte.

L'homme se leva. Il portait l'uniforme de la Sûreté du Québec, avec des galons de sergent. Il faisait la même taille que Jack mais il était plus jeune, peut-être la fin de la trentaine. Quelque chose en lui suggérait du sang indien, peut-être inuit, voire des ancêtres algonquins.

« Vous êtes Bastien Nadeau ? demanda Jack.

— Oui, répondit Nadeau. Et vous êtes Jacques Devereaux. Vous ressemblez beaucoup à votre frère.

— Dites-moi ce qui s'est passé. Qui a-t-il attaqué ? Et où est-il ? »

Nadeau se tut pendant plusieurs secondes, puis demanda :

« Voulez-vous prendre une chaise ? Je vais me servir un café. En voulez-vous une tasse ? »

Jack hocha la tête et ôta ses gants. Il s'assit sur une chaise face au bureau. Nadeau prit une cafetière sur une plaque chauffante dans le coin de la pièce et prépara deux tasses.

Le café était chaud et fort. Jack en sentit le rayonnement dans sa gorge et dans sa poitrine.

« Vous étiez là, n'est-ce pas, quand Lisette Roy, Anne-Louise Fournier et Thérèse Bergeron sont mortes ? »

Jack tressaillit. À part sa brève conversation avec Vivi Girard dans le train, il n'avait jamais réentendu ces noms depuis son départ.

« Oui, dit-il. J'étais là.

— Vous êtes arrivé quand vous étiez petit et vous êtes reparti à l'âge de…

— On est arrivés en 1969. Je suis reparti en 1984.

— Et vous n'êtes pas revenu depuis ? »

Jack remua la tête.

« Et quand vous êtes parti, votre grand-père, votre mère et votre sœur étaient déjà morts. Votre frère n'avait que douze ans.

— C'est une question ou une affirmation ?

— Désolé si j'ai l'air accusateur, dit Nadeau. Ce n'est pas un interrogatoire. Je suis juste… » Il fit un geste de la main comme s'il ne trouvait pas les mots dont il avait besoin. « Il y a bien des choses que je cherche à comprendre, et je me dis que vous pouvez m'aider.

— Vous aider ? Mais comment ? Ça fait vingt-six ans que je n'ai pas mis les pieds ici.

— Et je ne suis là que depuis cinq mois, monsieur Devereaux.

— Seul ?

— Oui, bien sûr.

— Pour deux ans, c'est bien ça ?

— On nous dit deux ans. Quelquefois c'est plus.

— Et vous avez déjà ressorti tous ces vieux dossiers ?

— Pas par choix.

— Alors quoi ?

— Par nécessité.

— À cause de ce qu'a dit mon frère ? »

Nadeau attendit, comme s'il hésitait à dévoiler sa pensée.

« Je me trompe ? » demanda Jack.

Nadeau se pencha, les deux coudes sur le bureau et les mains jointes.

« Je viens d'une ville comme celle-ci, dit-il. Plus à l'ouest. J'ai grandi là-bas. Les ancêtres de mon père étaient des Algonquins. Ma mère était québécoise. Je connais ce territoire, ce climat. Je sais combien l'isolement et le froid peuvent rendre fou. Tout cela, je le sais, et pourtant les événements qui se sont produits ici… » Nadeau regarda du côté de la rue avant de continuer : « … et dont a parlé votre frère…

— J'ai une bonne idée de ce qu'il a pu raconter, le coupa Jack. Les histoires que nous racontait notre grand-père. Les histoires sur le wendigo.

— Eh bien, comme vous devez le savoir, c'est une légende qui remonte aux ancêtres de mon père.

— En effet.

— Et vous croyez que ce n'est qu'un mythe ?

— Vous me demandez si je pense que ces histoires sont vraies ? Mon grand-père nous les racontait pour nous faire peur.

— Elles vous font toujours peur ?

— Vous parlez sérieusement ?

— Je me trompe ou c'est le cas ? Quand vous y repensez, elles vous mettent toujours mal à l'aise. »

Jack ne répondit pas.

« Personnellement, elles me font peur, monsieur Devereaux. Et votre frère est très certainement dans le même cas.

— Vous êtes en train de me dire que l'homme qu'il a attaqué…

— Vous connaissez l'histoire de Jack Fiddler, l'Indien cri ?

— Oui, répondit Jack. Le chasseur, c'est bien ça ?

— Oui, le chasseur. Ça remonte à plus de cent ans, mais ces histoires sont passées de génération en génération sur bon nombre de siècles.

— Excusez-moi, dit Jack, mais pourquoi me racontez-vous tout ça ?

— Parce que c'est ce que me raconte votre frère, monsieur Devereaux. Qu'il est un chasseur. Qu'il chasse ce wendigo depuis pas mal d'années. Il dit qu'il y en a beaucoup dans les forêts au pied des monts Torngat. Il parle avec une telle conviction, une telle insistance… Et il ajoute que, si je ne le libère pas, il y aura d'autres victimes. »

Jack sentit son esprit travailler pour absorber le sens et la portée de ces paroles.

« Il me dit qu'il y a eu d'autres filles. À Jasperville, mais aussi à Menihek, Fermont, et même à Wabush. Il me dit qu'il y a eu des morts que personne n'a jamais liées à ce qui s'est passé ici.

— Vous êtes en train de me dire que mon frère a attaqué quelqu'un en croyant que c'était un wendigo ?

— Tout à fait, monsieur Devereaux. Il affirme qu'il chasse les wendigos, exactement comme Jack Fiddler. Et qu'il connaît leur existence depuis tout petit. »

Le monde se referma sur Jack. Il se leva, prit une profonde inspiration et essaya de se concentrer, de trouver le début d'un point de repère dans ce qu'il venait d'entendre.

« Monsieur Devereaux ? »

Jack regarda Nadeau. Sa tête n'était qu'une tache.

« J'ai besoin d'air, dit-il. J'ai besoin de sortir d'ici. »

Là-dessus, il se retourna et se dirigea vers la porte.

Nadeau le rappela, mais Jack avait le crâne plein d'un océan déchaîné d'images, de sons, de souvenirs et de pensées qu'il aurait voulu chasser. Il revoyait le visage de papi. Il ressentait la peur que lui avaient inspirée ces histoires de wendigo. Le fait qu'il ait dû rentrer précisément à cause d'elles allait au-delà de tout ce qu'il avait pu imaginer.

Dehors, la neige, comme de minuscules tessons de glace, lui cisailla le visage. Jack enfila ses gants, s'emmitoufla dans son manteau et se mit tout simplement à marcher.

Jasperville avait tué son grand-père, sa sœur, sa mère. Jasperville avait poussé son père dans un abîme de folie d'une profondeur fatale. Et maintenant, le tour de Calvis était venu.

24

Ce ne fut qu'après l'enterrement de papi, Henri devenant encore plus distant, fermé, et Elizabeth passant toujours plus de temps isolée dans sa chambre, que Jacques comprit qu'elle avait eu raison. Il devait partir. Son cœur le lui dictait. Mais, quant à ce qui était bon pour Calvis, sa tête se trompait. Comme celui-ci avait à peine dix ans, Jacques se disait qu'il ne pouvait ni le laisser seul ni l'emmener avec lui. Et puis il y avait Carine. Il savait qu'il l'aimait, mais ce qu'il éprouvait était peut-être encore plus grand que l'amour. Quand il pensait à elle, tout le reste devenait secondaire.

Il n'en devait pas moins fuir Jasperville. Coincé entre le marteau et l'enclume, il retournait le problème sans répit. Il n'en parla ni à Carine ni à Calvis, et fit tout son possible pour cacher ses doutes à sa mère. Elle lisait cependant en lui comme dans un livre ouvert. Certains jours, il avait l'impression qu'elle l'épiait, attendant qu'il aborde le sujet, qu'il trahisse ses intentions d'une manière quelconque.

« Je sais », dit-elle un jour. Ces mots lui étaient venus de but en blanc. « Je sais à quoi tu penses, mais je ne supporte pas l'idée de rester ici sans toi. »

Craignant de vendre la mèche, Jacques voulut s'éloigner.

« Jacques, regarde-moi, dit-elle. Regarde-moi. » Il se retourna.

« Tu crois que je ne sais pas ce qui a tué Thérèse ?

— Maman, arrête, dit Jacques.

— Non. Il le faut.

— Tu sais que ce ne sont que des histoires idiotes, cria-t-il, soudain en colère.

— Des milliers, des millions de personnes peut-être les ont crues pendant des siècles. Dieu ne se voit pas, mais les gens croient en Lui. Avec le diable, c'est pareil.

— Ce n'est pas le diable qui a tué Thérèse !

— Peut-être pas en personne, mais il s'est emparé de l'esprit d'un homme, et c'est cet homme qui l'a tuée.

— Tu es en train de me dire que tu crois ces histoires, les histoires que papi nous racontait pour nous faire peur ?

— Je l'ai vue, lâcha Elizabeth, et ses yeux prirent une expression que Jacques ne leur connaissait pas.

— Vu quoi, maman ? Qu'est-ce que tu as vu ?

— La créature assoiffée de sang. Je l'ai vue. »

Jacques baissa la tête. Il éprouvait une sensation de défaite.

Il finit par se lever. Sa mère paraissait calme et rassurée, comme si, en parlant comme elle l'avait fait, elle avait exorcisé quelque chose en elle.

« J'ai perdu Juliette, expliqua Jacques, et maintenant j'ai perdu papi. Je ne sais plus quoi dire à papa. Il est devenu comme un étranger. S'il te plaît, ne me dis pas que je vais te perdre aussi. »

Elizabeth secoua la tête.

« Je crois qu'il est trop tard, répondit-elle. Quand on est descendus de ce train, on était déjà tous perdus. »

Ce fut moins d'une semaine plus tard que la question même qui le terrifiait le plus fut soulevée sans qu'il puisse rien y faire.

Le professeur s'appelait François Lapointe. Jacques avait pris l'option histoire, et la culture des Cris et des Algonquins fut abordée dans un cours.

Lapointe avait tout sauf l'allure d'un professeur. Il avait toujours une épaisse veste de tweed et un pantalon de ranger, avec des bottes doublées de fourrure qui montaient jusqu'à mi-mollet et un chapeau qui semblait rapiécé de plusieurs autres. Il fumait la pipe, le tabac faisait une épaisse fumée aux relents de goudron et de bois en combustion.

« Ils étaient là avant nous autres étrangers, dit Lapointe. Pour les Indiens, nous ne sommes que des émigrants, des visiteurs, des touristes. Ce qu'ils attendent, c'est que nous comprenions enfin que nous ne sommes pas de taille à lutter contre le climat, et que nous repartions. »

Lapointe traversa la salle pour s'installer sur une chaise à côté de son bureau.

« Ils ont quelques légendes intéressantes, poursuivit-il. Il y en a une que je trouve vraiment fascinante, et ceux d'entre vous qui aiment les histoires de fantômes ou à faire dresser les cheveux sur la tête en penseront peut-être autant. »

À ces mots, Jacques comprit. Comment, il l'ignorait, mais il sut ce qui allait suivre.

« Aujourd'hui, mesdames et messieurs, nous allons parler d'une créature appelée le wendigo. »

C'était presque un mot enfantin, mais l'horreur qu'il exprimait dépassait tout ce que Jacques avait connu. Même une jeune fille retrouvée morte dans la neige l'effrayait moins.

« Le wendigo… Son histoire est troublante, mais je tiens à vous garantir que ce n'est qu'une légende. N'allons pas nous donner de cauchemars, d'accord ? »

Lapointe sourit avec l'air de quelqu'un qui sait qu'il va justement donner des cauchemars à tout son auditoire.

« Cette histoire remonte loin, très loin. Plusieurs siècles, peut-être. Il y avait une tribu, les Anasazis, qui descendaient de peuples venus de l'Utah, et dont toute la culture a disparu il y a plus de six cents ans. Le wendigo en serait responsable. »

Lapointe s'appuya contre le dossier de sa chaise.

« Les Algonquins présentent le wendigo comme très grand et très fin. Il est émacié, il a la peau tirée comme un parchemin jaune et sec, et les yeux caves. On le trouve dans des lieux comme Jasperville, où les gens se perdent facilement et où il fait trop froid pour pouvoir survivre sans abri ni chaleur. Il attend de rencontrer des gens seuls et affamés pour pouvoir les posséder. C'est ainsi qu'on le présente. Comme un esprit cannibale. Les Algonquins croient que le wendigo fait de l'homme un cannibale. Voire que l'esprit wendigo peut pousser l'homme jusqu'au meurtre, à une soif de sang insatiable. »

Une fille leva la main au fond de la classe.

« Oui, Anne-Marie ?

— Ça veut dire quoi, insass…

— Insatiable, répéta Lapointe. Que cette soif ne peut jamais être satisfaite. »

Jacques sentit son cœur battre au creux de sa poitrine. Comme un oiseau craintif.

« Cette légende est attestée en Nouvelle-Écosse, dans la région des Grands Lacs, et également aux États-Unis. Elle a été transmise de génération en génération chez les Ojibwés, les Cris de l'Est, les Cris des marais de l'Ouest, les Naskapis, les Innus et les Assiniboines. Certains disent que le wendigo fait plusieurs fois la taille d'un être humain. Presque un géant. Certains racontent qu'il exhale des relents nauséabonds de mort et de décomposition. D'autres pensent que la taille du wendigo augmente à proportion de la quantité de chair qu'il ingère.

— Et les gens croient vraiment à ce genre de choses ? demanda un garçon à deux rangées de Jacques.

— Assez pour justifier l'existence de rituels à accomplir dans les périodes de famine et d'épidémie, lui répondit Lapointe. Ainsi que la croyance selon laquelle le seul moyen de tuer cette créature, c'est de lui enfoncer de l'argent, de l'acier ou du fer dans le corps. Certains parlent d'un cœur de glace qu'il faut briser avec un pieu d'argent, avant de tailler le corps en pièces avec une hache en argent. » Lapointe se pencha en avant. « Toutes les cultures ont leurs démons – le vampire, le loup-garou, et ces créatures reptiliennes qui rôdent dans les marais. Autant de tentatives, peut-être, pour expliquer la méchanceté de l'Homme. Pour que quelqu'un commette des crimes affreux, dévore son prochain, torture, tue des enfants, il faut qu'il soit possédé, car personne ne peut être aussi cruel sans une cause extérieure, diabolique. » Lapointe sourit. « Des questions ? »

La classe resta silencieuse, fascinée.

« Bon, alors maintenant, je vais vous parler d'un individu qui s'appelait Jack Fiddler. Il a vécu il y a près d'un siècle. Un chaman cri. Quelqu'un sait ce que c'est ? »

Aucune main ne se leva.

« Les Cris prétendent que Jack Fiddler avait le pouvoir d'invoquer les animaux. Il protégeait les Cris contre les mauvais sorts lancés par les autres tribus, il favorisait les cultures, et il avait aussi ce qu'on appelait "la vue de l'esprit". Il voyait ce qui se passait sur le plan des démons. Il voyait quand un homme était possédé par le wendigo. Les Cris lui vouaient une confiance tacite et, avec son frère Joseph, il a tué quinze, voire vingt wendigos dans sa vie. Du moins pour les cas enregistrés. Peut-être y en a-t-il eu bien plus. Vers 1905, 1910 environ, ils ont été arrêtés et accusés de quatorze meurtres. Il y a eu un important mouvement de protestation. Les gens ont demandé qu'ils soient libérés. C'était la police montée du Nord-Ouest qui les avait arrêtés, à Sucker Camp près de Deer Lake, et l'enquête a été menée par elle. La première inculpation concernait le meurtre de la fille de Joseph, Wahsakapeequay. Le but de la police était d'imposer la loi canadienne dans ces régions ; elle a vu là un moyen de prouver qu'il fallait le faire. Elle a parlé de culte diabolique, de meurtre pur et simple, et tout a été fait pour empêcher les Cris de protester. Jack Fiddler était alors âgé de quatre-vingt-sept ans. Il a réussi à prendre la fuite et il s'est pendu. Mais Joseph a été traduit devant le tribunal. Beaucoup ont témoigné pour sa défense. Les Cris ignoraient la loi canadienne, partant du principe qu'ils avaient le droit de mener leurs affaires selon les traditions tribales qui s'étaient perpétuées au fil des siècles. Selon un témoin, Wahsakapeequay était atteinte d'une maladie incurable qui la faisait atrocement souffrir quand elle avait été tuée. De nombreux Cris ont affirmé que c'étaient les Fiddler qui avaient été désignés pour tuer les personnes très âgées et très malades, comme la coutume l'exigeait dans leur tribu. Joseph n'en a pas moins été jugé coupable et condamné à la prison à perpétuité. Au terme de toute une série d'appels, il a finalement été gracié. Mais la nouvelle n'a pas eu le temps de lui parvenir, et il est mort dans sa cellule. »

Lapointe se leva.

« L'essentiel, dans l'histoire, c'est que ces gens *croyaient* en l'existence du wendigo. Il y a même eu des missionnaires canadiens et européens blancs qui se sont rangés du côté des Cris et qui ont exigé de les laisser pratiquer leurs croyances. Ils ont dit que le diable pouvait prendre bien des formes, et qu'un homme qui entreprenait de le détruire, dans quelque incarnation que ce soit, faisait toujours l'œuvre de Dieu. »

Jacques eut envie de quitter la classe. Il avait le front verni de sueur, les lèvres sèches. Il ferma les yeux un moment et, quand il les rouvrit, Lapointe le regardait.

Le cours se termina. Jacques mit son livre dans son sac et se leva pour s'en aller.

« Monsieur Devereaux, dit Lapointe. Un mot, je vous prie. »

Le reste de la classe sortit. Jacques resta à côté de son bureau.

Il n'arrivait pas à lever les yeux.

« Vous êtes souffrant ? » demanda Lapointe.

Jacques remua la tête.

« Non, monsieur.

— Ce sujet vous perturbe ?

— Mon grand-père m'en avait déjà parlé.

— Il vous effraie ? »

Jacques regarda Lapointe.

« Mon grand-père dit que c'est cette chose… cette créature qui a fait ça aux filles. »

Lapointe ne put dissimuler sa surprise. Il eut beau essayer, il ne put se retenir de rire.

« Ah, ma parole ! dit-il. Votre grand-père doit avoir une sacrée imagination !

— Vous n'y croyez pas ?

— C'est un être humain qui a fait ces choses terribles, Jacques. Un fou, un possédé peut-être, mais un être humain quand même. » Lapointe détourna les yeux un moment et, quand il regarda de nouveau Jacques, il avait l'air complètement épuisé, comme si la seule pensée de pareils crimes le fatiguait. « Je crois aux croyances de l'Homme. À sa foi. Je crois qu'un homme peut se croire possédé, mais qu'il est en fait affligé d'une affreuse maladie mentale ou d'une psychose. Je ne crois pas à l'existence du wendigo. Si le wendigo existait et qu'il avait tué ces filles, fidèle à sa nature, ne les aurait-il pas mangées ? »

Jacques hocha la tête.

« Donc, non, je ne crois pas à l'existence d'un cadavre de plus de deux mètres qui vivrait parmi nous. Je ne crois pas qu'il existe une créature désespérée, possédée par une soif insatiable de dévorer de la chair humaine. Mais, ce que je crois, c'est que l'Homme est capable d'une grande méchanceté. Que cette méchanceté vienne de lui, ou bien qu'elle lui soit inspirée par une intelligence spirituelle ou démoniaque, ce n'est pas à un vieux professeur du secondaire de le dire.

— Ma mère aussi a l'air d'y croire. »

Lapointe eut un mouvement de tête compréhensif.

« Une femme accablée par le deuil et le chagrin souffre terriblement, et le chagrin et le stress peuvent faire des ravages sur l'intelligence et la sensibilité. »

Lapointe posa une main rassurante sur l'épaule de Jacques.

« Je crois que notre wendigo est comme le Dracula de Stoker, inspiré par la légende d'un homme véritable. La créature qui vit parmi nous est très certainement un homme de ce bas monde, et tout ce qui peut arrêter un être humain peut aussi l'arrêter. »

25

Il était plus de 16 heures et il faisait nuit noire lorsque Jack Devereaux retourna au commissariat. Les lumières étaient allumées à l'intérieur, et il voyait Nadeau assis à son bureau.

Nadeau leva les yeux à l'ouverture de la porte extérieure. Sans un mot, il regarda Jack franchir la porte intérieure et s'avancer dans sa direction.

Jack s'assit.

« Je suis désolé, sergent Nadeau…

— Je comprends, répondit Nadeau. Vous pouvez me croire. J'ai consulté ces dossiers. Sur les morts. Les meurtres. Appelons-les comme on veut. Puis j'ai regardé les photos et j'ai lu les notes de Levesque, Thibault, Landry, tous ceux qui étaient là à l'époque. Et, bien sûr, vous savez qu'il y en a eu d'autres. »

Jack leva les yeux.

« D'autres morts, dit Nadeau. Ailleurs qu'à Jasperville. J'ai bien écouté votre frère. J'ai regardé le dossier et j'ai contacté mes collègues. Il y a d'autres morts de jeunes femmes qui sont restées inexpliquées. Une à Menihek, une autre à Fermont, et une autre encore à Wabush. Je ne sais pas si ce sont chaque fois des meurtres. Peut-être y a-t-il des agressions animales. Ce qui m'inquiète, c'est que votre frère a l'air d'en savoir bien plus que moi, et bien plus que les policiers que j'ai contactés.

— Ce qui veut dire ? »

Nadeau détourna les yeux un instant. Puis haussa les épaules.

« Ce qui veut dire qu'il en sait bien plus que n'importe qui.

— Vous le soupçonnez d'y être pour quelque chose.

— Je n'ai pas dit ça.

— Mais c'est ce que vous insinuez. »

Nadeau sourit.

« Vous me donnez l'impression d'un homme à la parole rare, monsieur Devereaux, mais vous dites très exactement ce que vous voulez dire.

— Peut-être, oui.

— Alors nous sommes faits de la même étoffe. Si je soupçonnais votre frère de complicité de meurtre, je vous le dirais. Pour ce qui est des morts survenues quand vous étiez là, votre frère était tout petit. J'ai également pensé à votre père, mais il y a eu d'autres cas depuis son internement en 1995. Je viens à peine de commencer l'enquête, et pour l'instant celle-ci se limite à un fait précis.

— Cette attaque dont Calvis est l'auteur.

— Oui.

— Qui est la victime ?

— Un homme du nom de Jean-Paul Lefebvre.

— Lefebvre ?

— Oui. Un ingénieur. Employé chez Canada Iron. Depuis de longues années.

— Son nom me dit quelque chose. Il ne travaillait pas à la pension ?

— Si c'est le cas, c'était avant que j'arrive.

— Et maintenant, où est-il ?

— Au centre médical. Il est dans un état critique mais stable. Il faudrait l'hospitaliser, mais on ne peut pas le transférer. Il n'y a pas de route, et ils ne vont pas nous envoyer un avion de Sept-Îles. S'il décède, votre frère sera inculpé de meurtre.

— À quand remonte l'attaque ? demanda Jack.

— Au dimanche avant mon appel. Le 10 de ce mois.

— Et vous avez attendu quatre jours avant de m'appeler ? demanda Jack.

— Si vous aviez été plus facile à trouver, je vous aurais contacté bien plus tôt.

— La victime a de la famille, ici ?

— C'était un homme marié. Sa femme était arrivée en même temps que lui. Mais, d'après mes informations, elle est partie à Fort Mackenzie avec un autre homme il y a cinq ou six ans. Sinon, il a un frère ici, à Jasperville. Je crois qu'ils ne sont pas proches. Je l'ai informé, mais il fait comme s'il ne comprenait même pas ce qui s'est passé, et encore moins pourquoi c'est arrivé. Il va quand même voir son frère tous les jours au centre médical après le travail.

— Et Calvis, où est-il, maintenant ? »

D'un geste de la tête, Nadeau indiqua l'arrière du bureau. Jack comprit que la porte du fond conduisait au sous-sol. Il y avait quatre cellules d'à peine deux mètres et demi sur trois, chacune avec une couchette métallique d'une place vissée au mur, et une chaise en fer-blanc. Rien, sinon des barreaux et des murs de pierre nue. Si elles étaient encore dans le même état, ce qui était sans doute le cas, quelques heures suffisaient à amener la plupart des hommes à la contrition.

« Il est là-dedans depuis huit jours ? demanda Jack.

— Je n'ai rien d'autre, monsieur Devereaux. Je ne peux pas l'envoyer à Sept-Îles sans escorte, et je suis le seul à pouvoir l'escorter.

— Vous voulez que je l'emmène ?

— Absolument pas. Ce n'est pas envisageable. Il ne peut être transféré que sous la juridiction de la Sûreté du Québec.

— Et… donc ? »

Nadeau secoua la tête.

« Là est toute la question. Pour l'heure, il est inculpé de voie de faits graves. Sur décision du procureur, cette accusation pourrait être requalifiée en tentative d'homicide. Mais en cas de décès de M. Lefebvre, on aurait affaire à un meurtre au premier degré.

— Et en attendant, qu'est-ce qu'on fait ? On le laisse pourrir au sous-sol ?

— Vous êtes là pour m'aider, dit Nadeau.

— Vous aider ? Qu'est-ce que je peux faire ?

— Il ne me parle pas. Il refuse de répondre à mes questions. Il hurle, il se met dans tous ses états. Il me dit qu'il peindra les murs de la couleur que j'ai dans le ventre. Que dès qu'il sera en enfer, il leur dira que c'est moi qui suis l'auteur des meurtres suivants. » Nadeau soupira d'un air résigné. Il semblait dépassé. « On a dû le mettre sous sédatif. On n'a pas pu faire autrement. Mon seul espoir, c'est de voir quelqu'un venir de Sept-Îles pour le chercher, afin qu'il puisse être pris en charge comme il faut. Je n'ai pas assez de moyens ni de main-d'œuvre pour enquêter sur une attaque isolée comme celle-ci, encore moins sur une série de meurtres dont certains remontent à une trentaine d'années.

— En ce moment même, il est sous sédatif ? demanda Jack.

— Oui.

— Et il va le rester encore longtemps ?

— À en juger par les fois précédentes, il ne se réveillera sans doute pas avant demain matin.

— Il se nourrit ?

— Oui, dit Nadeau. Il n'a pas l'air d'avoir de problème d'appétit. D'ailleurs, il dit lui-même que c'est en dormant et en mangeant qu'il va s'en sortir. Il affirme qu'il a besoin de récupérer des forces pour reprendre son travail.

— Et où vit-il ?

— Toujours dans la maison où vous avez grandi. Où vous avez vécu.

— Impossible. Ces logements sont la propriété de Canada Iron. La compagnie a sûrement récupéré la maison après l'internement de mon père.

— En 1990, avec le déclin de la production de minerai, tous ces logements ont été mis en vente. Votre père a acheté la maison. Elle est passée dans votre famille.

— Je ne savais pas, dit Jack.

— Eh bien, vous êtes parti depuis vingt-six ans, monsieur Devereaux, sans rien dire à votre père ni à votre frère. »

Jack ne répondit pas.

« Qu'est-ce qui vous a pris ? demanda Nadeau. Pourquoi ce départ, et pourquoi ce si long silence ?

— Et en quoi ça vous regarde ? »

Nadeau haussa les épaules. Il n'eut pas l'air offensé par la rebuffade de Jack.

« Je suis policier. Je m'intéresse à la vie des gens, même quand elle ne me regarde pas. »

Il plongea ses yeux dans ceux de Jack, s'attendant peut-être à le faire parler.

Jack ne répondit pas.

« Et vous avez trouvé une chambre ? demanda Nadeau.

— À la pension.

— La maison de la petite Roy, c'est ça ? Puis de la petite Bergeron, qui a été tuée ?

— Oui.

— Vous avez peut-être envie d'aller voir votre maison de famille ? »

Nadeau ouvrit le tiroir du bureau et sortit un trousseau de clés qu'il posa devant lui.

« C'est celles de votre frère, expliqua-t-il. Il n'en aura pas besoin de sitôt. Je ne vois pas de raison de ne pas vous les donner. Ça vous épargnera le coût d'une chambre à la pension.

— Non », dit Jack par réflexe.

Rien ne lui faisait moins envie. Il avait espéré ne jamais revoir ce lieu. L'idée d'y loger était pour lui comme un anathème. Il en eut presque une sensation palpable de nausée.

« Prenez-les, dit Nadeau. Il faut que vous alliez voir ce que votre frère… » Il remua la tête. « Allez voir par vous-même, monsieur Devereaux. »

Jack prit les clés, plutôt pour mettre un terme à cet échange que dans l'intention d'obéir à Nadeau.

« Revenez demain matin. Au moins, votre frère sera réveillé. Tout ce qu'on peut espérer, c'est qu'il vous parlera. Il faut qu'on comprenne ce qui s'est vraiment passé. Y a-t-il eu provocation ? Ou légitime défense ? Ses propos sur Jean-Paul Lefebvre ont-ils un rapport avec la réalité, et si c'est le cas, comment le prouver ?

— Vous pensez que mon frère est réellement dangereux, sergent Nadeau ? »

Nadeau sourit là encore comme pour suggérer qu'il en savait bien plus qu'il ne pouvait le dire.

« Si ses propos sont vrais et que ce Lefebvre est un tueur, alors lequel des deux est le plus dangereux ? Le tueur, ou celui qui essaie de le tuer ? »

Une demi-heure plus tard, les mains au fond de ses poches et le visage tourmenté par le vent glacé, Jack se tenait sur le trottoir en face de la maison des Devereaux. Achetée en totalité, occupée par un fou – succédant à un autre fou interné à Saguenay où il parlait à des absents.

Jack ne put se résoudre à y entrer. La voir suffisait. Les derniers mois qu'il avait passés là lui revinrent implacablement. Il sentit les larmes gonfler et geler dans ses yeux avant qu'il puisse pleurer.

Sa mère. Sa mère à lui. Elizabeth. Venue tout droit d'Angleterre dans le cauchemar sans fin qu'était ce désert. Et morte ici d'une manière qui n'avait jamais cessé de le hanter.

26

Le printemps 1984 fut tardif. L'hiver s'éternisait, tandis que la chaleur semblait vouloir rester où elle était.

Ce ne fut qu'aux tout derniers jours du mois d'avril que les stalactites qui pendaient aux avant-toits se mirent à fondre. Elles regelaient chaque nuit, mais perdaient en longueur à chaque jour qui passait sous un soleil rampant dont les prudents rayons dardaient vers l'ouest. Au loin, au pied des monts Torngat, d'épaisses nuées de brouillard montaient de terre et barraient la masse sombre des arbres.

Depuis Noël, Henri buvait beaucoup. Ce n'était pas un secret, et il n'essayait pas de s'en cacher. Il était difficile de savoir si son déclin venait du chagrin lié à la mort de sa fille, mais Elizabeth était trop fragile pour le combattre. S'il ne buvait pas sur son lieu de travail, dès qu'il avait ôté son ciré et ses lainages, il allait se poster devant le poêle de la cuisine avec une bouteille dans une main et une tasse à café craquelée dans l'autre. Quand il ne parlait pas, il gardait une humeur morose. Quand il parlait, il entrait dans une rage furieuse dirigée contre tout et rien.

Henri Devereaux n'était pas un homme violent. Peut-être Elizabeth regretta-t-elle qu'il ne le soit pas, car elle en aurait porté les symptômes. En l'état, rien ne venait prouver que son mari la harcelait. Le fait que la violence soit psychologique était presque pire. Une lèvre ouverte ou un œil au beurre noir guérit. Mais les blessures causées par des paroles vicieuses ne cicatrisent jamais.

Marguerite Bergeron ne comprenait que trop ce qui se passait, car elle avait entendu Henri crier bien plus souvent que nécessaire. Jacques, maintenant âgé de dix-huit ans, restait autant que possible à l'extérieur de la maison. Il passait tout son temps avec Carine, qui était déjà presque une femme – elle aurait dix-sept ans au mois de juillet. Il ne faisait aucun doute, que ce soit dans l'esprit d'Elizabeth ou dans celui de Marguerite, que leur relation était tout sauf platonique. Malheureusement, comme Jacques venait trouver refuge à la pension, Calvis restait seul. Marguerite proposait toujours à Jacques de venir avec Calvis. Elizabeth le priait aussi de l'emmener, non seulement pour atténuer la solitude du garçon, mais aussi pour l'éloigner de la ligne de feu d'Henri. Mais le genre de conversation qu'avaient Jacques et Carine ne convenait pas à un enfant de onze ans.

Calvis était là quand Henri rentrait de la fonderie. Calvis subissait les mêmes intimidations et le même harcèlement que sa mère. Rien ne convenait, tout allait de travers. Le monde entier s'était ligué contre Henri Devereaux. Sa femme et ses enfants étaient de mèche avec ceux qui avaient juré sa perte, et il ne manquait jamais une occasion de le leur reprocher.

À une certaine époque, Jacques s'était rebellé, et – comme toujours avec les harceleurs – Henri avait trouvé le moyen de tordre la réalité pour lui faire honte de s'être dressé contre lui. Jacques n'en avait conçu qu'une plus grande envie de l'éviter, et c'était ce qu'il avait fait.

De fin janvier à début mai, il n'y eut guère que pendant qu'ils dormaient qu'Henri et Jacques se trouvèrent sous le même toit.

Calvis s'accrochait à sa mère. Il mouillait son lit, faisait des cauchemars et semblait plus ou moins régresser en âge. Il piquait des colères, refusait de manger, et sa peau était irritée par l'eczéma. Certains jours, il n'émergeait pas un seul instant d'une sorte de torpeur transie. Elizabeth en toucha un mot à Bayard Pelletier au centre médical. Le docteur prescrivit des toniques ferrugineux ainsi qu'un programme d'exercices pour stimuler le rythme cardiaque et le pouls.

« Ce n'est pas un mal physique, dit Pelletier. C'est une maladie de l'âme. Une faiblesse d'esprit. J'ai déjà vu ça chez l'enfant. Ça lui passera, bien sûr, mais le plus tôt sera le mieux. »

Il interrogea Elizabeth sur la vie de Calvis à l'école, à la maison, et sur tout ce qui pouvait contribuer à son stress apparent. « Je ne vois rien », répondit-elle. La honte l'empêchait de parler, car dire du mal de son mari eût été avouer qu'elle avait échoué à la fois en tant que femme et en tant que mère.

À la fin de la première semaine du mois de mai, Elizabeth eut une discussion avec Jacques. Leurs silences gênés en dirent long sur le poids de la culpabilité qui les étreignait tous les deux.

Elizabeth, ravalant le peu de fierté qu'il lui restait, confia à Jacques qu'elle était très inquiète pour Henri comme pour Calvis.

Jacques s'attendait à un énième monologue délirant sur les créatures tapies dans les bois, retenant leur respiration pour mieux pouvoir surprendre la jeunesse de Jasperville, mais il fut frappé par l'apparence de calme et de lucidité de sa mère.

« Mes craintes ne sont pas infondées, expliqua-t-elle. Ton père boit, presque tous les jours maintenant, et même s'il ne s'agit pas de grandes quantités, c'est assez pour le dresser contre nous. Tu n'es pas là, Jacques, mais il dit des choses affreuses sur toi, sur Calvis et évidemment sur moi.

— Et que veux-tu que je fasse ? »

Elizabeth eut un sourire compatissant.

« Rien d'autre qu'être là. Tu es assez grand pour avoir un effet dissuasif. Tu comprends ça, n'est-ce pas ?

— Mais je n'ai pas envie d'être là, justement à cause de ça, répondit-il.

— Souvent nous devons faire ce qui est bon, que ça nous plaise ou non.

— Si encore Carine pouvait venir, ce ne serait pas si mal, mais elle a peur de lui.

— Eh bien, voilà toute la subtilité, dit Elizabeth. Si tu étais là, je suis sûre que ça tempérerait son humeur, et qu'il ne lui ferait pas si peur.

— Mais elle doit travailler à la pension…

— Jacques, dit Elizabeth. Tu ne m'écoutes pas.

— Si, je t'écoute.
— Très bien, mais tu ne veux pas comprendre ce que je te dis. »
Jacques sentit la colère bouillonner dans sa poitrine.
« Ton père travaille dur, poursuivit Elizabeth. Son niveau de responsabilité à la fonderie est écrasant. C'est grâce à son salaire qu'on a un toit au-dessus de la tête, de la nourriture sur la table et des vêtements dans nos armoires…
— Je sais tout ça. Je sais qu'il a un travail difficile, mais ça n'explique pas qu'il se soit mis à boire.
— Ton père subit un stress bien plus important que nous, Jacques, et la mort de ta sœur l'a terriblement marqué. »
Elizabeth s'arrêta. Elle faisait de son mieux pour contenir le flot de douleur qui l'assaillait. De toute la famille, c'était elle qui avait subi la plus grande perte, mais elle se devait de supporter son sort en silence.
« Tout ce que je te demande, c'est de passer un peu de temps ici avec ton frère et moi… le soir, tu comprends, quand ton père rentre du travail.
— J'ai le choix ? demanda Jacques d'un ton véhément.
— Dis donc, jeune homme, lui répondit Elizabeth, tu te rends compte à quel point c'est irrespectueux ? Je comprends que tu veuilles passer du temps avec Carine. Je le comprends tout à fait. Mais tu as des devoirs, des obligations envers cette famille, envers moi. Tu dois faire ce que je te demande.
— Je n'ai aucune obligation. »

Elizabeth leva la main comme si elle voulait le gifler. Ses yeux brillaient de rage. Une fois son impulsion contenue, elle regarda fixement Jacques jusqu'au moment où il baissa les yeux.

« Je suis désolé, dit Jacques. C'était égoïste de ma part. »

Elizabeth baissa la main. Son visage s'adoucit.

« N'en parlons plus.

— Je serai là, dit Jacques. Et si papa crie un peu moins, Carine pourra peut-être venir également.

— Tu sais qu'elle est toujours la bienvenue dans cette maison. Mais c'est pour Calvis qu'on fait ça. Tu es conscient qu'il a beaucoup d'estime pour toi. Il se sent seul, Jacques. Mais il est aussi assez intelligent pour savoir qu'il n'est pas tout à fait le bienvenu à la pension.

— Ce n'est pas vrai, dit Jacques. Philippe et Marguerite sont dingues de lui. Ils le gâtent même terriblement, si tu veux tout savoir.

— Je ne parle pas d'eux. Je parle des deux tourtereaux qui passent leur temps à roucouler et à se faire la cour. »

Le sang monta aux joues de Jacques.

« On ne se fait pas la cour, maman. »

Elizabeth caressa la main de son fils.

« Dans ce cas, le sens de cette expression m'échappe absolument. »

Jacques ne répondit rien.

« Alors, marché conclu. Si Carine veut venir, la porte lui est grande ouverte, mais j'aimerais autant que vous ne la fermiez pas à Calvis. Vous pourriez peut-être l'aider un peu dans ses devoirs. J'aimerais que vous gardiez un œil sur lui, que vous vous en occupiez. Ce n'est pas trop vous demander, et je sais que ça compterait beaucoup pour lui. »

Si, chez Elizabeth, la culpabilité résultait d'un échec face à la violence de son mari et à la situation émotionnellement difficile qu'avait vécue sa fille, chez Jacques, elle provenait d'une négligence vis-à-vis de son frère cadet et plus généralement de sa famille. Il ne fut donc pas surpris par la demande de sa mère, qu'il ne prit pas pour un reproche immérité.

Jacques connaissait bien ses défauts, et la discussion n'avait fait qu'éclairer ce qu'il avait cherché à laisser dans l'ombre.

Jacques était décidé à tenir parole. Que la demande de sa mère puisse avoir un motif caché ne lui traversa pas l'esprit un seul instant, et il ne prit qu'après coup la mesure de la souffrance et du tourment qu'elle avait dû subir. La semaine qui suivit, il ne vit presque pas Carine et passa presque tout son temps avec son père. Carine comprit, car il avait pris soin de lui expliquer la situation.

« Ça ne durera pas, assura-t-il.

— Comment en es-tu si sûr ? demanda Carine. Tu me caches quelque chose ?

— Non.

— Dans ce cas, si ta mère veut que tu restes t'occuper de Calvis et empêcher ton père de devenir trop violent, comment peux-tu savoir que ça ne durera pas ?

— On va partir, répondit Jacques.

— Tu parles de partir depuis le premier jour, dit Carine dans un éclat de rire.

— Plus j'en parle, plus je suis décidé à le faire.

— Et je suis censée venir ? Quitter la maison, mes parents, pour te suivre où ?

— Je ne sais pas. N'importe où. À Sept-Îles, Montréal, et pourquoi pas plus loin ?

— Et tu sais comment on vivra ? Comment on survivra ? Tu n'as que dix-huit ans…

— Dix-neuf ans en juin.

— Bon, dix-neuf ans en juin. Moi, j'aurai dix-sept ans en juillet et, si je ne me trompe pas dans mes calculs, j'ai neuf dollars et cinquante cents sur mon compte.

— Je trouverai du travail, dit Jacques. On trouvera du travail. On peut y arriver. Mes parents y sont arrivés, les tiens aussi. C'est comme ça. Quand on a à ses côtés quelqu'un avec qui on veut passer le restant de ses jours, on fait tout pour que ça arrive.

— Tu es quelqu'un de merveilleux, et je t'aime beaucoup, répondit Carine, mais je pense que tu rêves et que tu n'as aucune idée de ce que ça implique de survivre dans une grande ville. On est des ados, Jacques, et ça m'étonnerait que des ados aient beaucoup de chances de trouver du travail, à Sept-Îles ou à Montréal.

— Je ferai tout pour qu'on y arrive, dit Jacques d'un air de défi. Je partirai en éclaireur. Je trouverai du travail. Je trouverai un endroit pour nous, et je reviendrai te chercher.

— D'accord, monsieur le Rêveur. Je vois déjà comment ça va se passer. Tu quitteras Jasperville pour parcourir le vaste monde, tu trouveras un château, et tu reviendras me libérer de mon donjon. »

Jacques lui saisit la main.

« Si une chose a de la valeur dans ce désert perdu, c'est ma parole. Tu me rejoindras quand tu auras dix-huit ans, et si tu ne le fais pas je te promets que je reviendrai te chercher. »

Carine lui caressa la joue du bout des doigts. Elle se pencha, et ses lèvres frôlèrent les siennes. Puis elle posa la main sur son épaule et l'attira vers elle pour pouvoir murmurer dans son oreille.

« Maintenant que tu as prêté serment, dit-elle, tu dois tenir parole. »

Jacques ne comprit que plus tard pourquoi sa mère tenait à ce qu'il veille sur Calvis.

Ce jour-là, Juliette aurait dû fêter ses vingt-six ans. Henri partit le matin à 5 heures. À 7 heures, Elizabeth réveilla Jacques et Calvis. Elle leur avait préparé des crêpes au babeurre. Elle pria Jacques d'accompagner Calvis à l'école et de retirer de l'argent pour payer la note du boucher.

« D'accord, dit Jacques. Ensuite, j'irai à la pension. Philippe a besoin d'un coup de main. Il y a eu une fuite dans une partie de la toiture et le plafond est abîmé.

— Bien sûr, répondit Elizabeth. Si tu pouvais aller chercher Calvis ce soir et voir s'il a besoin d'aide dans ses devoirs, ce serait vraiment très gentil.

— Papa rentre quand ?

— Sans doute pas avant le dîner.

— Alors je crois que je viendrai avec Carine.

— Comme tu voudras, mon grand. »

Jacques partit comme convenu. Il accompagna Calvis à l'école, alla régler la note chez le boucher, et à 8 h 30 il était à la pension. Il resta un moment dans la cuisine avec Philippe, à boire un peu de café pendant que Carine pliait des serviettes et des draps dans la buanderie. En la regardant, il sentit son cœur gonfler. Il l'aimait tant ! Le destin même semblait les avoir réunis, une force profonde, indéfinissable, qui les avait fait venir de différentes parties du monde jusque dans ce désert hostile. La chance, si elle existe, ne frappe qu'une seule fois, la différence entre bonne et mauvaise fortune étant affaire de perception. Jacques avait lu plus d'un roman où le sentiment d'abandon du personnage n'était en réalité que le procédé choisi par le destin pour lui révéler une voie différente, qu'il n'avait jamais soupçonnée.

Le travail ce jour-là fut rude, mais Jacques et Philippe réussirent à en venir à bout avant l'heure d'aller chercher Calvis à l'école.

Après une douche, Jacques retrouva Carine dans le salon. Elle n'avait guère envie de l'accompagner car, outre qu'elle craignait le tempérament d'Henri, elle avait promis à sa mère de l'aider à nettoyer les bocaux de conserve.

« J'essaierai de repasser plus tard, dit Jacques. Peut-être après le dîner, si ça te va ?

— Si tu peux, oui, mais je sais qu'il faut que tu restes un peu avec Calvis. »

Jacques partit retrouver Calvis devant l'école et ils rentrèrent ensemble à la maison. Lorsqu'ils arrivèrent, il était 16 heures. La nuit venait de tomber comme un voile.

La maison était vide. D'habitude, Elizabeth était occupée dans la cuisine, en train de préparer le dîner.

Jacques ne comprit pas qu'il y avait un problème. Plus tard, il se demanderait pourquoi. Loin de lui l'idée qu'il aurait prédit les événements, mais l'absence de sa mère avait quelque chose de funeste. Après tout, c'était l'anniversaire de Juliette. Peut-être était-elle allée à l'église. Elle avait engagé une discussion avec le prêtre et n'avait pas vu le temps passer. Elle allait rentrer d'un instant à l'autre, troublée et navrée de son retard.

Mais les minutes passaient l'une après l'autre, et il finit par devenir impossible d'envisager autre chose que le pire.

Jacques demanda à Calvis de rester à la maison en lui assurant que tout allait bien. Leur mère serait alarmée de trouver la maison vide, il devait donc attendre ici pour qu'il y ait quelqu'un à son retour. Leur père en aurait encore pour au moins une heure.

Jacques courut jusqu'à la pension. Philippe lui proposa son aide. Ils iraient à l'église, au magasin général, dans tous les lieux où Elizabeth connaissait du monde, et s'ils ne la trouvaient nulle part, ils iraient chercher Henri à la fonderie.

Il apparut très vite que personne n'avait vu Elizabeth depuis la veille, ni n'avait eu de nouvelles. Elle n'était pas allée à l'église, ni dans quelque magasin que ce soit. Elle n'avait pas eu de contact avec les femmes qu'elle fréquentait. Finalement, le saut à la fonderie ne fut pas nécessaire. Jacques repartait chez lui avec Philippe lorsqu'ils rencontrèrent Henri, qui descendait la rue principale.

Au début, Henri eut l'air contrarié de voir capoter ses projets – boire, encore et toujours, à en juger par les soirs précédents. Puis la colère fut balayée et remplacée par un profond sentiment de désorientation, comme si toutes ses certitudes avaient été ébranlées.

« Elle est sans doute à la maison », répétait-il de temps à autre.

Ils rentrèrent tous les trois, ne trouvèrent que Calvis, et lorsque Henri fut monté dans la chambre qu'il partageait avec Elizabeth, lorsqu'il fut allé voir derrière la maison, dans l'allée étroite qui courait tout le long du bâtiment, et lorsqu'il fut revenu dans la cuisine par la porte d'entrée, la réalité de son absence le frappa enfin.

Henri Devereaux regarda ses deux fils, se jeta sur une chaise à la table de la cuisine et plongea sa tête dans ses mains. Le peu qu'il restait de son univers s'effondrait comme un château de cartes autour de lui.

Cette nuit-là, Calvis fut le seul à fermer l'œil, et par pur épuisement. Marguerite arriva avec Carine, elles préparèrent un petit déjeuner auquel personne ne toucha. Henri but, marmonna et, à un certain moment, sanglota, puis se ressaisit assez vite pour replonger dans un silence de pierre. Ce furent Jacques et Philippe, sortant aux premières lueurs du jour, qui allèrent signaler la disparition d'Elizabeth à la police.

Une heure plus tard, une équipe d'une douzaine de bénévoles s'était formée pour commencer cette tâche ardue et rebutante, qu'ils regrettaient de voir à nouveau nécessaire, consistant à entreprendre des recherches élargies autour de Jasperville.

Il fallut plus de trois heures pour retrouver le corps. Vêtue de noir de pied en cap, Elizabeth Devereaux avait suivi la même route que sa fille un peu moins de quatre ans plus tôt.

L'eau dans laquelle elle était entrée avait tout au plus un mètre de profondeur. Ses jupes s'étaient retroussées sous elle et avaient gelé. Elle semblait étendue sur un nuage sombre, immobile ; dans une main, elle tenait un rasoir droit, et dans l'autre un portrait de Juliette, encore reconnaissable.

Elizabeth s'était fait des entailles profondes aux avant-bras des coudes jusqu'aux poignets, et le sang, s'écoulant au ralenti, avait dessiné en gelant des courbes et des arabesques. Seuls son visage et le bout de ses chaussures sortaient de la glace, et elle dégageait une impression de réconciliation et de paix.

La scène, à la fois terrifiante et surréelle, ne ressemblait à rien de ce qu'ils avaient connu. Elizabeth Devereaux était ensevelie sous une traîne d'écarlate gelée, et le froid, le silence, l'horizon infrangible contribuaient encore à l'affreux tableau qu'ils avaient sous les yeux.

Des feux furent allumés autour. Deux heures furent encore nécessaires pour dégager de l'eau le corps d'Elizabeth et le transporter jusqu'à Jasperville.

Les événements du jeudi 10 mai 1984 affecteraient chacun à sa façon les survivants de la famille Devereaux.

Rétrospectivement, comme toujours, il apparut que certaines choses auraient pu être dites ou faites. Telle une autopsie révélant les causes d'une mort qu'il eût été possible d'éviter, de telles considérations, par leur nature même, arrivent toujours trop tard.

Calvis se mit au centre de la tragédie, se demandant s'il en avait été la cause d'une manière ou d'une autre. Henri y vit une énième confirmation que tout était perdu, que la malédiction qui avait frappé sa famille ne leur laissait pas un instant de répit. Son esprit commença à s'effondrer, et il s'enfonça peu à peu dans les névroses et les paranoïas les plus sévères. Jacques, comprenant qu'il était désormais le seul à pouvoir s'occuper de Calvis, chercha du réconfort auprès de Carine, mais elle était elle-même trop bouleversée pour lui en procurer.

À Jasperville, au fin fond de ce néant isolé, battu par les vents et ravagé par les glaces, s'ouvrit un abîme émotionnel où plongèrent non seulement les Devereaux et les Bergeron, mais encore tous ceux qui avaient connu cette âme patiente et dévouée qu'avait été Elizabeth.

En la perdant, chacun avait perdu comme une partie de soi-même. Le fait que sa motivation profonde échappe à tout le monde ne fit qu'aggraver la situation. Si sa mort était survenue immédiatement après celle de Juliette, les gens auraient compris. Si Elizabeth avait attendu que Calvis ait seize ans, ils auraient conclu à un instinct maternel qui l'aurait dissuadée de passer à l'acte avant que Calvis ne puisse affronter le difficile chemin de deuil qui l'attendait.

Mais non, ni l'un ni l'autre n'était arrivé. Elizabeth avait choisi de quitter une vie difficile par une voie difficile.

Le dévouement qui la caractérisait en apportait la preuve : rien de bon ne semblait rester impuni à Jasperville.

27

Rentré à la pension, Jack attendit Martin pour demander la clé de sa chambre.

Ce fut alors qu'il remarqua son sac par terre au pied de l'escalier. Il l'avait laissé à l'étage. Il en était certain.

« Martin ? Martin ? » appela-t-il.

Le jeune homme arriva quelques secondes plus tard.

« Monsieur Devereaux, dit-il. Je crains qu'il n'y ait eu un malentendu.

— Un malentendu ?

— Oui. Je suis désolé, mais je vous ai donné une chambre déjà réservée.

— J'en prendrai donc une autre, dit Jack.

— Il n'y en a pas d'autre, monsieur.

— Pardon ?

— Il n'y a pas d'autre chambre disponible, répéta Martin.

— Qu'est-ce que c'est que cette histoire ? demanda Jack. Enfin, franchement. Vous jouez à quoi ?

— C'est comme je vous ai dit. La chambre a été réservée par quelqu'un qui est arrivé plus tard, et on est déjà complets.

— Je n'y crois pas une seule seconde, répondit Jack. C'est bien votre mère qui tient cette pension ? Où est-elle ?

— Elle n'est pas là.

— Alors allez la chercher.

— Elle n'est pas disponible.

— Vous venez de me dire qu'elle n'était pas là. Elle n'est pas là, ou elle n'est pas disponible ? »

Le visage de Martin ne changea pas.

« Alors ? insista Jack.

— Vous êtes le frère de Calvis Devereaux », lui répondit Martin.

Jack ne put cacher sa surprise.

« Oui. Oui, Calvis est mon frère. Et ?

— Vous avez une maison à vous. Une chambre.

— Mais je n'ai pas envie de loger là-bas », dit Jack.

Il était irrité par cette situation. Il sentait la colère monter dans sa poitrine.

« Très bien, dit Martin.

— Tout ça, c'est…

— C'est votre faute. »

Jack se retourna au son de cette nouvelle voix derrière lui.

Il n'avait pas bougé, mais il eut l'impression d'avoir reculé de plusieurs pas.

« Comme mon fils vient de vous le dire, la chambre est prise. Mais quand bien même elle serait libre, vous n'êtes pas le bienvenu ici.

— Carine ? »

Carine Bergeron se tenait dans l'escalier, à mi-hauteur. Elle le regardait de haut, d'un air froid, sans passion.

« Votre sac est ici, dit-elle. Je suppose que le sergent Nadeau peut vous donner les clés de chez vous. Je comprends que vous n'ayez pas envie de loger là-bas, mais ce n'est pas mon problème.

— Carine », répéta Jack.

De tous les coins de son esprit surgirent des souvenirs doux-amers, accompagnés de culpabilité, de crainte, et de tout un tas d'émotions non désirées.

« Il est temps de vous en aller, dit Carine.

— Mais…, bredouilla Jack.

— Martin. Donne son sac à M. Devereaux et raccompagne-le. »

Là-dessus, Carine pivota sur ses talons. Elle remonta à l'étage et disparut dans le couloir de gauche.

Jack, immobile, avait du mal à respirer, son cœur tonnait dans sa poitrine et son corps baignait dans une sueur froide. Une douleur profonde et pointue comme une aiguille entra par le milieu de son front et le perça de part en part. Il fut désorienté par un accès de nausée, et pendant une seconde – juste une fraction de seconde – il vit quelques motifs de sang épars dans la profondeur vierge de la neige.

Il essaya de respirer, mais sa poitrine resta contractée. Lorsqu'il se retourna, il vit Martin qui avançait vers lui avec son sac à la main et, par réflexe, il s'éloigna.

« Maintenant, allez-vous-en, dit Martin. Vous n'êtes pas le bienvenu ici. »

Jack resta immobile.

« Allez-vous-en, sinon j'appelle Nadeau. »

Jack arracha son sac de la main de Martin. Avant qu'il puisse même songer à bouger, il sentit le courant d'air froid du sas et se retrouva dans la rue, d'où il contempla la façade de la pension.

28

Au cours des semaines qui précédèrent son départ, Jacques eut de plus en plus de mal à consacrer du temps à son petit frère. Son projet ne prit vraiment forme qu'en juin, lorsqu'il eut dix-neuf ans. Calvis et Carine avaient voulu faire quelque chose pour marquer cet événement, mais Jacques avait refusé catégoriquement. Henri était devenu rien moins que paternel. Quand il n'était pas au travail, il buvait et cherchait querelle comme si sa femme ne s'était jamais suicidée. Et elle avait beau ne plus être là, il attendait que le dîner lui soit servi le soir. Sinon, il se répandait en cris et en récriminations. Il s'emportait généralement contre Calvis. Jacques faisait la même taille qu'Henri, il était même plus imposant et, lorsque son tyran de père serrait le poing, il venait s'interposer. Henri battait en retraite dans une flopée de jurons et de menaces. Les rares soirées où Jacques n'était pas là, Calvis finissait meurtri, en larmes.

Au fil du mois de juillet, la tension devint quasiment insupportable. Jacques ignorait pourquoi il avait choisi de partir en août, si ce n'est à cause du climat. S'il attendait encore, il ne pourrait pas faire le voyage avant le printemps suivant. Il savait également que, sans projet précis, il trouverait toujours une raison de rester un jour, une semaine ou un mois de plus. Le peu d'argent qu'il avait reçu de Philippe fut complété par les billets et les pièces qu'il avait pris dans les poches de son père les soirs où il avait trop bu pour y voir clair dans ses dépenses. Au bout d'un certain temps, Jacques réunit de quoi survivre un mois loin de chez lui. S'il ne trouvait pas de travail, il faudrait qu'il revienne. Cette seule perspective lui ferait surmonter tous les obstacles qui se présenteraient.

Jacques était émotionnellement déchiré, partagé. D'un côté, il se sentait des devoirs et des responsabilités vis-à-vis de Calvis en raison d'un étroit lien fraternel, d'un sens moral, et de la promesse qu'il avait faite à sa mère comme à lui-même. La perspective d'abandonner Carine le torturait aussi, par pur amour. Oui, il avait promis à Thérèse de prendre soin d'elle, mais son affection n'était pas liée à un serment. Il avait autant besoin de Carine, voire plus, que Carine avait besoin de lui. Il se consola en pensant que le monde est binaire, et que chaque être humain a son égal en même temps que son opposé. Il avait trouvé en Carine tout ce qu'il pouvait espérer, mais elle ne pouvait se résoudre à quitter sa famille. Sans Jacques, Philippe aurait du mal à assurer l'entretien de la pension et les réparations. Si Carine partait aussi, la maison tomberait en ruine. Il avait beau l'aimer, son envie de fuir Jasperville était plus forte que tous ses attachements. Telle était la conclusion qu'il avait atteinte en son for intérieur. C'était finalement l'instinct de survie qui l'avait emporté.

Pendant la dernière semaine de juillet, Jacques décida de partir le mardi 7 août. Il se procura un billet pour Montréal avec une correspondance à Sept-Îles. Le train partait tôt le matin et ne s'arrêtait pas avant le golfe du Saint-Laurent. Jacques n'aurait aucune chance de revenir en arrière avant une bonne douzaine d'heures, et cela lui convenait parfaitement.

Jacques savait bien que la situation avec son père était irréparable, et il n'avait aucun regret. Pour Calvis, cependant, c'était une autre histoire et, le dimanche dans la soirée, il s'assit sur le lit à côté de son frère pour lui annoncer qu'il partait.

« Je sais bien, réagit Calvis. Ça fait longtemps que tu le dis.

— Je pars mardi », annonça Jacques en sortant le billet de train de sa poche.

Calvis ferma les yeux, vain effort pour retenir ses larmes, qui jaillirent de ses paupières pour rouler sur ses joues aussitôt qu'il les rouvrit.

« Si tu pars, il va me tuer, murmura Calvis.

— Mais non, dit Jacques, conscient de l'incertitude dans sa voix.

— Quand tu seras parti, il…

— Quand je serai parti, tu ne devras pas avoir peur. S'il te cherche, lève-toi, regarde-le dans les yeux et dis-lui que s'il touche à un seul de tes cheveux, tu le tueras dans son sommeil. »

Calvis esquissa un sourire, puis se mit à pleurer.

Jacques, passant le bras autour de son épaule, l'attira contre lui.

« À présent, tout le monde est parti, dit Calvis. Papi, Juliette, maman, et maintenant toi. » Il regarda son frère. « Tu aurais pu au moins attendre mon anniversaire », ajouta-t-il.

Jacques avait oublié. Comment avait-il pu ? Calvis aurait douze ans le 12 août. Il repensa à son treizième anniversaire, au cadeau qu'il avait reçu des Bergeron. Il se leva, et tira de sous le lit une boîte en bois ayant jadis contenu des conserves de *corned beef*. Elle abritait sa veste de trappeur en peau de mouton et en fourrure, désormais trois ou quatre tailles trop petite pour lui. Il la déplia et la posa sur le lit.

« Tiens, dit-il à Calvis. Pour ton anniversaire. »

La joie de ce cadeau n'éclipsa que temporairement leurs émotions. Lorsque Calvis eut enfilé la veste et repris sa place – Jacques eut l'impression de se voir lui-même plus jeune –, l'intensité de l'événement n'en fut qu'exacerbée.

« Je ne veux pas que tu t'en ailles, dit Calvis.

— Je sais, répondit Jacques. Je ne le veux pas non plus, mais il le faut. Il faut que l'un de nous s'en aille. Quand j'aurai une maison, je pourrai te faire venir. Je pourrai même te trouver une nouvelle école. »

Ces paroles sonnaient creux, et ils le savaient l'un comme l'autre. Calvis aimait suffisamment Jacques pour faire semblant de croire à ses mensonges.

« Oui. Une maison. Et une nouvelle école. » Calvis essuya les larmes sur ses joues d'un revers de main. Il s'emmitoufla dans sa veste. Il respira profondément. « Il se passe des horreurs, ici.

— Il se passe des horreurs partout, répondit Jacques.

— C'est peut-être pour nous rappeler que le diable existe.

— On croirait entendre papi.

— Papi avait raison. Cette citation qu'il faisait toujours, de Shakespeare. Tu te souviens ? »

Jacques hocha la tête. Il n'avait pas oublié.

« L'enfer est vide, dit Calvis, tous les démons sont parmi nous. »

Jacques n'en parla à Carine que le lendemain. Comme toujours, elle vaquait à ses occupations à la pension – défaire et refaire les lits, amidonner les cols et repasser les chemises des clients qui souscrivaient au service de blanchisserie, puis passer à la cuisine pour récurer les casseroles, nettoyer et sécher la vaisselle, astiquer l'argenterie, balayer et laver les sols.

Jacques avait réparé une porte de placard qui s'était voilée et ne fermait plus. Il était en haut de l'escalier lorsque Carine apparut dans le hall au rez-de-chaussée. Il l'appela. Elle le regarda. Il lui fit signe de monter.

« Plus tard. Je n'ai pas terminé.

— Il faut que je te parle », dit Jacques.

Sans doute eut-il un accent péremptoire, car l'air parut soudain se refroidir entre eux. Carine changea d'expression. Peut-être devina-t-elle la portée de ce moment au langage corporel de Jacques, puisqu'elle posa la corbeille de serviettes qu'elle transportait et s'élança dans l'escalier.

Avant que Carine n'arrive à l'étage, Jacques entra dans une chambre. Elle le suivit et referma doucement la porte derrière elle. Il l'invita à s'asseoir sur le lit.

« Tu crois que ce sera plus facile pour moi d'entendre ça assise ? demanda-t-elle en remuant la tête.

— Tu sais ce que j'ai à te dire ?

— Que tu t'en vas. Que le moment est arrivé. »

Le silence de Jacques fut la confirmation dont elle avait besoin.

« Quand pars-tu ? demanda-t-elle.

— Demain. Demain matin. »

Carine poussa un profond soupir.

« Dans onze mois, j'aurai dix-huit ans, dit-elle.

— Je sais.

— Ça fait seize ans que tu es ici. Tu peux attendre onze mois de plus.

— Carine, c'est pour toi que je suis resté aussi longtemps.

— Tu peux donc rester un peu plus.

— Je vais avoir besoin de temps pour tout préparer.

— Mais si on part ensemble, on fera ça ensemble.

— Ça ne marche pas comme ça.

— Pourquoi ? demanda-t-elle en levant vers Jacques un regard chagrin.

— Ne te mets pas en colère, dit-il.

— Il est trop tard pour ça.

— Tu as toujours su que je partirais le premier.

— Pour toi, oui. Pas pour nous.

— C'est pour nous que je pars.

— Non, Jacques. C'est pour toi, je ne suis qu'une pièce rapportée. »

Il fut sincèrement surpris par sa réaction.

« Comment peux-tu dire ça ? Que tu n'es qu'une pièce rapportée ?

— Si ce n'était pas le cas, tu m'attendrais. »

Jacques s'assit auprès d'elle, passa le bras autour de ses épaules et l'attira contre lui.

« Tu vas disparaître dans la nature, continua-t-elle. Je ne te reverrai plus jamais.

— Tu dis n'importe quoi.

— Et ton frère ? Il a onze ans.

— Douze, dimanche.

— Ça ne fait qu'aggraver ton cas. » Elle regarda Jacques d'un air incrédule. « Tu ne restes même pas jusqu'à son anniversaire ?

— Je ne peux pas.

— Dis plutôt que tu ne veux pas.

— Non, je ne peux pas, répéta Jacques. Je dois partir. La seule raison qui pourrait me faire rester, c'est toi, mais je sais que tu te débrouilleras. Et, dès que j'aurai trouvé du travail et une maison, je te préviendrai. » Il lui saisit la main. « Je me serais peut-être facilité la tâche en partant sans te le dire. » Il la regarda. « En te laissant une lettre.

— Je t'aime, lui répondit Carine, mais je crois que je te hais encore plus.

— Tu ne peux pas me haïr plus que je ne le fais moi-même.

— Alors reste, même si tu pars de chez ton père. J'en parlerai à mes parents. On trouvera peut-être un moyen de t'accueillir chez nous jusqu'à mes dix-huit ans.

— Tu ne peux pas en parler à tes parents.

— Pourquoi ? Bien sûr que si.

— Tu crois qu'ils veulent te voir partir ? Ils feront tout pour t'arrêter. Tu n'en as pas conscience ? Sans toi, cette pension ne pourrait plus tourner, Carine. Tu dois garder le secret, et quand tu partiras, tu ne pourras pas dire où tu vas.

— Tu racontes encore n'importe quoi. Je ne vais pas me volatiliser sans leur expliquer ce qui se passe.

— Si tu ne le fais pas, je te garantis qu'ils te convaincront de rester.

— Donc, quoi ? Pour qu'on puisse vivre ensemble, il faut que je te laisse partir tout de suite, et que je quitte ensuite mes parents du jour au lendemain ? Tu te rends compte de l'effet que ça aurait sur eux ? Ils ont déjà perdu Thérèse, et tu veux que je leur fasse subir ça ?

— Tu leur écriras. Tu leur expliqueras que tu es partie vivre avec moi.

— Si ta mère était encore là, tu lui aurais infligé ça ? »

Ce fut comme recevoir une gifle en plein visage. Jamais il n'aurait fait une chose pareille, et sa réaction ne fit que le confirmer aux yeux de Carine.

« Tous tes problèmes avec ton père, dit-elle, c'est toi que ça regarde. Et si tu crois que tu peux abandonner Calvis, alors fais-le. Mais je ne suis pas comme toi, Jacques. Je ne pourrais pas faire subir ça à ma famille.

— Je suis désolé, dit-il. J'ai juste envie de vivre avec toi, de vivre *en couple* avec toi, dès que possible. »

Carine croisa les bras, baissa la tête et resta silencieuse pendant une bonne dizaine de secondes.

Jacques était sur le point d'ouvrir la bouche – de dire la première chose qui lui passerait par la tête pour ne pas perdre Carine – quand elle se retourna en souriant.

« Si tu ne reviens pas me chercher, j'irai te trouver et… je serai plus furieuse que tu ne peux l'imaginer, dit-elle.

— Je n'en doute pas une seule seconde. »

Elle ne soutint son regard qu'un instant de plus, puis se leva, se dirigea vers la porte et tourna la clé dans la serrure.

En revenant vers lui, elle défaisait déjà les boutons de son chemisier.

« Je suppose que tu en sais autant que moi dans ce rayon », dit-elle.

Jacques sentit le sang lui monter aux joues.

« Je ne sais rien, dit-il. Ou du moins presque rien.

— Eh bien, nous y voilà, répondit-elle. On en est au même point.

— Et si… si tu…

— Tombes enceinte ? » demanda-t-elle.

Jacques hocha la tête.

« Alors tu reviendras nous chercher tous les deux. »

29

Carine Bergeron. Bien sûr, elle avait changé. Elle devait maintenant avoir – combien ? Quarante-trois ans. Seulement deux de moins que lui. Et Martin ? Où était le père ? Était-elle mariée ? Que faisait-elle à Jasperville ? Était-elle toujours restée là, ou était-elle partie aussi, avant de revenir s'échouer ?

Dans ses paroles, Jack avait perçu de la haine. Il avait manqué à sa promesse et n'était pas revenu la sauver. Vingt-six ans s'étaient écoulés. Vingt-six ans d'un ressentiment qui, tel un virus, avait contaminé tous les souvenirs qu'elle avait de leur complicité.

Il était parti à cause de la peur. Peur de mourir comme Lisette Roy, Anne-Louise Fournier, Thérèse et Juliette, ou sa mère. Peur de finir fou comme papi, ou son père. Et pendant toutes ces années il n'était jamais revenu, pour ne pas avoir à affronter Calvis, Carine, ni personne qui pourrait lui rappeler son échec.

Savait-elle que Philippe lui avait envoyé cette lettre ?

Jack ferma les paupières. Il inspira, expira, inspira encore. Le froid remplit ses poumons. Son cœur continuait de battre à tout rompre dans sa poitrine, et il aurait voulu le sentir ralentir. Au bout de quelques minutes, il fit demi-tour pour revenir très vite sur ses pas. Il fut soulagé de voir que Nadeau était toujours là.

« Sergent Nadeau, dit-il en poussant la porte.

— Monsieur Devereaux. Un problème ?

— Pas tout à fait. J'ai juste des questions sur Carine Bergeron.

— Oui ? »

Jack traversa la pièce jusqu'au bureau de Nadeau.

« Vous allez bien, monsieur ? lui demanda Nadeau en fronçant les sourcils. Vous êtes très pâle.

— Depuis combien de temps est-elle propriétaire de la pension ?

— Je ne sais pas au juste, dit Nadeau. Elle était là quand je suis arrivé en mai. Je crois que ça fait trois ans, quatre peut-être. Avant, c'étaient ses parents qui la tenaient.

— Je les ai bien connus, dit Jack.

— Je crois que sa mère est tombée malade. Ou son père, je ne sais plus. L'un des deux, en tout cas. Cancer, je crois. Ils sont partis. Puis Mme Bergeron est revenue pour vendre la maison, avec son mari et son fils. J'ai entendu dire qu'il y avait eu des difficultés entre eux. Je ne sais plus quoi exactement. » Il s'arrêta. « Pourquoi cette question ?

— Comme ça, mentit Jack.

— Vous avez pris une chambre ?

— Oui, mais il y a eu un malentendu. La chambre n'est plus disponible.

— Il vous faut donc aller chez vous ? »

Jack le regarda. C'était une conséquence qu'il ne s'était pas résolu à envisager.

« On dirait bien que je n'ai plus le choix, dit Jack.

— Cette maison n'est pas tout à fait une scène de crime, monsieur Devereaux, mais je vous prierais de ne pas trop déranger les choses. Il y a des papiers, des cartes, des livres, des photos... » Nadeau s'arrêta. « Enfin, vous verrez bien.

— OK, dit Jack. Bon, il ne me reste plus qu'à y aller. »

Vingt minutes plus tard, Jack Devereaux se tenait devant la maison. Une foule d'images de Juliette et de Thérèse vinrent se bousculer dans sa tête, ainsi que de papi dans son cercueil, devenu entièrement méconnaissable. Une foule d'images de sa mère, également. Il avait vu son corps aux pompes funèbres, son air de calme réconciliation, à l'opposé de la tension anxieuse qu'elle avait si souvent manifestée. Elle s'était sauvée, et son soulagement était indescriptible. Telle était l'impression qu'il avait eue alors.

Jack s'avança, la clé dans le creux de la main. Jamais il n'avait envisagé cela. La possibilité que la maison soit toujours occupée par un Devereaux. Le fait que Calvis soit resté après l'internement de leur père à Saguenay lui paraissait complètement improbable et incongru, et pourtant c'était exactement ce qui s'était passé.

La clé tourna. Le pêne regagna les profondeurs du coffre. Jack hésita. Il savait qu'il devait entrer. Il savait qu'il n'avait pas le choix.

Il retira la clé avant de pousser la porte, qui pivota dans l'obscurité. Passant la main dans l'ouverture, Jack chercha l'interrupteur. La lumière s'alluma, et il se retrouva dans cette maison exactement comme il l'avait été jour après jour pendant tant d'années, dans ce lieu qui renfermait pour lui plus de souvenirs qu'aucun autre.

Ce fut d'abord comme s'il n'était jamais parti. Papi, sur la galerie, allait lui faire des clins d'œil derrière la fumée de sa pipe et lui poser des questions sur sa journée de classe, sur ce qu'il avait appris, sur les livres qu'il avait lus. Plus tard, son esprit commençant à dérailler, il débiterait des paroles dépourvues de sens sur des phénomènes qu'il était le seul à observer.

Jack franchit le seuil et posa son sac. Il referma la porte derrière lui. Elle claqua, pleine d'une étrange détermination, à tel point qu'il se retourna instinctivement pour voir s'il avait été pris au piège. Il était redevenu l'enfant peureux qu'il avait été jadis. Peut-être n'avait-il jamais cessé de l'être – quelque part au fond de lui, il serait toujours aussi facilement effrayé que dans ses années de jeunesse.

La cuisine. La longue table, toujours au centre de la pièce. Plus loin à droite du poêle, l'évier, les crochets auxquels sa mère suspendait les casseroles et les ustensiles. Il passa dans le salon, où l'attendaient la cheminée et la bibliothèque pleine des mêmes vieux atlas, avec cette biographie du capitaine Cook illustrée de gravures à la main représentant des navires cabotant près de lointains rivages. Dans le coin de la pièce, comme pour que tout vienne l'accabler d'un coup, se trouvait le fauteuil à bascule de papi avec, jetée en travers du dossier, la couverture décolorée qu'il portait autrefois sur ses épaules.

Rien n'avait donc changé? Si. Il le fallait bien. En vingt-six ans. Mais la clarté et l'intensité de ses souvenirs étaient difficilement conciliables avec une aussi longue absence.

Jack mit la chaudière en route. Il entendit le frisson familier, le ronchonnement des tuyaux chatouillés par l'eau chaude. Une corbeille de petit bois se trouvait à côté du poêle et il fit du feu là puis dans la cheminée. La maison ne tarda pas à se réchauffer. Il remplit la bouilloire. Il trouva du café et une tasse propre.

Jack s'installa à la table de la cuisine, puis alluma une cigarette. L'habitude ressurgit du passé, comme si elle n'était jamais partie.

Fermant les yeux, il se rêva ailleurs. Il pensa à Calvis, se demanda s'il était en train de dormir, et quelle avait été sa réaction si Nadeau l'avait prévenu de sa visite. Avait-il perdu la tête comme papi et comme leur père, ou bien y avait-il encore un vague semblant de logique et de rationalité tapi au milieu des incohérences et des hypothèses saugrenues?

Jack avait cru qu'il ne retrouverait que Calvis, mais voilà qu'il devait également faire face à Carine. À Carine qui le haïssait, non sans raison. Il se souvenait mot pour mot de ce qu'il lui avait dit ce jour-là.

Si une chose a de la valeur dans ce désert perdu, c'est ma parole.

Après quoi il lui avait promis qu'il reviendrait la chercher si elle ne partait pas tout de suite avec lui.

Ou plutôt qu'il reviendrait la sauver. Car tel était le mot qu'elle avait employé elle-même : *sauver*. Il n'était pas revenu, et il ne l'avait pas sauvée.

Bien sûr, il s'était trouvé des excuses. Et la lettre de Philippe lui avait donné une raison de renoncer tout à fait.

Reste où tu es. Ma fille a changé de vie, et elle ne veut pas revenir dans le passé. Jack ignorait comment Philippe avait pu trouver son adresse à Montréal, et il n'avait rien fait pour le savoir. Le message était assez clair, mais il lui avait aussi permis de fermer les yeux sur sa part de responsabilité.

Il les avait tous abandonnés à leur sort, et voilà qu'après un quart de siècle d'oubli, d'arrangements avec la vérité, d'efforts de justification vis-à-vis de lui-même, il était revenu affronter ses peurs, ses échecs, ses démons.

Et s'il renonçait ? S'il montait dans le premier train pour retourner à Sept-Îles puis à Montréal, pour retrouver Caroline, Ludo, son travail ? Il pourrait rentrer aussi vite qu'il était venu et rester à l'abri chez lui, où rien ne pourrait le rattraper, ni le froid et la désolation, ni l'horizon hostile, ni l'ombre des monts Torngat, ni l'absence de lumière et le soleil qui ne se lève jamais, ni cette neige, cette neige sans fin.

Que se passerait-il s'il faisait comme si tout cela n'avait été qu'un énième mauvais rêve, un cauchemar dont il était finalement revenu ?

Sauf que ce n'était pas un cauchemar. C'était la réalité, qui l'avait rattrapé comme elle le fait toujours, même quand on essaie de la fuir en partant loin.

Que tant de temps soit passé était-il une bénédiction ou une malédiction ? La vérité sans fard, c'était qu'il avait passé vingt-six ans à s'empêcher de vivre par crainte de son destin.

Car là était son destin. Sa famille. Ses peurs n'étaient que la conséquence de sa décision. Y compris vis-à-vis de Carine, le seul véritable amour de sa vie. Toutes les femmes qu'il avait connues depuis n'avaient été que des façades déconnectées, des masques, des personnages.

Il fallait que Carine comprenne pourquoi il n'avait pas tenu parole. Savoir si elle lui pardonnerait était une autre histoire. Et Calvis ? Il fallait le sauver du monde de peur et de paranoïa où sa vie l'avait enfermé.

Tout le renvoyait au jour de son départ, à ce qu'il avait dit à son frère, à sa dernière entrevue avec Carine.

Là, dans cette même cuisine qu'il n'aurait jamais cru revoir, les souvenirs le secouèrent jusqu'au tréfonds, à la façon du brutal orage canadien.

Les mensonges qu'il avait construits étaient fragiles. La vérité était beaucoup plus forte que toutes les histoires qu'il avait pu raconter aux autres, et se raconter à lui-même.

Il ne s'était échappé d'une prison que pour s'enfermer dans une autre, dans laquelle il vivrait où qu'il aille, même s'il partait au bout du monde.

S'il voulait se libérer tout à fait, exorciser ce lieu, il devait affronter tout cela – ses actes, ses défauts, ses trahisons, ses fausses promesses, ses mensonges.

S'il ne le faisait pas, il irait en enfer. Peut-être pas l'enfer au sens biblique, mais un enfer de sa fabrication, c'était certain.

Ce fut à ce moment-là qu'il fut visité par un souvenir de son père. Jack était à cette table. Assis au même endroit. À une époque où, avec Calvis, il pensait qu'Henri Devereaux non seulement gouvernait leurs vies, mais était le maître absolu de leur éternité.

30

Jacques avait les joues rouges. Une sueur froide perlait dans sa nuque et sur son cuir chevelu. Il avait quatorze ans, et l'impression d'être un petit garçon terrifié.

Il regarda sur sa gauche. Calvis était d'une blancheur de craie.

Tous les six – papi, Henri, Elizabeth, Juliette, Jacques et Calvis – regardaient sans rien dire l'emballage de chocolat. Le sourd *tic-tac* de l'horloge au-dessus de l'évier était le seul bruit dans la pièce.

Henri prit l'emballage, le regarda longuement, puis lut : « *Neilson's Jersey Milk Chocolate.* »

Il sourit comme s'il s'agissait d'une blague comprise de lui seul.

« Apparemment, l'un d'entre nous s'est si bien comporté qu'il a mérité une récompense. »

Personne ne répondit.

« Je me trompe, Elizabeth ?

— Malheureusement, non », répondit celle-ci.

Henri regarda Juliette, puis Jacques et Calvis. Il passait de l'un à l'autre un peu comme le faisceau d'une torche.

« Quelqu'un veut bien me donner une explication ? »

Juliette chercha le regard de sa mère. Elizabeth lui caressa la main de manière rassurante.

« Dites, les garçons, lequel de vous deux va enfin parler ? » demanda Henri.

Le silence se prolongea.

« Je suis sûr que tout va s'expliquer, hasarda papi.

— Papa », dit Elizabeth, et William retomba dans le silence.

Henri se laissa aller contre le dossier de sa chaise en soupirant. Il reposa l'emballage.

« Peut-être que papi a raison et que tout va s'expliquer, dit Henri. Si c'est le cas, je serai le premier content.

— Papa… », commença Jacques.

Soudain Henri se pencha en avant. Il ouvrit de grands yeux sous ses sourcils froncés, et il parla d'une voix à la fois mesurée et menaçante.

« Si tu mens d'un seul mot, Jacques, je ne me porte plus garant de rien.

— On l'a volé, lâcha Calvis. Au magasin général. »

Aussitôt des larmes jaillirent et roulèrent sur ses joues.

« Debout, dit Henri. Tous les deux. »

Jacques hésita.

« Tout de suite. J'ai dit tout de suite. Debout, tous les deux ! »

Les garçons se levèrent. Calvis se mit à sangloter. Jacques était pâle de peur.

« Henri, intervint Elizabeth. Ce ne sont que des enfants.

— Je vais leur donner une leçon, répliqua-t-il. Rien de plus. »

Henri leur ordonna de mettre leurs manteaux et leurs chaussures. Elizabeth demanda où il les emmenait, mais il ne voulut pas répondre.

Il entraîna ses fils dans la rue principale. Eux savaient que toute discussion serait futile et n'ouvrirent pas la bouche.

Calvis chercha la main de Jacques, qui vit sur le visage de son frère une expression à briser le cœur. S'il pouvait remonter le temps, il se saisirait de cette occasion pour passer aux aveux, endosser toute la responsabilité et dire que Calvis n'y était pour rien.

Mais il était trop tard. Trop tard pour changer quoi que ce soit.

Il faisait un froid âpre, mais ils allaient vite, comme s'ils craignaient de perdre leur avantage sur un adversaire plus fort et plus rapide.

Ils traversèrent la partie nord de Jasperville, quasi déserte, puis l'imposante masse grise de la fonderie leur apparut. Même le samedi, la fonderie ne fermait pas. Trois équipes d'hommes la maintenaient en activité vingt-quatre heures sur vingt-quatre. Elle grondait comme une grosse bête qui aurait rugi de sous la terre, une bête de feu et de roche en fusion, un volcan en activité.

Jacques se retourna vers son père. Henri était déterminé, inflexible, le regard porté vers l'avant.

À une vingtaine de mètres du premier bâtiment, il les arrêta d'un mot.

Puis il partit, ouvrant la voie, et Jacques et Calvis en le suivant sentirent la chaleur, de plus en plus féroce à l'approche des fourneaux.

Sur les dix derniers mètres, Henri les traîna brusquement par le col de leurs manteaux, les faisant avancer jusque devant le vaste gouffre tonnant de flammes et d'émanations troubles.

Calvis criait, croyant peut-être qu'il allait finir projeté dans la lave la tête la première. Jacques avait les yeux pleins d'une fumée âpre. Les larmes l'empêchaient de voir clairement, mais son père les poussait de plus en plus près.

La chaleur, à peine concevable dans ce désert de glace, était insupportable, mais ils n'étaient plus qu'à quelques mètres et Henri, tombé à genoux entre eux, les tenait fermement.

« *Les lèvres fausses sont en horreur à l'Éternel, mais ceux qui agissent avec vérité lui sont agréables*, dit-il d'une voix claire et stridente au-dessus du rugissement de la fournaise. Regardez, les garçons. Voyez les flammes. Sentez le feu. Vous transpirez ? Voilà l'enfer. C'est là que vos âmes iront brûler pour l'éternité si vous mentez, si vous volez, ou si vous trompez même une fois. Vous comprenez ? Vous comprenez ce que je vous dis ? »

Calvis hurla. Il tenta de s'arracher à la poigne de son père.

Henri le poussa encore plus près. Calvis sentit la chaleur impitoyable le prendre à la figure, lui brûler les sourcils, les cils. Jacques essaya de reculer, mais Henri les maintenait en place.

« Dites-moi que vous comprenez, les garçons.

— Oui ! Oui ! crièrent-ils à l'unisson.

— Montrez-moi que vous comprenez !

— Oui ! Oui ! Oui ! »

Henri les fit alors revenir un peu sur leurs pas – pris de hoquets, de haut-le-cœur, la gorge brûlée, des larmes roulaient sur leurs visages noirs de suie et leurs yeux étaient rouges, hagards, terrifiés.

Ils partirent vers la maison en courant, laissant leur père loin derrière eux.

La leçon fut retenue, comme tant d'autres, et jamais leur mère ne revint sur ce qui venait de se passer. À leur retour, elle leur nettoya le visage, les mains, et leur dit de se changer pour la nuit. Ils partirent au lit où ils tremblèrent longuement sous leurs couvertures, à cause du froid, mais aussi de la conviction absolue que leur âme finirait en enfer.

31

Jack avait oublié comment tombait la nuit, ou peut-être avait-il tout fait pour occulter ce souvenir. Elle était si rapide, si noire, si absolue. Dans une ville, même la plus petite, même la plus perdue, il y a toujours de la lumière. Mais pas à Jasperville. Là, il n'y avait rien. La nuit enveloppait tout, si bien qu'inexorablement, elle donnait l'impression de pénétrer l'âme de ses habitants.

Il s'était allongé, encore vêtu, sur le canapé du salon, et il était tombé dans un sommeil profond et ininterrompu. À son réveil, ses souvenirs de la veille au soir étaient encore présents à son esprit, et il eut la sensation déroutante que la frontière entre passé et présent s'estompait lentement.

Debout devant l'évier pour remplir la bouilloire, il vit par la fenêtre l'aube à peine perceptible, et en regardant la rue principale, le ciel plat, ininterrompu, la forme des montagnes à l'horizon ; il eut l'impression d'être un enfant qui se préparait avant de partir à l'école.

Il eut le sentiment que la version de lui-même qu'il avait laissée à Jasperville faisait maintenant tout ce qu'elle pouvait pour réinvestir sa personne.

Il pouvait résister, combattre. De toute façon, il perdrait très probablement.

Jasperville aurait à jamais des droits sur son esprit, sur sa vie, sur son existence. Tous ses souvenirs étaient dans l'ombre de ce lieu. Ce qu'il était, la personne qu'il était devenu, tout avait commencé ici.

Oui, il était parti ce matin d'août.

Il avait brisé le cœur de Calvis, celui de Carine aussi, et il n'osait même pas imaginer ce que son père avait pu dire lorsqu'il était devenu clair qu'il les avait quittés.

Jack eut pour première impulsion de retourner à la pension et d'exiger de voir Carine. Il ne savait pas si elle voudrait l'écouter, mais s'il ne faisait pas tout ce qui était en son pouvoir, il serait deux fois le lâche qu'il était déjà. Il aurait dû penser à Calvis en premier, mais la perspective de voir son frère se débattre, aux prises avec une psychose délirante, avait quelque chose de tout bonnement terrifiant. Il ne pourrait bien sûr pas y couper. C'était pour ça qu'il était venu. Jamais il n'aurait pu prédire la présence de Carine.

Calvis attendait de l'aide. Calvis attendait que son grand frère vienne et fasse le nécessaire. Jack se prépara donc à se rendre au commissariat et la seule question qui l'agita fut de savoir dans quel état il trouverait son petit frère.

Quelqu'un qui ne connaîtrait pas Jasperville aurait du mal à comprendre à quel point la Sûreté du Québec y était démunie dès lors qu'elle était confrontée à des situations allant au-delà de l'ivresse sur la voie publique ou du piégeage illégal.

Le seul fait que le sergent changeait à peu près tous les deux ans signifiait qu'une enquête en cours ne pouvait jamais faire l'objet d'un suivi cohérent. Si quelqu'un avait soupçonné les morts de Lisette Roy, Anne-Louise Fournier et Thérèse Bergeron d'avoir été des meurtres perpétrés par un seul et même homme, le simple fait qu'elles soient survenues sur une période de six ans et demi rendait ces liens non seulement fragiles et ténus, mais plus probablement invisibles. Sans scène de crime, il n'y avait eu ni photographe officiel, ni police scientifique, ni base de données où conserver les informations et les retrouver en cas de besoin, et le chargé d'enquête – la seule constante qui aurait pu faire le lien entre toutes ces affaires – était régulièrement envoyé à l'autre bout du pays.

Tout comme la veille, Jack resta un moment sur le trottoir avant d'entrer dans le commissariat. Il avait dormi, un moment du moins, mais il n'avait pas eu assez faim pour avaler un petit déjeuner. Il faisait ce qu'il pouvait pour s'affranchir du passé, pour se débarrasser des préjugés qu'il risquait d'avoir vis-à-vis de la situation qu'il allait découvrir. Ce n'était pas facile – c'était d'ailleurs bien plus difficile qu'il ne l'aurait cru – car, partout où il se tournait, il trouvait des indices clairs, fulgurants, de ses seize années passées dans cette ville. C'était un lieu trop isolé pour pouvoir évoluer. Les gens ne venaient pas là pour construire leur vie, seulement pour travailler. Certains pensaient qu'ils pouvaient faire fortune et repartir. D'autres venaient en dernier ressort, quand ils ne trouvaient pas de travail ailleurs. Non seulement rien n'avait changé, mais la ville avait la même atmosphère statique et donnait la même sensation de piège à ceux qui arrivaient. Combien de fois s'était-il demandé ce qui se serait produit s'il était resté un an de plus ? Il avait cessé de compter. Combien de fois s'était-il demandé ce qui se serait passé pour Carine ? Leurs gauches ébats la veille de son départ avaient tacitement eu raison non seulement de leur amour, mais aussi de sa promesse. La réaction qu'elle avait eue en le voyant enfin revenir n'avait rien de surprenant – sa façon de le vouvoyer, et même son refus de l'accueillir à la pension. La dernière fois qu'ils s'étaient vus, ils avaient partagé le moment le plus intime, le plus important de leurs jeunes vies, et puis plus rien – pas un mot – pendant plus de vingt-six ans.

Jack savait que les excuses et les demandes de pardon, toutes faciles qu'elles soient, n'auraient aucun sens. Les mots ne coûtent rien. Et, même si elle lui pardonnait, qu'arriverait-il ?

Il s'était quand même passé quelque chose. Il ne pouvait pas le nier. Il ne l'avait vue qu'un instant, mais dans la colère, la défiance qu'il avait lues sur son visage, et dans sa réticence ne serait-ce qu'à le regarder, il avait reconnu la jeune femme qu'il avait si cruellement aimée. L'aimait-il encore ? Peut-on désaimer quelqu'un, malgré toutes les raisons qui ont pu nous en éloigner ? Martin était beaucoup trop jeune pour être son fils, mais il ne fallait pas exclure la possibilité, même si celle-ci pouvait paraître irréaliste, qu'elle ait eu un autre enfant avant lui. Pourquoi, dans ce cas, n'avait-elle pas cherché à le lui faire savoir par tous les moyens? Peut-être ses parents l'avaient-ils convaincue qu'il ne mériterait d'être mis au courant que s'il revenait lui offrir la vie qu'il lui avait promise. Mais alors pourquoi Philippe aurait-il écrit cette lettre lui disant, dans les termes les plus vifs, de rester où il était?

Jack eut soudain la sensation de sortir de son corps et de se voir de façon objective.

Ses pensées tournoyaient au point de devenir incontrôlables. Il émettait des hypothèses dans tous les sens sur des faits qui n'avaient aucun rapport direct avec la raison de son retour. Il était venu pour aider Calvis. Il était venu pour essayer de comprendre ce que son frère avait fait, et pourquoi. Il n'était pas venu pour tirer au clair la myriade d'émotions qui le prenaient lorsqu'il pensait à Carine et à cette promesse qu'il n'avait pas tenue.

Jack traversa la rue pour entrer dans le commissariat de police.

« Je vous avais vu dehors, dit Nadeau. Là, en face. Vous êtes prêt?

— Il est réveillé? demanda Jack.

— Oui. »

Jack haussa les épaules.

« Comment va-t-il?

— Il a toute sa lucidité, et il est calme. »

Jack eut une expression de soulagement.

« Tant mieux, n'est-ce pas? »

Nadeau s'appuya contre le dossier de sa chaise.

« Pour être honnête, je ne sais pas ce qui vaut mieux. L'entendre hurler comme un diable, ou le voir me regarder tranquillement comme s'il visualisait la mort affreuse qui va m'emporter d'un moment à l'autre. »

Jack eut envie de ressortir fumer, mais il savait qu'il ne ferait que retarder l'inévitable.

« Vous n'avez vraiment eu aucun contact depuis que vous êtes parti ? demanda Nadeau.

— La dernière fois que je l'ai vu, c'était en août 1984. Il avait onze ans. Quelques jours plus tard, c'était son douzième anniversaire. » Puis il se pencha en avant. « Et vous savez quoi ? »

Nadeau leva les sourcils.

« Carine Bergeron. Je lui ai promis de revenir la sauver. Mais j'ai manqué à ma parole. Je n'ai pas tenu ma promesse. Je lui ai brisé le cœur, aucun doute là-dessus.

— Voilà pourquoi, tout à coup, il n'y avait plus de chambre pour vous à la pension.

— Exact.

— Une affaire à régler, peut-être ?

— Dieu sait combien d'affaires j'ai à régler, répondit Jack. J'ai l'impression que tout ce que j'ai cherché à ignorer pendant vingt-six ans m'attend ici pour se venger de moi.

— Sans doute une façon de voir les choses.

— Vous en voyez une autre ?

— Aucune idée. Ce n'est pas ma vie.

— Vous ne savez pas votre chance.

— Vous avez dormi chez vous ? demanda Nadeau.

— Oui, c'est bien ça.

— Vous avez vu les papiers, les photos ?

— Non, pas en bas. Je ne suis pas monté.

— Eh bien, quand vous aurez vu votre frère, on ferait peut-être mieux d'y aller ensemble, pour jeter un œil à son œuvre depuis votre départ. »

Jack se leva.

« On y va ? »

Nadeau s'élança. Jack lui emboîta le pas, le cœur en travers de la gorge.

32

Si Jack avait vu Calvis dans la rue, il ne l'aurait pas reconnu. Aussi fou que cela paraisse, Jack n'avait jamais envisagé que son frère ait pu vieillir comme lui de vingt-six ans. Les années ne l'avaient d'ailleurs pas épargné. Calvis semblait l'aîné des deux. Il avait les cheveux longs et épais, collés par endroits, et sa barbe aussi était sale et mal entretenue.

La cellule où il se trouvait à l'isolement était exactement comme dans les souvenirs de Jack. Les murs avaient peut-être été repeints mais, sinon, tout relevait du déjà vu.

Sa première émotion fut la pitié. Puis, comme il s'y était attendu, il fut envahi par une terrible culpabilité.

Calvis était assis sur la couchette, cadre de fer forgé vissé d'une part à un pan de mur, de l'autre au sol, un matelas peu épais sur ses croisillons métalliques. Il portait une sorte de combinaison brune fermée par des boutons-pression de la taille jusqu'au col, avec un tee-shirt blanc et de lourdes chaussures sans lacets. Ses mains présentaient les taches caractéristiques des ouvriers qui ont travaillé de longues années pour Canada Iron. Même en les frottant une heure avec du savon et du désinfectant, il ne leur aurait pas donné une apparence plus nette.

« Calvis ? » appela Nadeau.

Calvis resta sans réaction. Il leva les yeux vers le soupirail. La lumière crue de l'ampoule faisait pâlir les ombres sur son visage.

Jack eut un hoquet sonore. Enfin il le revoyait – son petit frère. Les années avaient passé. Il sentit une douleur envahir sa poitrine. Sans s'en apercevoir, il recula et chercha le mur pour ne pas perdre l'équilibre.

« Ça va ? lui demanda Nadeau. Vous voulez vous asseoir, monsieur Devereaux ? »

Jack secoua la tête. Il resta là où il était, la main contre le mur, les genoux faibles, le sang battant au creux de ses oreilles. Calvis ne se retourna toujours pas vers eux.

« Calvis ? répéta Nadeau. Votre frère est venu vous voir. »

Calvis n'eut pas un battement de cils.

Nadeau se dirigea vers les barreaux et resta debout sans rien dire. Il paraissait peu perturbé par le manque de réactivité de Calvis. Peut-être n'y avait-il là rien d'exceptionnel ?

Nadeau fit signe à Jack de s'approcher.

Jack était réticent. Il appréhendait tout autant d'être reconnu par son frère que de ne pas l'être.

Il fit deux ou trois pas. Une puissante force retenait ses pieds au sol : la peur, la culpabilité, le poids de la conscience, de toutes ces années pendant lesquelles il s'était convaincu de la légitimité de ses actes. À tort. Il l'avait toujours su. Dans quelle mesure ce qui était arrivé à Calvis aurait pu être évité s'il était resté ? Cet homme – ce dénommé Jean-Paul Lefebvre – serait-il alité entre la vie et la mort au centre médical si Jack était resté ?

« Calvis… votre frère…

— Je n'ai pas de frère, sergent, répondit Calvis d'une voix calme, sans se retourner, sans même bouger.

— Jacques, dit Nadeau. Jacques est venu vous voir. Il est venu vous aider. »

Calvis ferma les yeux. Il soupira profondément.

« Il est mort ? »

Nadeau ne répondit pas tout de suite, comme s'il essayait d'y voir clair dans la question qui lui était posée. Puis il comprit.

« Lefebvre ? Non, il n'est pas mort. »

Calvis baissa la tête. C'était un geste de défaite, de déception.

« On va revenir plus tard, dit Nadeau. Vous essayez de réfléchir, d'accord ? De décider si vous voulez voir votre frère ou non. »

Nadeau recula, puis se retourna et fit signe à Jack de le suivre. Ils franchirent le seuil et remontèrent l'escalier jusqu'au bureau.

« Ça ira mieux plus tard. Parfois on dirait qu'il ne sait ni où il est ni ce qu'il fait là. Et parfois on dirait… » Nadeau remua la tête. « Pour être honnête avec vous, monsieur Devereaux, j'ai l'impression d'avoir une demi-douzaine de détenus, là en bas. »

Jack était trop secoué pour parler. Il ne savait pas bien à quoi il s'était attendu, mais pas à ça.

« Allons voir la maison, suggéra Nadeau. Il faut que je vous montre le monde que votre frère s'est créé. »

Jack n'avait guère plus exploré la maison dans la matinée que la veille. En y revenant avec Nadeau, il fut assailli par les émotions qu'il avait plus ou moins réussi à dominer pendant toutes ces années, exacerbées par cette brève entrevue avec Calvis. Elles étaient sans mélange et sans répit. Il revoyait papi, Juliette, sa mère. Le tapis au sol, les photographies aux murs, une canne, une paire de chaussures, une écharpe à un crochet, un bibelot, une griffure en bas de la balustrade – autant d'indices des raisons pour lesquelles il n'avait jamais réussi à se libérer du passé.

La chambre de ses parents. La chambre que Juliette et lui avaient partagée à leur arrivée. Les lits, la commode, l'armoire basse, même les rideaux semblaient ne pas avoir changé pendant toutes ces années. Ce n'était pas possible, et pourtant c'était sous ses yeux. Il avait l'impression que d'un instant à l'autre on allait lui demander de sortir couper du bois, de nettoyer les chaussures de son père, d'aider Calvis à résoudre un problème de mathématiques incompréhensible.

« Votre frère dormait ici, dit Nadeau en indiquant la chambre à droite. Et il travaillait là, si l'on peut appeler ça travailler. »

Nadeau tendit le bras vers la poignée de porte de la chambre de papi.

Instinctivement, Jack eut envie de fuir. Il n'avait pas envie de découvrir le monde que Calvis s'était créé dans sa cruelle solitude, au fond de ce désert perdu, glacial, l'esprit tourmenté par toutes sortes de délires sur des wendigos qui, tapis dans les ténèbres, arrachaient des enfants à leur sommeil et emportaient des individus pour les massacrer. Ce n'était qu'un mythe, une légende, une histoire de fantômes, et le fait que ces contes remontent aussi loin que le premier homme à s'être installé là n'enlevait rien à leur caractère de fiction. Les wendigos n'existaient pas. Il n'y avait pas de créatures qui rôdaient dans les forêts froides, guettant les affamés pour les séduire dans une lâche soif de chair humaine.

Nadeau tourna la poignée et ouvrit la porte sur ce qui aurait pu passer pour une boîte tapissée de papier journal. Il franchit le seuil. Jack le suivit, plus lentement, avec hésitation, en observant les murs. Des articles, des coupures de journaux, des notes manuscrites, çà et là des photographies de jeunes femmes, des fragments de cartes, des bouts de papier avec des noms, des dates, des lieux. Il y avait des reçus, des cartes de restaurant, des billets de bus et de train, des souches de tickets de cinéma, et même des sous-bocks. Tout était disposé dans une apparence de hasard mais de façon très ordonnée, et, après lecture de quelques articles et notes manuscrites, Jack comprit que la séquence suivait un ordre chronologique de gauche à droite. Le jeu de pistes, car telle était l'impression que donnait l'ensemble, commençait sur le mur derrière la porte. Il parcourait toute la pièce avant de revenir au même endroit. Dans le coin opposé à la porte, au lieu même où s'était jadis trouvé le lit de papi, se dressait une table basse garnie d'une pile de carnets. Nadeau en prit un et l'ouvrit. Il le montra à Jack. L'écriture de Calvis était soignée, précise. Il y avait des noms, des dates, des heures, des listes de questions, des renvois à d'autres pages dans d'autres carnets qui avaient un quelconque lien avec ce qu'il racontait.

Si VF a disparu le 15, pourquoi sa disparition n'a-t-elle pas été signalée avant le 16 ? Marie savait-elle que VF était partie tôt ?

Jack parcourut plusieurs pages et s'arrêta de nouveau.

Absent le 9, mais d'après les fiches de rotation, il est rentré à J le 10. A-t-il modifié ça lui-même, ou est-il couvert par quelqu'un ? Dans ce dernier cas, le complice connaît-il la raison de son absence à la fonderie ?

« Je n'ai pas tout regardé, dit Nadeau, mais d'après ce que j'ai vu, votre frère est sur ce dossier depuis quinze ans.

— Il a commencé quand mon père a été interné. Quand il s'est retrouvé complètement seul.

— Peut-être. Il s'est mis dans la tête que c'est Lefebvre qui est responsable des morts de Jasperville, mais aussi de plusieurs autres. Une à Menihek, une à Fermont, et une troisième à Wabush. Il semblerait que ce soit la raison de son agression. On a des traces écrites des suspicions dont Calvis est venu faire part à trois ou quatre de mes prédécesseurs. Lefebvre a été interrogé plusieurs fois et, comme ça n'a jamais fait apparaître le moindre élément, une injonction a été émise contre votre frère il y a environ un an. Je ne sais pas dans quelle mesure elle était officielle, en tout cas, dans tous ces papiers, vous trouverez un document à en-tête de la Sûreté interdisant à Calvis de s'approcher de Lefebvre, pour quelque raison que ce soit.

— Et un an après, il l'attaque.

— Oui.

— Qu'en pense la famille de Lefebvre ?

— Il n'a pas de famille à proprement parler. Seulement son frère, Guy, et ils ne sont pas très proches.

— Et Lefebvre est ingénieur chez Canada Iron.

— Oui, dit Nadeau.

— Quel âge ?

— Cinquante-sept ans. Né à Montréal en 1953.

— Et il était ici en 1972, quand Lisette Roy a été tuée ?

— Il est arrivé à peu près six mois avant.

— Autrement dit, il avait dix-huit ans.

— Dix-neuf, corrigea Nadeau. Il est né en janvier. Le corps de la victime a été retrouvé en février.

— Et il y avait un lien entre Lefebvre et Lisette Roy ?

— Vous êtes sans doute plus à même de répondre à cette question, monsieur Devereaux. Vous étiez là.

— J'avais six ans.

— Et moi, j'en avais un, et j'étais à plusieurs centaines de kilomètres.

— Ce nom m'est familier, dit Jack, mais je ne sais plus pourquoi. De toute façon, des milliers d'employés ont défilé chez Canada Iron.

— Effectivement, convint Nadeau. Mais votre frère s'est mis en tête que c'est celui-là qui est responsable de tout.

— Et y a-t-il le moindre élément de preuve pour soutenir cette hypothèse ?

— Eh bien, votre frère vous dirait qu'il y en a tout un tas. Mais la plupart d'entre elles sont anecdotiques, et certaines coïncidences peuvent être interprétées de plusieurs façons, selon le point de vue.

— Et toute cette… recherche est dans cette pièce ?

— Oui, pour autant que je sache », répondit Nadeau.

Jack resta silencieux pendant un certain temps. Il regarda les murs, les carnets sur la table, puis se retourna vers Nadeau.

« Vous me demandez de jeter un œil là-dedans, c'est ça ?

— Je ne vous demande rien, monsieur Devereaux. C'est vous qui décidez. Mais si j'étais vous et que je cherchais à aider mon frère, j'aurais très certainement envie de mieux comprendre ce qui l'a conduit à cette conclusion. Après tout, il en était assez sûr pour essayer de tuer cet homme. »

33

Nadeau était reparti depuis près d'une heure. Jack s'installa dans le silence de la cuisine. Il fuma une cigarette qui lui donna la nausée, mais il en fuma quand même une deuxième. Finalement, il remonta dans la chambre.

Avec grande précaution, il entreprit de détacher les articles épinglés au mur. Il alla les poser sur la table de la cuisine sans en déranger l'ordre chronologique. Puis il repartit prendre les photographies, notant les noms, les dates de naissance et de décès au dos de chacune. Lisette était là, comme Anne-Louise Fournier et Thérèse Bergeron. Les autres étaient inconnues de lui, mais leurs noms – Estelle Poirier, Virginie Fortin, Geneviève Beaulieu, Madeleine Desjardins, Fleur Dillard – le touchèrent au plus profond. C'étaient des personnes tout aussi réelles que lui, que Calvis, que Nadeau, et, à en croire Calvis, elles avaient été tuées, soit par un homme, soit par des animaux, mais déjà une coïncidence paraissait indéniable : toutes étaient jeunes – de l'entrée dans l'adolescence au début de la vingtaine – et d'une beauté incontestable. Lorsqu'une coupure de journal évoquait la disparition de l'une d'elles, Jack cherchait la photographie correspondante. À certaines ne correspondait aucun article, comme si la mort de ces jeunes filles n'avait pas eu assez d'importance pour justifier ne serait-ce qu'un entrefilet. Jack se demanda d'entrée de jeu comment Calvis avait obtenu ces photos. Était-il allé taper à la porte de la famille endeuillée, en se faisant passer pour un agent de la Sûreté ou un détective privé ?

Une fois qu'il eut passé en revue les articles et les photographies, Jack commença à étudier les notes apparemment sans ordre. Il trouva dans le lot des gribouillis indéchiffrables – des noms et des adresses, des dates de jours fériés et de fêtes, un calendrier de poche de 1989 avec une demi-douzaine de dates encerclées à l'encre rouge, et même des indications de phases lunaires. Les carnets étaient globalement plus déroutants. Calvis semblait avoir consigné ses pensées quotidiennement, tantôt sous la forme de toute une série de paragraphes, tantôt en quelques mots, mais la longue succession des pages témoignait de la lente dégradation de son esprit. Perturbé, Jack prit le temps nécessaire pour les réunir dans le bon ordre. Il y en avait quinze, et le premier remontait à août 1995, à peine deux mois après l'internement d'Henri à Saguenay. Tel était le prix de la solitude. Tels étaient les effets d'un endroit comme Jasperville sur un être humain. Calvis n'avait fait que suivre le même chemin que papi, Elizabeth, et enfin Henri.

Dans l'une des piles de journaux et de magazines, Jack trouva un registre des employés de Canada Iron. Marqué des tampons « CONFIDENTIEL » et « RÉSERVÉ À USAGE INTERNE », il indiquait les noms, dates de naissance, dates de début et de fin d'activité, et dans certains cas dates de décès, des différents employés. Réalisé en 2005, il remontait sur une vingtaine d'années. Les noms étant mentionnés par ordre alphabétique, Jack n'eut aucun mal à trouver ceux d'Henri et de Calvis. La date de début d'activité d'Henri était le mercredi 16 avril 1969, et celle de sa *Retraite pour raison médicale* était le mardi 13 juin 1995. Calvis avait pris ses fonctions chez Canada Iron le lundi 3 septembre 1990, à peine trois semaines après son dix-huitième anniversaire.

Jack se dit qu'Henri avait eu droit à une pension pour ses vingt-six années de service. C'était une longue période, aussi longue que sa propre absence, d'un travail qui avait de quoi rendre fou n'importe qui, indépendamment de Jasperville. Une mine à ciel ouvert dans un froid sans pitié ; une tâche brutale, ingrate. Qui touchait cette pension ? Était-elle versée à Calvis, ou bien partait-elle à Saguenay pour valoir à leur père un peu de confort supplémentaire ? Saguenay, une institution publique pour les personnes frappées d'incapacité mentale, accueillait des patients psychotiques, névrotiques, requérant une attention permanente en raison de nombreuses tentatives de suicide, voire souffrant de démence à un stade avancé, mais pas pénalement irresponsables ou ayant des tendances meurtrières. Les résidents étaient soit des gens totalement incapables d'être autonomes, soit des individus qui, livrés à eux-mêmes, auraient causé leur propre perte au bout de quelques heures. Jack connaissait l'endroit par cœur. Il avait pris le temps de s'informer le jour où il avait appris que son père allait y être interné. Mais, même alors, sachant parfaitement ce que Calvis allait endurer, il n'avait pas bougé le petit doigt pour lui venir en aide ni même pour lui parler. Quel genre d'homme était-il devenu ? Et pendant combien de temps encore excuserait-il sa manière de traiter les autres en invoquant son passé, ses expériences personnelles et son enfance ?

Jack descendit le registre de Canada Iron au rez-de-chaussée et le mit avec les autres documents et photographies trouvés dans la chambre de papi.

Les mains dans les poches, il observa un petit moment cette preuve physique de la paranoïa de Calvis. Était-ce le mot ? Était-ce ainsi que la chose serait qualifiée ? Une obsession, peut-être ? Une fixation ? Calvis s'était convaincu non seulement que ces jeunes filles avaient été assassinées, mais que c'était Lefebvre qui les avait tuées. La justice ayant refusé de l'écouter, il avait décidé de faire justice lui-même. Jack rouvrit le registre. Jean-Paul Lefebvre s'y trouvait. La date donnée pour le début de son activité était le lundi 11 octobre 1971, exactement comme l'avait dit Nadeau. Ce fut à ce moment-là que ce nom lui revint. Lefebvre était l'un des jeunes hommes que Philippe avait employés à la pension.

La première mort dont Jack avait connaissance était celle de Lisette Roy en février 1972. Ensuite, il y avait eu la petite Fournier, puis Thérèse. Juliette et Elizabeth s'étaient suicidées. Et Étienne Fournier s'était pendu en mars 1977. Jasperville n'était ni plus ni moins qu'un cimetière, doué d'une inexplicable capacité à ôter la vie tout autant que la santé mentale de ses habitants. Il n'avait pas eu tort de la quitter, même s'il n'avait pas eu raison non plus.

En cas de mort de Lefebvre, Nadeau ne pourrait pas faire autrement que de transférer Calvis à Sept-Îles ou à Montréal pour le déférer devant le tribunal. Mais si la description que Nadeau avait faite de l'état mental de Calvis était exacte, il y aurait de bonnes chances que celui-ci soit déclaré inapte à subir son procès. Il serait condamné à une vie de plats immangeables et de neuroleptiques dans une salle commune sans relief avec d'épais barreaux aux fenêtres.

Dans le cas contraire, Calvis serait inculpé de voie de fait grave, voire de tentative d'homicide. Quelqu'un serait chargé de décider s'il avait eu pleinement conscience des conséquences de ses actes, et, dans l'affirmative, il écoperait d'une peine de prison à perpétuité.

Tel était le tableau. Jack avait le choix, mais il savait qu'il n'y avait qu'un chemin possible. Lui qui avait déjà abandonné son frère une fois pouvait faire une croix sur son avenir s'il l'abandonnait à nouveau. Sa propre compagnie lui deviendrait insupportable. Il s'était débattu avec sa décision pendant vingt-six ans. Sa vie entière s'était ressentie de cette seule action, et elle avait été une vie de rien. Pas de femme, pas de famille, pas de réel lien ni de réel engagement. On ne peut pas laisser le passé derrière soi. Le passé nous suit, aussi loin, aussi vite que l'on aille.

Jack s'assit, prit le tout premier volume des carnets de Calvis et le tint contre sa poitrine.

Il sentit la lame de fond de l'émotion monter en lui et ne put rien faire pour l'éviter. Pour la première fois en un quart de siècle, il pleura, sur eux tous.

Une heure plus tard, emmitouflé au mieux dans les vêtements qu'il avait apportés, il retourna au magasin général. Il acheta quelques provisions, une cartouche de cigarettes, deux bouteilles de Canadian Club, un lourd ciré doublé de polaire, une paire de bottes doublées de fourrure avec de bonnes semelles, un bonnet et des gants de trappeur en peau de mouton. Plus tard, il devrait contacter Ludo, et ne pas se laisser détourner de sa décision de rester. Il était toujours le premier à faire des promesses, mais aussi le premier à les rompre. Cette fois-ci, il faudrait que ça change.

Rentré à la maison, Jack mit un peu de soupe à chauffer sur le poêle, qu'il avala avec une demi-miche de pain. Il n'avait pas mesuré l'ampleur de sa faim. Il se fit un café, auquel il ajouta une dose de whisky, puis il s'installa à table avec les carnets.

Calvis les avait commencés une semaine avant son vingt-troisième anniversaire. Le départ d'Henri remontait à moins de deux mois, mais Calvis, du moins au début, ne faisait aucune allusion à lui. Tout dans les premières pages semblait indiquer des préoccupations triviales. Il parlait de son travail à la mine, d'une fuite dans la toiture au-dessus du salon, de quelqu'un qu'il devait aider à remplacer un alternateur sur un véhicule. Mais, à mesure que Jack poursuivait sa lecture, il constata des ruptures dans le flux des pensées de Calvis, ruptures remplies de phrases apparemment venues au hasard.

La plupart des gens passent leur vie à poursuivre un but qu'ils ne comprennent pas et qu'ils ne reconnaîtraient pas de toute façon. Les autres ne font que fuir quelque chose qu'ils portent en eux.

Sur la même page, à mi-hauteur, était écrit : *On ne fait pas attendre le destin.*

Trois pages plus loin, entourée de nombreuses fois, se trouvait une annotation qui fit vraiment mouche dans l'esprit de Jack.

Quand on ne veut rien sacrifier au nom du but que l'on poursuit, c'est ce but que l'on sacrifie.

Il s'arrêta et leva les yeux du carnet. Cette vérité toute simple, brute, tissa sa toile sous sa peau, jusqu'au plus profond de lui.

Lui qui n'avait pas voulu faire de sacrifices avait fini par transformer sa vie en sacrifice.

Calvis continuait à parler de ses journées, et ce ne fut que vers le milieu de l'année suivante – vers la fin du printemps et le début de l'été 1996 – que la direction que prenait son esprit commença à apparaître avec clarté.

Calvis avait découpé un court article dans un journal local qui, en date du vendredi 16 novembre 1979, rapportait la mort d'une jeune fille de dix-sept ans, Fleur Dillard, à Wabush. Comme Jasperville, Labrador City était une ville fondée par Canada Iron, mais la population était plus importante, et Wabush, sa voisine, était devenue sa jumelle. On les réunissait toutes les deux sous le nom de Labrador West, mais les habitants de Wabush y voyaient souvent une atteinte à leur identité. Dire à un habitant de Wabush qu'il était de Labrador West risquait de vous attirer des injures.

L'article donnait peu de détails. Fleur Dillard avait été retrouvée à peine à deux cents mètres de chez elle. La cause de sa mort était incertaine, et Jack comprit en filigrane que son corps n'avait pas encore dégelé au moment de la rédaction de l'article. Même scénario qu'à Jasperville. Jack passa en revue les photographies qu'il avait décrochées dans la chambre de papi. Il en restait cinq qui n'étaient pas associées à un article. Les noms étaient écrits au verso. Il y avait un portrait de Fleur Dillard. Elle semblait jeune pour son âge, mais il n'y avait pas de date. Elle était en uniforme, et Jack devina à la pose et aux éclairages – un sourire un peu forcé et une absence d'ombres – qu'il s'agissait là d'une photographie scolaire. Quatorze ans, quinze peut-être. Fleur avait le regard d'une jeune fille qui a toute la vie devant elle, totalement inconsciente du fait qu'il ne lui restait plus longtemps à vivre.

Jack, se replongeant dans le carnet, tourna la page et put lire tout en haut, en lettres majuscules : *PEUT-ÊTRE QUE CERTAINES CHOSES SE PRODUISENT POUR QU'ON N'OUBLIE PAS QUE LE DIABLE EXISTE.* La phrase était écrite au feutre rouge. L'encre avait traversé la page.

Calvis avait prononcé ces mêmes mots la veille du départ de Jack.

Et si cette Fleur Dillard avait été assassinée ? Et si ce meurtre était lié à celui de Lisette et aux deux autres survenus à Jasperville ? Calvis pouvait très bien avoir mis le doigt sur un fil qui reliait toutes ces affaires. Si c'était le cas, il était le seul à avoir vu ce lien, et la réalité qu'il avait découverte était beaucoup plus ténébreuse et terrifiante qu'on ne l'avait imaginé.

Jack fit les cent pas autour de la table. Il étudia la collection de notes et de photographies, la pile de carnets, les cartes et les tickets de bus, tout ce que son frère avait accumulé au cours de cette quinzaine d'années de recherches. Il avait fait des allers-retours à Labrador City, Wabush, Menihek, Fermont, Fire Lake, et même Kawawachikamach et Fort Mackenzie au nord. Soit il y avait de vraies connexions entre les cas, soit c'était une pure et simple obsession de la part de Calvis.

Jack savait qu'il devait guetter les failles dans le raisonnement de son frère. Si, avec l'objectivité d'un homme n'ayant pas enduré des mois, des années entières d'isolement, il comprenait la perspective adoptée par Calvis, alors il expliquerait peut-être pourquoi il s'en était pris aussi violemment à cet homme. Comment s'était-il convaincu que ce Jean-Paul Lefebvre était un tueur en série ? S'il en avait parlé à Nadeau, Nadeau l'aurait mentionné. Il s'en était ouvert à ses prédécesseurs, des hommes aussi bien intentionnés que lui mais tout aussi démunis que les autres dans un tel désert. Le moindre effort pour y voir clair était miné par une infinité d'embûches.

Jack pensa aux sergents qui avaient été en fonction à son époque, dont il se rappelait tantôt le visage, tantôt seulement le nom. Levesque, Thibault, Tremblay, Landry, puis les deux derniers au cours des cinq années avant son départ. Ils étaient au-dessus de tout soupçon. Ils n'avaient pas dû savoir par où commencer. Nadeau était lui-même dans une situation tout aussi impossible. Même en cas de mort de Lefebvre, le transfert de Calvis n'aurait peut-être pas lieu avant le changement de saison. Mais il était inconcevable de laisser croupir un forcené indéfiniment dans une fosse de stockage.

Jack devait reconstituer la séquence des événements, et à partir de là seulement, il pourrait décider de la direction à suivre.

34

En commençant par la mort de Lisette Roy en février 1972, Jack esquissa une chronologie faite de noms et de dates.

Anne-Louise Fournier était la deuxième, Thérèse la troisième, et Fleur Dillard apparemment la quatrième dans la séquence. Le cas suivant à Jasperville avait été celui de Virginie Fortin, retrouvée morte en août 1983, mais, selon les notes de Calvis, précédée d'Estelle Poirier, la fille d'un professeur de Menihek. Le vendredi 19 juin 1981, âgée de quinze ans, Estelle avait quitté l'école par la seule route allant jusque chez elle. Le sergent de Menihek, Franck Lasalle, était cité : *Estelle faisait le même itinéraire chaque jour de classe. Il faisait moins d'un kilomètre. Elle ne s'en est sans doute pas éloignée. Ça ne lui serait pas venu à l'esprit. Soit elle a été enlevée, soit elle est montée volontairement dans un véhicule à côté d'un conducteur en qui elle avait confiance.*

Il s'agissait d'une hypothèse, bien sûr, car personne ne semblait savoir précisément ce qui était arrivé à Estelle. Son corps avait été retrouvé le soir même dans une zone densément boisée à trois cents mètres à peine de son terrain. Ses vêtements avaient été lacérés, et les traces physiques suggéraient que son ravisseur avait essayé de la violer. Soit crainte, soit incapacité d'aller jusqu'au bout de son intention, il avait renoncé au viol, mais il l'avait étranglée avant de cogner plusieurs fois l'arrière de son crâne contre un tronc d'arbre. Elle présentait de multiples fractures. À l'exception des quelques détails mentionnés dans l'article, toutes les informations complémentaires se trouvaient dans les carnets de Calvis. Il avait souligné l'une des sections deux fois pour bien la mettre en évidence, indiquant : *Ventre ouvert. Cela fait-il partie du rituel, ou est-ce une tentative d'attribuer l'attaque à un animal? Plutôt la première hypothèse, sans doute. Les animaux ne violent pas et n'étranglent pas.*

Le rituel? Jack se demanda pourquoi Calvis avait choisi ce mot.

La découverte du corps mutilé de Virginie Fortin en août 1983 donnait plus de foi à la note marginale de Calvis : *Escalade de violence*. Virginie, dix-sept ans, avait deux sœurs. Son père, Bertrand, avait été nommé ingénieur de maintenance des hauts-fourneaux par Canada Iron, et sa mère, Esther, semblait avoir travaillé à l'école de Jasperville. Les carnets de Calvis contenaient bien plus d'informations que le bref entrefilet du journal, mais les circonstances du meurtre étaient rapportées de manière très similaire. Virginie n'avait pas disparu sur un bord de route alors qu'elle marchait seule, mais à l'église. Elle était bénévole : elle nettoyait, réparait les livres d'hymnes et de prières, lavait les vêtements de cérémonie, comme Juliette avant elle. Elle n'était pas rentrée, et son corps avait été retrouvé dans le cimetière derrière l'église le lendemain à l'aube. Elle était à genoux, recroquevillée, la tête au sol, les bras tendus devant elle. Le sergent à l'époque était Arnaud Colin, le dernier avant le départ de Jack en août 1984. Jack se rappelait son arrivée au printemps 1983. La date de son départ n'était pas indiquée – sans doute vers l'été 1985 – mais il ressortait que Calvis avait fait un aller-retour quelque part pour le rencontrer au début de l'année 1997.

Il ne sait rien, avait noté Calvis, *ou il sait quelque chose mais n'arrive pas à en parler. J'ai passé en revue une partie des informations, disant que je pensais que plusieurs de ces morts étaient liées, qu'il y avait des dénominateurs communs, mais il a tout fait pour détecter des failles dans mon raisonnement. J'ai pitié de lui. La peur de la vérité rend son cœur et son esprit faibles. Que l'on puisse se mentir pendant aussi longtemps est un mystère pour moi.*

Jack se laissa aller contre le dossier de sa chaise en poussant un lent soupir.

Que l'on puisse se mentir pendant aussi longtemps est un mystère pour moi.

Pourtant, ce n'était pas un grand mystère. La chose était bien plus facile que Calvis n'avait cru. Parfois, Jack était resté tellement absorbé par son travail qu'il n'avait presque pas pensé à sa famille pendant des semaines entières. Certains jours, il avait noyé ses souvenirs dans l'alcool. Comme dans d'autres domaines, tout est plus facile dès qu'on y consacre un peu d'efforts.

Le fait est que, treize ans après les événements, Arnaud Colin avait été abordé par un inconnu venu lui demander des informations sur la mort de cette jeune fille. Avant de quitter Montréal, quatre jours plus tôt, Jack s'était lui-même trouvé au bar avec Ludo, à qui il avait difficilement parlé de son passé. La mémoire est sélective et, face à des événements traumatiques ou chargés de culpabilité, les gens ne font que changer de perspective. Légitime défense ? Mécanisme de survie ? L'esprit humain est peut-être beaucoup plus simple qu'on ne se l'imagine, et c'est ce qui donne l'impression d'une telle complexité.

Jack se rappela une phrase qu'il avait lue. Ou qu'il avait entendue de papi ? Pour prendre une citadelle, une idée vaut mieux qu'une épée. Calvis avait eu une idée. Il l'avait laissée s'emparer de son esprit. Soit il avait raison, soit il avait interprété chacune de ses découvertes comme une confirmation de son idée de départ. Il était facile d'en arriver là. Jack l'avait constaté dans son domaine professionnel. Des enquêteurs, insuffisamment entraînés ou doués d'une expérience limitée, avaient reconnu un modèle de propagation, peut-être la marque d'un accélérateur de feu particulier et, passant de présupposé en présupposé, ils avaient abouti à une conclusion totalement incorrecte. Était-ce ce qui s'était produit ici ?

La mort de Lisette était passée pour accidentelle. Lisette était tombée, elle s'était évanouie, et quelque chose l'avait entraînée dans la neige. Il n'avait pas assisté à l'enterrement, même s'il se souvenait du jour où il avait eu lieu. Ce jour-là, il était resté avec papi. Il était allé sur la tombe avec Juliette, mais seulement bien longtemps après.

Le cas d'Anne-Louise Fournier avait été très différent. Jack avait neuf ans à cette époque-là. Ses parents en avaient parlé. *Déchiquetée*, avait dit son père. *La pauvre enfant donnait l'impression d'avoir été déchiquetée.*

Jack n'était pas certain mais, là encore, il était prêt à parier qu'il n'y avait pas eu d'autopsie.

Après tout, on était à Jasperville. Tout ce qui arrivait à Jasperville restait à Jasperville. C'était une ville trop lointaine, trop inaccessible, trop éloignée de l'humanité pour qu'il puisse y avoir un coupable. Une jeune fille était morte ? C'était un ours, un loup de l'Est. Rien de plus naturel. Dépêcher une enquête de Montréal, ou ne serait-ce que de Sept-Îles, nécessitait une logistique qui dépassait tellement les limites de la faisabilité que Jack ne comprenait que trop l'inaction de la Sûreté.

Puis il y avait eu Thérèse. Sur cette affaire, il en savait bien davantage. Après Juliette, qu'il avait lui-même vue à genoux, les mains et la jupe couvertes de sang, il avait été le premier témoin de la mort de Thérèse, du chaos déchiqueté, ensanglanté, qu'était devenu son visage.

Il pensa à Émile Landry, aux efforts qu'il avait déployés pour convaincre Philippe et Marguerite Bergeron d'accepter le principe d'une autopsie – autopsie qui n'avait jamais eu lieu. Il pensa à cette cérémonie, à cet enterrement derrière l'église qui avait refermé le dossier. Les conséquences avaient été tout aussi profondes que tragiques. Juliette avait été brisée sous le poids de la douleur, dans son cœur comme dans son esprit. Deux ans plus tard, elle s'était suicidée, et quatre ans après, leur mère l'avait imitée. Si un seul meurtrier était à l'origine de tous ces drames, alors il avait aussi sur les mains le sang d'Étienne Fournier et de deux des Devereaux.

Jack se leva. Il cherchait un peu de répit face à l'horreur qui l'entourait, qui pénétrait maintenant chacune de ses pensées, chacun de ses souvenirs. Pourquoi ne pas marcher un peu, remonter la rue principale avant de bifurquer vers l'église puis le chemin de fer ? De là, il verrait la fonderie, et la ville entière jusqu'aux monts Torngat. Lieu des esprits mauvais. Tel était le sens de ce nom. En y repensant, il se rappela comment papi se penchait pour leur glisser à l'oreille de se méfier des ombres, de marcher toujours deux par deux, sans jamais lâcher la main de son compagnon.

Les ténèbres sont habitées, répétait-il. *Ces choses-là peuvent retenir indéfiniment leur souffle, et leurs narines tressaillent au rythme de vos petits cœurs saisis d'effroi.*

Le wendigo. Voilà ce dont il leur avait parlé, voilà le germe qu'il avait planté dans l'esprit fragile, fertile de Calvis.

35

Il n'était même pas 15 heures, et déjà on aurait dit la nuit de Montréal.

Sous l'auvent de l'église, tourné vers la rue principale, Jack se fit une promesse : s'il se sortait de cette histoire, il changerait tout. Si Calvis était condamné pour meurtre, il lui rendrait visite en prison, ou dans son institution. Si Calvis refusait de le voir, il reviendrait jusqu'à ce que sa persévérance ait raison des résistances de son frère. Même s'il devait pour cela perdre son travail, il resterait jusqu'à ce que cette situation se dénoue. Et il trouverait le moyen de discuter avec Carine, ne serait-ce que pour lui dire à quel point il était désolé de l'avoir abandonnée.

Jack était parfaitement conscient de ses échecs. S'il avait su comment mieux exprimer ses émotions, il se serait peut-être effondré sur-le-champ. Jasperville, Calvis et Carine, sans parler de l'internement de son père à Saguenay, étaient non seulement des symboles de son passé, mais aussi de l'avenir qu'il n'avait pas su se créer. Il avait brisé toutes ses promesses, aux autres comme à lui-même.

Jack baissa la tête. Il inspira profondément, essaya de se recentrer, de se concentrer sur ce qui était attendu de lui, puis quitta l'entrée de l'église pour prendre la direction du cimetière. Il avait besoin de voir ce qui s'y trouvait pour une bonne et simple raison : il savait qu'il y aurait des choses qu'il n'avait pas envie de voir.

Les tombes étaient en rangs serrés. Lisette, Anne-Louise, Virginie Fortin, Madeleine Desjardins, et enfin Thérèse. La parcelle était simple, sans autre ornement qu'une gerbe de fleurs en plastique aux couleurs adoucies par une couche de givre. Ailleurs, d'autres fleurs en plastique venaient rappeler aux visiteurs qu'à Jasperville, rien ne poussait, ni ne pouvait s'acclimater. Comme un vide, un trou noir, Jasperville aspirait la vie de tout et de tout le monde.

Despairville.

Jack s'agenouilla devant la pierre tombale de Thérèse. Il caressa les dates du bout des doigts : 2 février 1958, 10 juillet 1978. Vingt ans. Près du terminal ferroviaire, elle avait attendu que Juliette revienne avec les billets qui les précipiteraient dans la vie qu'elles s'étaient choisie. Juliette avait laissé Thérèse pendant une trentaine de minutes qui s'étaient transformées en une éternité. Il suffit d'un instant pour emporter une vie, mais les répercussions durent à jamais. Jack l'avait vu dans son travail, où des cas d'incendie criminel avaient fauché des vies, que ce soit intentionnellement ou non.

Jack sentit ses doigts s'engourdir. Il renfila ses gants, se releva et alluma une cigarette. Fermant les yeux, il inhala la fumée jusqu'au fond de ses poumons. Il sentit l'air congelé dans sa bouche, dans sa gorge, jusque dans sa poitrine. Dans un tel lieu, le froid était presque aussi impossible à éviter que la vérité.

Papi avait parlé d'une malédiction, sa mère aussi. Se pouvait-il que l'expérience humaine soit conditionnée par des puissances dépassant les limites de la perception ? Le magnétisme est invisible, tout comme la gravité, la sensation de déjà-vu, les souvenirs enfouis. Bien que n'ayant jamais été attiré par la foi ni par la religion, Jack était capable de concevoir l'Homme en tant qu'entité spirituelle. Le corps est temporel, sujet à l'âge et au déclin ainsi qu'à tous les aspects de la biologie et de la physique. Mais l'être en lui-même ? Était-ce différent ? Peut-on concevoir qu'une croyance lui donne vie ? Calvis avait-il cru à tel point dans le wendigo qu'il lui avait donné vie en esprit ? Cette même croyance pouvait-elle s'enraciner chez quelqu'un d'autre, et aboutir à une sorte de possession ? Était-ce en réalité l'œuvre d'un tueur en série, animé par une illusion profonde, ancienne, qu'il était autre chose qu'humain ?

À regarder leurs tombes, il semblait difficile de croire que toutes ces jeunes filles aient pu être attaquées soudain par des animaux sauvages. Cet environnement – ce climat plus particulièrement – pouvait par sa stérilité pousser les carnivores au désespoir, mais il avait surtout pour conséquence une absence quasi totale d'animaux sauvages. Jack avait vécu là seize ans et, en tout et pour tout, il devait avoir vu deux loups, trois peut-être, et un ours. À une certaine distance, d'ailleurs. Par instinct, ils évitaient les êtres humains. En cas de provocation, ils n'hésitaient pas à attaquer et à tuer, mais ils n'étaient pas naturellement agressifs.

Huit jeunes filles, cinq à Jasperville, les trois autres à Menihek, Fermont et Wabush. Voilà du moins celles dont le sort était connu. Les coïncidences étaient trop nombreuses pour pouvoir incriminer des animaux, ne serait-ce que du fait que toutes les victimes étaient des jeunes femmes. Pourquoi pas des jeunes hommes ? Des vieilles femmes ? Des enfants ?

Après moins de vingt-quatre heures à Jasperville, Jack pensait-il déjà comme papi, comme sa mère et comme Calvis ? Il avait l'impression de rester logique, réaliste, en analysant seulement les faits devant lui et en se détachant autant que possible de ses craintes et de ses émotions. Il éprouvait de la douleur en pensant à Thérèse. Il l'avait bien connue. Les autres, moins. Il pouvait conserver une certaine objectivité. Il le devait, ne serait-ce que pour sa santé mentale.

Jack commença à remonter vers la rue principale. Il devait comprendre pourquoi Lefebvre avait été visé par l'attaque de Calvis. À moins d'une folie pure, entièrement née de son imagination et circonscrite par elle, Calvis devait avoir des raisons de croire que Lefebvre était un tueur.

Jack arriva au commissariat au moment où Nadeau s'apprêtait à fermer avant de partir.

« Je voulais vous poser quelques questions. »

Nadeau leva l'œil vers l'horloge.

« Ça ne prendra pas longtemps. »

Nadeau retourna s'installer à son bureau.

« Calvis va mieux ?

— Il a dormi presque toute la journée. Il ne dit pas grand-chose. Il mange, au moins il ne se laisse pas mourir. »

Jack n'avait pas osé envisager une telle éventualité.

« Vous pensez qu'il pourrait chercher à se suicider ?

— Vous savez, monsieur Devereaux, je ne sais pas quoi penser. Cette histoire ne me concerne que parce qu'on m'a envoyé ici, soit parce que je ne suis pas père de famille, soit parce que j'ai la poisse. Je ne sais rien de Jasperville, sinon qu'il n'y a pas vraiment de ville plus éloignée de Montréal. Cinq mois ici, et je me farcis ça ! »

Nadeau se laissa aller contre le dossier de sa chaise et contempla le plafond. Quand son regard croisa celui de Jack, il exprimait une certaine lassitude. Il n'y avait pas d'autre mot.

« Que pensez-vous de votre frère ? J'ai l'impression qu'il s'est mis dans la tête que toutes ces morts sont liées, sont l'œuvre du même homme. Il a épluché les archives professionnelles, les horaires de travail, les calendriers de congés, tout ce qui lui est tombé sous la main, et il en a conclu que Jean-Paul Lefebvre était le seul à avoir pu se trouver là chaque fois. Mais ce n'est qu'une hypothèse de ma part. Certes, il s'est montré plus loquace avec moi qu'avec vous, mais il ne m'a pas dit grand-chose non plus.

— Que savez-vous de ces jeunes filles ?

— Autant qu'il est possible d'en savoir à partir de dossiers d'archives présentant des lacunes, des omissions et tout ce qui relève de la routine quand on laisse un homme seul ici pendant deux ou trois ans sans hiérarchie valable à Sept-Îles ni à Montréal. C'est un… merde, comment dire ? un poste de courtoisie ? Quelque chose qui donne l'impression qu'on est présents ici, alors qu'en vérité on n'a aucune présence du tout. Dans les villes comme celles-ci, il n'y a d'état de droit qu'en raison du pouvoir que la population nous attribue, et non de nos moyens réels.

— Vous ne pensez pas que ces jeunes filles ont été victimes d'animaux, n'est-ce pas ?

— Non, en effet.

— Alors quelle est votre hypothèse ?

— Une série de meurtres perpétrés par un seul homme ? » Nadeau secoua la tête. « S'il faut remonter jusqu'à Lisette Roy, ça fait… quoi ? dix-huit ans ?

— Oui, répondit Jack. Lisette, c'était en février 1972.

— Il est aussi facile de souscrire à cette hypothèse que d'en douter.

— Et si Calvis s'est mis dans la tête que ces vieilles légendes sont vraies, il n'est pas difficile de l'imaginer faire ce qu'il a fait.

— Vous êtes en train de dire qu'il a eu raison ?

— Seulement qu'il le croyait.

— Selon lui, ce Lefebvre était… quoi ? possédé ?

— Il faut qu'un homme soit possédé par quelque chose pour…

— Par *quelque chose*, certes, coupa Nadeau. Par une idée, par de mauvaises pensées, par un trouble mental, mais vous êtes en train de dire qu'il le croyait possédé par une entité ? Par ce wendigo ? »

Jack comprit que s'il continuait, il risquait de passer pour aussi fou que son frère.

« Je dis seulement que nous avons ici affaire aux croyances de Calvis, pas aux miennes ni aux vôtres.

— Exact, répondit Nadeau. Et s'il avait l'intime conviction que Lefebvre était un meurtrier, je comprends qu'il ait pu agir comme il l'a fait.

— L'a-t-il attaqué en public ?

— Non, il s'est introduit chez lui pendant la nuit.

— Et il s'est battu avec lui, comme ça ?

— Non, pas "comme ça". Son but était de lui poignarder le cœur, avec une croix d'argent. »

Jack ne put dissimuler sa stupeur.

« Avec une croix d'argent ?

— Oui. Il l'avait prise à l'église. Et il s'en est servi pour attaquer Lefebvre.

— C'est l'une des manières de tuer un wendigo.

— Quoi ?

— Selon la légende. Il y a l'argent, l'acier et le fer. Dans certaines tribus, on raconte que le wendigo a un cœur de glace et que, pour le briser, il faut un pieu d'argent. Ensuite, il faut tailler le corps en pièces avec une hache en argent.

— Et vous, monsieur Devereaux ? Que croyez-vous ?

— Mes croyances s'effacent devant celles des autres, répondit Jack. N'importe quelle culture a ses démons. Les démons sont aussi vieux que l'Homme. Peut-être est-ce une façon pour lui d'expliquer sa dualité, les pulsions malvenues, la violence, la folie. Je vois la possession comme une manière de se défausser de sa responsabilité. Si l'on est fou, ou qu'il y a des esprits mauvais qui vous conduisent à faire des choses, alors vous n'avez pas à vous les reprocher. Ainsi fonctionne la foi, n'est-ce pas ? Si l'on peut croire en Dieu, alors pourquoi ne pas croire au diable et à tout ce que représente un tel concept ?

— Foi ou pas foi, dit Nadeau, j'ai un homme au centre médical qui a trois ou quatre blessures profondes à la poitrine et encore une autre à la gorge. Il a de graves traces de lacération aux épaules et aux bras, des blessures d'autodéfense aux deux mains, une clavicule fendue et trois côtes cassées. D'après les éléments qui me sont parvenus, votre frère s'est introduit chez lui pendant qu'il dormait. Il s'est mis à cheval sur lui, il l'a plaqué de tout son poids, puis il a fait tout ce qu'il a pu pour le tuer avec une croix qu'il avait volée à l'église. Voilà les faits, monsieur Devereaux. Il n'y a pas besoin de foi pour les voir. La vie de Lefebvre ne tient qu'à un fil, et quand je demande à votre frère ce qui lui a pris, tout ce qu'il me dit, c'est qu'il n'a pas pu aller jusqu'au bout, que le wendigo est toujours vivant, qu'il y aura d'autres meurtres. Je vois bien que Lefebvre est arrivé avant la mort de Lisette Roy. Je vois bien également que, quand on est convaincu de quelque chose, on envisage tout dans la perspective de cette hypothèse de départ. On ferme les yeux sur ce qui ne colle pas. Sur les contradictions. Ou, quand on les regarde en face, on les balaie par une explication parce qu'on a déjà fait son choix. »

Nadeau se pencha en avant et posa ses deux mains à plat sur le bureau comme pour souligner son point de vue.

« Je ne doute pas qu'avec assez de temps et de persévérance, on pourra trouver plusieurs employés de Canada Iron qui sont restés aussi longtemps que

Lefebvre et les traiter comme des suspects aussi. Mais là est le problème. On n'aurait pas de preuves. Que des présomptions. Des hypothèses parmi tant d'autres, perdues dans un faisceau de possibilités, de coïncidences et de scénarios imaginaires. »

Nadeau s'adossa une fois de plus contre sa chaise.

« Votre frère agit comme un fou. Il parle comme un fou. Aux yeux de la plupart des gens, c'est la preuve qu'il est fou à lier. Un homme va peut-être mourir en conséquence. Voilà le tableau. Si vous me présentez des éléments constituant des circonstances atténuantes, ou du moins autre chose que des carnets remplis de gribouillis indéchiffrables, il est bien évident que je vous écouterai. Je ne vous demande pas de vous transformer en détective. Mais si vous voulez vous plonger dans cette histoire pour résoudre vos propres problèmes, je ne peux pas vous en empêcher. Si vous tombez dans l'illégalité, je vous arrête et vous aurez tout le temps que vous voudrez pour faire parler votre frère, puisque vous serez dans la cellule d'à côté.

— Je n'ai aucunement l'intention de tomber dans l'illégalité, sergent.

— Alors nous n'aurons pas de problème, n'est-ce pas ?

— Il me reste une question.

— Allez-y.

— Pourquoi m'avoir appelé ? Pourquoi m'avoir fait venir jusqu'ici ?

— Parce que vous êtes sa seule famille. Votre père est interné. Tous les autres membres sont morts. Et, même si votre frère est fou, je ne vois pas pourquoi je devrais m'occuper de ça tout seul. C'est à ça que sert une famille, monsieur Devereaux. C'est comme ça que ça fonctionne. On ne choisit pas sa famille, mais le sang est le sang. Il nous lie, même quand on ne le veut pas. »

36

Moins d'une heure plus tard, Jack se présenta au centre médical. Il demanda des nouvelles de Lefebvre.

« Je suis désolée, répondit la réceptionniste, mais je ne peux pas vous aider. Je vais voir si le Dr Pelletier peut vous recevoir.

— Le Dr Pelletier ? demanda Jack. Euh… volontiers. »

Il avait bien du mal à croire que Pelletier soit toujours là après toutes ces années. Mais certains n'arrivent jamais à partir.

La dame décrocha le combiné et lui demanda de s'asseoir.

Le centre avait beaucoup changé depuis la dernière fois que Jack était venu. Dans la salle d'attente, plus moderne, d'une propreté impeccable, il vit des panneaux d'information sur la grippe, sur les vaccins et sur les morsures d'animaux, un éventail de magazines sur une table basse devant deux larges canapés, et une grande horloge qui ponctuait le silence de son *tic-tac* de métronome. Il dut réfléchir un instant pour se rappeler le nom du docteur, qui lui revint sans grande difficulté. Bayard Pelletier. Il devait déjà approcher de la cinquantaine du temps où Jack vivait à Jasperville. Désormais, il devait avoir plus de soixante-dix ans. De fil en aiguille, Jack pensa à d'autres personnes qu'il avait connues. Beaucoup d'entre elles devaient encore se trouver là, trop habituées à leur environnement, trop attachées à leur routine pour envisager d'aller vivre ailleurs. Comme des détenus libérés après une longue peine de prison – toujours heureux dans la plus petite pièce de la maison, perturbés par la moindre variation dans l'horaire des repas. Ce genre de schéma mettait des années à s'installer; il fallait encore plus de temps pour s'en débarrasser.

Une femme se présenta à la porte derrière le guichet de réception.

« Puis-je vous aider? demanda-t-elle.

— J'attendais le Dr Pelletier.

— Et vous êtes?

— Le frère de Calvis Devereaux, répondit-il.

— Bien. Oui… Le sergent Nadeau nous a dit qu'il avait essayé de vous trouver.

— C'est chose faite, répondit Jack. Le docteur est là?

— C'est moi-même.

— Mais…

— Je suis Rosamond Pelletier.

— La fille de Bayard Pelletier?

— Oui.

— Je suis désolé. Je me souvenais du Dr Pelletier, du temps où je vivais ici. Il est…

— Mort, monsieur Devereaux, dit-elle d'un air détaché. Il y a plus de dix ans.

— Je suis navré de l'entendre. »

Pelletier indiqua le canapé. Jack retrouva sa place, et Pelletier s'installa dans le canapé d'à côté. Elle avait une attitude distante, presque méprisante.

« Dites-moi, que puis-je faire pour vous, monsieur Devereaux ? demanda-t-elle.

— Je suis venu au sujet de M. Lefebvre.

— Au *sujet* de M. Lefebvre ?

— Je veux savoir comment il va. Si son état s'améliore. S'il y a bon espoir…

— Que votre frère ne soit pas inculpé de meurtre ? » compléta Pelletier, coupant pour la deuxième fois la parole à Jack.

Jack se sentit contrarié par le ton qu'elle avait adopté. Il attendit avant de répondre.

« Toutes mes excuses », dit-il.

Pelletier fronça les sourcils.

« Excuses pour quoi, monsieur Devereaux ?

— J'ai dû vous offenser.

— Mais pas du tout.

— Alors je ne comprends pas que vous vous montriez aussi abrupte avec moi. Je ne suis pas mon frère. Ça fait plus de vingt-six ans que je ne l'ai pas vu. Et la raison à cela n'a pas grand-chose à voir avec les événements. Mais son geste est terrible, et je suis venu voir ce que je pouvais faire. »

Pelletier parut se détendre un peu.

« Je vous dois des excuses, monsieur Devereaux. Vous avez parfaitement raison. Vous n'êtes pas votre frère, et vous n'avez rien fait qui ait pu m'offenser. Je connais beaucoup de monde ici, à titre personnel. J'ai fréquenté M. Lefebvre et son frère pendant de nombreuses années, et les événements ont été un choc, une tragédie pour nous tous.

— Je comprends parfaitement. Je suis venu pour une seule et unique raison : pour voir si je peux réparer en quoi que ce soit les dégâts causés par mon frère. »

Pelletier hocha la tête d'un air de sympathie.

« Alors recommençons depuis le début. »

Jack sentait toujours une tension dans sa poitrine, mais il la laissa se dénouer. Il avait dit ce qu'il avait à dire, et il avait été écouté.

« Jean-Paul Lefebvre est dans un état critique, monsieur Devereaux, continua Pelletier. Survivra-t-il ? Ce n'est pas une question facile. La réponse dépend en grande partie du patient lui-même et de sa volonté de survivre.

— Et mon frère ? Vous a-t-on demandé de l'examiner ?

— Pourquoi me l'aurait-on demandé ?

— Pour juger de son état mental, par exemple ?

— Je suis docteur en médecine, monsieur Devereaux, et non psychiatre. Et les rapports que j'ai eus avec la profession psychiatrique m'ont montré que la majeure partie de leur discours est basée uniquement sur des opinions personnelles, non sur des preuves scientifiques concrètes ou des études de cas.

— Que puis-je faire ? demanda Jack.

— Je ne suis pas sûre de bien comprendre.

— Cet homme a été attaqué et il est au seuil de la mort. Si j'ai bien compris, il a un frère à Jasperville et une ex-épouse à Fort Mackenzie. Est-ce qu'il a des enfants ? Quelqu'un à charge ?

— Il a cinquante-sept ans. Il a eu un mariage sans enfants. Son frère vient le voir quotidiennement.» Pelletier jeta un coup d'œil à sa montre. «D'ailleurs, il sera sans doute là d'ici une demi-heure. Il vient directement après le travail. Quant à sa femme, je ne sais rien de plus. Je suis sûre qu'elle a été informée par le sergent Nadeau, mais elle n'est pas venue et je n'ai rien entendu dire qui m'ait laissée croire qu'elle le ferait.

— Je pense que je me sens en partie responsable, dit Jack.

— Vous n'étiez pas là, monsieur Devereaux. Et, comme vous l'avez dit, ça fait plus de vingt-cinq ans que vous n'avez pas vu votre frère.

— Exactement», répondit Jack.

Pelletier se pencha en avant. Ses habitudes de médecin reprenaient le dessus.

«On peut facilement voir les choses comme vous, dit-elle. C'est la nature humaine. Mais c'est parfaitement inutile. Ça ne fait de bien à personne, et certainement pas à votre frère.

— Je sais, répondit Jack, mais je suis parti et il est resté, et vous savez comme moi ce qu'un tel isolement peut faire à un être humain.

— Ça dépend, dit Pelletier. À écouter certaines personnes, elles font presque partie du paysage. Elles ne se voient vivre nulle part ailleurs. Mon père, par exemple, est tombé malade, même très malade. Il aurait fallu l'hospitaliser à Montréal. Est-ce qu'il est parti? Est-ce qu'il a même envisagé de le faire? Jamais de la vie!

— Et depuis quand êtes-vous en poste ici?

— Depuis son départ à la retraite. J'ai été à l'étranger de nombreuses années. J'ai fait mes études aux États-Unis. J'avais toujours pensé rester là-bas, fonder une famille, mais quand mon père est tombé malade, je suis revenue m'occuper de lui et je suis restée.

— Et votre mère ?

— Elle est morte au moins cinq ou six ans avant lui. » Pelletier eut un sourire inattendu. « Écoutez-moi… Voilà que vous me faites déballer toute mon histoire.

— Je suis désolé. Vous devez être très occupée. »

Jack fit mine de se lever.

« Mais pas du tout, répondit-elle. Je vous en prie. Rasseyez-vous. Si on a besoin de moi, on viendra me chercher.

— Est-ce que vous croyez…, commença Jack avant de se raviser.

— Quoi donc, monsieur Devereaux ?

— Que ce serait déplacé si je demandais à voir M. Lefebvre ?

— À quel titre ?

— Je ne sais pas, docteur. Je me sens inextricablement lié à toute cette histoire, et je me dis que plus je connaîtrai les événements et les protagonistes, plus je pourrai me montrer utile. »

Pelletier garda le silence pendant un moment, avec un air pensif.

« Je ne vois pas de mal à ça, déclara-t-elle enfin. Mais je ne peux pas vous laisser entrer dans sa chambre. Comme je l'ai dit, il est dans un état critique. Je ne tolérerai pas le bruit ou le dérangement à côté de lui. Surtout, je ne vous connais pas…

— … Et je suis le frère du fou furieux qui l'a envoyé là.

— Ce n'est pas la formule que j'aurais employée, mais c'est vrai que ça compte aussi. »

Pelletier se leva.

« Suivez-moi », dit-elle.

L'étage du centre médical était coupé en deux par une cloison de séparation. D'un côté se trouvait une unité avec six lits, dont aucun n'était occupé. L'autre moitié était occupée par quatre chambres individuelles, un couloir séparant deux chambres à droite et deux à gauche. Là aussi, les lits étaient vides, sauf celui de Jean-Paul Lefebvre.

Après le choc que lui causèrent d'abord les bandages autour de sa tête, l'intraveineuse, la solution physiologique, l'électrocardiogramme et toute la machinerie rassemblée pour suivre l'évolution de son état de santé, Jack fut frappé par la taille de cet homme.

Dans le couloir, par la fenêtre d'observation, Jack avait le nez sur le pied du lit, d'où un effet de raccourcissement. Mais, malgré cela, Lefebvre ne pouvait guère faire beaucoup plus d'un mètre soixante-dix. Jack ne comprit pas la raison de sa surprise, mais il s'était sans doute imaginé un monstre quelconque.

Il repensa à Lapointe, à l'école, et à ce qu'il avait dit des wendigos.

Très grand et très fin… Émacié, la peau tirée comme du parchemin… Le wendigo fait de l'homme un cannibale…

« Il est si petit, dit Jack sans se rendre compte qu'il parlait tout haut.

— Plus petit que votre frère, répondit Pelletier. Qui l'a attaqué par surprise. Il n'a guère eu le loisir de se défendre.

— Et il l'a attaqué avec une croix de l'église.

— C'est ça. Chez lui, la nuit.

— Nadeau m'a raconté.

— Une agression brutale, monsieur Devereaux, vicieuse, impitoyable. Il me semble évident que votre frère avait l'intention de le tuer.

— Alors pourquoi n'est-il pas allé jusqu'au bout ?

— Je n'en sais rien. J'imagine qu'il a cru que Lefebvre était mort.

— Oui, c'est aussi ma seule explication.

— Mais votre frère avait des armes à feu. À Jasperville, tout le monde a une arme à feu. Beaucoup en ont plusieurs. S'il tenait autant à tuer Lefebvre, pourquoi ne lui a-t-il pas tiré dessus ?

— Nadeau ne vous a donc rien dit ? »

Pelletier fronça les sourcils.

« Rien dit sur quoi ?

— Les wendigos. »

Pelletier eut un hoquet léger, mais vif, que même Jack entendit.

Elle pâlit, puis une rougeur apparut subitement sur ses joues.

« Vous en avez bien entendu parler, n'est-ce pas ? demanda Jack.

— Mon père me racontait toutes ces histoires pour me faire peur.

— Notre grand-père aussi. On le croyait fou. Peut-être qu'il l'était, d'ailleurs. Il était vieux, et la plupart du temps il ne savait même plus où il était. Mais il nous parlait de ce genre de choses, de ces hommes possédés qui commettaient des actes cannibales ou meurtriers.

— Et votre frère a cru…

— Oui, que Lefebvre était possédé par un wendigo. Il s'est même convaincu que Lefebvre était l'assassin de ces jeunes filles de Jasperville, Fermont et Wabush depuis 1972.

— Mon Dieu, dit Pelletier. Je n'en savais rien.

— Je pensais que vous étiez au courant, répondit Jack, qui comprenait soudain que, si Nadeau n'avait pas évoqué devant Pelletier le motif de l'agression, il n'en avait certainement parlé à personne. Vous gardez ça pour vous, n'est-ce pas ? ajouta-t-il. Dieu sait ce qui se passerait si la rumeur commençait à lier Lefebvre à ces affaires non résolues.

— Vous croyez qu'il les a tuées ?

— Je n'ai pas d'opinion, docteur.

— Je ne vous envie pas, monsieur Devereaux.

— Eh bien, disons que je me tiens actuellement pour seul responsable de ma situation. »

37

Le froid brutal n'offrit aucun répit à Jack pendant le bref retour du centre médical. Il lui parut même plus intrusif que jamais, perçant toutes ses couches de vêtements et passant à travers sa gorge, ses poumons, jusqu'au tréfonds de son être.

Une fois chez lui, Jack mit le poêle en route, alluma le feu dans le salon, fit du café, ajouta du whisky, et s'installa aussi près de la cheminée que possible.

Derrière les murs, sous le ciel de charbon plombé, l'atmosphère était d'un calme inquiétant. Le silence était unique en son genre, comme si l'air même était trop ténu pour charrier le moindre bruit. Il se rappela toutes ces nuits glaciales, les yeux dans le noir, à retourner dans son esprit les paroles de papi sur les créatures qui guettaient dehors. Quelle image repoussante avait-il plantée dans l'imagination fertile de ses petits-enfants ! En partant, Jack en avait exorcisé une partie, mais Calvis était resté, et son esprit s'était retrouvé débordé, étouffé par les sarments de la peur et de la paranoïa.

Le lendemain, il rendrait visite au frère de Lefebvre, pour voir s'il était prêt à discuter. S'il le fallait, il irait aussi trouver son ex-femme à Fort Mackenzie. Selon

Nadeau, elle n'était partie que depuis cinq ou six ans, ce qui voulait dire qu'ils avaient vécu ensemble à Jasperville pendant toute la période allant de 1971 à 2004. Un homme peut-il tuer une demi-douzaine de jeunes filles sans que sa femme et son frère s'aperçoivent de rien? Bien sûr, tout est possible. L'expérience de Jack dans les enquêtes pour incendie criminel lui avait montré que des proches, au sein d'une même famille, pouvaient nourrir des intentions destructrices inattendues et insoupçonnées. Mais il y avait quand même une différence. Brûler une maison par colère ou par vengeance, même lorsqu'il y a un élément de préméditation, n'est pas commettre une série de meurtres sur une aussi longue période. Une pulsion passagère, aussi intense qu'elle puisse être, n'est pas comparable à la préparation, à l'organisation méthodique, à la tromperie prolongée, à la duplicité et aux mensonges indéfiniment répétés d'un tueur en série dissimulant ses agissements.

Jack chercha à se concentrer sur d'autres choses. Il était près de 20 heures. Il avait faim et, malgré la fatigue, il savait que s'il ne dînait pas, il ne trouverait pas le sommeil. Il n'avait vu qu'une poignée de crackers et de la saucisse sèche dans les placards. Il faudrait qu'il aille dîner dans un bar, et il avait beau n'avoir aucune envie de ressortir, il n'avait pas le choix. Il remit donc ses bottes, une veste, un manteau et son ciré par-dessus le tout, puis noua une écharpe au-dessus de son menton, enfila ses gants et quitta la maison.

Étonnamment, l'agitation bruyante du bar fut plus que bienvenue. Jack, anonyme, n'était qu'un visage neuf et inconnu dans un océan de visages en perpétuel mouvement. Il commanda un bouillon de viande au comptoir, but deux whiskys en attendant, puis s'installa à une table au coin. Un jukebox jouait des chansons qu'il ne connaissait pas, la plupart en français, mais de temps en temps s'élevait une voix connue, comme celle de Merle Haggard ou de Willie Nelson. Jack plongea ses morceaux de pain de seigle brun dans son bouillon, et il eut l'impression en terminant d'avoir assez mangé pour deux jours. Il rapporta son bol, commanda un nouveau whisky, puis regagna sa place et prit le temps d'observer les gens autour de lui.

Partout, il avait l'impression de voir son père. Ce n'étaient que des ouvriers pleins d'assurance, bagarreurs, brusques et sans concession. Leur vie paraissait simple, même si Jack savait que ce n'était qu'une impression superficielle. À voir Henri Devereaux, il eût été facile d'en croire autant de lui : un homme viril, prêt à suer et à se salir, aussi porté sur l'alcool que peu enclin à la discussion. Le genre d'homme qui ne dit rien de ses pensées intimes, de ses sentiments, de ses angoisses ni de ses aspirations. Le genre d'homme qui est entièrement à l'intérieur ce qu'il laisse voir à l'extérieur, aussi clair et transparent que son travail à l'usine. Pourtant, c'était loin d'être la réalité. Henri Devereaux croulait sous le poids de la culpabilité et des secrets. Son beau-père avait fui son pays d'origine avec une fille qui avait renoncé à sa vocation pour l'épouser, lui, homme de peu de perspectives. Attiré par une promesse de richesse et de sécurité, il les avait entraînés dans un désert blanc et creux. Son beau-père avait perdu la tête, sa fille avait mis fin à ses jours, et sa femme, devenue folle, en avait fait autant. Puis les dernières amarres avaient lâché et Henri avait perdu sa santé mentale. C'était une litanie sans fin d'affres et de tragédies.

« Maintenant, je sais qui vous êtes. »

Jack leva les yeux.

« Martin ! » dit-il.

Le jeune homme était devant lui.

« Ma mère n'arrêtait pas de parler de vous. »

Il avait un visage inexpressif, comme s'il était porteur d'un message dénué de signification personnelle.

Par réflexe, Jack eut immédiatement envie de demander : *Que disait-elle ?* Mais il se ravisa :

« Je t'offre un verre ?

— Oui, répondit Martin. Pareil que vous.

— Quel âge as-tu ? Tu as le droit d'être ici, au moins ?

— Tout le monde s'en fout, mon gars. De toute façon, comment ils peuvent savoir pour qui est le verre ? » Il s'arrêta, et lança à Jack un sourire narquois. « Mais si vous préférez que je m'en aille sans vous parler de ma mère, c'est votre choix. »

Jack n'hésita que l'espace d'une seconde. En se dirigeant vers le comptoir, il se retourna et vit Martin prendre une chaise à une table voisine pour s'installer.

Quand il regagna sa place, ils se retrouvèrent face à face.

« Santé », dit Jack en levant son verre.

Martin hocha la tête, mais ne répondit pas.

« Tu es sûr que ta mère ne verrait pas d'objection à ce qu'on parle ?

— Je fais ce que je veux, rétorqua Martin.

— Il y a quelque chose en particulier que tu voulais me dire ?

— En fait, j'avais surtout envie de savoir si vous étiez vraiment le trou du cul dont elle m'a parlé.

— Je vois qu'elle a nuancé ses propos pour ne pas te choquer.

— Je vois surtout qu'elle a exagéré parce qu'elle se sait tout aussi responsable que vous de ce qui s'est passé.

— Et d'après toi, Martin, qu'est-ce qui s'est passé ? »

Martin haussa les épaules. Son attitude avait quelque chose de défiant mais, en l'écoutant parler, Jack constata que ce n'était pas de l'arrogance, plutôt un manque d'égards pour ce que les gens pouvaient penser de lui.

« Vous étiez pas censé la faire sortir de ce trou ?

— Si.

— Bon, pour vous, je sais pas, mais pour moi cette ville est le dernier endroit où j'ai envie de vivre. Je comprends qu'on puisse avoir hâte de décamper ! » Martin prit une gorgée de whisky.

« Vous avez grandi ici, c'est ça ?

— Oui.

— Une famille tout aussi givrée que la mienne, à ce qu'on m'a dit. Si je ne raconte pas n'importe quoi, votre sœur couchait avec ma tante, qui s'est fait assassiner ou tuer par une bête ou quelque chose. Et ensuite, votre sœur s'est suicidée.

— Tu ne mets jamais de gants, hein, Martin ? »

Martin haussa les épaules.

« Pour quoi faire ? Soit c'est vrai, soit c'est faux. Si je vous ai contrarié, dites-moi d'aller me faire foutre. On va pas s'embêter. J'essaie juste de comprendre la dynamique de toute cette merde, avec ma mère en plein milieu qui porte la misère du monde sur ses épaules. En tout cas c'est comme ça que je vois le tableau.

— D'accord, dit Jack. Tu as raison. Ton portrait de moi n'est pas très éloigné de la réalité. Ma sœur et ta tante étaient amoureuses. Ma mère et ta grand-mère ont essayé de les séparer. Et à partir de là tout a déraillé.

— N'importe quoi. C'est complètement débile.

— Quoi donc ?

— De séparer les gens. D'essayer d'en faire ce qu'ils ne sont pas. Ça rime à quoi ?

— C'était une autre époque. Tous ces événements sont arrivés pas mal de temps avant ta naissance.

— Ensuite, vous avez promis de revenir chercher ma mère, mais elle n'a plus jamais entendu parler de vous.

— C'est vrai. C'est exactement ce qui s'est passé.

— Elle a attendu très longtemps. Elle a tout essayé pour vous retrouver, mais vous aviez disparu dans la nature et elle a renoncé. Elle s'est dit que vous aviez fait ce qu'il fallait pour coucher avec elle, et que…

— Ce n'est pas vrai.

— Ah, mais allez, mon gars, je sais bien que c'est pas vrai. Rien que son attitude quand elle en parle, on voit bien que vous étiez des âmes sœurs et tout le truc. Mais vous avez merdé, vous savez, ça ? Merdé comme pas permis.

— Je sais.

— Et, tiens, si vous étiez resté avec elle, c'est peut-être vous que j'aurais eu pour père, au lieu d'un givré de plus qui s'est tiré dès qu'il a pu.

— Qui est ton père ?»

Le haussement d'épaules caractéristique s'accompagna d'un voile d'amertume dans le regard de Martin.

« Qui s'intéresse à ça ? Un mec de Montréal. Il est parti quand j'avais six, sept ans. Je me souviens pas bien de lui, pour être honnête.

— Et ta mère, combien de temps est-elle restée ici, à Jasperville ?

— Elle est partie vers 1990. Moi, je suis né en 1993. Et quand ils se sont séparés, je suis resté à Montréal avec elle jusque vers mes douze ans, on va dire. Quand papi est tombé malade, on est venus s'occuper de lui, et on est toujours là.

— Et tu as hâte de repartir, dit Jack.

— Qui peut avoir envie de rester dans un trou pareil ?

— J'avais exactement le même sentiment à ton âge.

— Alors, c'est quoi l'idée ? Pourquoi vous êtes pas revenu la chercher ?»

Jack leva les yeux au plafond, avant de les poser sur l'océan de visages dans la salle. Il secoua la tête. Un poids pesait sur lui. Il avait l'impression de se noyer dans le passé.

« Vous faites la même tête qu'elle quand je lui demande pourquoi vous l'avez abandonnée. Dites, allez m'en chercher un autre, et après, faut que je me casse. »

Jack retourna au bar et commanda deux autres verres, cette fois pour échapper au tir de mitraille des questions.

Quand il revint à table, Martin ne semblait plus avoir envie de parler de sa mère.

« Tu crois qu'elle voudra bien me pardonner un jour ? demanda Jack.

— Mais j'en sais rien, moi. Les femmes sont dingues, sans compter que c'est ma mère, celle-là. »

Martin vida son verre d'un trait.

« Vous avez des clopes ? demanda-t-il.

— Du whisky *et* des cigarettes ? Et puis quoi, encore ?

— Allez, filez-moi une clope. Et maintenant, faut que je me casse. »

Jack lui donna une cigarette. Martin se leva.

« Je vais vous dire un truc, Jack Devereaux. Je sais pas ce qui lui a pris, à votre givré de frère, mais ma mère n'a que ça à la bouche. C'était déjà comme ça avant que vous soyez là, mais maintenant c'est pire que jamais. » Il regarda du côté du comptoir. « Une ville de dingues, voilà ce que c'est. Glaciale toute l'année à se geler les couilles, et c'est à croire que ceux qui restent finissent chaque fois par perdre la boule.

— La boule ou la vie », répondit Jack.

Martin sourit.

« Dites, je sais pas, mais vous pourriez m'emmener quand vous repartez, OK ? »

38

Le lendemain matin, pas très frais, Jack prit le chemin du commissariat pour discuter avec Nadeau. Ce serait sans doute le moyen le plus efficace de savoir où vivait le frère de Lefebvre.

« Monsieur Devereaux, lui dit Nadeau lorsqu'il arriva à l'accueil. Vous m'avez épargné le trajet.

— Comment ça ?

— J'allais venir vous voir. »

Jack attendit une explication de Nadeau.

« Il y a eu une plainte de Mme Bergeron. »

Jack n'eut pas besoin que Nadeau lui en dise davantage.

« Seize ans. Whisky et cigarettes. Elle va voir ça avec son fils, mais nous, on va voir ça ensemble.

— Oui, répondit Jack. Bien sûr.

— Je vais m'abstenir de vous demander à quoi vous pensiez, pas à grand-chose, sans doute.

— Vous avez raison, dit Jack. Je n'ai pas réfléchi. »

Nadeau attendit un moment.

« Ou peut-être que si ? demanda-t-il. Je ne sais presque rien de ce qui s'est passé entre Mme Bergeron et vous, mais je sais qu'il s'est passé quelque chose. C'est vous-même qui me l'avez dit. Je suppose que vous avez essayé de soutirer des informations à son fils parce qu'elle n'avait pas voulu discuter avec vous.

— Je suis vraiment si transparent ?

— C'était votre intention ?

— Je n'en sais rien, sergent, dit Jack. J'étais fatigué, et j'avais déjà descendu deux ou trois whiskys. Il est venu, il semblait avoir envie de discuter. Je n'avais aucune raison de l'en décourager.

— Ce que vous avez fait est illégal. Vous le comprenez, n'est-ce pas ?

— Oui.

— Comme Mme Bergeron n'a pas formellement porté plainte, vous vous en tirez avec un avertissement. Vous ne pouvez pas débarquer chez nous et faire ce qui vous chante, monsieur Devereaux, surtout dans des circonstances comme celles-ci. Les mœurs de Jasperville ne sont pas celles de Montréal, et vous êtes bien placé pour le savoir.

— Toutes mes excuses, sergent Nadeau. Et si vous pouviez les transmettre aussi à Mme Bergeron, j'apprécierais. Dites-lui que je n'ai pas eu l'intention de faire du tort à qui que ce soit, et que je ne lui donnerai plus aucune raison de se plaindre.

— Très bien, dit Nadeau. Aviez-vous un autre objectif en venant ici ?

— Oui. Je voulais savoir si je pouvais aller discuter avec le frère de Lefebvre.

— Vous ne croyez pas qu'il serait plus indiqué de commencer par le vôtre ?

— Euh… si. Si, bien sûr. Il est réveillé ?

— Oui. Il a demandé si vous étiez toujours là.

— Vous vous moquez de moi ?

— Non. Il a pris un petit déjeuner, et il a demandé des nouvelles de vous. Comme je vous l'avais dit, il change d'un jour à l'autre. Aujourd'hui, il est communicatif. Il semblerait qu'il veuille vous raconter ce qui s'est passé.

— Avec Lefebvre ?

— Je suppose, monsieur Devereaux. C'est tout ce qu'il a bien voulu me dire. Qu'il veut vous raconter ce qui s'est passé. »

Calvis, qui avait pris une douche, avait les cheveux peignés, plaqués vers l'arrière du crâne. Sa barbe, quoique épaisse, n'était plus hirsute et graisseuse. Jack distinguait mieux son visage, et il était impossible de ne pas voir qu'il était son petit frère.

Jack attendit que Calvis comprenne qui était son visiteur. Ensuite, il lui sourit. Un sourire sincère qui venait du cœur. Jack sentait en lui un élan d'émotion familier qui lui avait très cruellement manqué. Il n'avait aimé personne autant que son frère. Carine, certes, il l'avait aimée aussi, autant qu'il est possible d'aimer, mais ce n'était pas pareil. Calvis, c'était le sang. De toute l'humanité, Calvis était la personne la plus proche de lui. Ils se ressemblaient de visage, de voix, même leur attitude et leur démarche étaient similaires. Quand on en voyait un, on voyait l'autre, comme si une force spirituelle accordait les deux corps à l'unisson.

« Calvis, dit Jack.

— Jacques », répondit Calvis, l'inflexion québécoise parfaitement claire dans sa prononciation.

Calvis quitta sa couchette et, l'espace d'un instant, garda les bras pendants le long des flancs, les paumes tournées vers l'extérieur. C'était une invitation pour que Jack s'approche, s'avance dans le couloir et se place à un endroit où ils pourraient se voir clairement.

La route semblait si longue ! Jack sentit son cœur battre, son pouls s'emballer, sa bouche devenir sèche.

Deux mètres les séparaient, sans rien d'autre entre eux que les barreaux de la cellule de détention.

Calvis s'avança au point que le bout de ses chaussures toucha le rail d'acier au sol. Lentement, non sans hésitation, il passa la main droite à travers les barreaux. Jack se retourna. Nadeau était descendu derrière lui.

Jack leva les sourcils.

Nadeau mit la main en appui sur la crosse de son revolver, puis il hocha la tête.

Jack tendit le bras. Leurs mains se rencontrèrent. Calvis s'accrocha résolument, puis ferma les yeux et se mit à pleurer. Il remuait à peine. Sa poitrine montait et redescendait. Il respirait avec difficulté, en hoquetant. Les larmes passèrent au-dessus de ses paupières inférieures et roulèrent le long de ses joues.

Jack était bouleversé. Il voulait lâcher la main de Calvis, mais n'osait pas. Il avait envie de fuir loin de ce sous-sol, de ressortir dans la rue et dans la lumière du jour, dure et glaciale. Il avait envie de courir, à toutes jambes, jusqu'à un lieu où personne ne viendrait jamais le chercher. Il savait que ce serait inutile. Les émotions qu'il éprouvait prenaient leur source au plus profond de lui. Elles le suivraient partout, même s'il allait au bout du monde.

« Mon frère », dit Calvis.

Jack ne put parler.

Nadeau arriva derrière lui. Il avait une chaise pliante, qu'il installa. Jack lâcha la main de Calvis et recula de quelques pas. Calvis le regarda. Il sourit à nouveau et, avec la manche de sa chemise, il essuya les larmes sur ses joues.

Calvis et Jack s'assirent au même moment.

Nadeau recula jusqu'au bas de l'escalier.

« Tu n'es jamais revenu, dit Calvis. Je le voulais, mais tu ne l'as jamais fait.

— Je sais, dit Jack, et je suis désolé. Tu n'as pas idée à quel point je suis désolé de t'avoir abandonné ici. »

Calvis esquissa un sourire compréhensif.

« Je crois que si, répondit-il. J'ai souvent imaginé ce que ça m'aurait fait, si c'était moi qui t'avais tourné le dos. Je crois que je n'aurais pas pu me regarder dans la glace.

— Dans la glace, si. Dans les yeux, c'est une autre histoire.

— Je pensais que nous étions pareils, mais nous sommes très différents. Les choses sont allées en empirant, Jacques. Papa buvait de plus en plus. Il était distant, il était violent, il m'a fait beaucoup de mal. »

Jack ferma les yeux et baissa la tête.

« Parfois, la nuit, il venait me réveiller. Il me faisait sortir du lit, et on partait avec nos pelles jeter de la neige contre la porte de derrière. On tassait bien, ça faisait comme un mur contre la porte, et il me disait que comme ça on les empêcherait de rentrer. »

Jack leva les yeux.

« Il me disait qu'ils étaient là. Les morts. Les disparus, tous ceux qui s'étaient perdus et n'étaient jamais rentrés. Il me disait que c'était le wendigo qui les avait emportés.

— Calvis…

— Je sais que ce n'est qu'une histoire de fantômes, Jacques. Je le sais. Je ne suis pas fou, tu vois ? Papa, peut-être, mais pas moi.

— Alors, qu'est-ce qui t'a pris avec cet homme ? Tu l'as attaqué et tu l'as gravement blessé. Il y a de fortes chances qu'il en meure. Tu le sais, n'est-ce pas ?

— Ce que nous avons toujours craint, ce sont les hommes. Quand on dit qu'un homme est possédé par l'esprit du mal, que son cœur est noirci par le péché et qu'il est tenté par le diable, ce n'est que de la superstition. Le diable n'existe pas. Dieu non plus. On peut toujours prier, les prières ne rhabilleront pas le lapin, n'est-ce pas ? »

Calvis se pencha en avant, posa ses coudes sur ses genoux, puis serra ses deux mains paume contre paume. Il s'exprimait avec une telle clarté qu'il était difficile de ne pas être hypnotisé. Jack ne voyait pas d'autre mot pour décrire ce qu'il éprouvait. Son frère lui expliquait ce qui s'était passé avec beaucoup plus de certitude et de conviction que lui-même.

« Il y a bien des choses, Jacques, qui se tapissent dans les ombres, mais c'est dans l'esprit des hommes que se trouvent ces ombres. Pensées, imagination, projections… On se convainc soi-même que ce qu'on voit et ce qu'on croit voir ne font qu'un, mais non.

C'est rarement le cas. On accorde à un homme le bénéfice du doute, même lorsqu'il est méchant, car on sait qu'on n'est pas soi-même exempt de reproches et on aimerait être traité avec la même clémence. On fait trop confiance. On a une foi excessive dans la nature profonde de l'homme. Mais il y a des hommes faibles, des hommes vulnérables, qui peuvent se laisser envahir par une idée, par une croyance, et ils passent pour des hommes réellement possédés alors que ce sont eux qui ont créé cette possession. Ils veulent croire que c'est un autre être qui les pousse à faire des choses terribles, à commettre des actes barbares, et ils tiennent à cette hypothèse tout autant que nous.

— Je ne comprends pas le rapport avec…

— Lefebvre ? » demanda Calvis.

Jack hocha la tête.

« Lefebvre est un homme faible. Regarde bien, Jack. Tu verras. Les circonstances. Et les coïncidences. Trop de liens l'associent aux événements survenus ici. Il est possédé par le wendigo, mais c'est une possession née de son imagination.

— Mais ce n'est pas son imagination que tu as agressée, Calvis. C'est lui. Il est à l'hôpital, où je l'ai vu.

— Ce que tu as vu, Jacques, c'est le corps qui est occupé par l'idée. Qui tient le couteau. Qui étrangle et qui viole. Qui creuse les trous où sont enterrées les victimes. Mais le moteur de tout ça, c'est l'esprit. C'est lui qui est à l'origine de tout. Qui a créé le wendigo, la soif de sang, de meurtre, le besoin d'infliger la douleur, la violence à ces pauvres filles.

— Et tu crois que Lefebvre est un homme de ce genre? Qu'il est habité par l'idée qu'il est un wendigo, et par la soif de tuer?

— Je ne le crois pas, Jacques. Je le *sais.* »

Jack prit une grande respiration. Calvis semblait si calme, si clair dans son raisonnement.

Un bref instant, il détourna les yeux. Nadeau était à moins de trois mètres de là. Il n'avait pas bougé, pas dit un mot.

Une sonnerie à l'étage vint soudain ponctuer le silence du sous-sol.

« Tout va bien? demanda Nadeau.

— Oui. Oui, bien sûr », répondit Jack.

Nadeau monta pour décrocher le combiné.

Jack le regarda s'éloigner. Pendant ces brefs moments, il se sentit plus posé qu'il ne l'avait jamais été depuis le jour où il avait pris l'appel du sergent à Montréal. Calvis avait toute sa lucidité, tout ce qu'il racontait avait du sens. C'était étrange, sans doute, et ça tenait même du cauchemar, mais il ne parlait pas de créatures à la peau tirée comme du parchemin et aux yeux caves qui rôdaient dans les nuits de Jasperville pour tailler des jeunes femmes en pièces. Il parlait uniquement d'un homme – malade, dangereux, mais pas moins homme – qui était possédé par une idée, par une croyance, par une superstition.

Dans cette poignée de secondes où Jack tourna le dos à son frère, il entrevit la convalescence de Lefebvre, la probable condamnation de Calvis à plusieurs années de prison, après quoi, oui, il devrait trouver le moyen de lui rendre visite, de passer du temps avec lui, de contribuer à son rétablissement, à sa réhabilitation, mais ce n'était là qu'un espoir. Ténu, certes, mais au moins, c'était la première lueur d'espoir dans tout ce cauchemar.

Quand il refit face à son frère, il savait exactement quoi dire, il savait précisément comment s'y prendre.

Calvis – les mains agrippées aux barreaux, la tête enfoncée avec tant de force que les veines saillaient sur son front et jusque dans son cou – se mit à chuchoter entre ses dents.

« Maintenant, Jacques, c'est à toi de terminer le travail. Oui, à toi de le terminer. Va achever cette créature au centre médical. Fais-le tout de suite, tant qu'elle est faible.

— Calvis…

— Tout de suite, Jacques », répéta Calvis. Il parlait dans un murmure tendu et désespéré, chargé d'une grande force, d'une grande terreur, et d'une grande insistance dans chaque syllabe. « Ne perds pas une seconde. Elle est puissante. Elle trouvera le moyen de revenir. Et elle tuera… »

Jack, incapable de parler, ouvrit la bouche, mais aucun son ne vint. Il se leva, fit un premier pas en arrière. La chaise tomba par terre. Il fit un second pas. Son pied se prit dans le barreau. Il perdit l'équilibre et, titubant, partit de côté jusqu'au mur, où il se remit droit. Il se tourna vers la cellule où, encore et encore, son frère lui répétait d'aller tuer Lefebvre au centre médical.

Toute idée de dénouement heureux s'évanouit en moins de temps qu'un battement de cœur.

Calvis, agrippé aux barreaux, s'agitait comme un animal en cage, prêt à tout pour sortir et finir le travail qu'il avait commencé.

Ce n'était plus son petit frère que voyait Jack, mais la folie où l'avaient plongé vingt-six ans d'échec et d'abandon. Ce qui l'effrayait plus que tout, c'était qu'il avait aussi l'impression de voir son père.

Il lui fut difficile de respirer, difficile même de voir, car ses yeux se remplirent de larmes. La main au mur pour garder l'équilibre, il traversa le couloir jusqu'au bas des marches, où il parvint juste au moment où Nadeau apparaissait en haut de l'escalier.

« Qu'est-ce qui se passe ? » demanda Nadeau.

Jack ne répondit rien. Il agrippa la rampe, monta l'escalier quatre à quatre, passa devant Nadeau et sortit dans la rue.

L'air froid le frappa comme un poing. Il se recroquevilla sur lui-même, comme pour vomir dans la neige. La douleur lui transperçait la poitrine, la gorge. Il attrapa la balustrade en oubliant que sa peau nue accrocherait immédiatement au métal.

Nadeau arriva derrière lui et déposa une main sur son épaule.

« Ça va, monsieur Devereaux ?

— J'ai juste… besoin d'air, répondit Jack. Je vais m'en remettre. J'ai juste besoin d'air. Je vais respirer un moment.

— Tenez, dit Nadeau en donnant ses gants à Jack.

— Merci, répondit Jack.

— Qu'est-ce qu'il vous a dit ? demanda Nadeau.

— D'aller tuer Lefebvre au centre médical. »

Nadeau hocha la tête sans manifester la moindre surprise.

« Voilà pourquoi je vous ai fait venir, monsieur Devereaux. Je ne peux pas le garder ici, mais je ne peux pas non plus le transférer à Sept-Îles ni à Montréal. Quand le printemps viendra, peut-être qu'on m'enverra des gens qui ont de l'expérience dans le transport de prisonniers. Mais, d'ici là, c'est moi qui suis responsable de lui.

— Et moi aussi, dit Jack. Je suis bien plus responsable de lui que vous, d'ailleurs.

— On ne peut pas revenir dans le passé, dit Nadeau. Ce qui est arrivé est arrivé. Pourquoi ? C'est secondaire.

— Je sais, dit Jack. Je comprends complètement.

— Vous croyez ce que raconte votre frère ?

— Ce qu'il raconte ? Quoi, plus exactement ?

— Pas cette histoire de wendigo. Seulement ce qu'il dit sur Lefebvre. Vous croyez que c'est Lefebvre qui a assassiné ces filles ? »

Jack regarda Nadeau. Qu'avait-il fait avant de débarquer à Jasperville ? Agent de la circulation, obscur employé de bureau envoyant des contraventions pour excès de vitesse, peut-être une manifestation de rue de temps en temps, ou une intervention dans une fête de jeunes pour tapage nocturne ? Il était clairement dépassé, il ne maîtrisait ni le protocole ni les précédents dans ce genre d'affaires, mais sa position l'obligeait à remplir cette charge officielle.

« Je n'en sais rien, dit Jack. Je n'ai pas l'ombre d'une idée. Et vous ? »

Nadeau ne répondit pas à cette question. Il se contenta de regarder Jack pendant une dizaine de secondes.

« Je vais faire un peu de café, dit-il ensuite. Venez quand vous êtes prêt. »

39

Jack résuma autant que possible les propos de Calvis à Nadeau.

Une fois rentré chez lui, sans se soucier de la vague d'émotions intense, impitoyable, qui semblait prête à le submerger, il se plongea dans les carnets de Calvis, remontant à des pages antérieures, essayant d'associer des notes marginales à des dates indiquées dans un calendrier, déchiffrant à grand-peine l'écriture illisible de son frère et ses propos cryptiques.

Calvis avait cherché à résoudre l'énigme avec autant d'ardeur que Jack avait cherché à l'ignorer. Il était maintenant clair – ne fût-ce qu'à cause de cet éclat dans la cellule – que l'obsession de Calvis avait atteint un niveau quasi psychotique. Jack n'arrivait même pas à le considérer comme fou. Comment peut-on qualifier une personne telle que lui ? qui considère comme fausse la vérité de la majorité – et vice versa ? qui s'est créé une « réalité » entretenant si peu de rapports avec la réalité acceptée qu'elle passe pour pur délire – mais selon quels critères ? La question qui taraudait Jack était de savoir si lui-même ne devait pas être taxé de fou. Il s'était coupé de sa famille et de tous ses contacts ; il avait menti sur son passé, voilé les détails concernant sa fratrie et ses parents ; il s'était créé une vie de ruses et de distractions dont chacune était conçue pour détourner l'attention de sa personnalité et de ses origines. Même Caroline, avec qui il avait partagé plus de deux ans de sa vie, n'avait jamais entendu parler de Jasperville. Elle ne savait même pas que le père de Jack était interné dans une institution à Saguenay, ni que sa sœur et sa mère s'étaient suicidées.

La question se posait : s'il avait investi tout ce temps, toute cette énergie à maquiller la personne qu'il était, alors qui était cette personne ? Le savait-il seulement ?

Tant de choses enterrées, perdues, tant de souvenirs cachés et travestis.

Jack enfila son manteau et ses gants et sortit le fauteuil à bascule de papi sur la galerie.

En regardant vers l'horizon, il réalisa qu'il ne pouvait plus faire autrement. Il fallait qu'il comprenne. Qu'il sache comment Calvis était arrivé à une telle conclusion sur Lefebvre. Abstraction faite de tout surnaturel, Lefebvre était-il l'auteur d'une série de meurtres commis sur une période de près de vingt ans, ou bien Calvis avait-il jugé et tenté d'exécuter un parfait innocent ? C'était la seule question qui méritait un réel examen, et Jack était la seule personne ayant un intérêt propre à lui trouver une réponse.

Nadeau ferait de son mieux. Sa seule obligation était de suivre la lettre de la loi au maximum de ses compétences. En cas de mort de Lefebvre, il faudrait que Canada Iron intervienne. Calvis et Lefebvre étaient des employés de ce mastodonte, et si quelqu'un avait les moyens de faire transférer un homme à Montréal, c'était bien eux.

Jack, tenaillé par le froid, fuma encore une cigarette avant de rentrer. Il remua le feu dans la cheminée puis dans le poêle. La maison ne tarda pas à se réchauffer suffisamment pour qu'il puisse retirer son manteau et ses gants. À l'époque où il l'avait habitée, il était bien plus jeune – plus fort, plus sain, doué à la fois d'une meilleure constitution et d'un meilleur métabolisme. Il avait dû lutter contre le froid comme contre tout le reste, en se débrouillant chaque jour pour faire les allers-retours à l'école, à la pension ou au magasin général pour sa mère.

Il regarda les éléments réunis par Calvis au fil des ans. Il devait bien y avoir un fil directeur. Peut-être était-ce un fil imaginaire, le postulat de départ étant désastreusement faux. Jack devait poursuivre ses recherches jusqu'au moment où soit il verrait quelque chose, soit il aurait tous les éléments pour conclure qu'il n'y avait rien à voir.

Les jours de présence de Lefebvre ; les jours où il était porté malade ou en congé. La moindre absence à Canada Iron était consignée dans les carnets de Calvis. Sur plus de vingt-cinq ans, il y en avait des dizaines, et chaque date était entourée de rouge dans un carnet, sur un calendrier, ou bien soulignée trois fois sur une feuille volante. Calvis avait détaillé les itinéraires qu'il avait empruntés dans ses tentatives de le suivre où qu'il aille, quoi qu'il fasse. Sur une feuille volante, Jack trouva une référence à la *Photo nº 71*. Que Calvis ait pu faire des photos n'avait jamais traversé l'esprit de Jack. Où les avait-il mises ?

La chambre de papi ne comportait pas beaucoup de meubles. Un seul fauteuil, une table basse, sous la fenêtre une petite bibliothèque ne contenant que des vieux exemplaires du *National Geographic* accumulés par Juliette et lui. Il n'y avait pas de boîtes, pas d'albums photos, pas de classeurs de négatifs ni de tirages. Combien de photos avait-il prises ? Seulement de Lefebvre ? L'injonction d'éloignement qu'avait mentionnée Nadeau ne remontait qu'à l'année précédente. Calvis s'était-il livré ni plus ni moins à une filature en règle pendant toutes les années qui avaient précédé ?

Il fallait que Jack réussisse à retrouver le jour où Calvis était parvenu à cette conclusion concernant Lefebvre. Il n'eut pas à chercher longtemps. La mort de Madeleine Desjardins en mai 1990 était selon toute apparence l'événement qui avait tout bouleversé. C'était à partir de ce jour que Calvis s'était mis à pointer les horaires de travail de Lefebvre sur les dix-huit années précédentes, jusqu'à la mort de Lisette Roy. Et après mai 1990 ? Plus de morts ? Cela représentait non moins de deux décennies, et aucune explication n'était offerte sur cette période.

Jack se plongea dans la petite quantité d'informations disponibles sur Madeleine. À côté d'un bref paragraphe dans un article de journal rapportant sa disparition et la découverte de son cadavre, il y avait une page et demie dans les carnets de Calvis. Madeleine, seize ans à peine, était la fille de Fabien et Valérie, proches de la quarantaine, arrivés à Jasperville un an plus tôt. Le père était un arpenteur que Canada Iron avait détaché de Sept-Îles le temps d'une brève mission dans le but d'évaluer la rentabilité commerciale d'une extension de mine vers le nord-ouest. Trois mois à tout casser, assez cependant pour qu'il ait voulu être accompagné de sa femme et de sa fille. Vingt ans plus tard, il regrettait sans doute toujours autant son geste. Jack ne connaissait que trop la portée, l'impact de telles décisions.

Valérie Desjardins assurait un temps partiel en milieu scolaire. Selon les carnets de Calvis, elle remplissait de menues tâches administratives et se faisait clairement assister par sa fille dans certaines circonstances. Le jeudi 17 mai, Madeleine était partie au terminal ferroviaire pour récupérer un paquet de sujets d'examen. La journée de cours était presque finie, et il faisait déjà nuit. Sans nouvelles de sa fille, Valérie avait contacté son mari au bout de deux heures. Il était descendu de la fonderie et s'était entretenu avec le sergent, Emmanuel Gaillard. Il était alors près de 18 heures. Confronté aux mêmes défis que d'habitude – obscurité, difficulté de mener des recherches au-delà des abords des lotissements et des chemins connus –, le groupe avait renoncé vers 21 heures. Selon les carnets, Fabien et sa femme avaient poursuivi les recherches jusqu'à près de minuit. Jack savait à quel point une expérience de ce genre pouvait miner le moral – chercher sans espoir de rien voir, chercher sans espoir de trouver.

Le corps de la jeune fille fut découvert le lendemain matin. Calvis avait fait un croquis de l'endroit. Le lieu de la découverte était indiqué précisément, en lien avec celui de Thérèse Bergeron. Une note en marge précisait : *Env. 30 mètres.*

Le dernier paragraphe de la page concernait Lefebvre.

J-P L était sur le deuxième créneau du matin le jeudi 17. Parti à 15 h 15. MD est partie de l'école pour le terminal ferroviaire vers la même heure. Presque aucune chance qu'ils ne se soient pas croisés s'ils ont pris les itinéraires les plus évidents, MD dans un sens, J-P L dans l'autre.

Jack tourna la page. Calvis avait ajouté : *Rien dans le journal sur la cause de la mort, mais j'ai discuté avec Gaillard. MD a été lacérée à plusieurs reprises avec un objet tranchant. Étranglée. Importante perte de sang. Pas d'agression sexuelle. Rage. Furie. Intention de détruire. Voilà ce qui ressort pour moi. J-P L n'a pas d'enfant à lui. Impuissance? Détruire toute trace de sa faiblesse? Un raisonnement tordu : s'il ne peut pas avoir d'enfant, alors personne ne peut?*

Jack remonta dans le temps. Avant Madeleine, il y avait eu Geneviève Beaulieu à Fermont et Virginie Fortin à Jasperville – la jeune fille retrouvée tête contre terre dans le cimetière. Encore avant, il y avait eu Estelle Poirier à Menihek, Fleur Dillard à Wabush fin 1979, et Thérèse Bergeron.

Vingt années d'intervalle. Quatre villes différentes. Des écarts d'à peine plus d'un an à près de quatre ans – écarts qui ne voulaient d'ailleurs pas dire grand-chose, car il avait tout à fait pu y avoir d'autres cas, inconnus de Calvis, voire des autorités. Les meurtres donnaient eux-mêmes l'impression d'avoir été improvisés plutôt que soigneusement prémédités. Strangulation, tentative de viol, rage furieuse, volonté de causer autant de dégâts corporels que possible. Il s'agissait d'actes d'une sauvagerie brutale, irréfléchie, qui pouvaient plutôt passer pour des mises à mort sacrificielles que pour des exécutions méthodiques. Telle était du moins l'idée qui se dégageait dans l'esprit de Jack. Quelque chose de sacrificiel. Calvis s'était servi du mot « rituel », mais celui-ci suggérait une séquence ordonnée d'événements. Ces meurtres étaient très différents, quoique assez similaires pour être attribuables au même auteur. Un sacrifice correspond aussi à un but particulier. Il est *adressé* à quelqu'un, peut-être dans le but d'éviter quelque chose.

Jack s'était rendu au commissariat pour savoir où vivait le frère de Lefebvre. La discussion sur la plainte de Carine et les événements survenus avec Calvis l'avaient empêché de glaner cette information. Sans doute sa réticence à la demander à Nadeau avait-elle joué aussi. Il savait que Nadeau chercherait à le dissuader, mais Jack avait la ferme intention de rencontrer cet homme, qui pourrait l'aider à donner du sens aux événements. Il envisagea de retourner au centre médical et d'attendre l'heure de sa visite, mais il tenait vraiment à discuter loin des regards et des oreilles.

Il pensa soudain au magasin général. Il y avait un téléphone là-bas.

Jack s'habilla sans tarder pour y aller, mais son projet tomba tout aussi vite à l'eau.

« Les lignes sont coupées, lui dit le patron.

— J'étais au commissariat cet après-midi et le téléphone a sonné. »

Le patron haussa les épaules.

« Je ne sais pas quoi vous dire. Si vous cherchez un service fiable, vous n'êtes pas au bon endroit. »

Jack restait campé sans savoir quoi faire.

« C'était urgent ?

— Je voulais seulement trouver l'adresse de quelqu'un, dit Jack.

— Quelqu'un de Jasperville ?

— Oui.

— Qui ?

— Lefebvre. »

Le patron fronça les sourcils.

« Pas le blessé au centre médical ?

— Non, son frère, Guy.

— Eh bien, il suffit d'aller le voir. Il vit là-bas, à moins de cinq cents mètres du centre.

— Vous avez son adresse ? demanda Jack.

— Je connais la maison. »

Sur le perron, Jack écouta ses instructions.

« Vous ne pouvez pas la rater. Il y a trois fenêtres à droite de la porte d'entrée, et une à gauche. »

Jack le remercia. Retournant dans le magasin, il acheta une bouteille de whisky et deux paquets de cigarettes. Il en fuma deux pendant le trajet. Il avait le ventre noué. Il ne savait pas comment il serait reçu, mais un proche de Calvis Devereaux serait forcément la dernière personne que Guy Lefebvre aurait envie de voir.

40

La crainte de Jack n'aurait guère pu être plus infondée.

À peine Guy Lefebvre eut-il ouvert la porte qu'il s'exclama :

« Vous êtes le frère, n'est-ce pas ?

— De Calvis Devereaux. Effectivement, monsieur.

— Et comment vous appelez-vous ?

— Jack.

— Jack ou Jacques ?

— Jacques, vous avez raison. »

Lefebvre l'examina pendant quelques secondes.

« Et vous êtes aussi frappadingue que celui du commissariat ? finit-il par demander.

— Un peu dingue sur les bords, peut-être, mais pas de la même manière.

— Eh bien, j'imagine que je dois vous croire sur parole. Entrez donc. »

L'air dans la maison était chaud, et Jack reconnut l'odeur caractéristique du ragoût de caribou.

« Vous faites la cuisine ? Je ne veux pas vous déranger si vous préparez le repas.

— Vous avez mangé ?

— Euh… non. Je n’ai pas encore dîné.

— Eh bien, ne soyez pas malpoli et acceptez l’assiette que je vous offre.

— C’est très gentil de votre part, dit Jack tout en sortant la bouteille de la poche de son manteau.

— On boira ça avec», dit Lefebvre.

La cuisine était à peu près de la même taille et agencée de la même manière que celle des Devereaux. Lefebvre sortit deux verres. Jack versa le whisky.

«Aux lointains amis du beau monde, et aux proches amis du bas monde», dit Lefebvre en trinquant.

Ils vidèrent leurs verres, que Jack remplit de nouveau.

Lefebvre s’installa et fit signe à Jack de prendre place à table.

«Je n’attendais personne, dit Lefebvre, et j’aurais plutôt cru à une visite du sergent. Mais il sait sans doute déjà que je ne suis pas dans les meilleurs termes avec mon frère.» Lefebvre sirota son whisky. «Pas encore mort?

— En tout cas, pas que je sache, répondit Jack. Vous n’êtes pas allé le voir? La dame du centre m’a dit que vous y alliez tous les jours.

— Tiens donc.

— Je pensais aller vous trouver là-bas, mais je me suis dit qu’il valait mieux vous voir en privé.

— Et comment m’avez-vous trouvé?

— Le patron du magasin général.»

Lefebvre sourit.

«Tout le monde a l’air ravi de fourrer son nez dans les affaires des autres.

— Comment avez-vous compris que c'était moi, au moment où vous avez ouvert la porte ?

— J'ai déjà vu votre frère, dit Lefebvre. Et j'ai rencontré votre père avant qu'il ne perde la tête. J'en ai entendu assez pour savoir que vous avez eu votre lot de malheurs dans la famille. Vous êtes parti longtemps, n'est-ce pas ?

— Vingt-six ans.

— À Sept-Îles ?

— À Montréal.

— Et qu'avez-vous fait là-bas pendant vingt-six ans ?

— J'ai cherché des raisons de ne pas revenir », répondit Jack.

Lefebvre regarda Jack avec attention pendant quelques secondes, puis sourit d'un air entendu.

« Oui, j'imagine, dit-il. À un certain moment, nous autres, on est ici depuis si longtemps qu'on ne pense plus pouvoir s'habituer à vivre ailleurs. »

Lefebvre se leva pour se diriger vers le poêle. Il retira le couvercle d'une casserole et remua le ragoût un petit moment.

Revenu à table, il fit glisser son verre en direction de Jack, qui lui versa une nouvelle dose avant d'en faire autant pour lui.

« Vous auriez dû en apporter une plus grande, dit Lefebvre.

— Si j'avais su que vous m'inviteriez, c'est ce que j'aurais fait.

— Peut-être aviez-vous peur que j'essaie de vous tuer aussi ?

— Peut-être.

— Eh bien, je ne sais pas quoi vous dire, Jacques Devereaux. Mon frère et moi, on est brouillés. Ça fait belle lurette qu'on n'est plus sur la même longueur d'onde, et j'ai même oublié l'élément déclencheur. Une histoire de gonzesse, très certainement. Et maintenant, cette agression… »

Il tapota son verre contre la bouteille vide.

« Et, s'il meurt, que se passe-t-il ? demanda Jack.

— Eh bien, moi, j'irai à son enterrement, et vous, vous rendrez visite à Calvis dans sa petite cellule au bout d'un long couloir jusqu'à la fin de ses jours. À moins, bien sûr, que ce ne soit Jean-Paul qui ait taillé toutes ces jeunes filles en petits morceaux. Alors Calvis recevra une médaille et même peut-être une loge de chasse dans les montagnes.

— Vous pensez que… »

Lefebvre eut un sourire narquois.

« Écoutez, je ne sais même pas par où commencer. Tout ce que j'entends me paraît sans queue ni tête.

— Calvis semble s'être mis dans le crâne que votre frère est un assassin. C'est pour ça qu'il l'a agressé. »

Lefebvre prit un air chagrin.

« Un fou fait des choses folles, n'est-ce pas ? Et si tout ce que j'entends est vrai, Calvis est un fou d'un genre bien particulier.

— Vous êtes à Jasperville depuis aussi longtemps que votre frère ?

— Non, je suis arrivé le premier. Fin 1969. Peu après vous si ma mémoire est bonne. Jean-Paul a quelques années de moins que moi. Il est arrivé fin 1971. À dix-neuf ans. Il espérait faire fortune avant vingt-cinq ans et retourner en ville, se marier et fonder une famille. Rien de bien original.

— Mais Jasperville vous empêche de repartir, n'est-ce pas ? demanda Jack.

— Oh, j'entends souvent dire ce genre de choses, mais ça me passe au-dessus. Un lieu n'a pas ce pouvoir. Quand on a envie de partir et qu'on ne le fait pas, le problème n'est pas dans le lieu, mais dans la tête.

— Vous avez entendu ce que raconte mon frère ? Ces histoires de wendigos et d'hommes transformés en cannibales ?

— Oui. Des légendes d'Indiens.

— Calvis les a crues, et les croit toujours. Il s'est mis dans la tête que votre frère est possédé par le wendigo, et que c'est pour ça qu'il a tué ces jeunes filles.

— Si vous voulez que je vous fasse un vibrant éloge de mon frère, vous n'avez pas frappé à la bonne porte. Mais, malgré la mauvaise opinion que j'ai de lui, je devrais beaucoup tirer sur la corde pour le voir en cannibale.

— Vous avez dit qu'il y avait eu un désaccord ?

— Ce que j'ai dit, c'est qu'on était brouillés. On s'est juré de ne plus jamais se parler, et on a tenu parole.

— Mais vous travaillez tous les deux chez Canada Iron. Comment avez-vous pu…

— Libre à chacun d'ouvrir et de fermer les yeux, si vous voyez ce que je veux dire. De temps en temps, il nous est arrivé de partager un créneau. On faisait semblant de rien, et tout se passait bien. Une fois, on a dû discuter, à cause des circonstances. C'était dans l'intérêt d'autrui.

— Que s'était-il passé ?

— Vous vous souvenez de l'effondrement de la mine ? Celui qu'on a appelé le Second Effondrement ? Fin 1979 ?

— Oui, je me souviens. Mon père était surveillant de quart.

— Il y a eu pas mal de pertes. On a passé deux ou trois jours à essayer de récupérer les corps. Jean-Paul et moi, on a beaucoup parlé à cette période. C'était un travail dégoûtant, dangereux, et l'équipe devait être parfaitement coordonnée. Ensuite, on a repris notre silence habituel.

— Mais, déjà avant votre brouille, vous ne vous entendiez pas très bien ?

— Bon sang, je ne sais pas quoi vous dire. On ne choisit pas sa famille, n'est-ce pas ? Il avait un tempérament comme je n'en ai jamais vu chez personne. Vicieux, rempli de rage et de furie. Il n'avait l'air de rien, mais il renfermait une force impressionnante. Je l'ai vu mater un homme qui faisait deux fois sa taille. Il est tout en os et en muscles. Pas un doigt de graisse. Rapide, aussi. Dans une bagarre, c'est à croire qu'on a affaire à une batteuse à maïs. J'ai fait beaucoup d'efforts pour l'apprécier, mais ça n'a jamais pris. Je ne sais plus ce qui nous a définitivement éloignés, mais c'était seulement la goutte d'eau de trop. »

Il était clair que ces deux frères ne s'aimaient pas, mais Jack savait qu'il n'avait qu'une version des faits. Jean-Paul n'était pas là pour présenter la sienne ni pour se défendre contre les critiques qui lui étaient faites. En tout cas, il semblait être un homme fort, doté d'un mauvais caractère, et emporté. Les jeunes filles qui avaient été tuées n'étaient pas de taille à lutter.

Lefebvre se leva de nouveau pour remuer le ragoût.

La bouteille était vide. Jack proposa d'aller en acheter une autre.

« La prochaine fois, vous en prendrez deux, dit Lefebvre. En attendant, on fera avec ce qu'on a », ajouta-t-il en attrapant une bouteille sur une étagère à côté du poêle.

Lefebvre servit le ragoût, riche et nourrissant. Le caribou et les légumes-racines étaient accompagnés d'un tas de crosses de fougères.

« Où est-ce que vous avez dégoté ça ? demanda Jack.

— Je les fais venir. C'est des salées. Excellentes en ragoût. J'ai toujours aimé ça, même tout petit. »

Ils mangèrent, burent et, quand ils eurent terminé, fumèrent. Jack regarda sa montre. Il était près de 22 heures. Trois heures qu'il était là.

« Vous savez, finit-il par dire, il y a quelque chose que j'ai vraiment du mal à comprendre dans cette histoire. Vous n'êtes jamais parti, n'est-ce pas ? Depuis que vous êtes arrivé à Jasperville.

— Non, répondit Lefebvre.

— Et votre frère non plus ?

— Il a bien dû aller à l'aventure de temps en temps, mais il n'a jamais quitté Jasperville, non. Pourquoi cette question ?

— J'ai épluché les carnets de mon frère, les coupures de journaux, tout ce que j'ai pu trouver, et le dernier meurtre a eu lieu en 1990. Qu'un assassin s'arrête soudain après avoir tué huit filles en dix-huit ans, ça n'a pas de sens pour moi.

— À moins, bien sûr, que votre histoire de wendigo ne soit exacte ?

— Comment ça ? demanda Jack.

— Un homme possédé doit bien pouvoir se "déposséder". Ou se trouver un Messie, ou je ne sais quoi. »

Jack sourit. Lefebvre lui plaisait bien – son humour, sa façon de parler.

« Buvons à la convalescence de votre frère, d'accord ? proposa Jack en levant son verre.

— Vous dites ça pour me faire plaisir, ou parce que vous n'avez pas envie de voir le vôtre croupir en prison pour le restant de ses jours ? »

Jack fut surpris par ces paroles et ne sut comment réagir. Lefebvre reposa son verre.

« Je ne crois pas aux vieilles légendes indiennes ni aux fantômes, aux goules ou je ne sais quoi, mais j'ai un certain sens de la justice universelle. J'aime l'idée que les gens méritent ce qui leur arrive, même si ça ne se fait pas tout de suite. Comme si le karma était le plus patient de tous les tueurs, vous voyez ? Votre frère a bien amoché Jean-Paul. Peut-être qu'il s'en sortira, peut-être que non. Peut-être qu'il aura des lésions cérébrales, ou je ne sais quoi. On verra bien ce qui se passera. Mais s'il a vraiment tué ces jeunes filles, il mérite ce qui lui arrive, et je crois que je ne suis pas le seul qui ne demanderait pas mieux que de laisser partir votre frère avec une petite tape dans le dos et un mot gentil. »

Il s'arrêta le temps de prendre une gorgée.

« Mais, inversement, si Jean-Paul n'a rien à voir avec ces crimes, il a peut-être d'autres torts dont c'est le châtiment. Il y a beaucoup de gens qui croient en Dieu. Je n'ai jamais été du genre à prier, mais je ne suis pas de taille à lutter contre ceux qui le font, car ils sont trop nombreux. Et si Dieu existe, il y a bien un revers à la médaille, n'est-ce pas ? Il y a quelque chose qui pousse les hommes à commettre des actes de vertu, et il y a quelque chose qui les pousse à commettre des actes de haine et de cruauté. »

Lefebvre remua la tête et se frotta le menton d'une main. En entendant le bruit des cals contre sa barbe, Jack pensa à son père.

« Ces jeunes filles ont été blessées avant de mourir. Il y a eu beaucoup de douleur, beaucoup de souffrance. Tuer quelqu'un de si jeune est une chose terrible, et l'auteur de ces meurtres ne peut être qu'un monstre. Pourquoi faire une chose pareille ? Aucune idée. Si c'est Jean-Paul, on ne peut pas mettre ça sur le compte de son enfance, ou d'une vie difficile, ou je ne sais quoi. Il a eu la même éducation que moi, et les malheureuses créatures que j'ai tuées sont celles que je voulais manger. Ce qui pousse un homme à commettre ça, ce n'est donc pas la faute des autres, n'est-ce pas ? Soit c'est quelque chose d'extérieur, soit c'est quelque chose de si intérieur que c'était sans doute déjà là à la naissance. »

Lefebvre vida son verre d'un seul trait.

« Et maintenant, j'ai plus qu'assez bu, et je vais vous jeter dehors. Vous ne devez peut-être pas vous lever tôt demain, mais certains d'entre nous doivent aller travailler. »

Jack finit son whisky. Il se leva, et ce fut à ce moment-là qu'il s'aperçut qu'il tenait à peine sur ses jambes.

« Vous allez y arriver ? demanda Lefebvre.

— Bien sûr », dit Jack en reprenant tant bien que mal son manteau sur le dossier de sa chaise.

41

Le réveil ne fut pas facile. Jack n'était pas un buveur régulier, du moins pas à doses excessives, et au dîner de la veille ils avaient dû engloutir une bouteille chacun.

À Montréal, il se serait installé sous la douche, et il aurait laissé couler l'eau assez longtemps sur sa peau pour se sentir redevenir un être humain. Mais à Jasperville, il n'y avait pas de douche. Pour alimenter la baignoire, il fallait multiplier les allers-retours au poêle. Il n'avait ni la volonté ni l'énergie pour ça. Adolescent, il serait allé prendre une douche à la pension. Le souvenir de l'établissement charria avec lui ceux de Carine, puis de Thérèse et de Juliette. Très vite, il fut submergé de chagrin. Il savait que son malaise tenait beaucoup au whisky, mais il sentait aussi monter au fond de lui les émotions qu'il avait refoulées. Il fallait qu'il contienne le tout, sinon pour lui, du moins pour Calvis.

Assis à la table de la cuisine, serrant sa deuxième tasse d'un café très corsé, il repensa à sa conversation de la veille avec Guy Lefebvre.

Il semblait improbable que Jean-Paul Lefebvre se soit soudain arrêté après avoir tué pendant près de vingt ans. On ne change pas de mode de fonctionnement du jour au lendemain. Calvis donnait l'impression d'avoir fait une fixation et de s'être persuadé que tout le reste confirmait son postulat de départ. Mais un mauvais tempérament ne suffit pas à désigner un tueur en série. Il faut une méthode, un motif et des opportunités. Jean-Paul Lefebvre n'avait pas manqué d'opportunités, et il y avait des airs de ressemblance entre ces divers meurtres de jeunes filles. Quant au motif, Jack avait peu de notions en matière de profilage criminel. Mais il savait que rationaliser l'irrationnel ne mène absolument nulle part. Il ne s'agissait pas de meurtres prémédités dans un but de profit personnel, ni de meurtres servant un objectif de vengeance ou d'autodéfense. Ce que cherchait ce type de tueur, c'était une solution à un problème qui n'existait que dans sa tête, et que nul autre que lui ne pouvait énoncer.

Ce fut seulement après un aller-retour à pied pour acheter du pain et du bacon au magasin que Jack réussit à se concentrer sur une idée dont il s'était aperçu qu'elle le perturbait. Sur le moment, il n'y avait pas prêté plus d'attention que ça, mais elle devait avoir déclenché quelque chose, car elle furetait toujours à la périphérie de sa conscience.

Le Second Effondrement. Il s'en souvenait bien. Il avait quatorze ans. Neuf hommes avaient perdu la vie, dont plusieurs pères de camarades de classe. Henri avait été surveillant de quart sur le premier créneau et, s'il n'avait pas été jugé responsable, le poids de la honte et de la culpabilité avait pesé sur ses épaules. Le fait est que l'événement avait constitué un facteur décisif du point de vue de sa chute dans l'alcoolisme, qui avait elle-même accentué la distance, la déconnexion d'avec sa famille.

Pourquoi cet événement revenait-il le tarauder ?

Guy avait clairement rappelé les événements. Pendant plusieurs jours, il avait contribué à la récupération des corps avec Jean-Paul. C'était en novembre 1979. Quels jours, exactement ?

Jack se prépara un sandwich qu'il avala en toute hâte, puis il enfila ses manteaux et ses chaussures et se dirigea vers le siège de Canada Iron. C'est là que son père devait avoir paraphé sa fiche de créneau et le récapitulatif de ses horaires, Calvis aussi, et, lorsqu'il arriva dans le hall crûment éclairé de ce bâtiment d'un étage, il eut la conviction que, lui aussi, il aurait certainement terminé là s'il n'était pas parti en 1984.

Une jeune femme à la réception leva les yeux et lui sourit.

« Bonjour, monsieur, dit-elle d'une voix enjouée. Que puis-je faire pour vous ?

— Bonjour, répondit Jack. Je cherche une information sur un effondrement de mine qui remonte aux années 1970. »

La dame fronça les sourcils.

« Un effondrement de mine ?

— Oui. Qui a eu lieu en novembre 1979.

— Je suis navrée, monsieur. Je n'ai aucune information là-dessus.

— Mais vous avez un bureau à Sept-Îles, n'est-ce pas ? On pourrait peut-être appeler quelqu'un là-bas ?

— On a bien un bureau, monsieur, mais en ce moment les lignes sont coupées. Ça fait deux jours qu'on ne peut ni passer ni recevoir d'appel.

— Ah. D'accord. »

Jack resta planté devant la réception sans savoir quoi faire.

« Vous vouliez autre chose, monsieur ?

— Les fiches de paie, dit Jack.

— Pardon, monsieur ?

— Les fiches de paie. La comptabilité. Voilà ce qu'il me faut. Vous avez une nouvelle recrue. Pierre… Non, Paul. Paul Girard. »

La dame parcourut son annuaire de service.

« Oui, dit-elle. Paul Girard. Mais son bureau se trouve à la fonderie.

— D'accord. Merci pour votre aide. »

La dernière fois que Jack avait remonté cette même route, c'était avec Calvis, quand leur père les avait traînés jusque devant les hauts-fourneaux.

Le trajet était bien moins long que dans ses souvenirs et, une fois arrivé, il trouva facilement le service comptabilité.

Girard aussi parut très heureux de voir Jack – peut-être était-ce la joie de croiser une tête familière dans un océan de visages inconnus.

« On avait bien l'intention de vous retrouver, dit-il. Vivi serait ravie de vous inviter à dîner.

— C'est gentil. Ça me ferait très plaisir, répondit Jack. Et comment allez-vous ? Votre nouvel environnement vous plaît ?

— “Choc des cultures” serait un euphémisme. Mais je dois m’incliner devant Vivi. Elle a l’air de se trouver dans son élément. Je ne sais pas combien de temps elle va aimer cette paix, cet isolement, mais pour le moment elle a l’air plutôt heureuse.

— Parfois les gens s’y font tout de suite, dit Jack. Certains sont là depuis trente, quarante ans, et n’ont aucune intention de repartir.

— Dites, que puis-je faire pour vous ?

— Je suis à la recherche d’une information. Un accident grave est survenu ici en novembre 1979. Un effondrement de mine. Mon père était l’un des surveillants de quart. Neuf morts, trois survivants.

— Et en quoi puis-je vous aider dans cette recherche ?

— Les livres de paie. Ils doivent bien remonter jusqu’aux premières années. Je suppose qu’il y a un moyen de retrouver la date de l’accident et la durée de l’opération de recherche.

— Pas les livres de paie, à mon avis, dit Girard. Au service personnel, oui, pas au service comptabilité.

— Vous pourriez demander ?

— Bien sûr, mais pourquoi cherchez-vous cette information ?

— Mon frère est dans une mauvaise passe. C’est la raison de mon retour. J’essaie de l’aider à sortir du trou, et son problème est lié à certains événements qui sont survenus à l’époque où je vivais ici. »

Girard marqua comme une hésitation.

« D’accord, donc c’est une raison personnelle ?

— Je crois qu’on peut dire ça, effectivement.

— Je ne sais pas si je peux demander des informations sur les employés…

— Écoutez, la seule chose que je cherche à retrouver, c'est la date exacte du Second Effondrement en novembre 1979. Je ne veux pas de noms, ni d'autre information, rien de confidentiel. Les sources ne m'intéressent pas non plus. J'ai juste besoin de la date exacte, c'est tout.

— Attendez ici. Je vais voir ce que je peux faire. »

Girard s'éloigna vers le fond du bâtiment. Jack sortit le temps de fumer une cigarette, puis revint s'asseoir à côté de la réception. Il eût aimé se faire invisible.

Il eut l'impression de rester près d'une heure à attendre, mais, quand Girard réapparut, il avait la réponse à sa question.

« Le 15, dit-il. L'accident a eu lieu le 15 novembre 1979.

— À charge de revanche, lança Jack, qui déjà regagnait la porte.

— Et le dîner ?

— Ah oui. Laissez-moi juste un jour ou deux, le temps de régler une partie de mes problèmes, après on fixe une date. »

Girard accompagna Jack devant le bâtiment.

« Rien de trop grave ? demanda-t-il.

— Quelques tracas, répondit Jack. Paul, je vous remercie vraiment du temps que vous m'avez accordé, mais je dois vous laisser. On se revoit bientôt, d'accord ?

— Mais bien sûr. Et dites-moi si je peux faire autre chose pour vous. »

Jack le tenait. Le détail qui clochait. Un effondrement de mine à Jasperville le 15 novembre. La mort de Fleur Dillard à Wabush le 16.

Jack se replongea dans l'article de journal, puis relut les carnets de Calvis.

La contradiction était indéniable. Si Guy avait dit vrai – et il n'avait pas semblé avoir de raisons de mentir –, Jean-Paul avait passé tout son temps à chercher les corps, ensevelis sous des tonnes de terre et de roche. Certes, Wabush était à peine à plus de deux cent cinquante kilomètres de Jasperville, mais les deux villes étaient séparées par une zone des plus hostiles, des plus impitoyables. Avec une motoneige adaptée à ce trajet, deux ou trois heures auraient suffi. Pour que Jean-Paul Lefebvre puisse être l'auteur du meurtre, il fallait que son nom reste absent des registres de sauvetage pendant au moins huit heures.

Jack se repencha sur l'article de la gazette de Wabush, puis étudia à nouveau la photo scolaire de Fleur Dillard. Jean-Paul Lefebvre n'avait pas quitté Jasperville, mais les carnets de Calvis ne rapportaient aucun cas après la mort de Madeleine Desjardins en mai 1990.

La psychose ne se soigne pas. Les pulsions homicides ne faiblissent pas jusqu'à disparition complète. Les addictions – que ce soit aux drogues, à l'alcool, à la violence, et même au meurtre – sont bien plus fortes que toutes les autosuggestions vertueuses. Les tueurs n'arrêtent de tuer qu'une fois qu'ils ont été enfermés ou éliminés. Les choses sont aussi simples que ça.

Si Lefebvre n'avait pas lui-même perpétré ces meurtres, la fin des cas à Jasperville et dans les villes voisines pouvait résulter du départ de l'auteur après la mort de Madeleine Desjardins.

Lefebvre, ou quelqu'un d'autre. Et si ce quelqu'un d'autre était encore de ce monde, il était toujours hanté par la même pulsion violente, sadique.

Nadeau était désormais le seul à qui Jack avait envie de parler, et peut-être le seul qui puisse l'aider.

42

« Et que voulez-vous que je fasse ? demanda Nadeau.

— Le boulot que vous êtes censé faire ? » répondit Jack, qui comprit aussitôt qu'il n'aurait rien pu dire de pire.

Nadeau s'assit. Il le regarda jusqu'au moment où Jack finit par s'asseoir aussi.

« J'essaie de vous apprécier, monsieur Devereaux, mais je dois avouer que vous ne me rendez pas la tâche facile.

— Vous n'êtes pas le premier à me le suggérer.

— On pourrait faire un club, si vous nous présentiez les uns aux autres ?

— J'essaie de voir clair dans cette histoire, vous comprenez ? Pas seulement pour mon frère, mais pour vous, avec ces morts que vous avez sur les bras.

— Moi, des morts sur les bras ?

— Vous savez ce que je veux dire par là.

— Sachez que si vous me prenez en grippe, monsieur Devereaux, vous perdez le dernier allié que vous ayez encore. »

Jack attendit avant de parler. Il prit une profonde inspiration.

« D'accord, dit-il. Très bien.

— Je comprends votre frustration. Je la partage. Je suis tout aussi frustré que vous.

— Mais pour vous, cette histoire n'a rien de personnel.

— Ça dépend ce qu'on appelle personnel. C'est moi qui suis responsable, ici. C'est moi qui suis censé gérer tout ça, trouver une issue précise à cette situation.

— Alors laissez-moi vous aider, suggéra Jack. Moi qui ne suis pas ici en qualité officielle.

— Vous êtes allé rendre visite au frère de Lefebvre, n'est-ce pas ?

— Comment le savez-vous ?

— Je l'ai vu ce matin. Il m'a dit que vous aviez beaucoup bu et discuté de tout un tas de choses.

— Effectivement.

— Dites-moi de quoi vous avez discuté. »

Jack résuma la conversation à Nadeau, qui répondit :

« Mais si Jean-Paul cherchait ici des corps ensevelis pendant l'effondrement, il ne pouvait pas être en train de tuer la petite Dillard à Wabush.

— Exactement.

— C'est l'une des huit filles du dossier. Le fait qu'il n'ait pas tué Fleur ne veut certes pas dire qu'il soit innocent dans les autres cas. Vous partez de la conviction qu'il n'y a qu'un assassin, mais les convictions ne font pas de bonnes bases dans les enquêtes.

— Le mode opératoire est quasiment identique chaque fois.

— Donc pas strictement identique.

— Vous pensez sérieusement qu'il y a plusieurs assassins de jeunes filles dans la région, sergent Nadeau ?

— Je ne fais aucune hypothèse sérieuse pour le moment. Je doute que toutes ces morts soient en réalité des meurtres. Certaines ont peut-être des causes accidentelles. L'hypothèse de l'agression animale n'est pas à écarter.

— Vous avez vu les photos.

— Celles qui sont consultables, oui.

— Et vous pensez qu'un animal aurait pu tuer une jeune fille sans la dévorer ni emporter le cadavre ?

— Je ne suis pas spécialiste du comportement alimentaire des animaux du Nord québécois. Je vois seulement que vous avez l'air de vous être fait une opinion de Lefebvre. La même que votre frère, qui a plongé Lefebvre dans le coma.

— Que ça vous plaise ou non, sergent Nadeau, vous êtes le représentant officiel de la Sûreté ici, et…

— Vous n'avez pas besoin de me le rappeler, monsieur Devereaux. Je sais parfaitement qui je suis et ce que je fais ici. Mais cette situation particulière n'est pas représentative.

— Ah, mais sans blague ! On va donc faire comme si de rien n'était ?

— Que voulez-vous que je fasse, monsieur Devereaux ? Je suis ouvert à toute idée d'action légale. Mais je ne peux pas interroger Lefebvre, qui est dans le coma. Quant à votre frère, il délire la plupart du temps. Que reste-t-il ? À part attendre qu'ils envoient des gens pour le chercher ?

— D’accord. Quelles sont les nouvelles concernant Lefebvre ?

— La dernière fois qu’on m’en a donné, il était dans un état stationnaire. »

Jack fut soulagé d’apprendre que la situation ne s’était pas aggravée.

« La justice doit faire son travail, monsieur Devereaux. Vous n’êtes pas officier de police.

— Et comment la justice va-t-elle faire son travail, exactement, sergent Nadeau ?

— Comme je l’ai déjà dit, ils vont envoyer des gens de Sept-Îles ou de Montréal pour venir chercher votre frère. Ils jugeront s’il est apte à subir son procès après interrogatoire. S’il l’est, le procès aura lieu. S’il ne l’est pas, il sera confié à des spécialistes de ce genre de cas.

— Et l’enquête criminelle ? Qu’est-ce qui se passera ? On va faire semblant de croire encore longtemps que huit jeunes filles ont été tuées par des ours, des loups ou je ne sais quoi ? »

Nadeau avait l’expression d’un homme au bout des limites de la patience.

« Personne ne fait semblant de croire quoi que ce soit, réponditil. Et personne à part votre frère et vous ne fait le lien entre tous ces cas de façon aussi méthodique. Même vous, d’ailleurs, vous dites finalement que votre frère s’est trompé et que ce Lefebvre n’est pas un tueur. J’ai l’impression qu’on est revenus à la case départ, avec ces affaires qui remontent à trente ou quarante ans. Je n’ai ni les moyens, ni les ressources, ni le personnel pour lancer une chasse à l’homme. Je n’ai pas le temps de rouvrir des dossiers jaunis qui sont déjà incomplets et insuffisants.

— Alors laissez-moi faire, dit Jack. C'est moi qui me chargerai de consulter les dossiers. De voir si je peux trouver une piste.

— Impossible, dit Nadeau.

— Mais les dossiers sont clos, n'est-ce pas ? Affaires classées. Ce ne sont pas des enquêtes en cours. Si ça fonctionne comme pour les assurances…

— Vous avez vraiment envie de vous lancer là-dedans ?

— Oui, répondit Jack. Et si je trouve un élément qui permet de relancer l'enquête, je vous laisserai dire que c'est vous. Je ne veux ni reconnaissance ni légitimité, sergent. Tout ce que je veux, c'est comprendre comment ces filles sont mortes et pourquoi mon frère a fait une telle fixation dans sa recherche de vérité. »

Nadeau demeura silencieux. Il réfléchissait, et Jack préféra ne pas l'interrompre.

« Si j'accepte, finit par dire Nadeau, vous venez consulter tout ça ici. Vous ne faites rien sortir de ces bureaux. Vous ne faites pas de reproductions. Vous ne dites rien à personne. Le moindre élément qui pourrait justifier une enquête, vous m'en parlez. Vous ne prenez pas contact avec des agences extérieures, ni avec les bureaux de la Sûreté de Sept-Îles ou de Montréal.

— Évidemment, répondit Jack.

— Dites-moi clairement que vous comprenez et approuvez chacune de ces conditions, monsieur Devereaux.

— Je comprends et approuve chacune de ces conditions, sergent Nadeau. »

Nadeau se pencha.

« Si j'accepte et que vous ne respectez pas cet accord, je perds mon poste. Vous comprenez ?

— Oui, dit Jack. Moi aussi, j'ai accès à des documents confidentiels dans mon travail. Je comprends toutes les conséquences de ce que vous êtes en train de faire. »

Nadeau regarda Jack avec intensité. Jack ne détourna pas les yeux.

« Il y a une arrière-salle, dit Nadeau en indiquant, derrière son épaule, le fond de la pièce. Vous pouvez vous installer là. »

Les dossiers, en l'état, ne concernaient que les cinq jeunes filles de Jasperville : Lisette, Anne-Louise, Thérèse, Virginie Fortin et Madeleine Desjardins.

Jack posa leurs photos côte à côte sur la table.

Elles levaient vers lui des regards pleins de l'innocence, de la fraîcheur et des espoirs de leur âge. Thérèse ressemblait tellement à Carine qu'il en eut le cœur brisé une seconde fois. Il lut les signalements pour disparition d'origine, les quelques éléments recueillis dans chaque cas. Des noms apparaissaient – Gustave Levesque, Maurice Thibault, Émile Landry, Odile et Étienne Fournier, Baptiste et Violetta Roy –, qui charriaient tous un flot de souvenirs, associés tantôt à une réflexion tranquille, tantôt – le plus souvent – à la peur et à un climat de violence. Il avait grandi dans cette peur. En plein désert, avec un grand-père qui sombrait dans la folie et qui racontait des histoires de wendigos, avec un père qui bouillait de rage et de haine et qui leur répétait qu'ils étaient voués à l'enfer. Sa mère avait été son refuge dans toutes les tempêtes, son havre de paix, offrant un semblant de calme et de réconfort. Tout s'était effondré si affreusement, si tragiquement, qu'il n'avait pas pu attendre Carine ni Calvis et qu'il avait fui. Pas par lâcheté. Pour sa survie.

Jack fut choqué par les photos qui avaient été prises sur les scènes de crime. Monochromes, granuleuses, elles étaient d'autant plus brutales. Les images lui suggéraient de se distancier, de se détacher. Les victimes n'étaient pas des proches. Elles n'appartenaient pas à sa vie, mais à une autre vie. Maintenant, tout était terminé, tout serait oublié en moins de temps qu'il n'en fallait pour prononcer leurs noms.

Il y avait de la barbarie dans la manière dont ces jeunes filles avaient été tuées, et plus Jack examinait les photographies, plus il était convaincu que c'était un homme, un seul, qui était derrière chacune d'elles. Peut-être n'était-ce qu'en raison du dégoût que de tels actes lui inspiraient, mais il n'arrivait pas à imaginer deux personnes infligeant d'un commun accord de tels sévices à un autre être humain. Les jeunes filles avaient bien trop de points communs – aspect physique, âge, et même style vestimentaire ou couleur de cheveux. Comme si le meurtrier cherchait encore et toujours à éliminer une seule et même personne.

Jack revenait sans cesse à la photo de Thérèse. Le désordre sanglant de son visage suggérait qu'elle avait été battue sauvagement avec un bâton, une batte de base-ball, ou peut-être une pierre. À vingt ans, elle était la plus âgée de toutes. Les autres – du moins celles dont les cas lui étaient connus – avaient quinze, seize ou dix-sept ans.

Jack passa deux bonnes heures à lire toutes les pages de rapports, toutes les notes marginales, toute la correspondance. Le dossier qui contenait le plus d'informations était celui d'Anne-Louise Fournier, principalement constitué par les échanges entre le sergent Maurice Thibault et les parents de la jeune fille. De tous les sergents de Jasperville, c'était Thibault qui semblait le plus scrupuleux et le plus attentif. Il avait supplié les Fournier d'autoriser une autopsie, mais ils avaient refusé. Il se disait lui-même convaincu que cette mort était le fait d'un individu extraordinairement dangereux, qui avait sans doute aussi tué Lisette Roy.

Le grand dénominateur commun de tous ces dossiers était l'absence de suspect. Personne n'avait été interrogé. Deux listes de noms avaient été établies – des listes de travailleurs temporaires présents à Jasperville à l'époque de deux des disparitions – mais aucun ne revenait. Dans les trois derniers mois de son mandat après la mort de Madeleine Desjardins, le sergent Emmanuel Gaillard avait aussi envisagé de lancer une enquête pour meurtres en série. Dans une lettre à son successeur, il avait prié celui-ci de *poursuivre l'enquête sans négliger aucune piste*, mais rien ne suggérait que cette prière ait été suivie d'effet.

Jack étudia le tout une nouvelle fois, mais n'en eut pas les idées plus claires pour autant, si ce n'est que sa certitude qu'une seule et même personne était à l'origine de toutes ces morts en sortit encore renforcée. Étant donné que celles-ci étaient survenues à Jasperville, Menihek, Fermont et Wabush, l'hypothèse que le meurtrier était de Jasperville n'avait qu'une chance sur quatre de se vérifier ; beaucoup de monde circulait dans la région pour Canada Iron.

Jack voulait avoir accès aux horaires de travail de Jean-Paul Lefebvre. C'étaient eux qui avaient formé la base de la « preuve » de Calvis. Selon le raisonnement de celui-ci, Lefebvre avait eu l'opportunité de commettre ces meurtres du fait qu'il n'était pas présent à l'usine ces jours-là. Le fait qu'il ait été directement impliqué dans l'opération de récupération après le Second Effondrement semblait saper cette hypothèse, mais Jack devait examiner tous les aspects de la question. Guy Lefebvre avait-il menti ? Était-il complice et faisait-il tout ce qui était en son pouvoir pour protéger son frère ? Jean-Paul avait-il quitté le théâtre des opérations pendant une journée sans que son absence ait été remarquée dans la grande confusion de la situation ? Jack devait raisonner selon l'un des grands principes directeurs qu'on lui avait enseignés dans les enquêtes sur incendie : *identifier une source, et trouver deux confirmations*.

Il ne pourrait accéder aux archives professionnelles de Lefebvre qu'en demandant de l'aide. Il savait à qui s'adresser. Il savait aussi que ce ne serait pas immédiat et que, pour arriver à ses fins, il lui faudrait expliquer les causes et le but de sa recherche.

Avant cela, il lui restait encore une chose à affronter, à surmonter. Les photos des blessures de Thérèse Bergeron l'en avaient convaincu avec une force qu'il ne pouvait plus ignorer.

Il fallait qu'il discute avec Carine. Vingt-six ans plus tôt, il lui avait promis de revenir la sauver de Jasperville. Elle devait savoir pourquoi il l'avait trahie, et il devait lui demander pardon.

43

« Elle m'a raconté toute l'histoire, dit Martin.

— Non, seulement sa version de l'histoire. On ne s'est jamais reparlé depuis.

— Bon, je veux pas être impliqué là-dedans, moi. Vous êtes en froid avec ma mère et ça fait vingt-six ans que ça dure, alors je suppose qu'elle a de bonnes raisons. Elle m'a dit que vous étiez un oiseau de malheur, et que je devais vous éviter. »

Martin avait raison, Jack le savait. Dans le hall de la pension, il fut assailli par un sentiment de désespoir mêlé de frustration.

« Tu peux au moins aller la voir et lui dire que je suis là ? demanda Jack.

— Je crois pas que ça avancera à quoi que ce soit.

— Va lui dire que je suis revenu pour faire ressortir la vérité sur la mort de Thérèse. Fais au moins ça pour moi, tu veux ? »

Dix minutes plus tard, Jack était dans une chambre et, le dos contre la porte, il regardait Carine. À la fenêtre, elle avait le visage tourné vers l'extérieur.

« Je n'ai qu'une chose à te dire : laisse mon fils tranquille.

— Je ne peux pas croire que tu n'aies pas envie de savoir ce qui… »

Carine se retourna pour lui faire face. Son regard brillait de colère.

« Tu ne peux pas croire quoi ? Que je n'aie pas envie de remuer le passé ? Après tout ce temps ? Vingt-six ans ! Moi, ce que je ne peux pas croire, c'est qu'après tout ce qu'on a traversé, après tout ce que tu m'as dit, ce que tu m'as promis…

— Je sais, Carine, je sais. Tu n'imagines pas à quel point je m'en veux. »

Elle croisa les bras comme en manière de défi.

« Va-t'en. Pars tout de suite, et ne reviens pas. Je ne veux pas te revoir ici, je ne veux pas te parler, et je ne veux pas que tu adresses la parole à Martin une fois de plus. Est-ce que je me suis bien fait comprendre ?

— Oui, parfaitement, dit Jack, mais je ne peux pas accepter ça.

— Pardon ?

— Tu m'as bien entendu. Je suis venu pour te raconter ce qui s'est passé, te donner une explication. »

Le ton de Carine fut aussi dédaigneux que son expression.

« Je ne veux pas de tes excuses. De tes explications. Tu es parti. Je t'ai attendu. Tu te rends compte de ce que j'ai traversé ? Ma sœur était morte. Elle avait été tuée. Mes parents avaient le cœur brisé. Complètement ravagé. J'étais seule dans mon coin et j'attendais que tu tiennes ta promesse. Une année s'est écoulée, une deuxième, puis une troisième. J'ai attendu près de six ans, Jack. Six! Quand je suis partie, j'avais vingt-trois ans. Tu sais ce que c'est que d'attendre quelqu'un pendant six ans et de comprendre qu'il a menti depuis le début?

— Je ne t'ai pas menti, Carine.»

Elle le regarda d'un air d'incrédulité et de dégoût.

«Tu ne m'as pas menti? Bien sûr que si. Tu m'as dit quelque chose et cette chose était fausse. C'est ça, Jacques, un mensonge. Tu as dit que tu reviendrais et tu ne l'as pas fait. C'est noir ou blanc, là. Il n'y a pas de zone grise. Pas de circonstances atténuantes. Pas d'excuse, pas d'explication ni de justification qui te fera retrouver grâce à mes yeux, Jacques Devereaux. Je ne sais pas ce que tu penses avoir vécu, mais moi, j'ai vécu mille fois pire. Tu as eu peur de revenir? C'est ça? Eh bien, dis-toi bien que moi, j'ai eu peur de rester. Peur à en devenir folle. Tu as cru que si tu revenais, tu ne pourrais plus jamais repartir? Après tout, c'est peut-être ça. Eh bien, pendant ce temps, j'étais là, persuadée que j'avais une chance de partir et que cette chance, c'était toi. Et Calvis, là-dedans? Lui aussi, il était piégé. Il n'y avait pas que toi. Tu le sais parfaitement, n'est-ce pas? Tu n'as pas abandonné que moi, tu as abandonné Calvis aussi, et maintenant Calvis est parti en vrille et il va sans doute croupir en prison pour le restant de ses jours.

— Il n'en est pas question.

— Ah, très touchée par ta noblesse de sentiments, Jacques! Mais tu arrives juste vingt-six ans trop tard.

— Tu sais que ton père m'a écrit une lettre pour me tenir à l'écart.

— Bien sûr que je le sais. C'est moi qui lui ai dit de le faire !

— C'est toi ? »

Cette révélation le frappa comme un train de la North Shore. Ses yeux s'écarquillèrent, et il sentit son monde vaciller avant de basculer sous ses pieds.

Carine fronça un sourcil incrédule.

« Tu as du mal à comprendre ? Tu ne vois vraiment pas pourquoi j'ai pu faire ça ? »

Jack resta muet un petit moment. Il s'arma de courage pour dire ce qu'il avait à dire. C'était sa dernière carte, et si elle ne lui permettait pas de sauver ce qui pouvait l'être entre Carine et lui, la partie était définitivement perdue.

« La victime de Calvis. Au centre médical. Ce n'est pas le meurtrier de Thérèse. »

Au début, il n'y eut pas de réaction. Carine ne broncha pas. Rien dans son langage corporel ni dans son expression ne suggéra à Jack qu'elle avait été touchée.

« Le meurtrier de Thérèse est toujours dans la nature, poursuivit-il d'une voix calme et mesurée. Je le crois, Carine, aussi fort que je crois à quoi que ce soit. Il a tué Thérèse, Lisette, Anne-Louise, et encore d'autres jeunes filles à Fermont, Wabush et Menihek. Il y a huit cas à ma connaissance, et sans doute encore plus, car je pense qu'il a quitté Jasperville à la même époque que toi et qu'il n'est pas revenu. Calvis s'est mis dans la tête que c'était Lefebvre, mais il s'est trompé. Ce n'est pas mon hypothèse. Mon hypothèse, c'est que…

— Ça suffit, dit Carine en levant les mains comme pour empêcher ses paroles de parvenir jusqu'à elle.

Tais-toi, Jacques. Je t'en prie. Arrête. Je n'ai pas envie d'en entendre davantage. Garde tes hypothèses tordues pour toi, et celles de ton frère aussi. Tu ne vaux pas mieux que lui, tu sais ? Ni que ton père qui est chez les cinglés à Saguenay ! Toute une famille de fous à lier !

— Ta sœur a été tuée, Carine. Elle était amoureuse. Juliette aussi. Elles voulaient vivre ensemble, loin d'ici, loin des préjugés, de la bêtise et de l'ignorance. Mais quelqu'un l'a tuée. Elle était au terminal ferroviaire, elle attendait que Juliette revienne avec les billets de train, et quelqu'un est allé lui écrabouiller la tête. J'ai vu les photos, dans les archives au commissariat. Tu veux que je te les montre ? Viens, et tu pourras voir ce que cette bête immonde a fait à ton trésor de sœur !

— Arrête ! cria Carine. Arrête, arrête, arrête ! »

Elle s'élança soudain vers lui, trop vite pour que Jack puisse réagir, et le frappa au visage. Jack n'eut pas le temps de s'apercevoir de ce qui se passait qu'elle avait déjà remis ça. Il tituba, avec des élancements de douleur à la tête et dans le cou, choqué et désorienté. Il se sentit perdre l'équilibre et tendit le bras sur le côté, cherchant le mur. Sa main glissa sur la paroi, et il tomba sur un genou. Carine était déjà au-dessus de lui, ses poings tombant comme la pluie, le frappant tantôt à l'épaule, tantôt à l'arrière du crâne, tantôt sur le côté du visage. Elle était complètement incontrôlable, et ce ne fut que lorsque Martin déboula soudain pour les séparer que les coups cessèrent.

Carine haletait, des larmes roulant sur son visage. Elle fit deux ou trois pas en arrière pour s'asseoir lourdement sur le bord du lit.

« Putain, mais qu'est-ce qui se passe, ici ? lui demanda Martin. Tu es complètement folle ou quoi ? »

Carine ne lui répondit pas.

Martin se retourna vers Jack.

« Allez-vous-en. »

Jack fit non de la tête. Il s'assit par terre, dos au mur.

« Je ne rigole pas, dit Martin d'une voix tranchante. Partez tout de suite, Devereaux.

— Certainement pas. Ta mère et moi, on a encore des choses à se dire. »

Martin, désarçonné, se tourna vers Carine.

« Maman ?

— Ça va, dit Carine d'une voix haletante. Redescends. Je vais bien.

— Mais, maman… »

Elle regarda son fils. Son mascara avait dégouliné. Elle était à la fois furieuse et vaincue.

« Va-t'en, dit-elle. J'ai attendu longtemps, mais je lui ai enfin fichu mon poing en travers de la figure. Ça va aller, maintenant. »

Martin hésita, regarda Jack puis encore sa mère.

« Complètement givrés, ces deux-là », dit-il.

Il regagna la porte, puis quitta la pièce.

Carine garda le silence jusqu'au moment où le bruit des pas de son fils eut disparu.

« Je crois que mon sentiment de trahison ne disparaîtra jamais, dit-elle. J'ai souvent essayé de me mettre à ta place, de comprendre pourquoi tu n'étais pas revenu, mais jamais je n'y suis arrivée. Quelques mois, oui, une année, pourquoi pas, mais vingt-six ans ? »

Jack ne répondit pas.

« D'abord, je suis partie à Montréal. Pour te retrouver. C'était l'idée. Là-bas, je me suis aperçue que je n'avais aucune envie de te parler, ni même de te revoir. Un jour j'ai rencontré un homme, celui qui est devenu le père de Martin. Le mariage a tenu cinq ans, et on a divorcé. Je suis restée six ans de plus, puis mon père est mort et je suis revenue. Je ne savais même pas qu'il avait acheté cette maison. J'ai eu l'intention de la vider, de la mettre en vente, mais au bout d'un moment je n'ai plus vu de raison de retourner à Montréal. »

Carine leva les yeux.

« Tu as une cigarette ? »

Jack sortit son paquet de la poche de sa veste. Il le fit glisser vers elle sur la moquette. Carine en prit une, puis refit glisser le paquet vers lui. Il lui tendit son briquet, mais elle était déjà en train d'en chercher un dans son jean.

Elle fuma un moment. Jack se taisait.

« J'ai vu Calvis, dit-elle. Pas souvent, mais je l'ai vu. Au magasin général. Dans la rue, parfois. Je crois qu'il ne me voyait pas. Ou plutôt qu'il *ne voulait pas* me voir. »

Carine leva les yeux. Ils étaient rouges, gonflés.

« Il te ressemble, mais il a toujours l'air du petit garçon qu'il a été. Quand tu es parti, on s'est vus de temps en temps. Il était dans un sale état. Ton père lui faisait subir le martyre. C'était affreux, en fait. »

Jack prit une cigarette aussi. Il n'avait pas envie qu'elle s'arrête de parler. Une fois qu'elle aurait dit tout ce qu'elle ruminait depuis tant d'années, elle parlerait peut-être du présent.

« Et maintenant, tu es revenu, dit-elle. Jacques Devereaux, dans toute sa splendeur. »

Jack essaya de sourire dans un faible effort.

« Tu sais quoi ? Ne me regarde pas, dit-elle.

— Carine…

— Et ne me parle pas non plus. C'est encore pire. »

Elle glissa sur le côté avant de se lever, puis contourna le bord du lit pour aller entrouvrir la fenêtre.

« On n'est pas censés fumer dans les chambres, mais je suis chez moi, ici ! » Elle jeta son mégot par la fenêtre, sur le toit de la galerie. « File-m'en une autre », dit-elle.

Jack jeta le paquet par-dessus le lit et elle l'attrapa.

« C'est quoi, l'idée ? Tu crois réellement à toutes tes histoires, ou tu es venu me demander pardon d'avoir été un vrai trou du cul ?

— Les deux, dit Jack.

— Et tu as vu ton frère.

— Oui.

— Il est aussi fou qu'on le raconte ?

— Pour lui, Lefebvre était possédé par l'esprit d'un wendigo. C'est pour ça qu'il a tué ces jeunes filles. »

Carine, par pur réflexe, eut un rire dur et froid qui se termina aussi vite qu'il avait commencé.

« Bordel de merde, dit-elle. Alors il est encore plus dingue que je croyais.

— Il m'a demandé d'aller terminer son œuvre au centre médical. »

Carine quitta la fenêtre pour aller se rasseoir sur le lit.

« Putain, dit-elle. Quelle merde.

— Je n'ai plus qu'Henri et lui dans la famille.

— Et moi Martin.

— Et ta mère ?

— Elle s'est séparée de mon père il y a longtemps. Et elle est morte en 1997.

— Je suis navré de l'entendre. C'était quelqu'un de bien.

— La tienne aussi. Et ta sœur, et Thérèse. Calvis aussi était quelqu'un de bien.

— Tout ça, c'est cet endroit, dit Jack. Jasperville change les gens.

— Les lieux ne changent pas les gens, Jacques. Ou alors seulement s'il y a déjà quelque chose qui cloche chez eux.

— Eh bien, je ne sais pas à quoi c'est dû, mais chez celui qui a fait ça, il y a tout qui cloche.

— Et tu crois vraiment que le type du centre médical est innocent ?

— Pas toi ? »

Carine secoua la tête.

« À ce qu'on dit, il n'était pas très sociable. Il n'avait pas d'amis. Il vivait seul. Il ne parlait pas à grand-monde, même à son frère. Il avait mauvais caractère. »

Jack afficha un sourire triste.

« J'ai l'impression d'entendre un portrait de moi, et pourtant je n'ai tué personne.

— Alors, c'est quoi, ton hypothèse ?

— Que le type est toujours dans la nature.

— Et tu penses qu'il a quitté Jasperville il y a une vingtaine d'années ?

— Je n'en sais rien, répondit Jack, mais on ne s'arrête pas de faire des horreurs du jour au lendemain.

— À moins de passer l'arme à gauche.

— C'est ça. »

Carine soupira.

« Merde, je parle. Je m'étais juré de ne rien te dire. Pas un seul mot.

— Je suis désolé. Tu n'as pas idée…

— Alors, vas-y, Jack. Si je n'ai pas idée, eh bien dis-moi. Explique pourquoi tu m'as laissée croupir dans ce désert.

— Tu l'as déjà dit. J'avais peur. Peur de ne pas pouvoir repartir si je revenais. Petit à petit, je me suis persuadé que tu allais bien, que tu avais trouvé un moyen de t'en sortir et de vivre ta vie. Ça s'est installé peu à peu, tu vois ? J'y ai pensé de moins en moins, et il y a eu des jours où j'arrivais à oublier, je ne sais pas comment. Puis les jours se sont transformés en semaines, en mois. Je me suis efforcé de me dire que ce n'était pas si mal. Et puis la lettre de ton père a achevé de me convaincre de ne pas revenir.

— Et le tien ? Quand il est devenu vraiment fou et qu'il a fallu l'interner ? Tu n'es même pas revenu à ce moment-là ? »

Jack fit non de la tête.

« Tu es vraiment un beau salaud. Pas le héros que j'avais cru, avec son armure étincelante…

— Eh non.

— Et ta vie à Montréal ? Marié avec femme et enfants ? Métier de rêve ?

— Non, rien de tout ça.

— Impressionnant, dis donc. Tu as glissé dans un néant total, mais tu y as tellement trouvé ton compte que tu n'es même pas revenu pour ton père.

— Va te faire foutre, Carine ! »

Carine eut un rire dur.

« Non, c'est plutôt à toi d'aller te faire foutre, Jacques !

— C'est comme ça. J'ai merdé. En toute beauté. Est-ce que j'aimerais pouvoir remonter le temps pour faire tout autrement ? Oui. Et tu peux sans doute en dire autant. Thérèse, Juliette, ma mère, tes parents auraient pu en dire autant, et même mon père ferait sans doute les choses très différemment s'il avait une deuxième chance. On fait tous des conneries, certains plus que les autres. Mais, tu sais, l'important, ce n'est pas la chute. C'est la manière de se relever.

— Je ne vais plus me battre contre toi. Rien que l'idée m'épuise.

— Ce n'est pas ce que je veux, Carine. Ce que je veux, c'est réparer mes torts.

— Ah, d'accord, répondit Carine sur un ton sarcastique. Comment peux-tu espérer y arriver, Jacques ?

— En retrouvant le meurtrier de ta sœur, Carine. En le retrouvant et en t'apportant sa tête sur un plateau. »

44

Tôt le vendredi matin, Jack remonta à la fonderie, où il vit Paul Girard. Il lui demanda s'ils pouvaient avoir une discussion dans la soirée.

« On peut parler maintenant, proposa Girard. Je n'ai pas grand-chose à faire.

— En privé, répondit Jack. Pas ici. »

Girard hésita, quelque peu décontenancé.

« Euh… D'accord. Oui. Pas de problème. Venez ce soir. Venez dîner. Je vais en parler à Vivi. »

Girard indiqua leur adresse. Jack connaissait la rue. Ils fixèrent le rendez-vous à 19 h 30.

Rentré chez lui, Jack chercha toutes les indications relatives aux horaires de travail de Jean-Paul Lefebvre. D'une méticulosité scrupuleuse, Calvis ne semblait rien avoir laissé de côté. Lefebvre avait été absent chaque jour où une jeune fille avait disparu, la veille aussi dans certains cas, voire trois jours d'affilée. Parfois, après avoir croisé Lefebvre au travail, Calvis avait rédigé de longues diatribes empoisonnées où il l'appelait *le wendigo*.

Je sens son odeur, avait-il écrit. *Je vois le sang sur ses mains. Il n'y a pas de lueur dans ses yeux. Le wendigo est sans âme. Il n'y a rien en lui que la faim, la souffrance, et cette soif de torture et de violence.*

Plus loin : *Personne ne voit. Il faut que le wendigo meure, mais tout le monde a trop peur.*

Jack revit papi, puis le professeur qui lui avait parlé des vieilles légendes indiennes. Sa mère s'était mise à y croire aussi. Jack repensa à elle, et cela lui fit mal. Elle était morte à quarante-sept ans, et Jack avait maintenant à peine deux ans de moins. Elle n'avait pas eu de vie à proprement parler, seulement une existence de sacrifice pour le bien de son père, de son mari et de ses enfants. Toute l'histoire familiale était ensevelie dans la douleur et le chagrin. C'était une histoire affreuse, qui se terminait en tragédie. L'histoire des Devereaux.

Il remit les affaires en ordre, les remonta dans la chambre de papi, puis partit au commissariat de police.

Sur le trajet, il s'arrêta devant la pension. Il leva les yeux vers les fenêtres, espérant surprendre un signe de Carine. Elle n'avait plus dit grand-chose, une fois au courant de son projet. Elle n'avait pas émis d'objection, mais c'était sans doute davantage en raison de son manque absolu de confiance en lui. Lui réaccorderait-elle sa confiance un jour ? Ses paroles seraient à jamais creuses et insignifiantes. Seuls ses actes pourraient la faire changer d'avis.

L'objectif principal de Jack était de confirmer la théorie de Calvis qui, entièrement fondée sur l'idée d'opportunité – soit provoquée, soit imprévue – de commettre les meurtres, semblait fondamentalement minée par le fait que Lefebvre n'avait pas pu tuer

Fleur Dillard, sauf s'il avait été couvert. Comme l'avait dit Nadeau, ce n'était pas un alibi dans les sept autres cas. Mais il y avait aussi cette interruption soudaine et inexpliquée dans la série de meurtres.

Jack ne pouvait s'en remettre à Nadeau, dont la seule mission était de suivre la lettre de la loi et qui, à ce qu'il avait constaté, ne semblait pas du genre à changer soudain de manière de procéder. C'était un homme intelligent, mais il n'en était pas moins fonctionnaire. Jack n'était pas très disposé non plus à demander des informations complémentaires à Calvis, qui était absolument convaincu de la culpabilité de Lefebvre. Résolu à s'affranchir des influences autant que possible, il savait qu'il risquait de manquer d'objectivité quant aux propos de son frère, étant donné son sentiment de culpabilité vis-à-vis de lui.

En entrant dans le commissariat, il salua Nadeau et demanda s'il pouvait voir Calvis.

« Il a eu de la visite, récemment, répondit Nadeau.

— De qui ?

— De Mme Bergeron.

— Ah bon ?

— Eh oui. Elle est venue, pas très longtemps. Ça fait peut-être une heure qu'elle est partie. Elle n'avait pas l'air tout à fait dans son assiette en arrivant. Je me suis dit que vous n'y étiez peutêtre pas pour rien.

— Je ne sais pas si je dois en prendre ombrage, dit Jack. Mais, oui, votre hypothèse est juste. On a eu une discussion.

— En tout cas, elle est descendue le voir. Elle a demandé à rester seule avec lui. Impossible, bien sûr, mais je leur ai laissé un peu d'intimité. Elle lui a dit deux ou trois choses – je ne sais pas quoi, mais je ne l'ai pas vu réagir.

— Dans quel état était-elle quand elle est partie? demanda Jack.

— Elle semblait encore moins dans son assiette.

— Est-ce qu'il vous a parlé?

— Il n'a pas dit grand-chose.

— Vous pouvez m'accompagner là, en bas?»

Nadeau se leva.

«Vous avez un quart d'heure, dit-il. Ensuite, j'ai une visite à faire.

— Un quart d'heure, c'est parfait», répondit Jack.

Nadeau descendit en premier, Jack le suivit quelques secondes plus tard et l'entendit pousser un cri en arrivant en bas.

Nadeau disparut tout à coup et il était déjà à hauteur des barreaux de la cellule lorsque Jack atteignit la dernière marche.

Calvis gisait au sol, inerte. Son visage était rouge, ses paupières étroitement serrées, et le sifflement ténu de ses poumons qui cherchaient l'air était désespéré. Nadeau ouvrit la cellule et tomba à genoux pour essayer de desserrer un nœud autour de sa gorge.

«Aidez-moi! dit Nadeau. Levez-le. Soulevez-le!»

Jack glissa difficilement les mains sous les épaules de Calvis, dont la situation lui parut tout à coup très claire. Il avait déchiré sa couverture en bandes qu'il avait nouées les unes aux autres pour en faire une corde, puis en avait glissé un bout au pied du lit et l'autre à un barreau. Il s'était allongé, avait passé le cou dedans, puis avait tourné en dessous, créant ainsi un garrot d'étranglement. Nadeau dénoua un bout de corde et, dès que celle-ci se fut ainsi desserrée, le corps de Calvis réagit instinctivement, ondulant de tout son long pendant que ses poumons se remplissaient d'air. Jack le prit par-derrière et essaya de le relever en position assise. Calvis, à peine conscient, pesait de tout son poids, et Jack comprit aussi bien que Nadeau qu'il fallait le transporter le plus vite possible au centre médical.

Jack lui maintint le buste à la verticale tandis que Nadeau partait chercher une autre couverture. Ils l'étendirent dessus, le remontèrent dans l'escalier comme sur un brancard, puis sortirent sur le trottoir. Deux passants, voyant la scène, vinrent leur donner un coup de main. Malgré quelques glissades, ils firent de rapides progrès sur les plaques de glace.

Jack pénétra à reculons au centre médical. La réceptionniste quitta sa chaise et appela le médecin d'une voix forte.

Rosamond Pelletier prit très vite les choses en main. Sa rapidité d'action et son efficacité furent remarquables. Ils n'étaient pas là depuis plus de dix minutes que déjà Calvis avait été mis sur un brancard dans une salle d'examen, avec un masque à oxygène sur le visage et des compresses froides autour de la gorge pour diminuer le gonflement. Elle lui fit deux piqûres, l'une à l'avant-bras droit, l'autre à la cuisse, puis vérifia ses signes vitaux.

« Son pouls est faible, dit-elle. Son cœur aussi, mais il survivra. Une tentative de suicide ?

— Exact », répondit Nadeau.

Jack, dos au mur, était en état de choc. Son corps tremblait, encore secoué par une telle montée d'adrénaline.

« Une fois que son état se sera stabilisé, je mettrai des sangles, mais pour l'instant il faut encore qu'on puisse s'occuper de lui. Vous pouvez rester à son chevet, sergent Nadeau ?

— Bien sûr. Mais il faut d'abord que j'aille fermer le commissariat. Je n'en ai que pour quelques minutes. M. Devereaux va rester jusqu'à mon retour. »

Après le départ de Nadeau, Pelletier regarda Jack.

« Vous vous sentez faible ? » demanda-t-elle. Jack hocha la tête.

« Respirez lentement et profondément, dit-elle. Tenez-vous debout, les épaules contre le mur. »

Jack suivit ses instructions.

« C'est l'état de choc, poursuivit-elle. L'adrénaline. Ça sera vite passé. Sinon, je peux vous donner un calmant.

— Ça va aller, dit Jack, qui commençait à s'apaiser.

— On n'est pas équipés ici, que ce soit à la Sûreté ou au centre médical, pour faire face à des événements de ce genre. Il nous faut une aide extérieure. Un envoyé de Sept-Îles ou de Montréal le temps que tout rentre dans l'ordre.

— Je ne miserais pas trop là-dessus, docteur, dit Jack. Du moins pas avant le dégel.

— Je ne comprends pas.

— Pour l'instant, tout tourne autour d'un blessé. S'il meurt, ça change la donne, mais la Sûreté a déjà assez de pain sur la planche sans avoir à s'occuper d'un cas d'intrusion nocturne au fin fond de nulle part. »

Jack fit un pas pour s'éloigner du mur et regarda son frère.

« Vous appelez ça comme ça ? lui demanda Pelletier. Une intrusion nocturne ? C'était une tentative de meurtre. Votre frère a essayé de tuer cet homme, tout ça à cause d'une histoire à dormir debout qu'on nous racontait quand on était petits.

— Et que de nombreuses générations ont prise le plus sérieusement du monde, docteur. »

Pelletier secoua la tête.

« Ça défie l'entendement. Vraiment.

— Il s'en sortira ?

— Oui, il s'en sortira, dit-elle. Il est quasiment impossible de s'étrangler soi-même. Le plus souvent, le sujet s'évanouit et cesse de fournir l'effort requis. Les êtres humains sont conçus pour survivre, et il va contre leur nature d'essayer de faire autrement.

— Est-ce qu'il va rester inconscient encore longtemps ?

— Ça dépend de la durée de sa privation d'oxygène. Malgré tous mes efforts, il peut tomber dans le coma. Ça arrive à certains sujets. En tout cas, il représente désormais un danger pour lui-même, et le sergent Nadeau doit m'aider à régler ce problème. »

Nadeau revint peu de temps après. Il avait rapporté le bonnet et les gants de Jack.

« Il devrait s'en remettre, dit Pelletier, mais après une privation d'oxygène de durée prolongée, il y a toujours un risque d'hypoxie du cerveau. Dans tous les cas, j'ai besoin de vous au centre. Cet homme représente désormais un danger pour lui-même autant que pour les autres, et cela est de votre ressort, pas du mien.

— Je sais, répondit Nadeau.

— Puis-je vous aider? demanda Jack.

— Pas du point de vue médical, dit Pelletier. Quant au sergent, je ne sais pas s'il peut avoir besoin de vous.

— N'intervenez pas, dit Nadeau. En tout cas pas ici. Je ne peux pas vous laisser rester auprès de votre frère dans de telles circonstances. Uniquement quand il sera en sécurité.

— Pardon? Vous croyez que je vais lui taper sur l'épaule et lui dire de filer?

— La question n'est pas de savoir ce que je crois, monsieur Devereaux, mais de savoir ce qui est juste. Tel est le protocole. Je sais que vous comprenez, alors ne m'obligez pas à entrer dans les détails. »

Jack comprenait. Nadeau ne le connaissait pas et n'avait aucune raison de lui faire confiance. Comment savoir s'il n'allait pas profiter de la situation pour faire sortir de l'hôpital son dingue et suicidaire de frère? Comment s'y prendrait-il, et où l'emmènerait-il, c'était une autre histoire. Le fait est qu'en cas d'événement fâcheux, ce serait Nadeau qui tomberait.

La priorité de Jack était de savoir ce que Carine avait dit à Calvis. Il devait aussi dîner avec les Girard.

Il s'approcha du lit, chercha la main de Calvis, et fut saisi d'une hésitation. Il regarda Nadeau.

« Ça va », lui dit-il.

Jack prit la main de son frère. Son cœur se souleva. Il tomba à genoux, sans plus pouvoir contenir le flot d'émotions trop longtemps refoulées, qui le submergea comme une vague.

45

Malgré sa fragilité, Jack refusa les médicaments que lui proposa Rosamond Pelletier. Une fois qu'il se fut ressaisi, il n'eut plus qu'une envie : filer. Il était secoué, émotionnellement brisé, mais il devait se concentrer sur son dîner.

Avant de rentrer chez lui, il passa au magasin général où il acheta une bonne bouteille de rouge ainsi qu'une bouteille de whisky. Il ne pouvait pas se présenter chez les Girard les mains vides.

Le temps qu'il se lave et se change, il était déjà près de 19 heures. Il fuma une dernière cigarette en relisant ses notes sur Jean-Paul Lefebvre. Il fallait qu'il sache avec une absolue certitude non seulement s'il avait été présent à Jasperville lors de l'opération de sauvetage après le Second Effondrement, mais aussi s'il avait été absent de l'usine chaque fois qu'une jeune fille avait été tuée.

Alors qu'il remontait les rues obscures jusqu'à la maison des Girard, Jack comprit qu'il ne pourrait jamais retourner à Montréal sans avoir préalablement réglé tous les aspects de ce cauchemar. Devant la façade assombrie du commissariat de police, il pensa à Nadeau – condamné à veiller Calvis jusqu'à ce que tout soit rentré dans l'ordre. Cinq mois après son entrée en fonction, quelle tuile ! Jack se prit de pitié pour lui, et s'en voulut de ne pas éprouver davantage de sympathie, mais il était émotionnellement épuisé. Sa vie antérieure lui semblait désormais celle d'un autre homme. En quatre jours, tout s'était effondré et rien ne redeviendrait jamais comme avant.

Au bout de la rue, il s'arrêta. Il regarda l'horizon noir, la barrière infranchissable des monts Torngat et la manière dont le ciel et la terre semblaient ni plus ni moins se superposer sans jointure visible. L'effet était simple : il n'y avait pas d'issue. Une fois qu'on était là, c'était fini. Il fallait se faire à cette idée, car une telle barrière avait raison de toute tentative de fuite.

Paul vint ouvrir lorsque Jack frappa à la porte. Vivi arriva et, apparemment très heureuse de le voir, elle l'accueillit avec effusions, le remerciant pour le vin et le whisky.

La maison était chaleureuse, coquette malgré le manque de meubles et d'affaires personnelles. Jack se rappela une parole de sa mère : *Ce sont les murs qui font le logement, mais une maison, ce sont d'abord les gens qui y habitent.*

Le dîner était bon. Vivi avait cuisiné un poulet rôti avec du riz, des piments séchés et des oignons. Ils burent le vin et, quand les assiettes eurent été mises dans l'évier, ils s'installèrent pour bavarder.

Il était là depuis plus de deux heures lorsque Vivi, en le regardant d'un air soucieux, demanda :

« Vous êtes revenu pour vous occuper de votre frère, n'est-ce pas ?

— Vivi, intervint Paul.

— Ça va, dit Jack. J'avais envie de vous en parler.

— Il va bien ? demanda Vivi.

— Non, répondit Jack. Il ne va pas bien du tout. En ce moment même, il est au centre médical et Bastien Nadeau est à son chevet.

— Il a des ennuis avec la police ? » demanda-t-elle avec une inquiétude qui paraissait sincère.

Jack alluma une cigarette avant de se renfoncer dans son fauteuil. Dans sa main gauche, il tenait un verre de whisky avec un mince cube de glace qui flottait à la surface, et il le vida avant de répondre.

« Ma famille est arrivée il y a longtemps, commença-t-il, et mon frère, Calvis, est le seul qui soit resté. Mon père est dans une institution à Saguenay. Je ne l'ai jamais revu depuis mon départ en 1984. Ma mère et ma sœur aînée se sont suicidées.

— Oh, mon Dieu ! s'exclama Vivi les yeux écarquillés, en portant sa main à ses lèvres par réflexe.

— Il y a des gens qui incriminent cette ville, mais ce n'est pas vrai. Des milliers de personnes sont arrivées ou reparties au cours des cinquante à soixante dernières années, et il y a des gens si heureux à Jasperville qu'ils n'ont jamais songé à repartir. »

Jack regarda Vivi, puis Paul. Ils lui montraient un visage attentif, dans l'expectative, et il sut qu'il devrait leur en dire plus qu'aux autres.

« Mon frère a été mis dans une cellule au sous-sol du commissariat après une tentative de meurtre. Je ne sais pas si l'homme qu'il a agressé survivra. S'il meurt, mon frère sera inculpé de meurtre, et s'il survit, de tentative de meurtre. En ce moment, il est au centre médical, parce qu'il a essayé de s'étrangler.

— Pourquoi a-t-il fait ça ?

— Il a perdu la tête, Paul. Il est complètement dingue. Il croit que sa victime était possédée par un wendigo. »

Paul fronça les sourcils.

« Un quoi ?

— Vous parlez de ce mythe indien ? demanda Vivi. Je voulais vous interroger là-dessus dans le train.

— Un mythe, oui, plus ou moins. En tout cas, il vient de cette partie du pays. »

Jack remonta jusqu'au début des années 1970 et à la mort de Lisette Roy. Il évoqua son grand-père, les histoires qu'il racontait, et la peur que Calvis et lui avaient eue en imaginant des créatures cannibales rôdant la nuit. Il leur parla des morts survenues à Jasperville et ailleurs, puis expliqua ce qui s'était passé avec son frère, sa fixation au sujet de Lefebvre, qu'il croyait non seulement possédé, mais seul responsable de toutes ces atrocités.

Quand il eut terminé, Paul et Vivi Girard restèrent sans dire un mot.

« Je suis venu vous demander votre aide, expliqua Jack.

— Notre aide ? demanda Vivi. Que pouvons-nous faire ?

— Pas nous, mais moi, corrigea Paul. Vous aimeriez que j'obtienne des informations, n'est-ce pas ?

— C'est ça, dit Jack.

— Les horaires de Lefebvre depuis 1972.

— Absolument.

— Ces documents sont propriété de Canada Iron. Et confidentiels. »

Jack ne répondit pas. Il regarda Paul dans les yeux. Vivi prit la main de son mari.

« Qu'est-ce qui se passerait si tu cherchais ces informations et qu'ils s'en apercevaient ? »

Paul haussa les épaules.

« Je crois que je perdrais mon poste. »

Vivi ne répondit rien.

« Vous pouvez refuser, dit Jack. Et vous n'auriez aucun compte à me rendre. Je vous demande beaucoup, je sais bien, mais c'est pour ma famille. Pour mon histoire. Ça n'a rien à voir avec vous, et si je vous le demande, c'est uniquement parce que vous êtes employé chez Canada Iron et que vous pouvez mettre la main sur ces informations.

— Bien sûr, dit Paul. J'ai accès à la comptabilité, aux finances, aux bulletins de salaire, aux négociations de départ, aux licenciements, et même aux indemnités. Je sais exactement où trouver ce que vous cherchez. »

Paul prit une gorgée de whisky.

Les seuls bruits pendant une vingtaine ou une trentaine de secondes furent les chuintements et craquements dans la cheminée et le souffle du vent au-dehors.

Finalement, Paul se pencha en avant.

« Je ne chercherai pas ces informations pour vous », dit-il.

Jack sentit son cœur se serrer.

Vivi se redressa dans son fauteuil.

« Mais, Paul…, commença-t-elle.

— Mais je peux vous indiquer où elles se trouvent.

— Vous pouvez m'indiquer où elles se trouvent ? répéta Jack.

— Vivi est enceinte, dit Paul. Je ne peux pas prendre le risque de perdre mon travail. De devoir retourner à Montréal et de tout reprendre à zéro avec un licenciement au-dessus de ma tête. Pas avec toute une famille à nourrir.

— Je comprends tout à fait, dit Jack.

— Il y a des milliers d'archives, poursuivit Paul. Et ce qui fait quatre-vingt-dix pour cent de la difficulté, c'est de savoir où se diriger. Je sais exactement où se trouvent les informations que vous cherchez et je peux vous le dire. Je peux également vous donner les clés du bâtiment et de la salle des archives. Avec un peu de précautions, vous pouvez y aller et trouver ce que vous cherchez sans que personne s'en aperçoive. La fonderie tourne demain et dimanche, mais les zones administratives sont toutes fermées le week-end. S'il arrive quelque chose, dites que vous avez pris mon trousseau de clés au cours de ce dîner. Ça me ferait un alibi plausible. Je m'en tirerais avec un avertissement pour avoir manqué de la prudence élémentaire, mais je conserverais mon poste.

— Parfait, dit Jack. Merci beaucoup. »

Ils burent un autre verre ensemble, puis Paul dessina un plan des bureaux administratifs de Canada Iron. Il expliqua où se situaient les armoires de classement, lesquelles contenaient les relevés d'emploi, qui remontaient jusqu'aux tout premiers recrutements, et comment repérer les dossiers relatifs à une personne particulière.

« Vous devriez trouver tout ce qu'il vous faut, dit Paul. Rien de plus organisé que Canada Iron en matière de paperasse. Je suppose que ce sera numérisé un jour, mais pour le moment tout est encore sur papier. »

Jack étudia le plan de Paul jusqu'au moment où il le sut par cœur, après quoi le schéma termina dans la cheminée.

« Pas d'alarme, pas de gardien de sécurité, détailla Paul tout en lui remettant deux clés. Il n'y a que des papiers, pas d'argent, rien à voler qui aurait une réelle valeur. Le seul moyen de rater l'opération, ce serait de vous faire repérer en entrant ou en sortant.

— Ça n'arrivera pas, dit Jack. Je vous le garantis. »

Jack repartit un peu avant minuit. S'il n'avait pas tant bu, il se serait rendu à la fonderie sur-le-champ. Il irait le lendemain, et aussitôt après il viendrait rendre les clés aux Girard.

Rentré chez lui, il ôta son manteau. Il faisait un froid accablant, mais il était trop tard pour allumer un feu. Il sortit des couvertures et s'emmitoufla dedans. Les événements du jour eurent beau tourner et retourner dans son esprit, il était assez ivre pour plonger dans un sommeil sans rêves.

46

Peu après 11 heures le samedi matin, Jack alla rendre visite à Calvis au centre médical. Nadeau avait passé la nuit là-bas, mais il était parti deux heures plus tôt pour se changer et faire le nécessaire afin que Calvis puisse être retransféré au commissariat.

« Votre frère s'en sortira, dit le Dr Pelletier. Pour être honnête, je n'avais jamais vu ce cas de figure avant. Des gens qui essaient de se pendre, oui, mais ça… » Elle remua la tête, comme si elle n'arrivait toujours pas à y croire. « C'est inédit.

— Et Lefebvre ?

— Pas de véritable amélioration, mais pas de dégradation non plus. Je pense que sa situation va nous obliger à changer un peu les choses à Jasperville, que ce soit au commissariat de police ou dans nos installations médicales.

— Il m'a toujours semblé qu'il fallait au moins deux agents à la Sûreté, dit Jack. S'il y en avait eu deux, les choses n'auraient peut-être pas traîné aussi longtemps.

— Peut-être, répondit Pelletier. Et vous ? Fini l'état de choc ?

— Ça dépend de quel choc on parle, dit Jack. En quatre ou cinq jours, toute ma vie m'a rattrapé, et je ne sais pas vraiment quoi en penser. Toutes ces années à maintenir le passé à distance, à faire comme s'il n'avait rien à voir avec moi, et j'ai soudain l'impression d'avoir foncé dans un mur.

— Vous n'avez pas eu une vie facile.

— Vous croyez que ça existe, une vie facile ?

— Disons plus facile que la vôtre. Qu'allez-vous faire ?

— Ce que je peux, répondit Jack. Changer ce que je peux changer. Essayer d'être un meilleur frère, déjà.

— Vous voulez voir Calvis ?

— Il est réveillé ?

— Non. Je l'ai maintenu sous sédatifs, en attendant que son œdème interne au cou se dégonfle.

— Alors je vais le laisser se reposer, dit Jack. Je le verrai une autre fois. »

Après avoir quitté le centre médical, Jack descendit à la pension. Il trouva Carine à la réception.

Ses traits en disaient long. Elle savait que Jack venait lui demander ce qu'elle avait dit à Calvis. Elle avait l'air de ne pas avoir dormi de la nuit.

Jack sentit en lui un élan de protestation. Il ne trouvait pas d'autre mot. Comme s'il était injustement tenu pour responsable de tous les événements.

« J'ai su ce qui s'était passé, avec Calvis, dit-elle. Il va bien ?

— Il a essayé de se suicider, Carine. De s'étrangler avec un garrot tendu entre son lit et les barreaux de sa cellule. Il a bien failli s'étouffer.

— Mon Dieu. Et c'était juste après ma visite, n'est-ce pas ?

— Qu'est-ce qu'il t'a dit, Carine ? Il délirait ?

— Plutôt, oui. Je crois qu'il m'a prise pour Thérèse. Il n'arrêtait pas de répéter qu'il était désolé de ce qui m'était arrivé. Et puis j'ai l'impression qu'il a compris que ça ne pouvait pas être Thérèse, en tout cas il s'est mis à pleurer et à me dire qu'il n'avait pas fait exprès.

— Fait exprès quoi ?

— Je n'en sais rien, Jack. Je n'en ai aucune idée. Il a dit qu'il avait voulu aider, pas en arriver là. Il est devenu assez hystérique, et le sergent m'a demandé de partir.

— Et tu ne vois pas du tout de quoi il parlait ?

— Non, pas du tout.

— D'accord. »

Il se dirigea vers la porte.

« Jack ? »

Il se retourna.

« Putain, mais qu'est-ce qui se passe à la fin, dans cette ville ? Et entre nous ? »

Jack n'avait rien à lui répondre.

« Tu crois que ça ne peut que s'aggraver ? demanda Carine. Que je ferais mieux de partir tout de suite, tant que je peux encore le faire ?

— J'ai essayé, dit Jack, et me voilà revenu à la case départ sans que les choses aient plus de sens qu'avant.

— Et si…

— Carine, je dois te laisser. Je suis désolé, mais j'ai des affaires urgentes. Je vais faire de mon mieux pour les régler, et tu gagneras à rester à l'écart de tout ça. »

Jack ouvrit la porte intérieure et se retrouva dans le sas avant qu'elle n'ait la possibilité d'ajouter quoi que ce soit. Parvenu au milieu de la rue, il admit enfin ce qu'il avait compris dès le moment où il avait vu Carine : ses sentiments pour elle étaient intacts.

Son agitation en partant vers la fonderie ne ressemblait à rien de ce qu'il avait connu dans son âge adulte.

Les éclairages de la pension projetaient en travers de la rue un halo jaune. Jack, qui marchait du côté gauche en restant dans l'ombre, évitait du mieux qu'il pouvait les sombres filets de glace figés depuis le printemps. Le commissariat était plongé dans le noir, comme le magasin général. L'immense majorité des habitants de Jasperville se trouvaient chez eux derrière des portes et fenêtres closes au coin d'un feu rageur, ou dans des bars, à chercher une autre chaleur.

En plus des clés que Girard lui avait remises, Jack avait sur lui une petite torche et son téléphone portable. Il n'y aurait pas de réseau à la fonderie, mais il pourrait au moins lui tenir lieu d'appareil photo.

Il prit la route qu'il avait toujours empruntée. Il revit les nombreux allers-retours qu'il avait faits là-bas avec sa mère, pour apporter un panier-repas, un message à son père, ou pour lui demander de quoi faire les courses. Il revit les moments d'attente dans la cour, devant la cabine du contremaître, avec toute la machinerie qui grondait à l'arrière-plan, les hauts-fourneaux qui rugissaient et les monolithiques cheminées qui crachaient leur poussière noire dans le ciel. Enfin son père sortait, et Jack connaissait un moment de panique en cherchant à deviner s'il allait le saluer sans enthousiasme, en quelques mots peut-être, ou s'emporter contre lui pour l'avoir dérangé une fois de plus en plein travail.

Avec le recul, il lui semblait que toute son enfance avait été placée sous le signe de l'incertitude. Il avait passé des années à marcher sur des œufs, et ce sentiment familier d'instabilité, d'imprévisibilité, lui revenait.

Jack s'arrêta une fois arrivé du côté du bâtiment qui était abrité du vent. La basse clôture ne lui posa pas de difficulté, mais il resta quelques minutes, le temps de s'assurer qu'il n'y avait pas de rumeur dans l'enceinte, ni personne dans la rue qui s'intéressait à ce qu'il faisait.

Il suivit le chemin que Paul lui avait détaillé et, au bout de quelques minutes, il arriva devant la porte principale du complexe administratif. Les bureaux étaient cachés de la rue par les quais de chargement. Même si un passant tournait la tête de l'autre côté de la clôture extérieure, il ne le verrait pas.

Une fois à l'intérieur, Jack referma la porte à clé. Un vaste réseau de couloirs et de bureaux se déployait devant lui. Sans le schéma de Paul, il n'aurait pas su où aller. Le complexe était sur un seul niveau, une contrainte architecturale due à la proximité des hauts-fourneaux. Jack avança, et avança encore. Il ne trouva la salle qu'il cherchait qu'au bout d'une petite éternité et, en promenant sa torche à l'intérieur après avoir ouvert la porte, il comprit que, sans aide, il n'aurait jamais pu mener cette aventure à bien. Les armoires de classement étaient alignées tout le long du mur du fond sur une bonne quinzaine de mètres, avec encore une dizaine de mètres à sa gauche ainsi qu'à sa droite. Il y en avait plusieurs centaines, toutes dos à dos, avec une étroite ruelle au milieu. Les archives étaient classées par décennies. Les trois premières dates – février 1972, novembre 1974 et juillet 1978 – se trouvaient donc dans la même zone. Les dossiers étaient classés par mois, et les fiches de rotation étaient chaque fois remplies par le surveillant de quart. Trois créneaux par jour, trois équipes et trois surveillants de quart. Environ quatre-vingt-dix pages par mois. Jack ouvrit un tiroir en bas et, dessus, posa le registre ouvert. Le dimanche 13 février 1972, Lefebvre n'apparaissait pas dans la liste. Il était aussi absent du lundi 18 au mercredi 20 novembre 1974. Anne-Louise Fournier avait été tuée le 19. Jack prit des photos de ces documents avec son téléphone.

Thérèse avait été tuée dans la demi-heure où Juliette était partie acheter des billets le matin du 10 juillet 1978. Lefebvre se trouvait à l'usine ce jour-là, où il avait assuré le créneau de 4 heures à midi. Jack vérifia. Son nom apparaissait : 10 juillet 1978, créneau du matin pour les huit heures jusqu'à midi. Jack prit une nouvelle photo.

En novembre 1979, la semaine de l'effondrement, Lefebvre était porté absent. Selon le document que Jack avait sous le nez, il n'avait pas participé à l'opération de sauvetage comme l'avait dit son frère. Jack relut le document. Aucun doute n'était permis. S'il était authentique – Jack n'avait aucune raison d'en douter –, Guy Lefebvre avait menti pour couvrir son frère.

Jack s'assit par terre, dos contre l'armoire. Il ressentit à la fois de l'inquiétude et du soulagement. Si Jean-Paul était coupable et son frère, complice, comment Nadeau et la Sûreté allaient-ils gérer cette situation ? La peine de Calvis serait-elle réduite ?

Jack se força à ne plus y penser. Il devait terminer ce qu'il avait commencé et sortir de là.

Les années 1980 se trouvaient dans une autre rangée d'armoires. Estelle Poirier avait été tuée en juin 1981, et Lefebvre était absent le jour de sa mort ainsi que le lendemain. Le mardi 16 août 1983, Lefebvre était encore une fois absent, et c'était ce jour-là que Virginie Fortin avait été tuée. Il était d'ailleurs porté absent toute la semaine. En mars 1986, Lefebvre était porté absent pendant trois jours – du 5 au 7 –, sans qu'aucune raison soit donnée. Geneviève Beaulieu avait été retrouvée morte à Fermont le jeudi 6. Enfin, dans une nouvelle rangée d'armoires, Jack trouva le registre de la semaine du 14 au 18 mai 1990. C'était le dernier cas évoqué dans les carnets de Calvis. Lefebvre était sorti du travail le jeudi 17 en milieu d'après-midi. Le corps de Madeleine Desjardins avait été retrouvé le matin du vendredi 18.

Jack prit des photos de chacun de ces documents, qu'il reposa exactement à la place où il les avait trouvés, en vérifiant chaque fois que le tiroir était bien fermé.

Il ferma la porte du bureau à clé derrière lui, puis revint sur ses pas jusqu'au hall d'entrée. Il attendit trois ou quatre minutes dans le noir et dans le silence avant d'ouvrir la porte avec autant de lenteur que de prudence. Il la ferma à clé elle aussi, puis gagna la clôture d'enceinte.

Jack rentra chez lui hors d'haleine. Il ne sentait plus le froid – peut-être faisait-il moins quinze – mais toutes ses articulations étaient douloureuses, avec des espèces d'élancements vifs et lancinants.

Il fit du feu, remplit largement un verre de whisky et resta devant la cheminée pour se réchauffer avant d'enlever son manteau.

À la table de la cuisine, il réunit toutes les informations pertinentes – jours, dates, horaires des créneaux – dans un tableau, chacune accompagnée du nom de la jeune fille ainsi que de la date et du lieu exact où son corps avait été retrouvé.

Jean-Paul Lefebvre était absent de l'usine à toutes les dates concernées, à part le jour de la mort de Thérèse. Il ignorait quelle solution Calvis avait trouvée à cette énigme, mais il ne pouvait pas se permettre de l'accepter. Il y avait toujours une possibilité d'erreur. Les documents étaient tapés à la machine. Les gens font des erreurs de frappe. Les créneaux devaient être consignés avec précision pour le calcul des salaires.

Jack devait vérifier que les dates recoupaient celles des livres de paie. Identifier une source, et trouver deux confirmations. Si Jean-Paul Lefebvre avait touché de l'argent pour un créneau assuré tôt le lundi 10 juillet 1978, alors ce n'était pas lui qui avait tué Thérèse. Il serait prématuré de confronter le frère de

Lefebvre avant d'en avoir le cœur net. Jack aurait à nouveau besoin de Paul Girard. Il irait le voir dès le lendemain matin.

Jack se servit un nouveau verre et alluma une nouvelle cigarette. Dos au feu, il ferma les yeux. Il pensa à Calvis, à Carine, et à tout ce qui s'était passé depuis son arrivée à Jasperville. Une lumière lui apparaissait au bout d'un tunnel aussi long qu'obscur, et il espérait – dans l'intérêt de tous – qu'il y aurait moyen de sortir de ce cauchemar.

Dehors, le vent reprit. Jack l'entendit mugir dans les allées étroites séparant les maisons. Il y avait de quoi mourir gelé en moins d'une heure. En y pensant, Jack comprit combien Jasperville avait été complice des événements. La vérité avait été dissimulée, une autre explication avait été donnée, les peurs des habitants avaient été amadouées. Peut-être papi avait-il eu raison depuis le début. Cette ville était maudite, et contaminait tout le reste. Elle suivait ceux qui la quittaient. Elle avait le pouvoir de les ramener de force.

47

Juste après 7 heures, Jack rencontra Paul en contrebas de sa maison. Il lui expliqua en détail ce qu'il désirait vérifier. Girard, quoique d'accord sur le principe, lui fit promettre de ne plus chercher à lui parler de ces événements à proximité de chez lui.

« Vivi a, au mieux, le sommeil fragile, et après votre visite elle n'a presque pas fermé l'œil de la nuit.

— Je suis vraiment désolé.

— Rien de grave, dit Girard. De toute façon, ce n'est pas votre faute. Elle a déjà du tracas avec le déménagement, le changement complet de cadre de vie et tous les préparatifs pour l'arrivée du bébé. Je suis prêt à vous aider dans certaines limites, mais je ne veux pas qu'elle stresse à cause de ça.

— Je comprends, dit Jack. Merci de tout ce que vous faites. »

Jack lui donna la liste des dates sur lesquelles il souhaitait opérer des recoupements.

« Mais en gros, ce que vous voulez savoir, c'est si Lefebvre a été payé pour ce créneau matinal de juillet 1978, c'est ça ?

— Si vous pouvez, vérifiez toutes les dates, répondit Jack. J'aimerais vraiment m'assurer que les fiches de rotation et de paie correspondent.

— Il semble vraiment que ce soit lui qui les a toutes tuées, n'est-ce pas ? Votre frère sera un héros aux yeux d'une partie de la population.

— Mais pas aux yeux de la justice. Il y aura toujours meurtre ou tentative de meurtre. Si Lefebvre est le meurtrier, Calvis passera pour un vengeur masqué. Les tribunaux ont tendance à condamner à des peines exemplaires ceux qui font justice eux-mêmes.

— Oui, c'est vrai, reconnut Girard. Je peux faire ça pour vous, mais comme je vous l'ai dit, ce ne sera pas de moi que vous tiendrez toutes ces informations.

— Évidemment, répondit Jack. Merci encore. »

Ils se donnèrent rendez-vous au bar le plus proche de la maison des Girard vers 20 heures.

Jack était en avance. Girard arriva à l'heure, presque à la minute près. Il accepta le verre que Jack lui offrit, puis annonça qu'il valait mieux trouver un endroit où ils ne pourraient pas être entendus. Il avait un air grave, et Jack se demanda ce qu'il avait pu découvrir. Peut-être était-il venu lui expliquer qu'il était rentré bredouille et qu'il ne pouvait rien pour lui. Dans ce cas, Jack savait qu'il devrait l'accepter. Il abusait déjà de sa bonne volonté, et il ne voulait pas mettre son poste en danger. Une fois installé, Girard parut hésitant.

« Qu'y a-t-il ? demanda Jack.

— Ces dates, dit Girard. Vous êtes absolument certain que ce sont les bonnes ?

— Les dates que je vous ai données, oui. Tout à fait certain.

— Alors il y a pas mal de bizarreries.

— C'est-à-dire ?

— J'ai tout vérifié et revérifié. Lefebvre a un frère employé là-bas aussi, n'est-ce pas ?

— Oui, dit Jack. Guy Lefebvre.

— J'ai regardé s'il n'y avait pas eu de confusion. J'ai même consulté leurs dossiers, à tous les deux, pour voir si les dates correspondaient de près ou de loin, et c'est bien le cas.

— Qu'avez-vous découvert ?

— Cette première date. En juillet 1978. Lefebvre était bien sur ce créneau du matin. Vous le saviez déjà, n'est-ce pas ?

— Oui, dit Jack.

— Ce sont les sept autres dates de la liste qui posent problème. J'ai tout vérifié. Il n'était absent que trois fois. Les quatre autres fois, il a bien été payé.

— Quoi ? dit Jack. De quoi parlez-vous ?

— Les quatre fois, il travaillait, même si son nom n'apparaît pas sur la fiche de rotation. Les seules dates où il est absent de l'usine sont le mardi 19 novembre 1974, du vendredi 19 au lundi 22 juin 1981, et une semaine entière du lundi 15 au vendredi 19 août 1983. Son frère est absent aux mêmes dates en 1981 et en 1983.

— Et en novembre 1974 ?

— Il n'y a que Jean-Paul, à ce que j'ai pu voir. »

Jack regardait Girard, essayant vainement de comprendre ce qu'il entendait.

« S'il y a une erreur quelque part, dit Girard, c'est sur la fiche de rotation. Je connais suffisamment Canada Iron pour savoir qu'ils ne paieraient jamais des créneaux qui n'ont pas été assurés.

— Mais je les ai vues, ces fiches de rotation, protesta Jack. Hier. Elles étaient sous mes yeux, dans les registres. Je les ai même prises en photo. Les créneaux étaient là, noir sur blanc. Toutes les dates correspondaient à celles des disparitions.

— Sauf celle de juillet 1978.

— Oui, sauf celle-là. Mais les sept autres…

— Je ne fais que vous dire ce que j'ai vu noir sur blanc dans les livres de paie. Dans quatre cas, votre Lefebvre a été payé pour une semaine de travail. Il n'était pas absent, Jack. Malgré tout, il y a lieu de croire que les fiches de rotation ont été modifiées après coup. Une erreur, passe encore, mais pas quatre pour le même employé. On ne peut plus parler de coïncidence. »

Jack fixait toujours Girard, mais sans le voir ; son regard passait à travers lui pendant que son esprit ressassait les éléments qui lui avaient été présentés. S'ils étaient vrais, Jean-Paul Lefebvre avait été désigné. Un autre homme s'était servi de lui. À part un jour isolé, un week-end et enfin toute une semaine, quelqu'un avait altéré les registres pour donner lieu de croire que Lefebvre avait été absent alors qu'il ne l'était pas.

« Qui a pu modifier les fiches de rotation ? demanda Jack.

— Tous les employés haut placés dans l'administration ont accès à ces dossiers. On aurait non seulement un meurtrier, mais un homme qui aurait pris soin d'en faire passer un autre pour coupable de ses crimes.

— Je suis enquêteur sur incendie pour les compagnies d'assurances, dit Jack. Vous ne croiriez pas de quelles ruses les gens sont capables pour nous induire en erreur. Certains maquillent les faits au point de les rendre méconnaissables. Leur aisance dans le mensonge ne laisse jamais de m'étonner, et ça fait des années que je suis dans ce métier.

— Merde, dit Girard en s'appuyant contre le dossier de sa chaise.

— Il faut que j'aille faire une visite au frère de Lefebvre.

— Maintenant ?

— Oui, maintenant.

— Vous voulez l'interroger sur les dates où ils étaient tous les deux absents.

— Oui. Oui, c'est ça.

— Merde, Jack, ça fait près de vingt ans !

— Je dois au moins lui poser la question », dit Jack avant de vider son verre.

Il remercia encore une fois Girard chaleureusement pour son aide.

« Tenez-moi au courant.

— Comptez sur moi », dit Jack.

Il enfila son manteau et se dirigea vers la porte.

Guy Lefebvre était bien chez lui. Après un instant de surprise, il invita Jack à entrer. Jack déclina le verre qu'il lui offrait, puis expliqua qu'il devait l'interroger sur deux ou trois choses qui dataient du début des années 1980.

« Et vous pensez que je m'en souviendrai ?

— Il y a deux dates où vous avez été absents les mêmes jours, lui et vous. »

Lefebvre se dirigea vers la cuisine. Jack le suivit, et ils s'assirent à table l'un en face de l'autre.

« Vous pouvez être plus précis ? demanda Lefebvre.

— La première fois, c'était du vendredi 19 au lundi 22 juin 1981, l'autre, c'est quand vous êtes partis tous les deux une semaine en…

— Août 1983, coupa Lefebvre.

— Voilà, c'est ça, dit Jack.

— Notre mère venait de mourir, expliqua Lefebvre. On est retournés là-bas pendant une semaine.

— Là-bas ?

— À Edmonton.

— Dans l'Alberta ?

— Je ne connais pas d'autre Edmonton, répondit Lefebvre.

— Ça fait une sacrée trotte.

— Oui, en effet. » Lefebvre se pencha. « Pourquoi me demandez-vous ça ?

— Il y a des décalages entre les fiches de rotation et les livres de paie. Pour ce qui est des dates qui m'intéressent, il n'y a que deux cas d'absence où Jean-Paul n'a pas été payé. Le premier, pendant la semaine dont vous venez de parler ; le second, pendant ces trois jours en juin.

— Si c'est en juin, on pêchait sur le lac Chantal. Mai, juin, juillet, c'étaient les mois pendant lesquels on louait un petit chalet pour y passer deux jours par-ci, deux jours par-là. Avant que tout parte en vrille entre nous, bien sûr. »

Jack n'avait pas de raison de douter de la parole de Guy. Les deux frères étaient en mauvais termes, et il n'y avait aucun motif apparent à ce que Guy cherche à couvrir Jean-Paul. Mais, dans ce cas, Jean-Paul ne pouvait pas avoir tué Estelle Poirier ni Virginie Fortin.

« Monsieur Lefebvre, voyez-vous quelqu'un qui aurait pu chercher à faire soupçonner votre frère ? »

Lefebvre afficha un sourire narquois.

« Quelqu'un d'autre que moi, vous voulez dire ?

— J'imagine que votre animosité n'allait pas aussi loin ?

— Plus on est proches, pires sont les brouilles, je crois. C'est sans doute dans l'ordre des choses. Il est difficile de comprendre la rancœur et la haine entre membres d'une même famille, mais on ne les a pas choisis et on n'y échappe pas. Quand ça tourne au vinaigre, ça peut devenir très acide.

— Vous ne voyez personne qui aurait pu vouloir le faire passer pour coupable de ces crimes ?

— Vous êtes en train de me dire que c'est ce qui s'est passé ? Que quelqu'un a voulu lui faire porter le chapeau, et que c'est ça qui a tourné la tête de votre frère au point de le pousser à agresser Jean-Paul ?

— Tout ce que je sais, c'est qu'on ne peut pas se trouver dans deux endroits à la fois. »

Guy Lefebvre avait une bonne carapace, mais il ne put dissimuler son émotion. Il ferma les paupières, puis se pencha et se couvrit les yeux. Sa poitrine fut parcourue de soubresauts alors qu'il essayait de contenir sa réaction.

« Je suis désolé, dit-il au bout d'un moment.

— Je vous en prie. J'ai traversé plus d'épreuves ces cinq derniers jours qu'en vingt-six ans. J'ai une petite idée de ce que vous éprouvez. »

Lefebvre reposa sa main. Il respira profondément, les yeux toujours fermés, puis se leva.

« Je vais me servir un verre, dit-il. Accompagnez-moi. »

Il se rassit, puis demanda :

« Et maintenant, qu'est-ce que vous allez faire ? En parler au sergent ?

— Je ne sais pas. Ce n'est pas clair. Je suis enquêteur sur incendie pour les compagnies d'assurances, pas flic. Je ne sais pas comment on est censé traiter ce genre de choses.

— Qu'est-ce qu'il vous reste à réunir, comme éléments ?

— Si j'en juge par ceux que j'ai déjà, les fiches de rotation ont été falsifiées. Quelques feuilles. Pas un gros travail. Mais l'homme qui a fait ça devait haïr mortellement votre frère, à moins qu'il n'ait fait que jouer d'une opportunité. Je n'en sais rien. »

Lefebvre remplit les deux verres.

« Si Jean-Paul n'est pas le meurtrier, votre frère n'a plus rien pour sa défense.

— Avant-hier, il a essayé de se suicider.

— Pardon ?

— Il est fou. Là encore, je me suis fait une raison. Il vit dans un délire et… » Jack s'arrêta, désemparé. « Et… je ne sais pas. Il s'est mis dans la tête que Jean-Paul a tué toutes ces jeunes filles. Soit il a trouvé quelques éléments qui allaient dans ce sens et il n'a pas cherché plus loin, soit l'idée s'est imposée à lui d'entrée de jeu. Quand les gens sont certains de quelque chose, ils arrêtent de se poser des questions.

— Et depuis vingt ans, vous dites que les cas ont cessé ?

— Eh bien, le dernier à ma connaissance, et selon l'enquête de mon frère, remonte à 1990. Soit tout s'est arrêté, soit ça a continué mais personne ne s'est aperçu de rien.

— Ou le meurtrier est parti.

— Ou il est mort », dit Jack.

Lefebvre vida son verre, puis se servit un nouveau whisky qu'il but aussi.

« J'ai l'impression que tout ce qu'il vous reste à faire, c'est mettre la justice de votre côté. Je ne vois pas vraiment comment vous pouvez aller plus loin sans une forme ou une autre d'intervention officielle. Vous avez d'un côté un homme qui peut mourir, de l'autre un homme qui veut mourir, et il semblerait qu'ils n'aient rien à se reprocher du point de vue des événements en jeu. »

Lefebvre avait raison. Plus Jack réfléchissait à sa situation, moins il savait quoi faire. Il ne voulait pas parler à Nadeau – il lui faisait confiance, mais il savait que Nadeau lui dirait de renoncer. Or, quand bien même il n'était pas prêt à le faire, il était assez lucide pour savoir qu'il était dépassé. Il avait perdu pied.

« Est-ce que je peux vous aider ? demanda Lefebvre.

— Je ne sais pas si je dois essayer de déterminer s'il y a eu d'autres meurtres, ou chercher qui a eu accès à ces registres et a ainsi pu les changer. Des dizaines de personnes ont dû défiler pendant tout ce temps. Peut-être faudrait-il aussi chercher du côté des employés qui sont partis il y a une vingtaine d'années, l'un d'entre eux a peut-être cherché à brouiller ses pistes, quelqu'un qui connaissait votre frère, qui occupait un poste administratif…

— J'ai votre homme, dit Lefebvre. Le responsable de tout ce qui est recrutement, logement des nouveaux arrivants, fiches de poste… Il s'occupe de tout ce genre de choses.

— Son nom ?

— Edouard Rondeau. Il faudrait que vous alliez le voir. Ça fait longtemps qu'il est là. Il connaît tout le monde, il a accès à tout, et il se souviendra peut-être d'employés de cette époque-là.

— Rondeau, dit Jack. D'accord. Je vais essayer d'aller le voir demain. Ça nous mènera peut-être quelque part. »

Lefebvre se pencha et posa sa main sur celle de Jack.

« Vous avez un sentiment de culpabilité vis-à-vis de votre frère, dit-il. À cause de ce qu'il a fait.

— Je l'ai abandonné, monsieur Lefebvre. Je sais que la culpabilité ne sert à rien, mais je me demande encore ce qui se serait passé si j'étais resté.

— Les regrets sont futiles. Ils ne font pas avancer.

— Je sais, dit Jack, mais on passe quand même son temps à se demander ce qui se serait passé si on avait pris d'autres décisions.

— C'est vrai, répondit Lefebvre d'un air chagrin. Parfaitement vrai. »

48

Le directeur de l'administration de Canada Iron, Edouard Rondeau, était un homme intense au visage exigu. Il regarda Jack d'un air soupçonneux avant même qu'il n'ait desserré les lèvres.

« Devereaux, dit Rondeau. Comme le détenu.

— Je suis son frère.

— Ah ?

— Oui, monsieur Rondeau. Le frère de Calvis. Et le fils d'Henri.

— J'ai connu votre père, dit Rondeau. Un grand travailleur. Quelqu'un de bien. J'en pensais autant de votre frère. »

Il regarda autour de lui dans le petit bureau, puis vers la porte et enfin par la fenêtre. La lumière était grise et indécise à cause de la condensation. Un convecteur électrique élevait poussivement la température dans la sphère du supportable.

« Mais ce qu'on pense des gens ne correspond pas forcément à ce qu'on sait d'eux, n'est-ce pas, monsieur Devereaux ? »

Jack perçut de l'hostilité. Peut-être Rondeau pensait-il qu'il était venu pour se plaindre de Canada Iron.

« J'aimerais que vous m'aidiez, monsieur Rondeau. J'ai mené mon enquête, j'ai rencontré des gens, j'ai essayé de tirer certaines bizarreries au clair.

— Vous avez mené votre enquête ? En qualité de quoi, monsieur Devereaux ?

— En qualité de frère, monsieur Rondeau. De frère inquiet.

Rien de plus.

— Et vous venez nous accuser de complicité dans les derniers événements ?

— Pas du tout. Ce serait plutôt le contraire. Je n'ai pas oublié que Canada Iron a soutenu ma famille dans des circonstances particulièrement difficiles. La mienne, et d'autres. Qui ont perdu des enfants il y a longtemps. »

Les efforts de diplomatie déployés par Jack semblaient laisser Rondeau indifférent.

« Je cherche juste à comprendre comment ça a pu arriver, et je sais que vous êtes ici depuis longtemps et que vous pouvez m'aider.

— En quoi, exactement ? demanda Rondeau.

— Eh bien, j'aimerais savoir si un employé a pu en vouloir à Jean-Paul Lefebvre.

— En vouloir à Jean-Paul Lefebvre ? Je ne vois pas le rapport avec moi, ni Canada Iron, ni rien du tout, monsieur Devereaux.

— Selon une hypothèse… »

Jack hésita. Cette conversation ne mènerait nulle part tant qu'il n'en révélerait pas un peu plus, mais il ne pouvait pas non plus livrer des éléments compromettants pour Paul Girard.

« Selon une hypothèse ? répéta Rondeau.

— C'est à l'homme que je veux m'adresser, monsieur Rondeau, pas au responsable de Canada Iron. »

Rondeau ne marqua aucune réaction.

« Vous comprenez ce que je vous dis ? demanda Jack.

— Continuez.

— La vie de Lefebvre est en danger. Je le crois innocent. Mon frère le tient pour responsable de morts survenues il y a une vingtaine ou une trentaine d'années. Si ce n'est pas lui le coupable, c'est que le meurtrier continue d'échapper à la justice. »

Rondeau se pencha et sortit une cigarette d'un paquet posé sur le bureau. Il l'alluma, se redressa, tout cela sans un mot ni un battement de cils.

« J'ai des informations, poursuivit Jack, dont je ne peux pas révéler l'origine.

— Parce que c'est un de nos employés qui vous les a données, observa Rondeau d'un air détaché.

— Je ne dis pas ça, monsieur Rondeau, mais certaines de ces informations en contredisent d'autres.

— Monsieur Devereaux, je ne suis ni un imbécile ni un insensible. Si vous attendez quelque chose de moi, alors dites-moi de quoi il s'agit. Si je peux vous répondre, je le ferai. Mais vous voudriez que je m'engage à renoncer à toute enquête si c'est par une violation de confidentialité au sein de notre entreprise que vous êtes parvenu en possession de vos informations.

— Voilà », dit Jack.

Rondeau fuma sa cigarette. Il se tut pendant un certain temps. Il regarda Jack dans les yeux.

« Alors concluons un marché, monsieur Devereaux. Je vous promets de ne pas diligenter d'enquête, et vous, de ne pas utiliser les informations que vous obtiendrez pour flétrir la réputation de ce bureau ni de cette compagnie.

— Je vous donne ma parole, dit Jack.

— Pas de réponse hâtive. Prenez le temps de la réflexion. Je suis le directeur de l'administration. La condition des employés et de leur famille relève de ma responsabilité. C'est moi qui gère les salaires, les congés, les logements, tout. C'est moi qui vais voir les proches en cas de décès dans les mines. C'est moi qui suis responsable des dommages et intérêts en cas de blessure et d'accident. Il y a beaucoup de monde ici, monsieur Devereaux, et chaque employé compte sur tous les autres pour faire son travail, pour remplir sa mission, et pour assurer non seulement son bien à lui, mais le bien de tous ceux dont la subsistance et les conditions de vie dépendent de Canada Iron. Vous me parlez de morts, de meurtriers. Je ne suis pas au courant des faits. Même s'ils sont survenus il y a de nombreuses années, les souvenirs sont longs et le pardon est court. Si l'on se met à nous accuser de négligence ou d'imprudence… »

Rondeau indiqua d'un geste de la main qu'il n'était pas nécessaire d'aller plus loin.

« Je ne vois pas comment la compagnie en tant que telle pourrait être tenue pour responsable des événements de cette ville, dit Jack.

— Vous, non, peut-être. Mais ce ne sera pas à vous de faire des déclarations à la presse et de répondre aux questions de la police. »

Jack comprit que ce Rondeau était inquiet pour lui-même, comme le sont tous les hommes. Il avait un travail. Sans doute très bien payé. Il ne voulait pas le perdre, ni être tenu pour responsable d'un éventuel déluge d'attention médiatique autour de Canada Iron. Jasperville était une petite ville fondée par cette compagnie, et toute l'actualité les concernait, directement ou indirectement. Le monde extérieur n'avait jamais entendu parler de Lisette Roy, d'Anne-Louise Fournier, ni des six autres jeunes filles enlevées et tuées dans le lointain nord-est du Canada, sous les yeux d'un géant industriel qui avait largement les ressources et l'influence nécessaires pour faire venir à l'usine comme à la Sûreté autant de responsables qu'il voulait afin d'éclaircir les événements. Le fait qu'il n'en était pas responsable et qu'il n'aurait pas pu les empêcher passerait au second plan. Le tribunal de l'opinion publique serait influencé par les médias, dont le travail est de créer des polémiques et de désigner des coupables même en l'absence de crime.

« Depuis combien de temps êtes-vous là, monsieur Rondeau ?

— À Jasperville, ou à ce poste ?

— Les deux.

— Je suis arrivé dans la compagnie en 1976. J'ai remplacé mon prédécesseur à ce poste en 1992.

— Comment s'appelait-il ?

— Gaines. Wilson Gaines. Un Américain.

— Ce nom me dit quelque chose. Son poste était exactement le même avant que vous arriviez ?

— C'est ça, monsieur Devereaux.

— Et maintenant, où est-il ?

— Il a quitté la compagnie pour des raisons de santé, si ma mémoire est bonne. Il n'était plus tout jeune. Je ne sais pas ce qu'il est devenu. Il est peut-être mort à l'heure qu'il est.

— Ainsi, tout ce qui relevait des fiches de rotation, des livres de paie et des dossiers d'employés de Canada Iron était géré par ledit Gaines sur cette période ?

— Il n'était pas tout seul, monsieur Devereaux. J'ai une équipe de plus de vingt personnes pour m'épauler, et je suis sûr que Gaines en avait autant, sinon plus. La production à cette époque était bien plus importante qu'aujourd'hui.

— Je vais essayer de voir s'il vit toujours, monsieur Rondeau. S'il est mort, ou qu'il ne peut pas m'aider, je reviendrai.

— Allez-vous rapporter cette conversation au sergent Nadeau ?

— Il n'y a rien à rapporter, monsieur Rondeau. »

Le directeur de l'administration se leva avec un hochement de tête approbateur.

« Passez voir l'employé du personnel. Je vais l'appeler pour vous annoncer. Sans doute avons-nous des archives sur M. Gaines. Peut-être trouverez-vous des informations sur l'endroit où il est allé.

— Merci, monsieur Rondeau. Je vous remercie pour votre aide. »

49

L'employé du personnel était très serviable, mais la visite ne donna aucun résultat.

Les relevés d'emploi de Wilson Gaines se terminaient avec son départ à la retraite en mars 1992. Il avait été recruté à trente-trois ans en juillet 1964 en tant qu'assistant administratif, et il avait assuré les fonctions de responsable du logement jusqu'en 1973. C'était lui qui avait fait le nécessaire pour la famille Devereaux à son arrivée en avril 1969. Ensuite, il avait occupé de nombreux postes administratifs, avant d'être nommé directeur de l'administration en 1978. Il avait conservé ces fonctions pendant quatorze ans, après quoi Rondeau avait pris sa succession. Le dossier ne donnait aucun détail sur sa retraite pour raison médicale.

Wilson Gaines devait être âgé de soixante-dix-neuf ans. Jack eut l'intuition qu'il n'était ni mort, ni rentré aux États-Unis.

L'employé du personnel avait suggéré une piste. Il y avait un autre dossier sous le même nom – celui du fils de Wilson, qui s'appelait Robert. Jack avait un vague souvenir de lui à la pension. Robert Gaines avait été recruté en mai 1971, à peine âgé de dix-huit ans, et il était aussi parti au début de l'année 1992.

« Peut-être a-t-il suivi son père, suggéra l'employé. Pour s'occuper de lui. Gaines père ne semblait pas avoir d'épouse, ni à son arrivée en 1964 ni à son départ à la retraite. »

L'examen du dossier de Robert Gaines montra qu'il avait aussi travaillé dans l'administration, quoique à un poste pas aussi élevé. Il devait être âgé de cinquante-sept ans, et la probabilité qu'il soit mort était moindre. Jack apprit par cœur sa date de naissance, ainsi que celle de son père.

En quittant les bureaux de la fonderie, Jack eut la sensation d'être lancé dans une chasse aux fantômes. Même s'il retrouvait Wilson Gaines, que lui demanderait-il ? Entre les milliers d'employés dont il avait eu la responsabilité pendant ses années de service, pourquoi se souviendrait-il de Jean-Paul Lefebvre ? Ce n'était qu'un espoir grotesque, mais Jack se sentait obligé de suivre toutes les pistes. S'il remontait celle-là, c'était uniquement parce qu'il n'en avait pas d'autre.

Le procédé le plus efficace pour rechercher Wilson et Robert Gaines aurait été de passer par Nadeau et la Sûreté, mais Jack préféra là encore ne rien leur révéler de son enquête. Le magasin général disposait d'un téléphone, qui se trouvait pourtant dans un espace public où Jack risquait d'être entendu. La pension offrait une dernière option, et Jack comprit qu'il devrait parler de cette situation à Carine.

Il arriva un peu avant midi. Carine était très perturbée d'avoir été la dernière personne à parler avec Calvis juste avant sa tentative de suicide.

« Je n'ai pas fermé l'œil, dit-elle. Pratiquement pas. Ça fait trois nuits, maintenant. Je ressasse sans arrêt ce qu'il m'a dit. J'essaie de comprendre, et j'imagine toujours le pire.

— Carine, je crois que lui-même ne sait plus ce qu'il dit.

— Ce n'est pas l'impression que j'ai eue, répondit-elle. Dès qu'il a compris qui j'étais, il a changé du tout au tout. » Elle s'arrêta et regarda ailleurs. Elle avait les larmes aux yeux quand elle se tourna de nouveau vers lui. « Il était redevenu le petit enfant que j'avais connu.

— Et il t'a répété qu'il était désolé de ce qu'il avait fait.

— Oui, mais seulement parce qu'il m'avait prise pour Thérèse.

— Je crois qu'il ne faut pas y accorder trop d'importance, estima Jack. Le fait qu'il t'ait prise pour Thérèse en dit long sur son état mental.

— Peut-être, mais ça m'a fait repenser aux événements de cette période, à la mort de Thérèse, de Juliette, de ta mère.

— C'est pour ça que je suis venu. J'essaie de retrouver quelqu'un qui travaillait alors chez Canada Iron. Il est parti pour raison médicale. Il me manque des détails, mais il a pris sa retraite en 1992. Je ne sais pas ce qui en ressortira, en tout cas il faudrait déjà que je le retrouve.

— Le sergent Nadeau ne peut pas t'aider ?

— Sans doute que si, mais je ne veux pas impliquer la police. Nadeau me dira de ne pas me mêler de ça.

— De quoi as-tu besoin ?

— D'un téléphone, rien de plus. Un ordinateur serait idéal, mais je suppose qu'il n'y a pas accès à Internet, ici ?

— Pas la peine d'y penser. Tu peux utiliser le téléphone de la réception, ou il y en a un autre dans le bureau à l'arrière.

— La ligne fonctionne ?

— Je crois, oui, dit Carine. Mais on n'est jamais sûr.

— Donne-moi le numéro de la réception. Je vais appeler quelqu'un et lui demander de me rappeler. »

Carine s'exécuta puis lui montra le bureau, une ancienne pièce de stockage où il avait vu Marguerite ranger les serviettes et le linge de lit. Jack évoqua tout le temps qu'ils avaient passé ensemble à préparer les chambres. Carine se contenta de le regarder en remuant la tête.

« Tu es tout seul là-dessus, Jack. Tu peux te servir du téléphone, aucun problème, mais quelles que soient tes intentions et quel que soit le résultat, ça ne change rien entre nous. Tant d'années de colère et de souffrance ne partent pas en un week-end.

— Je suis désolé, dit-il.

— Pas la peine, répondit Carine. Ça ne sert à rien. La relation qu'on a eue réunissait deux personnes très différentes. »

Carine ferma la porte derrière elle.

Jack s'assit un petit moment. Son impression s'était révélée fausse. Sa trahison ne lui serait peut-être jamais pardonnée, et il allait devoir se faire à cette idée.

Jack prit le combiné et composa le numéro du bureau de Ludo à Montréal. L'appel sonna dans le vide. Il contacta l'accueil et demanda si Ludo était là.

« Pas aujourd'hui. Il est en congé demain aussi. Il revient mercredi. »

Jack raccrocha puis composa le numéro privé de Ludo. Ce fut Florence qui répondit.

« Eh, Florence. C'est Jack. Je cherche Ludo.

— Il n'est pas là, mais il devrait revenir d'une minute à l'autre. Il est allé déposer les filles à la patinoire. En fait, il a essayé de te joindre. Ils ont demandé de tes nouvelles, au bureau. J'imagine qu'ils aimeraient savoir quand tu reviens.

— Ils n'ont que mon numéro de téléphone portable, et il n'y a pas de réseau ici.

— Ludo m'a dit que tu étais parti dans le Nord-Est pour régler un problème avec ton frère. »

Jack entendit le sourire intrigué à l'autre bout du fil.

« Tu ne m'as jamais dit que tu avais un frère.

— Une autre vie, dit Jack. Je n'ai pas encore tout réglé ici. Je viens d'appeler le bureau, d'ailleurs.

— Tiens, attends, dit Florence. Il rentre juste. »

Jack patienta un certain temps, puis entendit un bruit de pas.

« Jack !

— Eh, Ludo. Comment ça va ?

— Ça peut aller. Et toi ?

— Il y a encore quelques petites choses qui me résistent, tu vois ce que je veux dire ?

— Tu vas rester encore longtemps là-bas ?

— Je ne sais pas vraiment. On me donne une semaine, et si je reste plus longtemps, il faut que je prenne sur mon temps de congé.

— OK, OK. Tu veux que je leur transmette un message ?

— Dis-leur que je prends encore une semaine, et que si ça dure plus longtemps, je les appelle.

— Ça marche.

— Sauf que je ne t'ai pas appelé pour ça, dit Jack. J'ai besoin d'un service.

— Bien sûr. Qu'est-ce que je peux faire pour toi ?

— Je suis à la recherche de quelqu'un. Tu as de quoi noter ?

— Une seconde, dit Ludo. OK, vas-y.

— Gaines. G-A-I-N-E-S. Prénom Wilson. Né le 7 janvier 1931. Employé de Canada Iron à partir de 1964, il a pris sa retraite pour raison médicale en 1992. Il est américain, mais il se peut qu'il soit resté au Canada. Je cherche aussi un autre Gaines. Robert. Date de naissance, 15 mars 1953. Le père et le fils.

— Mais c'est Wilson qui est le plus important ?

— Oui.

— Et tu as une idée de sa ville d'origine ?

— Non.

— OK, je vais voir ce que je peux faire.

— S'il est mort, il faut que je retrouve le fils.

— Je m'y mets tout de suite, dit Ludo. J'imagine que tu n'as pas Internet là-bas.

— J'ai déjà de la chance d'avoir une ligne de téléphone.

— Donne-moi un numéro où te rappeler. »

Jack lui donna le numéro de la pension.

« Je ne devrais pas en avoir pour longtemps, dit Ludo. S'il le faut, je peux accéder au réseau du bureau depuis chez moi, et à toutes les bases de données possibles et imaginables.

— Je ne te demande pas de faire quoi que ce soit d'illégal, Ludo. C'est mon problème, pas le tien. »

Ludo s'esclaffa.

« Eh, l'ami, je fais ce que je veux. Donne-moi une petite demi-heure, et je te rappelle.

— Merci, vraiment », dit Jack avant de raccrocher.

Il quitta le bureau et retourna à la réception.

« On va me rappeler, annonça-t-il à Carine. D'ici une demi-heure, peut-être. Ça ne te dérange pas si j'attends ici ?

— Mais non, dit Carine. Tu veux une tasse de café d'hiver ?

— Avec plaisir. »

Jack la suivit dans l'arrière-cuisine. Il s'installa à la grande table au centre de cette pièce où il avait vu Carine préparer les repas pour les résidents avec sa mère. Jack ne comptait plus le nombre de fois qu'il s'était assis là – pour faire ses devoirs ou discuter avec Philippe Bergeron tout en observant Carine, espérant qu'elle ne s'apercevrait de rien.

« Pas marié, dit Carine en posant la tasse devant lui. Et pas d'enfants non plus. » Elle alla chercher une bouteille de whisky et une autre de sirop d'érable. « Qu'as-tu fait de ta vie ?

— J'ai travaillé, j'ai dormi, j'ai mangé. J'ai suivi les matchs de hockey. J'ai existé, en gros. »

Jack versa une mesure de whisky et une bonne cuillerée de sirop dans son café.

Carine s'assit.

« Tu t'es déconnecté de tout et tu as vécu caché ?

— Presque, dit-il.

— Ça m'a l'air triste à mourir, si tu veux mon avis.

— C'est bien pour ça que je ne te le demande pas.

— Tu n'étais donc pas l'homme que je m'imaginais. »

Ces paroles le blessèrent comme la lame d'un couteau. Il savait qu'elle avait raison.

« C'est mérité, dit-il.

— Peu importe si c'est mérité ou non, répondit Carine. Tu sais, au bout d'un moment, le problème, ce n'était plus que tu ne sois pas revenu, mais que tu n'aies même pas fait l'effort de me dire que tu ne reviendrais pas. C'est pour ça que j'ai demandé à mon père de t'écrire. Je voulais te blesser aussi et je ne voyais pas d'autre moyen de le faire. »

Jack remua la tête dans un soupir.

« Dis, ça nous sert à quoi, de faire ça ? Non, mais vraiment ? Ça fait plus de vingt ans. On était deux ados. On s'est dit des choses, caressés, fait des promesses…

— Tu es le seul qui ne les ait pas tenues. »

Jack se sentait petit, gêné. Il était revenu dans l'enfance, dans cette cuisine même où il s'attardait le plus possible afin d'éviter de rentrer à la maison chez ce père dingue et ingérable.

« Je n'aurais pas dû dire ça, ajouta Carine.

— C'est pourtant vrai, répondit Jack.

— Peut-être, mais comme tu l'as dit, ça ne sert plus à rien. »

Ils restèrent assis un certain temps en silence et, pour la première fois, cette impression de raideur et de gêne se dissipa. Jack savait désormais ce que Carine pensait. C'était dans l'ordre des choses, et il ne pensait pas que ça changerait un jour.

Le téléphone sonna, arrachant Jack à sa rêverie. Carine se dirigea vers la réception pour prendre l'appel. Jack la suivit.

« C'est pour toi, dit Carine, et Jack prit le combiné.

— Rien de bien difficile, annonça Ludo. Ton Wilson Gaines est dans une résidence à Labrador City. Un peu le genre mouroir. Je n'ai pas réussi à trouver pourquoi il était là-bas, mais il est arrivé il y a environ un an. Avant, il vivait à la même adresse que Robert Gaines. D'après mes recherches, la maison est toujours louée sous le même nom.

— Tu me dis à quel endroit ? »

Jack fit signe à Carine de lui donner de quoi noter. Il écrivit les deux adresses.

« Tu vas y aller ? demanda Ludo.

— Oui, bien sûr.

— Tu veux que je t'aide, Jack ? Que je vienne ?

— Non, ça va.

— Bon, tu sais où me trouver si tu veux leur pourrir la vie, OK ?

— Tu seras le premier que j'appellerai, Ludo.

— Ciao », dit ce dernier avant de raccrocher.

Jack relut l'adresse de la résidence. Labrador City se trouvait à près de deux cent cinquante kilomètres par la route. Avec le bon véhicule, ce serait l'affaire de deux ou trois heures.

« Tu as un pick-up ? demanda-t-il à Carine.

— Je ne sais pas pourquoi, mais j'étais sûre que tu allais me poser cette question. »

50

Quand Jack arriva devant la résidence St Peregrine à Labrador City, il était près de 16 heures. À la sortie de Jasperville, en se rapprochant de l'autoroute, les routes étaient devenues plus praticables. Malgré ses dix ou douze années de service, le Yukon GMC de Carine n'avait pas eu trop de difficulté avec les ornières de boue gelée et les filets de glace qui auraient rendu le voyage impossible à un véhicule plus petit.

Si Carine n'avait vu aucune objection à lui prêter le pick-up, Jack avait bien senti que son but était d'en savoir plus sur les événements de leur enfance, et surtout de tourner la page de la mort de sa sœur. Elle n'avait pas de dette envers lui, tandis qu'il éprouvait un immense sentiment de culpabilité vis-à-vis d'elle. Son espoir, c'était que la vérité – s'il la trouvait – lui permettrait de réparer au moins une partie de ses torts.

Jack se gara devant la résidence et s'engagea dans l'allée crûment éclairée qui conduisait jusqu'à l'avant du bâtiment. Le corps principal était imposant, et il était encore flanqué, à ce que voyait Jack, de nombreuses ailes et annexes de part et d'autre.

Jack débarrassa ses chaussures de leur neige et de leur boue dans le sas. Les portes automatiques s'ouvrirent et il fut tout à coup noyé dans un air sec et chaud. La réceptionniste afficha un sourire protocolaire, déconnecté.

« Que puis-je faire pour vous, monsieur ?

— Je suis venu pour une visite », dit Jack.

La femme regarda sa montre.

« Les visites finissent à 17 heures, monsieur.

— Je sais. J'ai été pris dans des embouteillages. Mais, maintenant que je suis venu jusqu'ici, je ne veux pas repartir sans avoir au moins pris de ses nouvelles, vous comprenez ?

— Et quel est le résident que vous voulez voir, monsieur ?

— Gaines, répondit Jack. Wilson Gaines. » Il marqua une seconde de pause. « Mon vieil oncle Wilson. »

La réceptionniste se tourna vers l'écran de son ordinateur.

« Et votre nom, monsieur ?

— Devereaux. Jack Devereaux. »

Ses ongles trop longs cliquetaient sur le clavier. Elle fronça les sourcils, leva les yeux.

« Vous n'apparaissez pas dans notre liste de visiteurs enregistrés, monsieur.

— C'est ma première visite, répondit Jack. J'ai eu un poste à l'étranger. Mais maintenant que je suis au Canada, je compte revenir aussi régulièrement que possible. »

La dame sourit.

« D'accord. Aucun problème. Je vais vous demander de remplir notre formulaire d'enregistrement et de fournir une pièce d'identité. On va vous faire un badge de visiteur.

— Ça prend du temps ?

— Voilà le formulaire, dit-elle. Avez-vous votre permis de conduire ?

— Oui », répondit Jack en sortant son portefeuille.

La dame lui présenta un document.

« Nom, adresse, numéro de téléphone, relation avec le client… et vous signez là… et vous paraphez ici. »

Jack fit ce qui lui était demandé.

« Très bien, maintenant, vous sortez et tournez à droite. Vous descendez l'allée jusqu'au panneau "UNITÉS PALLIATIVES" et vous prenez la première porte à droite. Il y a une autre réception là-bas. » Elle jeta un coup d'œil sur son bureau. « C'est Lacey qui s'y trouve. Dites-lui que vous venez de la part de Ruth, et que vous voulez voir M. Gaines. Elle vous donnera les instructions. Après votre visite, repassez par ici et je vous remettrai votre badge.

— C'est vraiment très gentil, Ruth, dit Jack.

— Mais je vous en prie, répondit-elle en lui rendant son permis de conduire. Je vous souhaite une bonne visite. »

Jack suivit les indications qu'elle lui avait données. Lacey, tout aussi serviable que Ruth, lui expliqua que Wilson Gaines occupait la suite 7, et qu'un aide-infirmier au bout du couloir lui montrerait précisément comment y aller.

Jack fut étonné que personne n'ait essayé de vérifier s'il était vraiment le neveu de Wilson Gaines. L'institution marchait sur la confiance.

L'aide-infirmier voulut savoir pourquoi Jack n'avait pas de badge de visiteur.

« C'est ma première visite, répondit Jack. J'arrive plus tard que prévu. Des embouteillages. Ruth m'a envoyé auprès de Lacey, qui m'a recommandé à vous. »

L'aide-infirmier hocha la tête.

« Attendez une minute », dit-il. De sa ceinture, il sortit un talkie-walkie. Il appela la réception, les doigts sur l'oreillette. « Ruth. Ici Marcus. J'ai un visiteur pour la 7. »

Il écouta, hocha la tête.

« OK. Suite 7, quatrième sur la gauche, indiqua-t-il avec un sourire.

— Merci, Marcus », dit Jack en s'élançant dans le couloir.

Wilson Gaines n'en avait plus pour longtemps à vivre. Émacié, hâve, la peau toute fripée comme du papier de soie, il était assis, conscient, sur le rebord de son lit. Quand la porte s'ouvrit, il se tourna. Il plissa les paupières comme pour essayer de voir qui arrivait. Une radio diffusait de la musique classique légère dans un coin de la pièce.

« Robert ? demanda-t-il. C'est toi, Robert ? »

Jack s'approcha du lit.

« Monsieur Gaines, dit-il.

— Qui êtes-vous ? demanda Gaines.

— Je viens de Jasperville. »

Jack aurait eu du mal à croire que Gaines puisse devenir encore plus pâle, mais c'est pourtant ce qui arriva. Même l'air qui le séparait de ce frêle vieil homme lui sembla tout à coup se rafraîchir.

« Jasperville. »

Gaines sortit ce nom de sa bouche dans un murmure contraint, comme s'il était chargé d'un mauvais goût.

« J'aimerais vous interroger sur un homme nommé Jean-Paul Lefebvre », poursuivit Jack.

Il prit une chaise contre le mur et l'installa près du lit.

Gaines le regardait toujours en plissant les yeux, comme s'il avait du mal à le voir. Jack comprit à ce moment-là qu'il était presque aveugle.

« Qui êtes-vous ? répéta Gaines. Que faites-vous ici ? »

Jack détecta un accent de panique dans la voix du vieil homme. Il savait qu'il devait rester calme et que, pressé de questions, il se mettrait instinctivement sur la défensive. Gaines était dérouté. La mention de Jasperville avait été déstabilisante pour lui, de même peut-être que celle de Lefebvre.

« Je suis venu vous aider, dit Jack d'une voix calme.

— M'aider ? À faire quoi ?

— À dire la vérité, monsieur Gaines.

— La vérité ? Sur quoi ?

— Vous vous souvenez du temps où vous viviez à Jasperville, monsieur Gaines ? Vous vous souvenez d'un homme qui s'appelait Jean-Paul Lefebvre ?

— Je ne me souviens de rien ! s'exclama Gaines. Je suis malade. Je suis mourant. Laissez-moi donc tranquille ! »

Gaines chercha le cordon d'alarme à côté de son lit, mais Jack fut plus rapide. Il se pencha et plaça le cordon hors d'atteinte.

Gaines continua à vouloir l'agripper, mais sa main se refermait sur du vide.

Jack comprit qu'il avait mis le doigt sur quelque chose. Gaines n'avait pas dit que ce nom lui était inconnu, et son agitation était celle de quelqu'un qui a quelque chose à cacher.

« Jean-Paul Lefebvre est mourant, lui aussi, l'informa Jack. Un terrible accident. Très peu de chances de survie. »

Gaines ne dit pas un mot. Il regardait Jack. Celui-ci avait beau savoir que le vieil homme ne voyait sans doute qu'une vague silhouette, il se sentait traversé par un faisceau lumineux.

Il eut la chair de poule. C'était une sensation des plus étranges.

« Alors il a eu ce qu'il méritait, dit Gaines. Et il brûlera en enfer pour ce qu'il a fait.

— Ce qu'il a fait, monsieur Gaines ? Qu'a fait Lefebvre ? »

Gaines resta immobile pendant quelques secondes, puis ce fut comme si les derniers restes de vie contenus dans son frêle corps s'étaient retirés aussi. Il se mit à sangloter, la tête dans les mains. Sa poitrine se souleva. Un gargouillement de détresse s'échappa de sa gorge, à la fois terrifiant et déchirant.

Jack se pencha.

« Il leur a fait du mal, monsieur Gaines ? Il a fait du mal aux jeunes filles de Jasperville ? »

Gaines s'étrangla. Il avait du mal à parler. Son corps tremblait.

« C'est à mon garçon qu'il a fait du mal, dit-il. Il a fait du mal à mon petit garçon. Il l'a gâté, il l'a rendu mauvais. Oh, mon Dieu, rien que d'y penser, c'est trop affreux. Mais c'est Lefebvre. Tout ça, c'est à cause de lui. Il l'a dévoyé. Corrompu. C'était un bon garçon. Doux, généreux, il a eu tellement peur. Ce n'était qu'une erreur. Un accident. Il était amoureux. Il n'a jamais voulu lui faire de mal. Quelle terrible, terrible erreur…

— Il était amoureux, monsieur Gaines ? De qui ? »

Gaines respirait avec difficulté, essayant désespérément de contenir le torrent rageur d'émotion qui le traversait.

« De qui était-il amoureux, monsieur Gaines ? Votre garçon ? À qui est-ce qu'il a fait du mal ?

— La fille de la pension, dit Gaines. Elle était si jolie. Une fille si jolie, si jolie. Et il l'aimait tellement que… »

Là-dessus, Gaines eut une nouvelle crise.

Puis la respiration de Jack s'arrêta soudain dans sa poitrine au moment où Gaines prononça le nom. Lisette Roy. La première victime. Première d'une série de huit. Février 1972. À partir de là, Jack commença à remonter le fil. Il pouvait se tromper, bien sûr, et ne jamais ressortir de ce labyrinthe, mais il lui sembla voir enfin comment Lefebvre était impliqué là-dedans, malgré les éléments qui tendaient à prouver son innocence.

Jack ferma les paupières. Certaines choses commençaient à prendre forme, d'autres à se révéler.

« Votre garçon, dit-il. Robert. C'était un bon garçon, n'est-ce pas ?

— Un bon petit garçon, répondit Gaines. Jusqu'à ce jour-là, il était gentil, tranquille, et tellement doux.

— Et il travaillait avec vous, n'est-ce pas, monsieur Gaines ? À la compagnie ?

— Oui, il travaillait avec moi. Mais il a quitté la compagnie pour s'occuper de moi. Et il est toujours là. Un garçon si gentil, et tellement doux.

— Et que faisait-il, monsieur Gaines, à Canada Iron ?

— Quoi ? Que voulez-vous dire ?

— Quel était son travail. Le travail de Robert ? »

Gaines fronça les sourcils.

« Il était responsable des créneaux. C'était lui qui faisait les fiches de rotation à Canada Iron. »

51

Jack ne passa pas par la réception et ne récupéra pas son badge de visiteur. Il n'avait nullement l'intention de revenir à St Peregrine. Si Wilson Gaines vivait assez longtemps pour voir ce château de cartes s'effondrer, la police saurait quel traitement lui réserver. Jack ne voulait plus voir que le fils.

Le puzzle avait encore des pièces manquantes. Jack parvenait à réunir des éléments mais ne se représentait toujours pas l'image globale. Il ne croyait pas une seconde que Robert Gaines était le bon garçon évoqué par son père. Son image de Lefebvre en avait pris un coup aussi. Tous les deux étaient impliqués. Il ignorait lequel avait entraîné l'autre. Il ne comprenait pas non plus comment tout avait commencé, mais Gaines avait parlé de Lisette Roy, d'un accident et d'une terrible erreur. Lefebvre n'était plus en état de l'éclairer, et ne le redeviendrait peut-être jamais, mais Robert Gaines se trouvait ici, à Labrador City.

Dans le pick-up, Jack regarda son téléphone. Le réseau était bon. Il appela Ludo. Qui répondit immédiatement.

« J'ai encore besoin de toi, dit Jack. As-tu accès aux casiers judiciaires depuis ton ordinateur personnel, ou dois-tu aller au bureau ?

— Je peux y accéder d'ici, répondit Ludo.

— Tu peux me chercher ce Robert Gaines ?

— Tout de suite ?

— Si possible, oui.

— D'accord. Tu restes en ligne ?

— Oui. »

C'était très routinier dans leur domaine d'activité. Les informations sur les poursuites criminelles en cours ne leur étaient pas accessibles, mais les affaires classées – déjà rendues publiques – étaient triées et rangées pour les besoins de leurs enquêtes. En matière de demandes d'indemnité aux assurances, on commençait toujours par vérifier l'historique des démarches du demandeur, ainsi que ses antécédents en matière d'arrestations, d'inculpations et de condamnations à des peines de prison. Certains étaient assez malins pour tenter de frauder, sans savoir cependant que l'immense majorité de ces informations était accessible en quelques minutes.

« Il a un casier, dit Ludo. Il a d'ailleurs été assez actif ces vingt dernières années. Une tentative de viol. Affaire classée sans dépôt d'accusations. Quatre agressions. Harcèlement. Sept dossiers. Trois pour la même personne. Une ordonnance judiciaire datée de septembre 2004. Ça continue. Il a passé près d'un an au centre correctionnel de Labrador City pour possession de drogues en vue d'en faire le trafic. Il semble avoir été arrêté et interrogé une bonne demi-douzaine de fois, mais le motif n'apparaît pas. Aucune accusation déposée.» Ludo s'arrêta. «Jack, pourquoi tu t'intéresses à ce type ?

— Je crois qu'il est impliqué dans une série de morts survenues à l'époque où je vivais à Jasperville.

— Impliqué ? Qu'est-ce que tu veux dire par là ?

— Avec un autre type. Ce n'est pas encore clair. J'essaie de démêler tout ça.

— Disons qu'on fait plus léger, comme soupçons. Un rapport avec ton frère, Jack ?

— Oui. Le type agressé par mon frère, c'est l'autre.»

Ludo resta silencieux à l'autre bout du fil.

«Je dois te laisser, dit Jack. Encore merci, Ludo.

— Eh, attends une minute. Tu vas raconter ça aux flics, cette fois, où tu vas aller voir ce type tout seul ?

— Je préfère ne pas te dire où je suis, Ludo, ni où je vais.

— Jack, sérieusement…

— Ludo, je dois te laisser. Je te rappellerai.»

Jack raccrocha. Moins de dix secondes plus tard, le téléphone sonna. C'était Ludo. Jack ne prit pas l'appel.

Il démarra le pick-up et se dirigea vers l'adresse de Robert Gaines. Il voulait le voir. Il voulait le regarder dans les yeux et écouter ce qu'il dirait. Il voulait lui rappeler ses années à Jasperville, voir comment il réagirait.

Quand il arriva dans la rue, il était plus de 18 heures. Il se gara à une bonne vingtaine de mètres de la maison. Il alluma une cigarette, puis entrouvrit la vitre. Le froid mordant chassa jusqu'au moindre centimètre cube de chaleur dans l'habitacle. Il ferma la vitre et poussa le radiateur au maximum.

C'était une rue de banlieue quelconque. Les maisons commençaient en retrait du trottoir, derrière des cours dépourvues d'ornements. La neige, sale la plupart du temps, s'amassait çà et là. Les traces de pneus, là où il y en avait, étaient solides, abruptes.

La maison de Gaines était éclairée sur ses deux niveaux. Jack ne savait rien de son existence, mais il partait du principe – d'après son casier – qu'il n'était ni marié ni en concubinage.

À 18 h 45, Jack sortit du véhicule et traversa la rue. Du trottoir d'en face, il observa pendant quelques minutes. À un moment donné, il crut voir un mouvement à l'étage derrière un rideau, mais son imagination pouvait le tromper.

Jack ne voyait pas quelle histoire il pourrait raconter pour s'introduire chez Gaines. Telle était la réalité, il fallait l'accepter. Il devait néanmoins s'y introduire, quelles que soient les conséquences auxquelles il s'exposerait.

Il détacha la capuche du col de son pardessus, la déroula par-dessus son crâne. Il gagna le trottoir d'en face et longea la maison sur le côté. Le bout de l'allée était fermé par une basse clôture barbelée. Jack l'enjamba et se retrouva ainsi dans la cour de Gaines. Levant la tête, il put voir que l'arrière de la maison n'était pas éclairé du tout. Il changea d'hypothèse. Le lieu était peut-être désert.

Pour un homme peu au fait des nombreux moyens de forcer les serrures de portes et de fenêtres, l'opération eût sans doute été délicate. Mais Jack avait une grande expérience des obstacles apparemment infranchissables – en général dans le but de fuir un bâtiment plutôt que d'y pénétrer illégalement – et il lui fallut peu de temps pour trouver le moyen le plus efficace de parvenir à ses fins.

La porte de derrière, modèle standard, se composait de deux lourds panneaux de verre dépoli. Avec la pointe d'une clé, Jack fit levier de manière à faire céder le cadre. Le processus fut rapide et silencieux. Dessous, le panneau supérieur était maintenu par un mastic caoutchouc qui, lui aussi, se détacha sans peine. Pressant d'une main le haut du verre dépoli pour l'empêcher de tomber, Jack glissa de l'autre une petite pièce sous le bord et la fit lentement pivoter. Le panneau était lourd mais, une fois que le bas fut détaché, son poids offrit un avantage plus qu'un inconvénient. Jack le prit et le déposa en appui sur le mur à côté de la porte.

Jack réfléchit à ce qu'il était en train de faire. Pour le moment, la porte était seulement endommagée, mais une fois qu'il aurait déposé le deuxième panneau pour s'introduire dans la maison, le délit serait bien plus grave.

Jack ne s'arrêta pas longtemps sur la question de savoir s'il devait chercher une autre approche. Il voulait entrer, interroger Gaines s'il était sur les lieux, et en savoir plus sur le sort de Lisette Roy en 1972. Il ne faisait pas de doute que Gaines avait joué un rôle, et Jack voulait savoir lequel.

Le second panneau fut plus difficile. Comme il adhérait au cadre intérieur, il fallut deux fois plus de temps. Mais la détermination de Jack l'emporta.

Une fois qu'il eut vérifié qu'il n'appliquait pas une pression excessive, il fit basculer le haut vers l'avant, tandis que le bas était encore retenu par le mastic, jusqu'au moment où il parvint à insérer les doigts dans les fentes étroites à droite et à gauche. Il put enfin détacher le panneau avant de le faire passer par l'ouverture.

Ni bruit, ni mouvement, ni lumière n'étaient venus de l'intérieur de la maison.

Jack passa la tête la première dans l'obscurité de la cuisine et resta à guetter. Sa respiration ralentit, comme son rythme cardiaque, et au bout d'une minute ou deux il éprouva un calme remarquable. Il avait pris une décision et s'y tenait. Désormais il n'était plus question de faire marche arrière, et il était inutile de gaspiller de l'énergie à se demander ce qu'il aurait pu faire d'autre, ou ce à quoi il s'exposait.

Jack gagna l'entrée de la maison. À part les éclairages, rien ne suggérait que Gaines était là. Conscient que sa silhouette serait visible derrière les rideaux des fenêtres, Jack passa de pièce en pièce en position basse. Il ne voyait rien de bien singulier, mais à quoi donc avait-il pu s'attendre ? À des organes humains en bocaux sur des étagères, à un grand journal relié de cuir auquel ce Jack l'Éventreur contemporain aurait confié ses moindres faits et gestes ? Il est tout à fait ridicule de croire qu'un assassin puisse mettre en évidence les souvenirs de ses actes criminels.

En haut, c'était pareil. Il n'était pas difficile de savoir à qui étaient les chambres. Celle du père était inutilisée depuis longtemps. Dans la petite salle de bains attenante, le bord en céramique du lavabo était parcouru de coulures de savon séchées, durcies. Le fond de la baignoire était couvert d'une fine couche de poussière.

La chambre de Robert était très différente. Elle était en désordre, mais ce désordre n'en était pas la caractéristique principale. Le lit était défait, et les draps n'avaient pas été lavés depuis longtemps. Le chevet était embarrassé de flacons de comprimés, avec une pile de magazines pornographiques sur la tablette du bas et encore deux ou trois dizaines sous le lit. Tous tournaient autour d'un même thème sadomaso : femmes attachées, bâillonnées, saisies dans des poses très provocantes mais dont l'effroi paraissait pourtant authentique.

Au pied du lit, sous la fenêtre, se trouvaient une télévision et un lecteur de DVD. Des DVD sortis de leurs boîtiers affichaient des titres du genre *Femmes séquestrées* et *Chambre de torture*.

Jack balaya toute la pièce du regard. Des tasses et assiettes sales, des vêtements sales, des bouteilles de vin vides. Un taudis dégoûtant. Revenant au chevet, Jack regarda les flacons de comprimés : des antidépresseurs, un neuroleptique, des somnifères et – formule chimique du Viagra, à ceci près que c'était un médicament générique – du sildénafil. Jack n'arrivait pas à comprendre comment des femmes avaient pu venir là volontairement pour avoir des rapports sexuels avec un homme comme Gaines, mais celui-ci n'était peut-être pas du genre à demander leur consentement à ses partenaires sexuelles.

Jack savait que ses conclusions étaient hâtives. Rien dans cette chambre n'était illégal, à part peut-être un médicament contrefait. Le contenu des DVD était également susceptible d'intéresser la police, si celle-ci avait eu du temps pour mener des enquêtes sur les consommateurs. Mais elle ne courait qu'après les producteurs et les distributeurs.

Jack chercha un éventuel grenier. S'il y en avait un, l'accès n'en était pas immédiatement visible.

Revenu au rez-de-chaussée, Jack découvrit une porte le long de l'escalier et aperçut une petite volée de marches de bois qui descendaient jusqu'au sous-sol. Il actionna un interrupteur à cordon, puis referma la porte derrière lui et descendit, désormais tout à fait certain qu'il était seul dans la maison.

Jack passa deux minutes à retourner des boîtes de vieilles chaussures et des pots de peinture rouillés avant de s'apercevoir d'une bizarrerie dans ce sous-sol. Alors que cette maison correspondait à un modèle standard répandu dans tout le Canada, les dimensions de la pièce devaient représenter moins de la moitié de la surface des deux niveaux au-dessus. Jack prit un petit bâton de bois pour vérifier les murs. Trois d'entre eux donnaient un bruit mat, mais le quatrième rendit le son creux d'une cavité. Le mur était occupé pour moitié par un meuble à étagères montant jusqu'au plafond. Comme les rayonnages débordaient d'outils, de vieux annuaires, de boîtes métalliques pleines de clous et de vis, il dut faire des efforts pour l'éloigner du mur. Une fois que Jack l'eut délogé de quelques centimètres, tout devint plus facile, et quand l'écart eut dépassé la taille d'un pied, il aperçut une trappe basse. Cette découverte redoubla sa motivation, et en peu de temps il eut dégagé tout le meuble et se fut introduit derrière.

La pièce où il dut entrer en rampant était alimentée par le même circuit électrique. Gaines, ou un prestataire, avait monté une cloison de plaques de plâtre avec une entrée assez basse pour demeurer cachée derrière le meuble à étagères.

Mais peu importait la manière. Seule la raison qui avait poussé à créer cette pièce présentait de l'intérêt pour Jack. Le mur de droite était – comme dans la pièce précédente – rempli de rayonnages montant jusqu'au plafond, mais cette fois le contenu des étagères était le même de haut en bas. C'était une succession d'albums photos, de la même marque, tous de la même taille, chacun portant une étiquette avec des dates *De… À…* indiquées sur le dos. Jack en prit un et l'ouvrit. Page après page s'étalaient des photographies de jeunes femmes sur des quais de gare ou des bancs publics, dans des magasins ou des centres commerciaux, et même de groupes de jeunes filles devant des portails d'école. Jack s'empara d'un autre album. Même chose, sauf que certaines regardaient maintenant l'appareil d'un air de surprise, de contrariété, voire de panique. Dans un album, une boucle d'oreille créole était scotchée, dépareillée, sous la photo d'une petite brune encore adolescente ou de vingt ans à peine. Lui avait-elle appartenu ? Gaines l'avait-il volée, ou l'avait-il récupérée par terre ?

Sur une étroite table contre le mur d'en face se trouvait un ordinateur portable. Éteint. Jack ne s'imaginait que trop les informations que pourraient livrer son disque dur et son historique de recherches.

En se retournant vers la trappe, Jack aperçut une boîte métallique sous une énième pile de magazines. Il renversa celle-ci du bout de sa chaussure et tous les magazines se répandirent de part et d'autre. La boîte était fermée à clé, mais la serrure, en saillie, n'était pas d'une complexité ni d'une solidité particulières. Il agrippa le fond et cogna la serrure contre le béton au sol au point de tordre le métal. Sur les étagères d'outils de l'autre côté de la trappe, il alla chercher un tournevis et força la boîte.

Ce qu'il trouva à l'intérieur ne se prêtait pas à mille interprétations. Elle contenait des boucles d'oreilles, un bracelet à breloques, des articles de lingerie, un permis de conduire au nom d'Amanda Webb, un porte-clés « Labrador West Campus », trois faux ongles, un cordon « St Patrick's Middle School », un assortiment de tickets de bus, un bandeau élastique avec des mèches de cheveux encore prisonnières, une série de clés, dont une munie d'une étiquette où il était écrit *Lucy*. Jack dut s'asseoir par terre. Il savait désormais qui était Gaines. Ce qu'il faisait. Et pourquoi la vie s'était soudain arrêtée à Jasperville. Huit victimes en l'espace de dix-huit ans. À supposer qu'elles aient été les seules, la pulsion meurtrière de cet homme refaisait surface tous les deux ans, ou avec des intervalles qui allaient parfois jusqu'à trois ou quatre ans. Madeleine Desjardins était morte en mai 1990. Gaines avait quitté Jasperville avec son père en 1992. À supposer qu'il soit bien le meurtrier, il se trouvait à Labrador City la fois suivante.

Jack ressortit de la pièce en emportant la boîte. Il remit scrupuleusement le meuble en place. Il remonta à l'étage et déposa la boîte sur le lit de Robert Gaines. Dans la salle de bains, il s'empara de trois serviettes qu'il mouilla sous le robinet avant de les essorer. Au moment de redescendre, il prit le tapis dans le couloir.

Sur le meuble à étagères, il repéra une perceuse, dont il racla le long cordon électrique à l'aide de sa clé de voiture au point de faire apparaître les câbles sous leur habillage textile. Il déroula le cordon par terre, les fils à nu contre le tapis. Il brancha la perceuse, puis mit le feu à l'habillage effiloché à l'aide de son briquet. Le feu prit rapidement et commença à faire de la fumée. Après l'apparition des flammes, Jack étendit une première serviette humide par-dessus, laissant un petit espace pour l'arrivée d'oxygène, puis recouvrit le tapis des deux autres et attendit que la pièce soit remplie de fumée. Le tapis se consumerait, mais les serviettes empêcheraient que l'incendie ne se répande trop rapidement. Le tout était de créer un grand nuage de fumée.

Jack s'éloigna à reculons, remonta au rez-de-chaussée sans refermer derrière lui, puis gagna la cuisine où il ouvrit la porte de derrière. Il ne lui fallut que quelques minutes pour remettre en place les panneaux de verre et le cadre. La fumée sortait de l'escalier, se répandant dans le couloir et montant déjà vers l'étage. Jack ouvrit une fenêtre dans la cuisine et une autre dans les toilettes avant de ressortir dans l'allée le long de la maison. Lorsqu'il eut parcouru une bonne trentaine de mètres, traversé la rue et retrouvé sa voiture, tout le rez-de-chaussée était déjà nimbé d'un fantomatique voile de fumée. Il ne pouvait pas appeler les pompiers lui-même – son numéro serait enregistré, et sa présence sur les lieux intriguerait les enquêteurs –, seulement prier pour que l'incendie ne passe pas inaperçu.

Il n'eut pas à prier longtemps. Un passant en train de promener son chien vit la fumée et sonna l'alarme. En un rien de temps, des voisins se retrouvèrent réunis sur le trottoir, avec un bruit de sirènes qui se rapprochait de plus en plus.

Jack attendit de voir les pompiers arroser le bâtiment en flammes avant de démarrer le pick-up.

52

Jack n'entendit parler de Robert Gaines que quatre jours plus tard.

Le soir où il avait déclenché l'incendie, il avait quitté Labrador City pour rentrer directement à Jasperville. Il avait rendu le pick-up à Carine sur le parking derrière la pension avant de rentrer chez lui à pied. Puis il s'était fait aussi discret que possible. Il était allé voir Calvis au centre médical, puis au commissariat de police après son transfert. Nadeau et lui n'échangeaient guère que des civilités. La vie de Calvis n'était plus en danger, mais celui-ci se comportait toujours comme s'il ne connaissait pas Jack.

Bastien Nadeau vint frapper à la porte un peu après 11 heures le vendredi matin.

Jack le laissa entrer et lui proposa une tasse de café. Il venait d'en faire, sur le poêle.

« Oui, merci », répondit Nadeau.

Ils s'installèrent autour de la table. Nadeau semblait exalté.

« Qu'y a-t-il ? demanda Jack.

— Un homme a été arrêté, commença Nadeau. À Labrador City. »

Jack ne dit rien.

« Il y a eu un incendie chez lui. Rien de grave, sauf que les pompiers, entrés pour vérifier qu'il n'y avait plus de danger, ont trouvé des indices d'activité criminelle. La police est venue, il a été arrêté et il est toujours en détention. »

Nadeau regarda Jack droit dans les yeux.

« Et pourquoi vous me dites ça ? demanda Jack.

— Il n'est pas impossible, monsieur Devereaux, que cet homme soit responsable des morts survenues il y a si longtemps à Jasperville. »

Jack n'était pas acteur, mais sa comédie de la surprise apparut suffisamment convaincante pour Nadeau.

« Je sais ce que ça impliquerait pour vous – votre frère aurait attaqué un innocent –, mais ce n'est pas si simple. Cet homme dit que Lefebvre est responsable. »

Jack fronça les sourcils.

« Pardon ? Je ne comprends pas…

— Il y a encore bien des points à élucider, mais je dois vous parler d'un élément capital. »

Nadeau se pencha.

« On va transférer Calvis à Québec. Et Lefebvre, aussi, dans un hôpital. Toute cette affaire dépasse désormais largement ma sphère de responsabilité et celle de la Sûreté de Jasperville.

— Cet homme, dit Jack. Celui qui est en détention. Il est d'ici ?

— Il est parti depuis longtemps, monsieur Devereaux. Il vit à Labrador City depuis 1992.

— Son nom ?

— Robert Gaines. Employé de Canada Iron, comme son père.

— Et, selon lui, c'est Lefebvre qui est le coupable ?

— Comme je vous l'ai dit, ce n'est pas si simple. Il y a plusieurs enquêtes en cours. Ça ira à la Cour supérieure. Pas à la Cour du Québec. Je ne peux pas vous parler de ce que je ne connais pas.

— Quand est prévu le transfert de Calvis ? demanda Jack. Et où doit-il aller ?

— À ma connaissance, il part pour le centre de détention de Québec lundi. D'autres envoyés sont en route pour préparer le transfert de Lefebvre.

— Soudain, voilà que l'aide que vous attendiez tombe du ciel, dit Jack.

— Soudain, voilà que cette affaire prend une envergure nationale. »

Jack s'adossa à sa chaise en remuant la tête.

« Je ne sais pas quoi dire. »

Nadeau regarda Jack pendant un temps inhabituellement long.

« Si vous voulez mon avis, monsieur Devereaux, dit-il enfin, le silence vaudra mieux. »

Tard le soir même, une équipe de soignants du *Centre hospitalier universitaire de Québec*[1] atterrit à Wabush. Deux agents du *Service de police de la Ville* les emmenèrent à Jasperville, où ils préparèrent le transfert de Jean-Paul Lefebvre à Québec le samedi après-midi. Jack marchait dans la rue quand un convoi de trois SUV remonta la rue principale pour retourner à Labrador City, faisant ainsi exactement

1. Les expressions en italique sont en français dans le texte original.

la même route que lui à peine quelques jours plus tôt.

Quand ils eurent disparu, Jack repartit pour la pension.

Il annonça à Carine que Calvis serait transféré le lundi et qu'il partirait avec lui.

«OK, répondit-elle.

— Apparemment, les événements de Jasperville sont loin d'être isolés, poursuivit Jack. Il semblerait qu'il y ait aussi eu des meurtres à Labrador City et à Wabush.

— Comment est-ce qu'ils ont coincé ce type?

— Un incendie s'est déclaré chez lui lundi. Peu de dégâts, mais quand les pompiers sont entrés, ils ont trouvé des éléments en lien avec une jeune fille retrouvée morte là-bas il y a quelques années.» Jack s'arrêta. «Pour être honnête, je ne sais pas grand-chose.

— Un incendie s'est déclaré chez ce type, répéta Carine. À Labrador City. Lundi. Le jour où tu m'as emprunté le pick-up.»

Jack ne répondit pas.

«Et il s'appelait comment? demanda Carine.

— Gaines.»

Elle fronça les sourcils.

«Il y avait un jeune Gaines qui venait quelquefois à la pension donner un coup de main à mon père, dit-elle.

— C'était Robert, le fils. Wilson, le père, vivait ici aussi. Un haut cadre administratif à Canada Iron.

— Et le fils travaillait là-bas aussi?

— Oui. Responsable administratif lui aussi. Il était lié au type agressé par Calvis, mais je ne sais pas comment.

— Et Robert Gaines est le meurtrier de ma sœur?

— Apparemment. J'essaie de suivre le dossier, d'obtenir des informations de Nadeau, mais pour l'instant ce ne sont à peu près que des suppositions.

— Alors, c'est terminé, dit Carine d'un air détaché. Tu pars. Encore une fois.

— Ce n'est plus le même scénario, Carine. Il faut que j'accompagne Calvis. Que je sache ce qui s'est passé. Et toi aussi.

— J'imagine que je lirai ça dans les journaux.

— Tu le souhaites, n'est-ce pas? Tu souhaites savoir la vérité sur la mort de Thérèse?

— Jacques, ça fait plus de trente ans que ma sœur est morte. Je suis restée à Jasperville pendant plus de douze ans, je suis partie, je me suis mariée et j'ai eu un enfant. Une vie, Jacques. Une vie bien remplie, pendant longtemps. Ce n'est plus la même chose pour moi. » Elle sortit de derrière la réception. « Oui, bien sûr que je souhaite savoir la vérité. La cause des événements. Mais si ce type a tué autant de jeunes filles ici avant d'aller en tuer encore d'autres ailleurs, c'est qu'il est psychopathe. Ça ne fait pas une cause, si? En tout cas, pas une cause intelligible par n'importe qui. Les gens comme ça sont animés par des pulsions que nous ne comprenons pas. Les problèmes qu'ils cherchent à régler n'ont d'existence que dans leur tête.

— C'est vrai, dit Jack. Ça nous échappe.

— Alors vas-y, conclut Carine en souriant. Qui sait ? On se recroisera peut-être un jour dans une situation où il n'est pas question de jeunes filles mortes et de psychopathes. »

53

Calvis Devereaux fut transféré au centre correctionnel de Québec tard le lundi 1er novembre. Il fut inculpé de tentative de meurtre sur la personne de Jean-Paul Lefebvre. Il n'eut droit à aucune visite, et un examen psychiatrique complet était prévu.

Le vendredi 5 novembre, peu après 20 heures, Jean-Paul Lefebvre succomba à ses blessures. Les soignants de l'hôpital universitaire lui avaient détecté un anévrisme cérébral tout juste quelques heures après son admission à l'unité de soins intensifs, mais malgré tous leurs efforts ils n'avaient pas pu empêcher la rupture.

À 23 heures, Calvis fut désormais accusé de meurtre au premier degré.

Jack ne l'apprit que le dimanche 7, tard dans l'après-midi.

Les poursuites contre Robert Gaines accélérèrent à partir du moment où furent réunies toutes les preuves du meurtre d'une jeune fille de Labrador City appelée Melanie Perrin.

Le bracelet de Melanie comptait parmi les effets retrouvés chez lui. Quatre ans plus tôt, cette affaire non résolue avait fait les gros titres dans la province, et les heures sans nombre consacrées à son élucidation n'avaient pas permis de clore le dossier.

Âgée de seize ans à peine, Melanie avait été aperçue pour la dernière fois à son départ de l'école. Le trajet pour rentrer chez elle ne durait pas plus de vingt-cinq minutes, et elle le faisait régulièrement quand le temps était assez clément. Son corps avait été retrouvé le soir même dans un taillis à un peu plus d'un kilomètre de chez elle. Elle avait été violée et étranglée, après quoi son meurtrier avait essayé de brûler le corps. Il n'avait pas utilisé un accélérateur de feu approprié, et il paraissait avoir pris la fuite trop tôt. Si des éléments matériels avaient été recueillis sur les lieux, ils étaient désormais perdus.

Le 23 novembre, Gaines fut inculpé de meurtre au premier degré sur la personne de Melanie Perrin.

Ce jour-là, le bureau du procureur fit une proposition qui fut bien accueillie par l'avocat de Gaines. Le Code criminel canadien comportait une clause dite de la dernière chance. Alors qu'un meurtrier encourt jusqu'à vingt-cinq ans de prison, cette clause lui permettait, s'il était condamné, de demander une mise en liberté conditionnelle au bout de quinze ans. L'officier responsable de l'interrogatoire, un policier chevronné appelé Yvan Fauth, convainquit Gaines de coopérer dans toutes les parties de l'enquête. S'il ne lui cachait rien, s'il livrait des détails précis sur tout – enlèvements, brutalités sexuelles, viols, agressions, cas de traque ou de harcèlement –, le tribunal en tiendrait compte au moment du verdict. À l'issue de ses multiples condamnations pour les crimes qu'il avait commis,

Gaines pourrait invoquer la clause de la dernière chance. C'était une stratégie tout à fait fallacieuse. Pour le seul meurtre de Perrin, il mourrait sans doute en prison. Il était âgé de cinquante-sept ans et l'opinion publique serait suffisamment forte pour rendre sa peine de vingt-cinq ans incompressible. Mais Fauth savait qu'il y avait de nombreux meurtres, et sa priorité était de clore autant de dossiers que possible.

Gaines, après avoir eu assez d'intelligence pour échapper à la justice pendant près de quarante ans, ne flaira pas le piège qui lui était tendu. Il décida de renoncer à son droit à l'aide juridictionnelle au cours des interrogatoires. Il ne donna aucune explication là-dessus, et personne ne lui en demanda. Tout se déroulait comme s'il avait décidé de passer aux aveux et que Fauth était celui qu'il voulait avoir en face de lui. Au bout de plusieurs semaines de fréquentation, Fauth était devenu son conseiller, son confident, son psychanalyste et son prêtre. Peut-être croyait-il que Fauth était en mesure de l'absoudre et qu'il pourrait ressortir libre une fois qu'il aurait dit la vérité.

À 9 h 30 le vendredi 26 novembre 2010, Robert Gaines se mit à parler. Il continua pendant cinq jours, à raison de près de huit heures par jour. Il remonta au temps où il vivait à Jasperville, et il évoqua sa première victime.

« Je ne l'ai pas tuée tout seul, dit-il à Fauth. J'étais avec Lefebvre. C'est lui qui l'a tuée. C'est lui, le meurtrier de Lisette.

— Que s'est-il donc passé, Robert ? »

Gaines parla de son attachement pour Lisette Roy, une jeune fille de dix-sept ans dont les parents tenaient une pension. À l'époque, elle avait une relation avec Jean-Paul Lefebvre, qui, comme lui, avait dix-neuf ans et était employé chez Canada Iron.

« C'était une brute épaisse, dit Gaines. Ce qu'il voulait, c'était baiser. Juste ça. Il n'était pas amoureux. Pas du tout. Il voulait juste tirer son coup. »

Dévoré peut-être de jalousie, obsédé par cette jeune fille qui semblait ne tenir aucun compte de lui, Gaines l'avait suivie un jour alors qu'elle se rendait chez Lefebvre. Jean-Paul vivait avec son frère, Guy, qui n'était pas là à ce moment-là. Elle était donc entrée. Puis Gaines, après avoir attendu dehors un quart d'heure, était entré lui aussi, par la porte de derrière qui n'était pas fermée à clé.

Gaines les avait trouvés aux prises l'un avec l'autre. La jeune fille résistait, mais Lefebvre la dominait sans peine.

Gaines avait porté un coup à Lefebvre, qui était tombé à la renverse, entraînant la jeune fille avec lui. Elle avait atterri de tout son poids et s'était cogné la tête contre la partie basse de la cheminée. Elle était morte sur le coup.

Dans la panique qui avait suivi, ils s'étaient tous les deux mis d'accord pour transporter le corps hors de la ville. Pas trop loin, à une centaine de mètres peut-être des limites. Puis ils feraient le nécessaire pour donner l'impression d'une attaque animale. Lefebvre avait pris le tisonnier, et il portait aussi sur lui un lourd couteau à lame dentelée. Avec ces deux instruments ainsi que des pierres trouvées sur le terrain, ils avaient découpé les doigts, le nez et les oreilles de la jeune fille. Ils avaient fait des entailles profondes dans son ventre et dans ses cuisses. Avec son couteau, Lefebvre avait aussi crevé un œil à Lisette.

« Comme un oiseau, dit Gaines. Il voulait faire croire qu'un oiseau lui avait mangé l'œil. Mais il y avait autre chose. Lefebvre n'a pas versé une larme. Il semblait ne rien éprouver. Il n'était pas amoureux comme je pouvais l'être. »

La deuxième victime était elle aussi une jeune fille de Jasperville. Fauth dut rechercher ce nom sur la carte, à l'extrémité nord-est de la province. Il n'avait jamais entendu parler de cette ville, mais il avait fini par la trouver.

Selon Gaines, Lefebvre, éconduit par Anne-Louise Fournier, avait cherché à la blesser. Il avait voulu la violer, lui faire du mal.

Gaines avait essayé de l'arrêter. Il avait fait tout ce qu'il avait pu pour qu'il la laisse tranquille, mais Lefebvre était acharné. Il l'avait menacé d'aller parler du meurtre de Lisette Roy au sergent Thibault s'il refusait de l'aider.

Que pouvait-il faire d'autre ? Il était pris au piège. Il obéit donc à Lefebvre. À eux deux, ils enlevèrent Anne-Louise. Lefebvre essaya de la violer, en vain, puis la tua, et Gaines fut contraint de l'aider à lui ouvrir le ventre pour répandre ses intestins dans la neige.

Fauth écoutait. Il enregistrait tout. Il n'interrompait jamais Gaines, sinon pour l'inciter à lui donner plus de détails, plus spécifiques. Fauth ne tarda pas à comprendre que tout était venu de Gaines et que Lefebvre n'avait été que la victime malencontreuse de son pouvoir de manipulation, qu'il n'ait été impliqué que dans ces deux premiers meurtres ou dans tous ceux qui étaient survenus à Jasperville.

Robert Gaines avait appris la mort de Jean-Paul Lefebvre et savait que sa version des faits ne serait jamais confrontée au témoignage de celui-ci. Il pensait avoir ainsi l'avantage, mais il évoquait tous ces événements – ces jeunes filles, leur nom, leur aspect physique et les circonstances de leur mort – avec un degré de précision qui ne pouvait venir que du principal responsable.

Ce qui acheva de convaincre Fauth fut une explication faite en passant. Gaines avait eu des fonctions administratives chez Canada Iron en lien avec l'établissement des fiches de rotation. Fauth n'avait pas compris tous les détails, mais Gaines s'était vanté de la facilité avec laquelle il avait pu modifier ces documents pour donner l'impression que Lefebvre avait été absent de l'usine aux dates des événements. Fauth laissa passer ce détail, comme si de rien n'était. L'ego prenait le dessus. Gaines croyait étaler son intelligence et sa stratégie alors qu'il ne faisait que creuser le trou où il serait à jamais enterré.

Seul Robert Gaines saurait exactement le rôle qu'avait joué Jean-Paul Lefebvre, qui avait emporté ce secret dans sa tombe.

Gaines se montra plus réticent à parler des morts survenues ailleurs qu'à Jasperville. À partir du moment où il s'était installé à Labrador City en 1992, il avait agi seul. Il n'y avait plus personne pour partager ses torts. Fauth, qui l'avait déjà convaincu du meurtre de Melanie Perrin, dut le cajoler, l'amadouer deux jours durant en le lançant dans des discussions sans rapport, sur des fausses pistes, et même en le confrontant à ces objets qu'il avait gardés – des serre-tête, le permis de conduire d'Amanda Webb, le trousseau de clés « Campus West », un mégot de cigarette séché et froissé dans une pochette en plastique, un billet de train Labrador City-Fermont – pour faire tomber le masque stoïque qu'il avait pu garder jusque-là.

Le samedi 11 décembre, *La Voix du Québec* publia un dossier rédigé par quatre journalistes sur les nombreux meurtres de Gaines. Long de sept pages, il était aussi glauque que détaillé. Les médias avaient donné un surnom au tueur, que l'on appelait désormais « le Wendigo de Wabush ».

En lisant le dossier, Jack fut confronté pour la première fois à une photographie de Robert Gaines. Sa ressemblance avec son père était frappante, mais il avait le teint blafard et l'air effaré de quelqu'un qui ne voit pas souvent la lumière du jour. Jack fut frappé par sa banalité, son aspect absolument quelconque. Il n'avait rien de remarquable, et peut-être était-ce justement pour cette raison qu'il était resté si longtemps sous le radar.

Après un rapport détaillé des neuf meurtres survenus depuis que Gaines s'était installé à Labrador City, le journal régalait le lecteur avec un portrait de ce meurtrier dépravé, de sa nature brutale et abominable et de son immonde soif d'homicides.

Les dossiers relatifs aux meurtres survenus dans cinq lieux différents à travers deux provinces furent enfin clos, et les aveux de Gaines permirent au moins aux familles endeuillées de trouver ce réconfort.

Le dossier rappelait ensuite qu'avant Labrador City – dans la période allant de 1972 à 1990 –, Gaines avait perpétré sept autres meurtres dans une ville industrielle du Nord-Est appelée Jasperville.

Le cœur de Jack s'interrompit en même temps que sa lecture.

Il tourna les pages jusqu'à la fin du dossier, qui donnait par ordre chronologique les portraits des victimes de Gaines.

Lisette était là, comme Anne-Louise, Fleur Dillard, Estelle Poirier, Virginie Fortin, Geneviève Beaulieu et Madeleine Desjardins.

Thérèse Bergeron était absente de la liste.

Un vaste gouffre s'ouvrit sous les pieds de Jack, et rien ne put l'empêcher d'y basculer.

54

La demande de visite de Jack ne fut acceptée qu'au bout de huit jours. C'était le dimanche 19 décembre. Une fine banderole accrochée aux murs de la salle d'attente lui souhaitait un *Joyeux Noël*. C'était la seule décoration. La couleur passée du papier et le Scotch jauni suggéraient qu'elle était installée depuis l'année précédente.

Calvis avait déjà été déclaré inapte à subir son procès pour le meurtre de Jean-Paul Lefebvre. Le fait est que Calvis Devereaux était très peu connu du grand public, et que celui-ci ne se passionnait ni ne s'inquiétait particulièrement pour son sort. Il était voué à se fondre dans l'anonymat du programme national de santé mentale pour les personnes dangereuses. Ses délires et ses monologues sans queue ni tête n'apportaient pas aux tabloïds le genre de grain qu'ils avaient envie de moudre. Ce qu'ils voulaient, c'étaient des enlèvements, des viols, des victimes de prédateurs sexuels encore adolescentes, et Robert Gaines leur donnait plus qu'il n'en fallait pour combler leurs besoins pressants.

On ne savait pas encore où irait Calvis. De nombreuses institutions offraient les moyens de le maintenir en détention. Ce qu'il adviendrait de lui – ou plutôt ce qu'il *deviendrait* – une fois placé sous camisole chimique et soumis aux évaluations des experts, Jack l'ignorait. Il irait lui rendre visite, bien sûr, et il ferait tout son possible pour être le frère dont Calvis avait besoin. Mais il savait que Calvis passerait plus ou moins le restant de ses jours dans la solitude. Jack en avait le cœur brisé, comme s'il n'était pas déjà assez éprouvé comme ça, mais il ne pouvait rien contre la machine de l'État.

Jack comprit qu'il devait saisir cette chance pour percer la coquille de Calvis et lui poser la question qui s'imposait. Le fait qu'il connaisse déjà la réponse importait peu. C'était de la bouche même de Calvis qu'il devait l'entendre. Il devait avoir confirmation, sans le moindre doute. Ce serait seulement une fois qu'il l'aurait qu'il pourrait revenir auprès de Carine et lui raconter toute l'histoire.

Jack l'avait appelée de nombreuses fois depuis son départ de Jasperville. Leurs échanges étaient restés brefs et réservés. Une fois, Carine lui avait demandé pourquoi il la rappelait.

« Parce que tu es la seule personne à comprendre un traître mot de cette histoire. La seule au monde avec qui j'aie envie de parler des événements passés et en cours. Mais si je t'embête…

— Non. J'ai envie de savoir la vérité. »

Jack était resté une semaine de plus à Québec avant de retourner à Montréal. Son entreprise lui avait accordé un congé sans solde, selon un accord qui serait signé en février. Il avait revu Ludo et Florence. Et même Caroline Vallat. Un échange agréable mais insignifiant. Elle avait commencé une nouvelle relation. Elle paraissait heureuse. Elle lui souhaita bonne chance, et il en fit autant.

Jack savait, avant même cette ultime visite à Calvis, qu'il ne retournerait jamais à son ancienne vie, avec la même maison, le même métier. Les événements récents ne l'avaient pas changé, ils lui avaient plutôt permis de voir – peut-être pour la première fois depuis son entrée dans l'âge adulte – la personne qu'il pouvait encore devenir s'il se détachait du passé.

C'était un défi, et il le savait, mais il lui semblait qu'il n'avait pas le choix.

55

Jack et Calvis étaient assis face à face à une table de bois brut, à moins d'un mètre l'un de l'autre. Jack avait cependant l'impression de voir son petit frère depuis une hauteur considérable.

Un gardien était debout, dos contre la porte. Un autre était en faction derrière, dans le couloir. Calvis avait des menottes aux poignets, rattachées par une chaîne qui passait par un trou pratiqué dans la table à un loquet scellé au sol. Il était déjà là quand Jack était entré, et Jack devrait aussi partir avant qu'on ne lui enlève les menottes pour le raccompagner dans sa cellule.

Aucun contact physique, aucun échange d'objet ou d'article n'était permis, seulement vingt minutes de conversation.

Jack ne savait pas sous quel sédatif était placé Calvis, qui avait l'air de flotter entre le lieu où il se trouvait et celui où il croyait être.

Dix minutes s'étaient déjà écoulées.

En dépit de tous les efforts de Jack, Calvis n'avait pas encore dit un mot.

Jack ne comprit que cinq minutes plus tard que le seul moyen de toucher Calvis serait de remonter très loin dans leur passé commun.

« Eh, le Petit, dit-il. Qu'est-ce qui t'arrive ? Qu'est-ce qui se passe, Petit Gars ? »

Calvis eut un demi-sourire. Son expression changea presque insensiblement, et il commença à se tourner vers Jack.

« On va au magasin chiper une barre de chocolat ? » poursuivit Jack.

Calvis sourit, puis éclata de rire, et pour la première fois, une lueur dans ses yeux suggéra qu'il entendait vraiment ce que disait Jack.

« Tu viens, Minus ?

— Ne m'appelle pas Minus », bredouilla Calvis.

Tout se passait comme s'il se réveillait et que ses paroles étaient encore noyées dans un rêve au ralenti.

« Et pourquoi pas, Minus ? »

Calvis éclata de rire.

« Parce que je te le dis, Coco. »

Jack sourit et se pencha légèrement.

« Tu vois papa, Calvis ? »

Calvis fronça les sourcils.

« Non. Pourquoi ? Il me cherche ?

— Il veut que tu ailles chercher Juliette. Il dit qu'elle est partie et qu'il n'arrive pas à la trouver. »

Calvis ferma les yeux.

« Je lui ai dit.

— Déjà ?

— Oui.

— Et tu as dit quoi ?

— Terminal ferroviaire. »

Jack avait la bouche sèche. Son cœur martelait furieusement dans sa poitrine.

« Tu lui as dit qu'elle était au terminal ferroviaire avec Thérèse ? C'est ça, Cal ?

— Oui. Je ne savais pas, OK ? Je ne savais pas ce qui se passerait. J'ai fait ce qu'on m'avait demandé, c'est tout. Je l'ai trouvée. J'ai dit où elle était. Ça ne fait pas de moi un méchant. »

Jack l'écoutait, le regardait. Il avait l'impression d'être face à un petit garçon apeuré.

« Il est parti la retrouver là-bas, Cal ?

— Je ne sais pas ce qu'il a fait, Coco. Je n'en sais rien.

— Il a fait du mal à Thérèse, Cal ? C'est papa qui lui a fait ça ? »

Cal cessa de remuer, baissa la tête et se mit à sangloter. Il eut bientôt de la peine à respirer, tout son corps ébranlé par la douleur.

« Il est parti là-bas, Cal ? Au terminal ferroviaire ? »

Les sanglots ralentirent. Cal détourna les yeux.

« Tu n'as rien fait de mal, dit Jack. Ce n'est pas toi qui as fait ça, Cal.

— Mais je lui ai dit, Coco. Je lui ai dit où elle était.

— Je sais, le Petit, mais ce n'est pas ta faute. Tu ne savais pas. Tu ne pouvais pas savoir. »

Pendant un long moment, Calvis resta inerte. Jack entendait chacune de ses respirations. Ses yeux étaient tout rouges, son visage baigné de larmes. Tout en lui était ravagé et pitoyable. Jack ne voulait rien tant que de passer ses bras autour de son petit frère et le mettre en sécurité – loin de toute cette histoire, loin du passé, loin de la violence et de la folie qui avaient marqué leur enfance.

Mais c'était impossible. Il devrait le laisser seul.

Le gardien à la porte fit un pas en avant.

« C'est l'heure, dit-il.

— Encore un peu, protesta Jack. Est-ce qu'on pourrait avoir quelques minutes de plus ?

— Non, monsieur. Ce n'est pas possible. »

Jack inspira. Il commença à se lever.

Il regarda Calvis.

Calvis ne bougea pas, ne le regarda pas, ne lui dit pas un mot.

« Je dois te laisser, maintenant, dit Jack. Je reviendrai te voir, c'est promis. »

Calvis eut un demi-sourire.

« Tu m'as déjà dit ça la dernière fois.

— Je sais, mais cette fois je tiendrai parole. »

Jack entreprit de contourner la table en direction de la porte. En passant devant Calvis, il se tourna soudain pour poser les bras autour des épaules de son petit frère.

« Pas de contact ! cria le gardien.

— Ce n'est pas ta faute, Calvis. Ne l'oublie jamais. »

Jack se détacha. Recula. Leva une main en manière d'excuse.

Le gardien frappa à la porte. L'autre gardien regarda par l'œilleton, puis la porte fut déverrouillée.

Sur le seuil, Jack se retourna.

Calvis le regarda droit dans les yeux.

« On se revoit après l'école, Coco », dit-il en souriant comme un enfant.

56

Vendredi 24 décembre

Jack se tenait au bord de la voie ferrée depuis un bon quart d'heure. La neige faisait de hautes congères des deux côtés. La glace entre les traverses était dure comme de la pierre. Le froid, plus que glacial, s'infiltrait sous les couches de laine et de polaire puis sous la peau, et sous les muscles, jusqu'aux os. C'était l'hiver tel qu'il l'avait toujours connu dans ce lieu désolé. C'était le pays de son enfance. Il ne pourrait jamais changer le passé, mais un avenir différent – peut-être – s'offrirait à lui.

Le terminal ferroviaire. Thérèse. Et Juliette. Ces souvenirs vieux d'un millier d'années semblaient dater de la veille.

Jack fuma encore une cigarette, puis se retourna et se mit en route vers Jasperville.

En arrivant à la pension, il était hors d'haleine. Il dégagea la neige de ses chaussures dans le sas, attendit que la porte extérieure se soit complètement refermée, puis ouvrit celle qui donnait sur la réception.

Martin était au bureau.

« Eh, Jack.

— La pêche, Martin ?

— Plus mort que ça, c'est pas possible. Mais bon, c'est Noël. Si on a un peu le choix, on ne passe pas Noël ici, vous voyez ce que je veux dire ?

— Ou alors il faut être dingue. Ta mère est là ?

— Oui. Je vais la chercher. »

Le départ de Jack remontait à près de huit semaines. La dernière fois qu'il avait discuté avec Carine, c'était après sa visite à Calvis. Il lui avait dit le fin de mot de l'histoire. Robert Gaines n'était pas le meurtrier de Thérèse. Elle avait pris la nouvelle stoïquement, mais quelle avait été sa réaction ensuite, il l'ignorait.

En se retournant, il vit Carine en train de descendre l'escalier.

« Pourquoi est-ce que tu n'as pas dit que tu venais ? Qu'est-ce que tu fais ici ?

— Je tiens parole, dit Jack.

— Tu tiens parole ? »

Il regarda ses chaussures, puis dirigea les yeux vers la fenêtre. Il avait l'impression d'être un adolescent un peu idiot.

« Je t'avais dit que je viendrais te sauver. »

Carine s'arrêta et fronça les sourcils.

« Et si je n'ai besoin de personne pour me sauver ?

— Peut-être as-tu au moins besoin de quelqu'un qui n'a pas oublié comment on peint les murs, ou bien comment on fait les lits ? »

Jack crut la voir sourire, mais n'en fut pas certain.

Il attendit qu'elle parle, sentant son cœur fragile comme un oiseau dans sa poitrine.

« Je n'ai besoin de personne, dit-elle. Mais au printemps, il y aura peut-être du monde ici.

— Et donc, une paire de mains supplémentaire…

— Jacques, laisse tes chaussures là. Il y a du café chaud derrière, dans la cuisine. »

REMERCIEMENTS

Comme c'est toujours le cas, ce livre n'aurait pas pu être écrit sans l'aide et l'inspiration d'un certain nombre de personnes.

À Marie Misandeau (Sonatine Éditions), pour sa suggestion de cadre inspirée.

À Emad et Celia (Orion Books), non seulement pour leurs conseils éditoriaux plus qu'inestimables, mais encore pour leur soutien et pour leurs encouragements.

À Michael D., pour sa disponibilité sans faille face à mes questions sur la géographie, la faune et la flore, et le climat.

À ma femme, Victoria, pour trente-deux ans de patience et d'amour.

Enfin, à mes lecteurs d'une fidélité et d'une générosité remarquables, sans qui tout cela serait vain.

Du même auteur chez Sonatine Éditions :

Seul le silence, traduit de l'anglais par Fabrice Pointeau, 2008.

Vendetta, traduit de l'anglais par Fabrice Pointeau, 2009.

Les Anonymes, traduit de l'anglais par Clément Baude, 2010.

Les Anges de New York, traduit de l'anglais par Fabrice Pointeau, 2012.

Mauvaise étoile, traduit de l'anglais par Fabrice Pointeau, 2013.

Les Neuf Cercles, traduit de l'anglais par Fabrice Pointeau, 2014.

Papillon de nuit, traduit de l'anglais par Fabrice Pointeau, 2015.

Les Assassins, traduit de l'anglais par Clément Baude, 2015.

Un cœur sombre, traduit de l'anglais par Fabrice Pointeau, 2016.

Les Fantômes de Manhattan, traduit de l'anglais par Claude et Jean Demanuelli, 2018.

Le Chant de l'assassin, traduit de l'anglais par Claude et Jean Demanuelli, 2019.

Le jour où Kennedy n'est pas mort, traduit de l'anglais par Fabrice Pointeau, 2020.

Le Carnaval des ombres, traduit de l'anglais par Fabrice Pointeau, 2021.

Omerta, traduit de l'anglais par Claude et Jean Demanuelli, 2022.

Le Livre de Poche s'engage pour
l'environnement en réduisant
l'empreinte carbone de ses livres.
Celle de cet exemplaire est de :
200 g éq. CO_2
Rendez-vous sur
www.livredepoche-durable.fr

PAPIER À BASE DE
FIBRES CERTIFIÉES

Composition réalisée par Lumina Datamatics, Inc.

Achevé d'imprimer en France par
CPI BRODARD & TAUPIN (72200 La Flèche)
en décembre 2023
N° d'impression : 3055269
Dépôt légal 1re publication : janvier 2024
LIBRAIRIE GÉNÉRALE FRANÇAISE
21, rue du Montparnasse – 75298 Paris Cedex 06

61/2529/5